COLEÇÃO ROSA DOS VENTOS

1. UMA FAMÍLIA DO BAIRRO CHINÊS — Lin Yutang
2. REFÚGIO TRANQÜILO — Pearl S. Buck
3. O DIABO E A COROA DO DRAGÃO (Lady Wu) — Lin Yutang
4. JUDAS, O OBSCURO — Thomas Hardy
5. NÃO É TÃO FÁCIL VIVER — Christine Arnothy
6. A MODIFICAÇÃO — Michel Butor
7. TANGUY (A História de um menino de hoje) — Michel del Castillo
8. CASA DE CHÁ DO LUAR DE AGOSTO — Vern Sneider
9. CAMÉLIA AZUL — Frances Parkinson Keyes
10. A SEDE — Assia Djebar
11. OS CAMPOS TORNARAM-SE VERDES — Frances Parkinson Keyes
12. DEUS ESTÁ ATRASADO — Christine Arnothy
13. AO LONGO DE UM RIO — Frances Parkinson Keyes
14. ALÉM DO RIO — Frances Parkinson Keyes
15. QUANDO O VALE FLORIR OUTRA VEZ — Frances Parkinson Keyes
16. PALÁCIO DE GELO — Edna Ferber
17. MORTE NA FAMÍLIA — James Agee
18. TESS (Tess of the D'Ubervilles) — Thomas Hardy
19. A LUZ DA ILUSÃO — Frances Parkinson Keyes
20. O ELO DISTENSO — Daphne Du Maurier
21. O DOUTOR JIVAGO — Boris Pasternak
22. OS JARDINS DE SALOMÃO — Frances Parkinson Keyes
23. AS SEMENTES E AS COLHEITAS — Henry Troyat
24. O CORAÇÃO DA MATÉRIA — Graham Greene
25. A ALDEIA ANCESTRAL — Pearl S. Buck
26. O CAMAROTE REAL — Frances Parkinson Keyes
27. DOCE QUINTA-FEIRA — John Steinbeck
28. ATÉ QUE TUDO ACABOU — James Hilton
29. A FESTA — Margaret Kennedy
30. OITO RUMO À ETERNIDADE — Cecil Roberts
31. O REINO DE CAMPBELL — Frank Tilsley
34. MARY ANNE — Daphne du Maurier
35. OS INSACIÁVEIS — Janet Taylor Caldwel
36. A LESTE DO ÉDEN — John Steinbeck
37. JANTAR NO ANTOINES — Frances Parkinson Keyes
38. RUA DA ALEGRIA — Frances Parkinson Keyes
39. GIGANTE — Edna Ferber
40. OS PARASITAS — Daphne du Maurier
41. A ÚLTIMA FOLHA — O. Henry
43. PALÁCIO FLUTUANTE — Frances Parkinson Keyes
44. O CORAÇÃO DAS TREVAS — Joseph Conrad
45. ... E O VENTO LEVOU — Margaret Mitchell
46. TEMPOS PASSADOS — John Steinbeck
47. UMA AVENTURA NA MARTINICA — Ernest Hemingway
48. A CANÇÃO DE BERNADETTE — Franz Werfel
49. A TRAGÉDIA DA RUA DAS FLORES — Eça de Queiroz

A TRAGÉDIA
DA RUA DAS FLORES

COLEÇÃO ROSA DOS VENTOS

Dirigida por Oscar Mendes
Até o Vol. 44

49

Capa
Cláudio Martins

EDITORA ITATIAIA
BELO HORIZONTE
Rua São Geraldo, 67 - Floresta - Cep.30150-070
Tel. (31) 3212-4600 - Fax.: (31) 3224-5151
e-mail: vilaricaeditora@uol.com.br
Home page: www.villarica.com.br

Eça de Queiroz

A TRAGÉDIA
DA RUA DAS FLORES

EDITORA ITATIAIA
Belo Horizonte

FICHA CATALOGRÁFICA

Q3t	Queiroz, Eça de A tragédia da Rua das Flores / Eça de Queiroz. — Belo Horizonte : Itatiaia, 2007. 288 p. - (Rosa dos Ventos, 49) 1. Literatura-Portugal. I. Título. II Série CDU 821.161.1 ISBN 978-85-319-0779-1

2007

Direitos de Propriedade Literária adquiridos pela
EDITORA ITATIAIA
Belo Horizonte

Impresso no Brasil
Printed in Brazil

ÍNDICE

Capítulo 1	9
Capítulo 2	22
Capítulo 3	28
Capítulo 4	33
Capítulo 5	55
Capítulo 6	61
Capítulo 7	84
Capítulo 8	91
Capítulo 9	104
Capítulo 10	111
Capítulo 11	119
Capítulo 12	122
Capítulo 13	133
Capítulo 14	143
Capítulo 15	147
Capítulo 16	149
Capítulo 17	159
Capítulo 18	166
Capítulo 19	170
Capítulo 20	177
Capítulo 21	180
Capítulo 22	188
Capítulo 23	203
Capítulo 24	217
Capítulo 25	220
Capítulo 26	225
Capítulo 27	231
Capítulo 28	233
Capítulo 29	236
Capítulo 30	238
Capítulo 31	241
Capítulo 32	243
Capítulo 33	247
Capítulo 34	253
Capítulo 35	260
Capítulo 36	262
Capítulo 37	269
Capítulo 38	271
Capítulo 39	275
Capítulo 40	277
Capítulo 41	282
Capítulo 42	284
Capítulo 43	285

Capítulo 1

Era no Teatro da Trindade, representava-se o *Barba Azul*. Tinha começado o segundo acto e o coro dos Cortesãos saía, recuando em semicírculo, com os espinhaços vergados — quando, num camarote, sobre o balcão, à esquerda, o ranger ferrugento duma fechadura perra, uma cadeira arrastada, fizeram erguer, aqui, além, alguns olhares distraídos. Uma senhora alta, de pé, desapertava devagar os fechos de prata duma longa capa de seda negra, forrada de peles escuras: tinha ainda o capuz descido sobre a testa, e os seus olhos negros e grandes, que as olheiras dum bistre ligeiro, ou desenhadas ou naturais, faziam parecer mais profundos e mais sérios — destacavam num rosto aquilino e oval, levemente amaciado de pó-de-arroz. Uma mulher esguia e seca, com um cordão de ouro do relógio caído ao comprido do corpete de seda chato, desembaraçou-a da capa — e ela, com um movimento delicado e leve, sentou-se, e ficou imóvel, de perfil, olhando o palco.

Fez logo *sensação*, no público amodorrado. "Bincularam-na à carga cerrada", como disse o poeta Roma, autor estimado dos *Idílios* e *Devaneios*: mesmo um sujeito gordo, por baixo do camarote dela, ao torcer o corpo, num movimento brusco de curiosidade, escorregou no degrau do balcão, caiu: houve[1] risadas; ela debruçou-se, e — enquanto o sujeito gordo, muito vermelho, esfregava os rins, furioso, — falou, sorrindo à mulher esguia, que se conservava direita, sentada à beira da cadeira, com um respeito de aia e uma rigidez de devota: tinha um nariz carnudo e vermelho, o cabelo muito acamado pela escova, e o seu sorriso condescendente mostrava largos dentes carnívoros: parecia evidentemente uma governanta inglesa, e, para olhar para o palco, assentou cuidadosamente uns óculos.

Murmurou-se logo no balcão que a *estrangeira* devia ser a princesa Breppo; uma parente pobre e remota da casa Sabóia. Mesmo a condessa de Triães, ressequida como um galho murcho, com uma camélia branca nos seus cabelos grisalhos, escogitou logo "se El-Rei daria por ela"; mas o Rei conservava-se imóvel, com os braços assentes sobre o rebordo do camarote, de lunetas azuis e os ombros cobertos por vastas dra-

---

1. No original: *houveram.*

9

gonas de almirante; e a Rainha, muito graciosa, de roxo, com os dedos onde reluziam pedrarias apoiados à face, seguia, sorrindo, as pernadas grotescas do conde Óscar. "Não davam pela princesa": ela, todavia, dizia-se, era esperada em Lisboa, de passagem para o Brasil, onde a levava a intratabilidade dos credores, a curiosidade botânica pela flora da América, e o seu tédio da Europa.

Era um benefício, havia enchente. Num camarote, vestida de cor lilás, com o cabelo enchumaçado em capacete, estava a viscondessa dos Rosários, branca e gorda, cuja virtude escandalizava Lisboa a ponto de se gritar dela com impaciência e cólera: que estúpida, que estúpida, Santo Deus! Ao lado, escondia-se por detrás de um largo leque negro a menina Gosiamá, da Baía, cujas meias de seda, muito mostradas, excitavam na população a lubricidade mais indomável. Defronte, no meio da sua família respeitável e religiosa, sorria a menina Mercês Pedrão, a Mercesinhas, que, dizia-se, dava a todos os menores de 55 anos, que se lhe aproximavam, os afagos refinados duma voluptuosidade prudente; e no camarote do fundo, com diamantes nos peitilhos, estavam dois pretos tristes.

No balcão, via-se o esbelto padre Agnelo [2], de lunetas de oiro, com a coroa disfarçada, muito aplaudido no Martinho quando, às nove horas, bebia Chartreuse amarela achincalhando os dogmas; o deputado Carvalhosa, ainda amarelo dos vícios que amara [3] na Universidade; o estimado poeta Roma, que nos seus dias alegres inventava palavras picarescas, nos seus dias *spleenáticos* cantava o luar nos vales e o seu amor por duquesas, — e, ou triste ou jovial, não despegava do crânio, cheio de caspa, as unhas cheias de lodo. Dum camarote a outro ia o bom Baldoniezo, calvo e rapado, com o seu passinho saltitante, um rebolar doce de quadris, dizendo [4] expressões suaves com uma voz de cigarra, muito atento à prática dos jejuns, muito querido da aristocracia devota. As senhoras sorriam ao ilustre pianista Fonseca, que ajeitava constantemente os seus óculos de oiro, e na véspera publicara uma valsa, *O Trono*, oferecida a SS.MM. E era muito observado o social Padilhão, querido pelo seu talento em imitar actores, animais, uma locomotiva silvando, e o som triste dum oboé. Havia um camarote ruidoso, apinhado de espanholas caiadas; na plateia enterrada em baixo, dum tom neutro e escuro, reluziam charlateiras de alferes. Abafava-se, na mistura das respirações e na opressão. Os gordos suavam, corriam palpitações de leques. Mãos calçadas de luvas cor de sangue de boi, fundo de garrafa,

2. Leitura provável.
3. Sic.
4. Leitura provável.

ou gema de ovo, cofiavam cerimoniosamente enormes peras aguçadas. Na varanda, uma criança chorava obstinadamente. E a gente anónima que digere, procria e morre, anonimamente, fazia errar os olhos muito negros aqui e além sem ideia.

A estrangeira agora tomara o seu binóculo, e fixava, um momento, a Rainha, os penteados enchumaçados e floridos das senhoras, o perfil fino e galante de D. João da Maia, e as meninas espanholas: De vez em quando, sorrindo, falava à governanta magra: estava vestida de seda cor de pérola, com um pequeno decote quadrado; era loira ou pintada de loiro: e sobre o colo, duma cor de leite cálido, pousava, preso por uma fita clara, um medalhão de esmalte negro, orvalhado de diamantezinhos.

Dois homens, sobretudo, no balcão, pareciam fascinados por ela: um, muito demonstrativamente, remexendo-se na cadeira, polindo os vidros do binóculo, fitando-a, de cotovelos no ar. Era um sujeito de trinta anos, baixote e roliço, com um buço negro, num rosto balofo. Chamava-se Dâmaso Mavião: dizia-se familiarmente "o Dâmaso". Era rico, muito estimado. Seu pai fora agiota, mas Ma[vião] usava no dedo um anel de armas; eram, quase sem modificação, as armas do conde de Malgueiro, jogador decrépito e borrachão embrutecido, a quem Dâmaso, *por chic*, dava placas de cinco tostões. Tinha uma calça cor de avelã — e o colete, aberto, deixava ver um peitilho reluzente cujos botões eram mãozinhas de coral, sustentando lapiseiras de oiro.

O outro, — um rapaz de vinte e três anos, — admirava-a, imóvel, com os braços cruzados, estudando-a com a aplicação que se dá a um quadro ilustre. Nunca vira, decerto, pensava, uma beleza tão atraente e desejável — um esplendor igual à da sua pele branca e quente, tão belos movimentos de pálpebras com pestanas tão longas: a linha do pescoço e do seio excedia o que ele observava no peito das estátuas, ou de gravuras; e a massa do seu cabelo loiro parecia-lhe dever ser pesada e doce, quando se apanhasse nas mãos, e ter o calor macio das coisas vivas; a sua carne devia ter sensibilidades excepcionais, elasticidades para fazer tremer um homem, e exala[r] subtilmente um aroma: na seda mesmo que a cobria imaginava uma vitalidade, e como outra forma da sua pele: nunca observara em nenhuma mulher aqueles movimentos de pescoço, tão doces que não se percebia o jogo dos músculos: e quando ela descalçou a sua luva de 18 botões, ficou pasmado para a sua pulseira — uma cobra que se lhe enroscava no braço em cinco voltas e parecia pousar com delícia, sobre a carnação branca, a sua cabeça chata, onde reluziam dois grossos rubis, como olhos ensangüentados. Dâmaso dissera-lhe com autoridade "que positivamente era princesa": e, àquela ideia, sentia[-a] infinitamente distante de si, como perdida num fundo de glória; com a altivez das famílias históricas e a inacessibilidade das rainhas. Qual seria o seu passado? O som da sua voz? A maneira de sentir? Teria amado? Quem?... E não a concebia noutras atitudes que não fossem cerimoniosas e ricamente vestida: não a podia compreender num fundo de alcova, numa brancura de camisa: o seu meio eram as altas salas, adamascadas, onde pendem estandartes legendários, e semicírculos de pagens se curvam. Porque estava ali então, num camarote do Trindade, com uma aia feia? Teria as simplicidades dum coração poético? Poderia amar *um qualquer*? Que formas tomava o seu amor, com que delicados gestos se abandona[va], com que palavras finas? Ela devia inspirar fanatismos como uma religião. Quem é que possu[ía] semelhantes criaturas?...

Pensava assim, vagamente, porque era de temperamento sentimental e melancólico. Chamava-se Vítor da Silva; era bacharel em Direito, vivia com seu tio Timóteo, e praticava no escritório do soturno dr. Caminha. Tinha trazido da Universidade, e das convivências literárias, um vago romantismo, um tédio da actividade e da profissão, e uma tristeza mórbida: lia muito Musset, Byron, Tennyson: ele mesmo fazia versos; publicava, aqui e além, em jornais, em semanários, poesias — *O Sonho de D. João*; *Flores da Neve*, alguns sonetos: compusera ultimamente um poemeto, sobre o Rei Artur, a Távola Redonda, os Amores de Lancelot, e o San[to] Graal. A vida real, em redor, dava-lhe a melancolia duma imperfeição bruta: não desesperava de encontrar uma amante como Julieta: ao contacto de realidades muito fortes perdera já algumas superstições românticas: mas a falta completa de Ironia fazia-o persistir na veneração do Ideal. Levantava-se tarde; odiava os autos: era republicano; e era janota.

— Olha que ela percebe o português, exclamou de repente Dâmaso, com um brusco cotovelão.

— Porquê?

— Está-se a rir, olha. Está-se a rir do Isidoro.

O segundo acto terminava: o regente, aos pulinhos, brandia a batuta: os arcos das rabecas subiam, desciam, com um movimento de serras apressadas: agudezas de flautins sibilavam: e o bombo, de pé, de óculos, com o lenço tabaqueiro deitado sobre o ombro, atirava baquetadas na pele do tambor, com uma mansidão sonolenta. Sobre o palco, Carlota, muito escangalhada, arrastando aos sacões através da corte a sua cauda enxovalhada, gania:

> *Aquela gorda varina*
> *Aposto que é Clementina.*

E as coristas, com grenhas desmazeladas, escandalizavam-se, pausadamente, erguendo ora um braço ora outro, com rigidezes de articulações de pau: a rainha gorda, escarlate, suava: El-Rei Bobeche babava-se: e as palmas e gargalhadas romperam, quando ele e o conde Óscar, torcendo-se de facécia nas poltronas reais, colaram um contra o outro as solas dos sapatos, fazendo[5] as pernas convergentes dum W patusco! O pano caiu. Um rumor ergueu-se: saía-se; pessoas respiravam, encalmadas; leques batiam, — e, pouco a pouco, nos camarotes, nos balcões, ficou-se em silêncio, olhando com um cansaço morno, bocejos leves, uma vaga aplicação de binóculos, aqui, além.

À porta do balcão um grupo examinava a estrangeira: faziam-se comentários: seria a princesa? Mas um sujeito afirmou que a princesa era uma velha baixinha, com um chinó. Devia ser talvez, então, a dama nova, que vinha para S. Carlos. E um indivíduo grosso, um pouco gago, que penetrara no grupo, fitou e disse com autoridade:

— Aquilo é gado.

Como era uma pessoa que tinha ido a Madrid e a Paris em comissões do Governo, as suas decisões sobre deboche ou sobre cozinha eram muito acatadas. E dois brasileiros, de dorsos pesados, afastaram-se, com tédio, murmurando:

— São destas francesas *qui* vêm a ver si arrecadam. Como há tantas no Rio! Tantas no Rio!...

Mas todos concordavam "que era de apetite": o seio era muito gabado: um rapaz macilento, de jaquetão abotoado, chapéu de abas direitas como um prato, e uma bengala de castão homicida, fez luzir os olhos em redor, dizendo numa frase curta e rouca: — "o que faria se a pilhasse a jeito!" Discutia-se em tons altos se era loira ou pintada de loiro: como eram todos íntimos, diziam-se familiarmente *seu asno, seu alarve*! Um advogado. irritado apostou duas libras que era tingida.

Ela, no entanto, fora sentar-se ao fundo do camarote, falando a espaços com a inglesa, numa atitude fatigada, com pequeninos bocejos que a sua mãozinha comprimia, — o que punha, no fundo escuro do camarote, vagas cintilações de pedras finas. Vítor da Silva, que a não podia ver bem, assim, ia erguer[-se], para se sentar adiante, na extremidade do balcão, quando viu entrar no camarote dela um homem muito conhecido, o Joaquim Meirinho[6].

Meirinho era de Trás-os-Montes, mas havia anos vivia em Paris. O seu património tinha sido uma tira de más terras ao pé de Bragança; mas os seus amigos, que diziam dele, com uma voz respeitosa e erguendo as sobrancelhas é *um finório*!, afirmavam que ele enriquecera em Paris e falava-se com seriedade nos "fundos do Meirinho". Era baixo, delgado,

---

5. Leitura provável.
6. No original: *Marinho*.

com uma calva grave, e bela barba aloirada: tinha o pé pequenino, e andava sem ruído, despercebido, deslizando: tinha um sorriso cortesão, e, falando, esfregava docemente as mãos. A sua polidez era tão refinada que embaraçava. Tratava todas as pessoas por meu excelente amigo. Trazia o bolso cheio de pastilhas de chocolate, para as senhoras. Era tão serviçal que se oferecia, com júbilo, a ir deitar uma carta ao correio, ou despachar um caixote à alfândega. Se diante dele um par do Reino, um director-geral, falava, ou do tempo, ou dos toiros, ele escutava com os olhos arregalados, mordendo o beiço inferior, como na admiração assustada duma sabedoria sobrenatural. Oferecia cerveja a capitalistas, no Baltreschi. E, com os rapazes, tinha palavras paternais, passava-lhes a mão pela cinta, cochichava brejeirices sobre dançarinas. Usava sempre paletós magníficos, e se lho[s] gabavam, tirava-o [s] logo, mostrava o pano a uma luz favorável, o forro, a solidez das costuras, e dizia baixo:

— Uma bagatela. É a primeira vez que o ponho: cinco libras.

E fazia sempre «o negócio». Dizia-se dele: "O Meirinho? O Meirinho é a Jóia de Lisboa!" Jantava quase sempre fora — e queixava-se de nevralgias.

Vítor estava surpreendido da sua familiaridade com a estrangeira: tinha-lhe apertado as mãos, muito risonho: apossara-se do seu binóculo; dizia-lhe segredinhos; ela ria. Positivamente não era a princesa: e uma vaga alegria sobressaltou-o. Foi também a opinião do Dâmaso, que da porta do balcão, com outros, olhava torcendo o buço:

— Com aquela intimidade com o Meirinho não pode ser a princesa.

E decidiu-se que devia ser a dama nova de S. Carlos.

— Então temos mulher, exclamou Dâmaso. Se se fizer fina, escacha-se com pateada.

E para o rapaz macilento de bengalão homicida:

— Tu arranchas, visconde?

— Liró, respondeu o outro, com voz roufenha. Queria dizer sim.

Mas o ilustre pianista Fonseca, atarracado, com as mãos atrás das costas, disse que a dama nova era uma magra, baixa, com o cabelo como azeviche.

O Meirinho é que havia de dizer[7] — e como ele saía então do camarote da estrangeira, vieram ao corredor, cercaram-no.

— Quem é, quem é?

Ele sorria, radioso, esfregando as mãos:

— Seus curiosos! Seus curiosos!

— Não te faças tolo, ó Meirinho, disseram.

---

7. No original *O Marinho então e que havia de dizer.*

— Largue para aí tudo, sô Meirinho!

Ele passava a mão pela barba, com risos mudos, a cabeça de lado: e confidencialmente:

— Uma senhora da primeira sociedade, da primeira!...

— Francesa?...

— Isso agora... — Sorria, defendia-se.

Pessoas em bicos de pés formavam grupo: um camarista d'El-Rei, amável, subtil, estendia a orelha; risonho: e um velho caquéctico, surdo, com um[a] enorme claque de cetim, fazia repetir as palavras de Meirinho por um homenzarão de pêra aguda, que se curvava respeitoso, e dizia: sr. conde...

Enfim, Meirinho, muito solicitado, as costas contra a parede, debaixo dum bico de gás, raspando a cal com uma das solas, "largou tudo". — Tinha-a conhecido em Paris, em casa da baronesa de Villecreuse, pessoa muito respeitável, separada do seu marido, que vive nos Campos Elíseos, a dois passos de Madame de Sagan. — E para um sujeito, barrigudo, pomposo, de barba grisalha: — Tu sabes, Vasconcelos...

O sujeito respondeu com uma voz áspera de grilo:

— E eu que me pélo pelo sítio...

Pois foi aí que a conheci. Convidou-me, jantei algumas vezes em casa dela. Chama-se Madame d'Héronville. É portuguesa, da Ilha da Madeira. O velho Héronville, um maganão, era um senador do Império. Comia-se naquela casa!... — E pôs os olhos em alvo, num ar [de] enlevo. — Os Héronville são uma família antiqüíssima da Normandia. Quando foi aquela desgraça de Sedan, o velho foi para a Bélgica, e lá morreu. É tudo o que sei dela. Chama-se Genoveva.

Então alguém perguntou:

— E a outra mulher?

— *Dame de compagnie*, espécie de aia. Uma inglesa. Lá vou! Lá vou! — Era respondendo a Dâmaso que se afastava, e lhe fazia, pst, pst!

A campainha tocava — dispersaram-se. E Meirinho, indo passar o braço pela cinta de Dâmaso:

— Que é? Que é?

— Ó Meirinho aquilo é mulher, de...?

O outro abriu os braços, baixando a cabeça:

— *Chi lo sa*?

E Dâmaso, mais baixo, prendendo-o pelo botão do casaco:

— Tu podias-me apresentar, hein?

— Perfeitamente! Perfeitamente! Ela até me pediu que no outro intervalo lhe levasse alguém!... Ele não é da etiqueta apresentar num teatro... Mas aqui... E ela pediu-me, de resto.

A orquestra acompanha[va] a ária:

Novos amores
colher as flores...

15

— Então logo, disse Dâmaso.

Mas Meirinho deteve-o, e levando-o pelo braço, ao comprido do corredor, falava-lhe, curvado, urgente. — Mas para quando? perguntou Dâmaso.

— Se pudesse ser amanhã, respondia Meirinho. Eu passo por tua casa. Tu desculpa, mas realmente estou atrapalhado... E por uma bagatela, uma ridicularia! Coisas do país. Quando é que num hotel, em França, se ia importunar um cavalheiro, uma pessoa conhecida, por uma miséria de sessenta e dois mil réis! Porcarias! Amanhã, hein? E logo vamos à mulher, antes do fim do acto. E atira-te! Atira-te!

Esfregou muito as mãos, com um risinho mudo, — e foi ao camarote da viscondessa do Rosário, da "nossa virtuosa beleza", como ele dizia, curvando-se.

Dâmaso entrou no balção, triunfante: deitou logo um olhar para Madame d'Héronville como para tomar posse dela, começou a calçar as luvas, — e inclinando-se para o ouvido de Vítor:

— O Meirinho vai-me apresentar!

E contou-lhe que era uma condessa, uma parisiense, dum *chic*! E portuguesa! Quem diria? — Soberba mulher! Dava-lhe o que ela me pedisse!

Estava muito seguro de si: em geral achavam-no "janota» e diziam dele: "o diabo do Dâmaso nunca está sem mulher!" Uma actriz gorda do Príncipe Real, fada de mágicas, por ele tomara cabeças de fósforos: era muito disputado entre as espanholas: e o episódio aristocrático da sua carreira sentimental fora em Sintra — quando o social Padilhão o surpreendera nos Capuchos com a condessa de Aguiar: a condessa era, é ainda, como um prato de mesa redonda: o que a recebe do seu vizinho da direita serve-se e passa-a ao seu vizinho da esquerda. Desde então, Dâmaso fitava as mulheres de frente, torcendo o buço: e quando, às três horas, fazia caracolar o cavalo pelo Largo dos Mártires, sentia Lisboa às suas ordens!

Vítor, calado, agora achava-a mais cativante. Vivera em Paris, pensava, num elemento original e superior: fora às Tulherias, e sobre aquelas belas espáduas pousara, decerto, o olhar abatido e poluente do velho[8] Imperador taciturno; conhecera os autores ilustres, visitara os ateliers memoráveis; e o que ele lera ou ouvira de Paris, agrupava-o em torno dela, como decoração natural; e via-a vagamente confundida ao espírito de Dumas Filho, às gravuras de Doré, à música de Gounod, às velhas gravuras do Jockey Club, e aos requintes do Café Inglês, — formação adorável duma civilização superior.

---

8. No original *do velho velho Imperador taciturno*.

No entanto, no palco, cinco mulheres enxovalhadas, de cabelos ignobilmente riçados, com decotes lassos que descobriam clavículas necessitadas, cantavam em linha, com tons agudos, num ritmo pulante:

Mortos desta cova
Surgi para a vida,
pa-ra a vida,
pa-ra a vida,

E da porta do balcão, Meirinho, em bicos de pés, fazia acenos a Dâmaso: ele reparou, precipitou-se: pisou uma criança que fez beicinhos, derrubou o binóculo duma senhora obesa. Ia pálido.

Mesmo uma velha, que se repimpava por trás de Vítor, disse, com satisfação:

— Deu-lhe alguma cólica.

— Põe-se a comer neves... — rosnou[9] a outra, cujo génio parecia amargo.

E as cinco magricelas, em fila, retomando o quinteto, ganiam[:]

Mortos desta co-va
Surgi pa-ra a vida
pa-ra a vida!

Meirinho entrou com Dâmaso no camarote de Madame d'Héronville, apresentou-o, e saiu recuando, subtilmente. Ela teve para Dâmaso um movimento muito ondulado de pescoço, e indicando a inglesa:

— Miss Sarah Swan...

Dâmaso recurvou-se. Estava vermelho.

— *Do you speak english*? perguntou-lhe Miss Sarah.

— Aprendi no colégio, mas estou muito esquecido. Miss Sarah arreganhou os beiços num sorriso, tossiu, e, ajeitando os óculos, fixou o palco. Madame d'Héronville voltou-se então, de leve, para Dâmaso — que se apressou a perguntar-lhe:

— V. Ex.a tem gostado?

— Sim, muito bom. — Afectava um acento arrastado e estrangeiro.

— Conhecia a peça?

— Ouvia-a em Paris, nas *Varietés,* creio.

— Muita diferença, naturalmente!... sugeriu Damaso.

Ela concordou polidamente, com um sorriso mudo.

---

9. Leitura provável.

Houve um silêncio. Damaso, mais vermelho, passava, devagar, os dedos pelo buço: tinha um suorzinho na espinha.

Mas o pano desceu: o rumor do entreato recomeçou: Madame d'Héronville veio sentar-se ao fundo: e ao roçar por Dâmaso a nobre beleza da sua pessoa, o frou-frou das sedas, a penetração de um aroma — fizeram-no maquinalmente vergar os ombros.

Viu, então, que alguns vidros binóculos o observam: quis parecer animado, *chic*: e com a voz muito lançada, o gesto arqueado:

— V. Ex.ª chegou há muito?

Ela verificou com miss Swan, em inglês, a data, e disse:

— Há cinco dias.

E Dâmaso então, com um repentino fluxo labial, acumulou as interrogações:

Se era a primeira vez que vinha a Lisboa?

Era. Fora da Ilha da Madeira para Londres, de lá para Paris... Se gostava de Lisboa? Muito. — Se já vira o Passeio, S. Carlos? Sim. — Se fora a Sintra? Não.

Estava um pouco estendida na cadeira, as mãos caídas no regaço, sustentando o leque fechado: tinha as mãos finas, brancas, mas fortes — como desenvolvidas pelo hábito das rédeas, e pela actividade dos costumes.

Dâmaso, então, ofereceu, no caso que ela quisesse ir a Sintra, a sua casa em Colares. Era uma casa de estudante... — Mas vendo o seu olhar levemente surpreendido, corou, atalhou: — Eu agora estou em Lisboa, no Inverno vivo sempre em Lisboa...

— Perdão, interrompeu da, quem é aquela senhora, de azul escuro, defronte?

Era a condessa de Val-Moral. Dâmaso deu-se como íntimo. De resto podia fazer-lhe a biografia de Lisboa, afirmou. Conhecia, se conhecia!... E conhecido então!... — Abismava-se: citou outras senhoras, achou elegante aludir a escândalos: indicou-lhe "alguns rapazes da sociedade", falou de toiros: mostrou mesmo o actor Isidoro...

Ela disse vagamente, abrindo o leque com um gesto cansado:

— Tem graça...

Dâmaso ficou seguro que lhe estava a fazer "uma impressão dos diabos". Excitou-se: tirou as luvas; pediu-lhe para examinar os desenhos do leque; e mesmo para lhe falar, com o cotovelo no rebordo do camarote, voltava um pouco as costas ao balcão.

De todas as senhoras que estavam, dizia ela, a mais senhora, a melhor, a única, era a Rainha. — E pondo dois dedos na testa, um pouco franzida: — De que família é ela?

Dâmaso apressou-se a dizer que era da casa de Sabóia, filha de Vítor Emanuel.

— Ah! Sim, louca que eu sou! É irmã de Humberto... Bravo rapaz, não é verdade?..

— Diz que sim, diz que sim... Todos eles, todos eles...

— Montava muitas vezes a cavalo, com ele, há dois anos, em Paris, de manhã. Não é costume, em Lisboa, passear-se de manhã a cavalo?

— Oh, pois não!

Citou logo os seus cavalos: tinha três, o de sela, e os do *faeton*. E um de serviço para o *coupé*, à noite.

Falaram de corridas. Ela assistira ao *Derby*, em Epson... E Dâmaso gabou logo as corridas de Belém: ouvira dizer a estrangeiros que, como vista de hipódromo, não havia melhor no mundo... de resto era tal qual como lá fora...

— Até entre nós, na pesagem, falamos sempre inglês. — E, recostando-se, cofiou o bigode.

Então Madame d'Héronville quis saber quem eram aquelas senhoras que estavam no vinte da segunda ordem. Eram as raparigas espanholas: tinham camélias em penteados disformes, camadas de pó-de-arroz nas caritas redondas; a cada momento a porta do camarote batia; e elas cochichavam, agitavam-se, batiam desesperadamente os leques, e, debruçadas, sondavam o balcão, a platéia, com olhares devoradores; e, de repente, para parecerem, imobilizavam-se em atitudes duma rigidez idiota.

Dâmaso olhou, sorriu, fez-se embaraçado, quis ser maligno;

— São... — E com um francês de sílabas escancaradas: — São o *Dèmi-Mônde*.

— Ah! — E Madame d'Héronville tomou tranqüilamente o binóculo, demorou-o sobre as espanholas. — Uma não é feia, disse.

— A Lola! exclamou involuntariamente Dâmaso. Mas mordeu o beiço, fez-se escarlate.

E Madame d'Héronville, perguntava:

— Há aqui restaurantes onde se vá cear, depois do teatro, alguma coisa no género do Café Inglês, da *Maison D'or*?

— Infelizmente, não! O país está muito atrasado. Temos o Mata, temos o Silva...

— E a que missa é costume ir?

Dâmaso aconselhou-lhe a da um hora, ao Loreto. Havia muito boa roda...

No entanto a inglesa conservava-se calada.— Às vezes, voltando-se para Madame d'Héronville, abria sem razão um sorriso humilde: ou erguendo o binóculo fixava-o num homem; e logo retomava uma imobilidade severa, fitando os seus olhos dum azul baço, vagamente, em pontos no ar. Madame. d'Héronville bocejou, de leve.

— Estou um pouco cansada, disse. Levantei-me cedo para ir acompanhar urna pessoa amiga ao paquete, que saiu [para] o Brasil.

19

— Ah, sim, hoje, saiu o paquete...

E como a orquestra afinava — Dâmaso ergueu-se: — Um criado de V. Ex.ª...

— No Hotel Central, das duas às quatro. — E fez-lhe uma curta inclinação de cabeça.

Dâmaso voltou ao balcão radioso: e atirando-se para a cadeira, baixo a Vítor:

— Tenho mulher.

E logo, recostando-se, começou a "fazer-lhe olho".

Mas Madame d'Héronville erguera-se subtilmente — e, num instante, ficou envolvida na sua peliça de seda, com o capuz sobre o rosto.

Dâmaso ergueu-se, agitado:

— Anda daí, disse ele a Vítor, anda daí, homem. Desceram, colocaram-se em baixo, à porta. As lanternas das carruagens que esperavam luziam na rua escura: garotos, de cigarro ao canto da boca, esperavam: o peristilo estava deserto, com as suas paredes cobertas de anúncios de almanaques e de empresas tradutoras; no café, um criado encostado a uma coluna, sob o bico de gás, lia um jornal enxovalhado: outro dormitava, estendido sobre o mármore duma mesa: e do fundo vinha o ruído monótono de carambolas no bilhar. Mas houve um frou-frou de sedas, era Madame d'Héronville: era alta, a sua peliça muito longa, e apanhando a cauda do vestido, descobr[ia] a renda das saias e meias de seda preta.

Dâmaso adiantou-se: e ficaram conversando à porta, enquanto um garoto corria desesperadamente pela rua, ganindo pelo "cocheiro do Hotel Central!". Vítor, ao pé do guarda-vento, com o coração alvoroçado, embrulhava nervosamente um cigarro. A brancura de saias que via e a sua estatura nobre, os ricos bordados da peliça, perturbavam-no, como uma presença superior. Dâmaso bamboleava o corpo, batendo com a badine nas calças: pareciam falar do tempo: a noite estava escura, com uma palpitação fria de estrelas.

Mas então Madame d'Héronville voltou-se e pareceu reparar em Vítor: mesmo os seus olhos negros, que reluziam, pareciam maiores debaixo do capuz, pousaram-se num momento nele. Mas o garoto chegava esbaforido, atrás [d]o *coupé* da Companhia.

Dâmaso arqueou o braço: e ela, no movimento de apanhar melhor a cauda, tornou a voltar-se, e fitou Vítor, directamente; ele ficou todo suspenso, com o coração surpreendido. A portinhola bateu.

— Vamos cear ao Mata, hein? disse Dâmaso — e, descendo a rua, assobiava, satisfeito, a marcha do Fausto. Vítor ia calado: sentia o sangue correr-lhe nas veias, com uma vivacidade imprevista. Carruagens saíam de S. Carlos: grupos passavam, onde capas de mulheres alvejavam: e ele achava Lisboa interessante: quereria publicar um poema, ou ser aplaudido num teatro e ser, na cidade, uma pessoa essencial.

Quando entraram no Mata, o criado veio, bocejando, abrir na sala o bico de gás: uma luz crua, um pouco trémula, bateu as paredes, o tecto baixo: e com uma voz enfastiada:

— Então que hão-de querer os senhores?

Dâmaso, defronte do espelho, examinava-se, torcia o buço; sentia-se estróina, vivo, cheio de energias:

— Vá, então que hão-de querer — repetiu a voz sonolenta.

Viram à lista, decidiram-se por dois meios bifes.

Dâmaso sentou-se defronte de Vítor, e, com os cotovelos na mesa, fixando-o muito:

— Que soberba mulher! Caramba, menino, olha que eu tenho sorte!

E desdobrando o guardanapo, gritou, com um movimento estróina:

— E Colares branco, ó Manuel!

Capítulo 2

Quando ao outro dia às onze horas Vítor desceu para o almoço — já o seu tio Timóteo estava na sala, ao pé da vidraça aberta à manhã luminosa, na sua larga poltrona, lendo os jornais, com uma perna dobrada sob o corpo, à oriental, a outra — que era de pau — pousada sobre o poial da janela. Moravam na Rua de S. Francisco, um pouco adiante do Grémio, num terceiro andar. Era nos princípios de Dezembro: o Inverno ia muito seco, com um ar fino e são, céus muito azuis, um bom sol para os velhos.

O tio Timóteo tinha sessenta anos: era pequeno e magro, falador e arrebatado: o seu rosto móbil tinha uma cor queimada, os ossos faciais salientes: olhinhos faiscantes; uma gaforinha branca [d]estacava-se-lhe na cabeça, e as suíças curtas, brancas também, vindo [a] um centro da face, eram dum corte atrevido: era um juiz aposentado; toda a sua carreira fora feita no ultramar; estivera sobretudo muito tempo na Índia, onde perdera a perna, numa caça aos pássaros — o que o irritava, porque, dizia ele, "devia-a ao menos ter deixado nas goelas dum tigre". Todo o seu temperamento fora sempre mais guerreiro que jurídico. Em Coimbra era desordeiro e jogador de pau: e no seu tribunal, mais tarde, dava[10] punhadas sobre a mesa, que faziam empalidecer as caras acobreadas dos advogados indígenas. Vivera, em todas as comarcas, em conflitos permanentes com as autoridades: espancara mesmo um Secretário-Geral da Índia, sujeito pacífico, que compunha odes e sofria dos intestinos. Mas estimavam-no pela sua honradez severa, e porque, sob aqueles ímpetos exteriores, era cheio de bondade, de piedade, com certos tons de sentimento muito finos. Era um grande amante dos fracos — e intervinha por eles, com atrevimentos de paladino: uma ama que na rua sacudisse uma criança, um carreiro que tiranizasse um boi, um garoto que escaldasse um gato — tinha logo ao pé a voz trovejante de Timóteo, e a sua bengala de castão de prata. Sua mulher, uma excelente senhora macaísta, deixara-lhe oitenta contos: — o que o habilitava, dizia ele, "a ter tipóia e sobrinho". A sua afeição real era Vítor; a sua admiração a Inglaterra; assinava o *Times* e lia-o todo, devotamente. E o seu compa-

---

10. No original *tinha punhadas sobre a mesa.*

nheiro era um cão, um *retriever* inglês chamado *Dick*. Timóteo era um grande madrugador, sectário da água fria, interminável fumador de cachimbos e bebedor de *grogs*. Detestava os padres e dizia "que todo o homem que aos 25 anos nem era casado nem tinha uma amante — era sujo."

— Quem é esta princesa Breppo, perguntou ele, com um tom arrenegado, mal Vítor entrou; e fixava, severamente, o Diário Popular, com grandes lunetas de tartaruga.

— Porquê, que diz?

Timóteo leu:

— "Acabamos de chegar do Teatro da Trindade, onde o benefício" etc... etc... Ah! "Num camarote, via-se uma formosa senhora estrangeira que nos afirmaram ser a princesa Breppo."

— Ah, não! Dizia-se mas não é. Era uma senhora francesa, uma Madame d'Héronville...

— Estes bisbilhoteiros destes jornais!... rosnou Timóteo.

Vítor aproximara-se da janela, bocejando. Dormira mal. Tinha saído do Mata às duas horas: e, nervoso, pesado da ceia, toda a noite sonhara com Madame d'Héronville, com personagens da História da Revolução Francesa de Michelet, que andava lendo, e com recordações das poesias de Tennyson. Era numa rua do Bairro Alto — e alguém o queria apresentar a Madame d'Héronville: mas, quando iam a apertar as mãos, alguma coisa de inesperado passara violentamente entre eles; primeiro fora o Cavaleiro da Távola Redonda, Sir Galahad, com o lírio no escudo, a sua armadura de prata, plumas brancas no elmo, que os separava, dizendo: "Eu sou forte porque sou virgem, ando à procura do San[to] Graal, e destruo os amores culpados".

Depois fora uma manada de carneiros muito brancos, com os dorsos algodoados muito unidos, balando tristemente, exalando aromas de pastagens; e eles por cima do rebanho estendiam os braços mas não podiam unir as mãos. Mas enfim: iam enlaçar-se — quando uma carreta a trote fez a rua, estreita, sonora; povo cercava-a gritando; e sacudidos pelos solavancos, com os rostos altos, três homens ia[m] de pé na carreta; um era Camilo Desmoulins, que chorava: "oh, Lucile, Lucile!"; outro era Danton, sorrindo soberbamente; e o terceiro era seu pai, seu pai que apenas conhecia do retrato, que ali estava na sala de jantar, seu pai, vestido como um Convencional, o olhar sepulcral, uma trança de cabelos negros de mulher, apertada contra o peito.

E Vítor espreguiçava-se, cansado ainda destes sonhos. Um canário, na gaiola suspensa à janela, pôs-se a cantar estridentemente.

— Cale-se! berrou Timóteo.

O canário emudeceu. E Timóteo, erguendo-se, com um ruído seco da sua perna de pau:

— Querem ver que o pobre animalzinho não tem painço nem água! Clorinda! berrou.

Uma mulher rechonchuda e fresca veio:

— Então, são onze horas, e estes pássaros não têm água fresca nem comida! Nada de tolices, Clorinda, hein! E o almoço para nós!

E dirigindo-se à mesa, apoiado à bengala, com o jornal na mão:

— Então não era princesa, hein? Pudera ser. Sabem lá nada! — E revirando o periódico, sacudindo-o: — Se isto é um jornal! Aqui estão os artigos, as informações, as críticas: "Foi aprovada a tarifa especial n° I não sei de quê... Foi despachado aluno pensionista do instituto, o sr. não sei quem... Parece que o sr. Fulano de Tal não quer ir para Mirandela, conservador... O sr. Cicrano vai fazer leilão da sua casa de penhores... Foi aceite pela Câmara de Vila Nova de Famalicão a proposta do marchante Fernandes João"... Etc. Isto é extraordinário... Tudo assim, do princípio ao fim... e duas colunas de "partiu", "chegou", "faleceu", "fez anos"... Burros! E há três dias que não recebo o *Times*... E é um país isto! Clorinda, estes ovos começam[11] a estar duros, Clorinda!

— Pusera a bengala entre os joelhos, atara o guardanapo ao pescoço e dava torradas a Dick que, sentado, ao lado, fitava [de] olhos sôfregos, batendo a cauda no chão. E encarando Vítor: — Que diabo tens tu homem, estás amarelo? A que horas entraste? A que horas o sentiu você, Clorinda?

A excelente mulher sorria finamente.

— Vim às duas horas, tio Timóteo, e estive ainda a ler.

— E querem ter saúde! exclamou o tio Timóteo, batendo com o talher na borda do prato. — E não querem ter nada na espinha! Arrasate homem: arrasa-te! Aos trinta e cinco anos hás-de ter pés de galinha, corcovar, sofrer dos rins, e olhar para as mulheres... de longe — desinteressado da questão, inteiramente desinteressado. Vítor riu.

— Estive a ler o que antes da Revolução os seus amigos Senhores Feudais, Abades e Bispos faziam aos servos: bastonada, torturas, força, um horror...

— Era mal feito, rosnou Timóteo, o servo, o trabalhador, é homem: deve merecer os respeitos do homem. Se fossem negros ou índios, não digo...

Vítor protestou, escandalizado. O quê, os índios! Uma raça nobre!

— Tolices. Quem chama a um índio um homem ou nunca viu homens ou nunca viu índios! É como essa revolta em Goa... Mandar regimentos... É curioso!, Com dois homens e dois paus varro a Índia. Varro a Índia! Olha os Ingleses. É um punhado de polícias a conter centos de milhões de homens. É uma questão de alimentação, meu rico: que há-de

---

11. No original: *este ovos começavam a estar duros.*

24

fazer gente que come arroz aguado, contra sólidos maganões que jantam *roast-beej*? Vergar! Vergar!

Vítor tinha uma vaga política sentimental. Odiava os Espanhóis, batendo, em Cuba, os insurgentes de *Manágua*: O Czar, governando a Polônia a vergastada de *Knout;* e os ingleses possuindo a Irlanda, terra céltica, ilha dos bardos. Disse, encolhendo os ombros:

— Tiranos!

— Tiranos! Exclamou Timóteo com o olhar chamejante. Mas sabe lá você — (quando se exaltava, sobre a política colonial, dizia a Vítor *você*) — sabe lá você o que eles têm feito na Índia! — Tudo! Cidades, caminhos de ferro, pontes, docas, rios navegáveis, plantações... Antigamente, quando havia uma fome na Índia, morriam aos milhões. Aos milhões! E agora nunca lhes falta o arroz. Lá está o inglês para dar arroz.

Mas Vítor considerava os índios mais poéticos que os Ingleses. Falou do idealismo das suas arquitecturas, do maravilhoso dos seus poemas.

— Está a dizer barbaridades. Poemas! Vá ver o negócio do algodão em Calcutá, em Bombaim! Isso é que são poemas! Com os seus poemas — viviam nos campos e andavam nus. E agora? bem alojados, bem nutridos... Quando os Ingleses lá foram acharam-nos cobertos de piolhos. E o piolho índio, então! Que piolho! — E mostrava a cabeça do dedo.

— Oh, tio Timóteo, — exclamou Vítor, repelindo o prato, o rosto franzido de nojo.

— Então que tem, homem? Tem asco ao que está na natureza? O homem de bem fala de tudo, e come de tudo. Sempre te queria ver... Dos vinte e quatro aos vinte e cinco anos, todas as manhãs, o meu almoço foi um caldo de cobra. Excelente! Um ano a fio — quando estive tísico.

Vítor abriu um olhar absorto:

— O quê, o tio Timóteo esteve tísico?

Timóteo resmungou, com o olhar no prato:

— Tive essa fraqueza, quando estive apaixonado.

Vítor riu, alegremente.

— Outra! mas essa enorme! Por quem, tio Timóteo?

— Traze o café Clorinda. E o meu tabaco. — E desapertando devagar o guardanapo: — Quando digo apaixonado, quer dizer embeiçado. Paixão, não. Dois meses depois estava curado. Mas enfim foi o meu único romance: nunca mais os tornei a fazer, nem a ler.

— Mas por quem foi, tio Timóteo? — perguntou Vítor, curioso, com os cotovelos sobre a mesa, um sorriso vago.

— Foi por tua mãe.

Vítor ficou atónito. Timóteo metia restos de carne nas goelas sôfregas de Dick.

— Tua mãe tinha então catorze anos. Mas era alta, forte, com um cabelo até aos pés: parecia ter vinte [e] dois. Era formosa, c'os diabos.

25

Tu não podes saber, não deixou retrato. Mas... uma beleza! Era nossa vizinha! — E sorrindo: — Como o tempo passa! Tinha na janela dois melros numa gaiola. E justamente então cantava-se uma cantiga:

> *À janela a menina trigueira*
> *Está cuidando dos seus passarinhos*

Eu ma[l] a pescava à varanda, logo a cantiguinha... Foi por isso, creio eu, que ela me tomou asco.

Clorinda entrou com o café: e depois de remexer muito tempo o seu açúcar, de acender o cachimbo, o tio Timóteo, recostando-se, disse:

— Eu começo a embirrar, ela começa a embirrar, eu a beber os ares por ela, ela a não me poder tragar — pois senhores, aí principio a embeiçar-me... Não havia desfeita que me não fizesse! Janela na cara, costas voltadas, sombrinha carregada para o rosto, uma fera. Que ela teve sempre um génio desabrido: e muito afoita, cavaleira, o diabo! Uma noite — há-de me lembrar sempre — tenho a maldita ideia de lhe dar uma seranada à espanhola. Era o tempo em que estava à moda uma espécie de cachucha:

> *Señorita usted que tiene*
> *Amarilla la collor...*

Ponho-me debaixo da janela, de viola — eu tocava viola com um certo descaramento — porque enfim, louvado seja Nosso Senhor Jesus Cristo, nunca me faltou o desplante, e aí começo a perguntar-lhe muito repenicadamente:

> *Señrita usted que tiene*
> *Amarilla la color?*

A janela abre-se, e uma vozinha de cima: É o sr. Timóteo? Imagina como eu fiquei: pus-me logo a calcular como havia de trepar à varanda. Fazia escuro, era de Inverno, um frio!... "É o sr.?" "Sou eu: meu amor, sou eu!" "Bem, vai vai!" — E zás! cai-me cima um balde de água suja! Oh, com mil raios!... "Para refrescar!" grita a vozinha de cima, a vozinha de desav... da tua mãe, — como diabo se chamava ela? Joana.

— E refrescou, tio Timóteo? — perguntou Vítor, muito interessado, muito surpreendido; com os olhos cravados no velho.

— Refresquei: com uma pleuresia! Estive dois meses de cama, e uma convalescença... É daqui que datam os caldos de cobra: era o grande remédio para a tísica no meu tempo: e creio que ainda é, lá para Trás-os-Montes. Apenas arribei — pedi para ir para o Ultramar; fui a bordo da

Santa Quitéria. O capitão era de Tondela: um baixote, ruivo, valente homem! Logo ao sair a barra, que trabuzana!... Estivemos perdidos. Cada mar! Uh! Parece que o estou a ver, de chapéu embicado, bota até aos joelho[s], no convés que escorria, a agüentar-se, a berrar, e que pancada de maresia! Eu estava agarrado a um mastro. — Ele avista-me; põe-se a gritar: — Você raspa-se daí, seu filho daquele diabo de cornos que está no altar-mor de Tondela! Era a sua praga querida. Depois éramos amigos íntimos. E dali a um mês estava curado: já amainava a bujarrona, como um homem! E da paixão, nem a lembrança. Éramos assim. Já não há disso.

— E depois? Perguntou Vítor, pensando muito, com os cotovelos na mesa.

— E depois? E depois nada. E depois teu pai veio de Coimbra, viu-a como eu à janela, a tratar dos melros, cantou-lhe, como eu, a cantiga; não sei se lhe deu a serenada, mas o balde não apanhou: apanhou a bênção do padre e lá casaram — e tu fizeste a tua entrada neste vale de lágrimas. Bom vale de lágrimas, — acrescentou, com um rosto grave. E ficou calado.

— E daí a um ano morreu a mamã?

Timóteo observou um momento o seu cachimbo, e rosnou, devagar:

— Sim, daí a um ano, nasceste, ela ficou adoentada... Foi com teu pai para os Pirenéus, foi com teu pai, e... E lá ficou. Lá ficou.

E depois de tossir ruidosamente, ergueu-se sobre a bengala, e foi resmungando grosso:

— E aí está como as coisas se passam... Este mundo é assim. Uma choldra!...

O relógio da sala deu meio-dia.

— Oh, diabo, e eu que prometi estar às onze horas no escritório! — exclamou Vítor. Ergueu-se, e espreguiçando-se um pouco: — Pois senhores, isto foi a manhã das novidades! Quantas coisas eu ignoro nas crónicas da família. — E depois de acender outro cigarro, saiu, apertando a fivela do colete — enquanto Timóteo, estendido na poltrona, murmurava:

— Ignoras um par de coisas, ignoras!

Capítulo 3

Timóteo ficou cachimbando, com um ar acabrunhado: e os seus olhos erguiam-se, às vezes, para a parede onde estava o retrato do pai de Vítor a óleo: era uma face pálida e comprida, com um longo bigode preto caído aos cantos da boca, o cabelo comprido, a testa branca, alta gravata de cetim preto. Fora tirado em 46 ou 47, nos anos das desordens civis, e do seu casamento infeliz. Que espanto para Timóteo, quando recebeu em Angola a notícia de que o mano Pedro tinha casado com a Joaquina, com a Joaquina dos Melros. Que burro! exclamou, amarrotando a carta com uma punhada na mesa! Timóteo tinha uma alta estima por seu irmão: era tão inteligente, tão corajoso, tão cavalheiro! E ia casar-se com a filha da Maria Silvéria! A Joaquina — a quem ele, ele Timóteo, dissera: "Em a menina querendo vem comigo para o Porto, e tem casa, e duas meias de mesada". É verdade que lhe atirara um balde de água — mas não havia gente na Guarda, o Telmo Santeiro, entre outros, que tinham visto um alferes de cavalaria amarinhar-lhe a janela, por uma noite de neve! E casava seu irmão com ela! Grandíssimo burro: Um bonito rapaz, que escrevera aquele belo poemeto, — *A Noite do Cemitério*! e daí a um ano e meio, uma manhã que ele almoçava a sua carne ensopada, a negra vem-lhe dizer: *sinhô Doutô, é um sinhô. O sinhô* era Pedro, seu irmão Pedro, vestido de luto! — A Joaquina morreu? exclamou ele. — Fugiu — disse Pedro, sem uma alteração na voz. Dois negros entraram com os baús de bordo. Pedro tomou uma grande chávena de café. E contou a sua história: depois de casado viera para Lisboa: na Guarda, sua mulher seria sempre a filha da Maria Silvéria: em Lisboa, estavam como numa cidade estrangeira. Viveram na Rua do Crucifixo, e defronte morava um rapazola espanhol, emigrado. Uma manhã, dois meses depois do nascimento do pequeno, antes mesmo do seu baptizado, Pedro partira para a caça, à outra banda, só — e quando voltou, encontrou um bilhete, na letra garrafal da Joaquina. "Adeus, esquece-me, porque o meu destino leva-me para longe." E mais nada. A criada, a ama disseram — que a senhora saíra ao meio-dia, com uma trouxazinha. — Naquela primeira hora que foi um bocadito amarga, continuou ele, combinei o meu enredo. Levei o pequeno para casa da tia Doroteia, coitada, que chorou ouvindo o meu caso, agarrada aos beijos ao "anjinho" que vinha dar à sua velhice uma maternidade inesperada; baptizei-o; a mãe falara em lhe chamar Caetano, pus-lhe o nome de Vítor. Era o nome de nosso pai. À criada, que era uma algarvia aparvalhada, dei doze moedas, que ela levou, em pintos, num lenço, para o marido, em Olhão: nunca compreendeu nada; a ama ficou com o pequeno: e eu daí a dias parti para Madrid. É claro que não era uma jornada de perseguição... Estive em Madrid dias... ou três horas tristes, num quarto triste de la *Fonda de la Nobleza*: enfim!... Cada capa à espanhola que me roçava pelo ombro, cada *caramba*! que me passava aos ouvidos faziam-me bater o pulso!... Enfim! De Madrid escrevi a alguns amigos da Guarda, ao Magalhães, aos Vaz, que partia para os Pirenéus *com minha mulher*, que estava doente, coitada... E fui para os Pirenéus: lá andei oito meses: pescava trutas à linha, no Gave: é divertido. Por fim, tornei a escrever a[o] Vaz, [ao] Magalhães, etc. que minha mulher morrera. De facto, para mim, estava morta: Não creio que dessem grande atenção ao caso, na preocupação patriótica da Maria da Fonte! Disseram, por certo: bom alívio para o Ega. Voltei a Lisboa. O pequeno tinha um dente: estava desmamado, a ama morrera, santa rapariga, muito calada, forte como um pinheiro. Mas comecei a embirrar com a cidade: saía uma galera para aqui — e aqui estou. — Para quê, perguntara Timóteo. — Para tudo. Para as febres, por exemplo. Ficou-lhe lá dentro a paixão, tinha pensado Timóteo.

O mano Pedro trouxera um dinheiro, negociou "por demais": ocupou-se de botânica, aprendeu a empalhar pássaros, e começou a bebericar aguardente. O médico que vivia em Luanda, assanhado como um gato fechado, avisou-o: — Amigo e Sr. Ega, se se mete pela aguardente deixa a ossada neste degredo! Meteu-se deveras pela aguardente. Uma noite tinha ido passear com Timóteo para fora da cidade: nunca lhe esquecera aquela noite: as grandes estrelas, africanas, tão numerosas, um pó de estrelas: o imarcalado, com laivos de fosforescência: e bafos de braseiro no ar: e o cheiro da terra cálida e húmida...

— Ouve lá, tinha dito de repente Pedro — eu não quero que o rapaz[12] saiba o que a mãe fez... Para me envergonhar basto eu. Para ele, para todo o mundo, a criatura está num cemitério de Barèjes. Bem. A tia Doroteia, a santa, não é que lho diz. A ama morreu. A outra criada, a parva, está no Algarve, no inferno, perdida; dá-me tu a tua palavra de honra que não lho dizes. Timóteo deu a palavra de honra. — Agora outra coisa, disse Pedro, eu não quero que ele e a mãe usem o mesmo nome. Ela é Joaquina da Ega: há-de conservar o nome: é fácil de pronunciar no estrangeiro, é o seu, é fidalgo. Para mim, para o meu filho, não há o nome de Ega. Ega é porco. Eu baptizei-o com o outro nome da nossa

---

12. No original: *não querio que o rapaz quem saiba.*

família, desusado, que a Joaquina nunca soube — Corvelo. Vítor Corvelo, filho de Pedro Corvelo. — Parou, pôs a mão no ombro de Timóteo, e disse com a voz baixa, que instava: — Chama-te tu também Timóteo Corvelo. Timóteo tossiu duas vezes. — Ega é o nome do nosso pai! rosnou. — Eu pouco vivo, Timóteo, disse Pedro, faze-me isso! — Timóteo atirou a um coqueiro uma bengalada, que fez ramalhar o arbusto: — Raios partam a Joaquina dos Melros, exclamou. Está dito. Serei Timóteo Corvelo. — Obrigado, irmão, disse Pedro, e agora, vamos, que estou a sentir arrepios.

E daí a poucos dias a febre tinha-o levado. As autoridades acompanharam-no às terras de S. Jacinto, que era o cemitério velho. Uma pedra lisa, com uma cruz, cobria a sua cova. Tinha então 33 anos. Timóteo, nessa noite, uma noite de vento, foi visitar a sepultura: andou-lhe em roda um momento, escarrando grosso, fazendo estalar as juntas dos dedos: e, fitando a lousa, disse alto, no silêncio: — Raios a partam!

Voltou a Lisboa; Vítor tinha quatro anos, era um personagem: a tia Doroteia quando o via andar, correr já, chorava e babava-se. Esse Inverno foi servero, a tia Doroteia morreu do seu catarro. — Vão-se todos, exclamou Timóteo furioso. — Olha que espiga de vida! Como tinha de partir para a Índia, juiz, foi deixar o pequeno em casa do seu velho amigo Gouveia Teles, um velho, viúvo, retirado em Almada — onde fazia caridades, e lia Horácio. Foi por essa ocasião — quando se vendiam os móveis da tia Doroteia, que lhe veio às mãos uma carta de Espanha, dirigida ao Ilm.º Sr. Pedro Ega, ao bom cuidado de D. Doroteia de Ataíde, na Rua da[s] Oliveiras, 50 ou 60. Abriu-a, — e encontrou duas linhas num papel azul: "sua mulher morreu, enterrou-se esta manhã no cemitério de Oviedo".

— Bem, fez ele. Está feita a barrela. Ponto final e vida nova. E embarcou no *Trafalgar*, para a Índia.

Voltou: — Vítor tinha feito os primeiros preparatórios. Timóteo tinha casado por lá, enviuvado, perdido a perna — numa caça ao tigre. Foi às galinholas, dizia ele ao Teles, mas digo ao tigre para impor o rapaz. Foram então viver juntos — com grande mágoa do velho Gouveia Teles, que murmurou: — Dás-me o rapaz, tiras-me o rapaz, valha-te Deus Timóteo. Mas estava tão velho, o velho Teles! E morreu daí a um ano, de repente, à janela, ao acabar de ler a ode a Célia.

Foi por esse tempo — estando Vítor em Coimbra que Timóteo leu por acaso, na *Revolução de Setembro*, este anúncio singular: «Pessoa que saiba ou possa informar sobre Pedro da Ega, se roga, com um grande favor, queira deixar no Hotel da Europa o seu nome, morada e hora a que pode ser procurada. Perguntar por M. A. Fornier." Timóteo, surpreendido, mandou um bilhete de visita ao Hotel da Europa — e ao outro

30

[dia], à hora exacta, M. Fornier entrava na sua sala. Era um indivíduo nutrido e roliço, de pele próspera e rosada, com um colar de barba loira, com dois caracóis sobre as orelhas, e andando subtilmente, nuns pezinhos pequenos, calçados dum verniz tão lustroso que reflectia os móveis e parecia esmalte: e trazia polainas de cotim amarelo. Pousou sobre uma cadeira um chapéu alto, branco, de abas muito reviradas, e curvando-se, com um jeitinho dos quadris, disse num português singular, mal pronunciado:

— É a cavalheiro Corvelo que tenho a *avantagem* de falar?

Timóteo concebeu logo um rancor intenso pelo personagem. Escarrou grosso, rosnou:

— Eu sou Timóteo Corvelo.

O sujeito roliço sorriu, e esfregando as mãos devagar:

— *Perfètamente* bem. Pode o cavalheiro informar sobre... — Procurou rapidamente nos bolsos, tirou uma carteira, encavalou no nariz uma luneta de oiro, e leu: — ... sobre Pedro da Ega, da Guarda, casado, viúvo.

Timóteo cravava nele olhos faiscantes.

— Mas quem manda? Para quê?

O sujeito roliço curvou-se, e com a mão sobre o peito: — Não estou autorrizado...

— Bem, então adeus amigo, rua!

O individuo fitou o verniz dos sapatos, com as sobrancelhas muito erguidas, o beiço inferior muito estendido; e murmurou:

— *Extramamente* duro, *extramamente* duro... — Foi tomar o chapéu.

— Oiça lá, senhor francês, rompeu Timóteo, o sr. Pedro da Ega morreu, em Luanda. Se quer certidão de óbito, escreva para a freguesia de S. Jacinto. O indivíduo escrevinhava rapidamente na carteirinha, com júbilo.

— *Perfètamente* bem, *perfètamente* bem. Então o cavalheiro pode dar informações sobre uma pequena criança...

Timóteo, que o fitava, de braços cruzados, exclamou:

— A pequena criança também morreu, toda essa família rebentou.

— *Extramamente* desagradável, *extramamente* desagradável.

— Mas enfim, se eu respondi, — disse-lhe Timóteo, creio que me deve dizer donde vem, quem o manda, que quer saber!...

O sujeito fechou as lunetas, metodicamente, e declarou que Timóteo era amável. Ele era um comprador de louças antigas ou móveis góticos. E o seu amigo, o seu muito particular amigo, Lord Lovaine, sabendo que ele vinha a Portugal, encarregara-o de se esclarecer sobre Pedro da Ega. Segundo julgava, Lord Lovaine conhecera-o. Em viagem, decerto.

— Sim, havia de ser nos Pireneus, resmungou Timóteo. E alto: — É que pensei que a pessoa curiosa é a Joaquina dos Melros.

O sujeito nutrido dilatou olhares pasmados.

— Lord Lovaine, Lord Lovaine! — disse sorrindo.

— Bem, adeusinho, não quer mais nada, hein? O sujeito deu dois puxões às lapelas do fraque azul, e recitou dum fôlego, num português mais aprendido:

— Se possui jarras da Índia, ou louças da China ou do Japão, cadeiras de couro, contadores árabes, leitos torneados, marfins, presépios Renascença, arcas, colchas de cetim, panos de Rãs, que lhe seja grato converter em numerário...

Timóteo, furioso, interrompeu-o:

— Tenho aquela bengala, é o que tenho... Adeusinho. O sujeito roliço estacou, coçou com uma ponta de unha a barba em diversos sítios, tomou rapidamente o chapéu, e saiu, subtilmente, murmurando:

— *Extramamente* duro, *extramamente* duro!

Foi a última vez que Timóteo ouviu falar de Pedro da Ega:

Porque lhe voltavam hoje aquelas recordações?

— O que lá vai, lá vai, murmurou — enchendo outra vez o cachimbo. Apertou o focinho do Dick.

Capítulo 4

Tinham passado alguns dias: o tio Timóteo descia as escadas do n.º 18 da Rua de S. Bento: no segundo andar, morava o coronel Stepheson, um seu velho amigo inglês, que, desde a guerra de D. Miguel, pertencia ao exército português; era um robusto velho, grande bebedor de conhaque, cheio de anedotas, falando português com grande acento. Timóteo visitava-o amiúde porque a gota do coronel não o deixava erguer-se da sua enorme poltrona, — a sua concha como ele dizia: fumavam grandes cachimbadas, celebravam a política, os costumes, a *cozinha* da Inglaterra, bebiam um frasco de conhaque, recordavam, repetiam algumas pragas queridas.

Quando o tio Timóteo descia o último lanço de escada, devagar, com grande ruído da sua perna de pau, — uma criança de ano e meio, gordalhucha, loira, ia atravessando o pátio, só, com passos incertos, guinchinhos de riso, equilibrando-se mal nas suas perninhas gordas, vermelhas, cheias de regueifas, e agitando os braços com os punhozinhos muito fechados. — O pátio abria por uma porta lateral para uma loja de retroseiro, e decerto a mãe, uma boa criatura fresca e alegre, que era a lojista e que Timóteo conhecia, se descuidara, um momento, e o pequerruchinho se atrevera pelo pátio fora. E no mesmo momento, passos de cavalo afastavam-se, — e uma mulher alta — e loira — Madame de Molineux[13], entrara, depressa, erguendo, no braço, a cauda preta da sua amazona: um véu branco descia-lhe do chapéu, um ramo de violetas estava metido numa casa do corpete. — Quando ela atravessava o pátio — direito à escada, a criança, que ia oscilando e cambaleando, pôs-se diante dela; Madame de Molineux, impaciente, arredou-a, de repelão, com o pé; a criança caiu sobre as mãos, e, estendida, enlameada, com o ventrezinho nas lages e sem se poder levantar, rompeu em gritos. Madame de Molineux passara; uma mulher entrara a correr da loja, agarrou a criança nos braços levou-a a correr, com muitos beijos. E Madame de Molineux subia as escadas, quando Timóteo, que estava afastado dela por dois degraus, lhe disse com o sobrolho franzido:

13. Novo apelido de Madame d'Héronville.

— É necessário ter o coração bem duro, para se dar com o pé numa criança:

Madame de Molineux estacou; sob o véu, o rosto inflamou-se dum escarlate súbito, e voltando-se, com uma voz seca, cortante:

— Fala comigo?

Timóteo voltara-se também, aprumado.

— Por com quem hei-de falar? São porventura modos de tratar uma criança que se tem em pé? Eu se fosse a mãe esbofeteava-a!

— Por um movimento instintivo Madame de Molineux ergueu o chicote; os olhos de Timóteo estavam agora fitos nela, com uma insistência estranha — e, todavia, com cólera crescente.

—Atrevido, murmurou ela.

Àquela palavra, Timóteo fez-se rubro, aprumando-se, com a bengala em riste, espaçando as palavras:

— Se tem um homem, que se arme até ao duelo e que venha para cá. Madame de Molineux olhou-o, encolheu os ombros, murmurando[14]: — É doido — e subiu.

Mas Timóteo, erguendo a voz e atirando-lhe as palavras para cima:

— Eu não sei quem a senhora é. — O que lhe posso afirmar é que é um traste!

E saiu, furioso. — Atirou-se para a carruagem, trémulo, batendo com a bengala no fundo do *coupé*, repetidamente: — e através da cólera, que lhe rugia dentro e que o fazia soprar — dizia a si mesmo:

— Onde diabo vi eu aquelas feições?

Madame de Molineux,[15] apenas a criadita veio abrir a porta, atravessou a saleta de entrada, e com um pé nervoso sobre o qual caía a sua calça preta, a cauda da amazona no braço, o chicote ainda apertado colericamente na mão, — foi à janela da sala: queria ver o *insolente*: mas o *coupé* afastava-se, e apenas via o dorso do cocheiro, com o seu chapéu enterrado até à nuca. Arremessou o chicote para uma cadeira, desapertou o elástico do chapéu: as suas mãos calçando guantes de camurça tremiam um pouco: deu alguns passos agitados pela saleta: a amazona preta vestia-lhe o corpo como uma luva, pondo em relevo a linha do seu seio, a cinta estreita, flexível, redonda, os quadris um pouco descaídos

---

14. No original e *murmurando*.

15. Antecede este parágrafo, no manuscrito, uma passagem fora do contexto do romance neste local, que surgirá mais adiante no início do cap. 5 em versão aproximada *no dia seguinte Jorge estava no escritório só O dr Caminha advogava na Boa-Hora a porta abriu-se e fora, na saleta, a voz de Dâmaso perguntou ao escrevente Ó sr Silva, preciso falar-lhe.*

e de mulher lasciva: a sua alta estatura tinha a erecção alta que dá a cólera: os seus olhos pretos chamejavam, com um brilho seco: e sob o pó-de-arroz, a sua pele tinha tons inflamados. Parou, e tirando as luvas:

— Mélanie! gritou — entrando para o quarto.

Como a casa era alugada com móveis, o quarto tinha uma banalidade mesquinha de hotel: o tapete diante do toucador estava rapado do uso: os cortinados da cama eram de cassa ordinária, de bambinela pobre; as cortinas de *reps* azul tinham o ar desbotado e comido do sol: o estuque do tecto tinha uma racha — mas como um artista pode, com traços hábeis de esfuminho, dar relevo e originalidade a uma banal figura litografada, Genoveva dera ao seu quarto, pondo aqui e além detalhes de um luxo refinado, um vago aspecto rico e interessante: um belo *plaid* de Ulster cobria a cama; os lençóis dela, de Holanda, tinham o seu largo monograma, bordado a retrós escarlate, sob uma coroa de condessa: a camisinha de dormir, de rendas caras, estava num largo *sachet* de cetim azul: sobre a cómoda reluziam as tampas de oiro dos seus frascos de cristal: sobre uma mesa redonda coberta com um feio pano felpudo, de cores anilinas, estava um *buvard* de pele de serpente de Klein, com o seu brasão a prata, folhas de papel marcado por Wigan, uma faca de papel de malaquite: no toucador, em estojos de veludo cor de cereja, o aço das tesouras, das pinças, brilhava, e os tons dourados das tartarugas dos pentes [...] [16]: luvas de *peau de suède*, claras, de 12 botões, estavam espalhadas: duma gaveta da cómoda, transbordavam meias de seda, tão leves que "o vento as levava, e rendas[17] abertas e um aroma vago de sabor rico, de opoponax e de *Tangle-wood* errava, subtilmente, como assinatura dela.

— Mélanie! gritou, com impaciência. Onde estavas tu? Despe-me!

E desapertava os botões da amazona com os dedos ainda vibrantes de colera.

Mélanie tinha 25 anos: era de Plaisance, na Provença: mas apenas conservava daquela quente região, onde o sangue arde, o olho negro e desejoso, e os movimentos elásticos, ondulosos, do corpo alto e magro: Paris, onde ela rolara como um seixo no leito do rio, tinha desbastado, polido, afinado, apurado, a mocetona, que outrora viera da sua província, fugida com um catalão forte e chiando de ciúme. Tinha agora o nariz delgado, móbil, atrevido; os beicinhos sempre secos que humedecia com a língua; os quadris, dum esguio masculino; o pé rápido, vivo e pronto: a sua vida era complicada; do catalão passara a um carlista, depois — [a] um brasileiro: fora criada, muitos anos, no triste Hotel

---

16. Faltam palavras no original.
17. No original: *e de rendas abertas.*

Português do Meio Dia e [no] de Pernambuco, na Rua Lafayette: depois perdera-se, no fundo de Paris, onde vivera de trapeira em trapeira, dançando furiosamente nos bailes públicos, paga por uns, batida com prazer por outros: — Genoveva recebera-a das mãos de Madame de P., uma cocote portuguesa, casada com um alemão, que em 1870, governou Metz: tinha sido educada por Madame de P., era uma admirável criada de quarto, astuta, asseada, cheia de jeito, e falava o português como se tivesse nascido em Lisboa: somente tinha da freqüência do Hotel de Pernambuco um leve acento adocicado do Brasil. Genoveva tomara o hábito de falar sempre com ela português, para contar melhor as suas confidências; porque não tinha segredos para Mélanie e tudo o que lhe passava no cérebro de mau, de extravagante ou de imortal — o desopilava em Mélanie, como num balde de águas sujas, Mélanie adorava-a: Genoveva, com as suas belas formas, inspirava-lhe mesmo uma vaga atracção física: porque de homem em homem, a sensualidade de Mélanie crescia a cada noite, como uma embriaguez, a cada copo de vinho: tinha agora um histerismo ávido, que lhe embaciava o olhar; mas as preocupações luxuriosas não a desviavam do zelo do serviço. Era uma excelente criada do vício: tinha jeito, e tratava das *toilettes* de Genoveva, como um sacristão devoto das alfaias duma igreja: tinha o talento subtil da duplicidade, do disfarce: ninguém como ela para "impor" um credor exigente, ou um amante importuno: a sua língua fina e vermelhinha, pródiga de palavras à provençal, sacudia a mentira naturalmente como a saliva: era avara, qualidade preciosa numa casa desarranjada: examinava as contas da cozinheira, discutia com ela até aos últimos reais, ia verificar os preços: tinha invenções de agente da polícia e astúcias de vendedeira em segunda mão: com a sua touca, o seu olhar vicioso, o pé pequenino, o andar felino de gata aquecida, — mexia-se, agitava-se, mentia, arranjava, com mãos ligeiras, de dedos magros, bebendo grandes copos de água, alimentando-se de quase nada, e usando os homens como as gulosas usam rebuçados: um, outro, outro, outro: às vezes muitos ao mesmo tempo: sem confundir, distinguindo os gozos: querendo este pelos bonitos olhos, aquele pela força dos músculos, outro por sua habilidade de libertinagem: dizendo do amor: — *ça c'est de la fichue blague, e [t] v'là!* Genovevan descobrira com espanto que, só no último ano em Paris, Mélanie tivera[18] II homens! E pondo-lhe o nome de *Mélanie de onze gostos* — deu-lhe, inteiramente, sem reserva, a sua confiança.

Genoveva, com o colo nu, os braços nus — sentada na cama, era duma brancura adorável: a pele bem tratada, habituada às abluções de

18. No original: Mélanie tinha II homens.

leite, de água gelada, duma finura de tecidos igual à da camélia, absorvia a luz, deixando-a [a]penas resvalar nas redondezas como brilho duma claridade sobre um marfim muito polido: os seus braços eram fortes, vigorosos, com um ar marmóreo e escultural, tendo no tom uma doçura láctea, e na musculatura um vigor sensual. O pescoço, soberbo, cheio, tinha nobreza[19]: e os dois globos do seio, que a camisinha descobria, tinham, num desenvolvimento abundante, a firmeza rija das linhas virginais. Estendia os pés a Mélanie, que lhe descalçava as botas, lhe tirava as calças pretas de montar — e vestindo um longo roupão de seda escura, calçando os pés, vestidos de meias de seda preta, numas chinelas de veludo azul:

— Aqui está o que é não ter nem marido, nem filho, nem irmão. Ninguém.

— O que foi minha senhora? — disse Mélanie toda admirada, cruzando os seus braços magros.

E contou a Mélanie estupefacta — o insulto de Timóteo: era um velho de perna de pau, com uma carruagem, um cocheiro sebento, o ar de doido... tinha-lhe pregado moral por causa dum pequeno que ela empurrara, por se lhe ter embrulhado nas saias. Um animal, que ia a descer as escadas.

— Havia de vir de casa do coronel inglês. Já o encontrei outro dia... De resto o sr. Dâmaso devia conhecê-lo... pela perna, pela carruagem...

— O sr. Dâmaso é um asno — disse ela de pé, abotoando com os dedos nervosos os botões de seda do roupão. — Dá-me um pouco de gin, Mélanie, — com água. Onde está a inglesa?

— Está no quarto minha senhora. — E arrumava, em redor, ligeira, com uns sapatinhos que rangiam ligeiramente no tapete: Genoveva, muito estendida numa poltrona, bebia o seu *gin*, devagarinho; parecia acalmar-se, pouco a pouco: tinha acendido um cigarrinho *Laferme*, e soprava o fumo muito estirada, com os pés cruzados; a sua testa branca, um pouco curta, desfranzia-se, serenava: e espreguiçando-se:

— Um passeio estúpido — por um diabo duma estrada, entre muros de quintas, sempre. Ergueu os olhos ao céu com desespero: — E aquele maçador do sr. Dâmaso, que imbecil, que idiota...

E pousando o copo sobre a jardineira, erguendo-se, com o olhar duro, que escurecia:

— Estou com vontade de tomar o paquete, de voltar para Paris; estúpida terra, estúpida gente, estúpida vida!... Mélanie ia fazer alguma observação sobre o clima, sobre a cidade...

---

19. No original: *tinha uma nobreza.*

— Não palres mais, basta! Vai-te! Estou-te com ódio. Estou com ódio a todo o mundo. Diz à inglesa que vá à sala, que toque. É para isso que lhe pago. — Dá-me mais *gin*. Mélanie hesitou: a senhora ultimamente bebia de mais: estragava a pele, positivamente.

— Bem, basta de moral, gritou. Já hoje tive bastante. Vai Mélanie. Avia-te. Chama a inglesa.

Falara com uma vivacidade brusca, Impaciente, que contrastava com o rosto aquilino e [a] sua figura de estátua, que parecia revelar um temperamento frio e sereno. Ficou bebendo aos goles o seu *gin*. Ganhara aquele hábito em Londres, quando lá vivera com Lord Belton: os nevoeiros húmidos e sebáceos, onde tudo se esbate e afoga numa tinta parda, baça, onde os candeeiros de gás parecem um vago ponto de luz chapinhando na lama [um] sinal diáfano — dava[m]-lhe então à sua natureza meridional um tédio tão impaciente — que se acostumara a beber *gin,* para não deixar "ganhar frio à alma". Depois começara a sentir que o *gin* aquecia o seu temperamento: dava à excitação sensual uma vaga loucura violenta que lhe agradava: continuara a usá-lo: mas nunca se embriagava: bebia-o com muita água, o bastante para lhe ter constantemente acesa por todos os músculos uma vitalidade mais cálida, e mais intensa. Mas, decerto, a observação de Mélanie acudiu-lhe — pois que se ergueu, limpou o rosto a uma toalha humedecida, tomou um espelho de marfim, esteve-se a ver: não, a pele estava leve, branca, um bocadinho áspera já, talvez; nenhuma ruga, ainda, a engelhava: apenas, nas asas do nariz, uma granulação imperceptível, como a que deixa o pó-de-arroz ordinário, acusava a idade: o busto estava, ainda, dum tom puro; e, apesar dos seus 39 anos, estava, com todo o forte desenvolvimento, duma beleza resistente: só os beiços necessitavam um pouco de vermelho às vezes, porque secavam, vinham-lhe películas. Seria bela até aos 45 anos — "com muita água fria e paz de espírito", pensou sorrindo.

Mas Mélanie entrou com um papel na mão: era o homem da Companhia para o aluguel da carruagem... Genoveva enfureceu-se: Porque o não tinha imposto? Que costume era esse, agora, de deixar os credores virem assim, insolentemente... — E como Mélanie lhe estendia o papel: — Tira para lá! para que quero eu isso? Queres que lhe pague? Nem com tenazes!

— Como a senhora tinha recebido dinheiro, ontem...

Genoveva bateu o pé.

Decerto que tinha recebido dinheiro. Mas não queria dar. Estava a estranhá-la, positivamente!... Como se o dinheiro fosse para ir para as algibeiras de ladrões. — E acrescentava, com o espelho na mão: — Não, Mélanie, estou-te a desconhecer, desde que saíste de Paris, estás-te a fazer bronca. É o ar de Lisboa, impõe-mo, impõe-mo!

E recostou-se tranqüilamente na cadeira, ficando como esquecida, como no espetáculo de visões interiores, que voltavam confusamente do seu passado [a] colocar-se diante dela, como vultos de teatro: acontecia-lhe agora, desde que chegara a Portugal, ter daquelas horas, de recordação, de meditação: era a primeira vez, e via às vezes, naquele hábito nascente de olhar para trás, para a vida, um vago presságio de velhice. A sua existência até aí fora tão cheia, tão embaraçada, tão intensa, tão cruzada de factos, de cuidados, de sensações, que, toda na excitação da hora presente, só se ocupara de viver: — mas, no descanso que lhe dava a vida pacata de Lisboa, punha-se às vezes, como um homem que sobe à torre, a examinar, aqui e além, o seu passado. Via-se numa triste e antiga cidade de Espanha, no Norte, tremendo de febre, num quarto de estalagem — que ficava junto a uma igreja, cujos sinos, badalando a todas as horas, lhe faziam no cérebro como ruídos fúnebres de eternidade. Uma velha de pente de tartaruga, cor de pergaminho, tratava-a, e, sentada ao pé dela, entretinha-se, sobre uma mesinha, à luz dum alto candeeiro de latão, a deitar as cartas para saber a sorte dum filho, que embarcara para Manilha. Depois quando ela estava melhor, e se podia sentar à janela, lembrava a triste rua, de largas lajes, as gelosias esguias das janelas da frente, o almocreve que parava à porta da estalagem, com o seu lenço de seda amarrado na cabeça, as mulas carregadas de odres: raparigas, de pé nervoso, passavam com os seus corpetes[20], gesto[s] quebrado[s] de cintura, a mantilha apertada sobre os ombros: sujeitos embrulhados em capas, de bandas de veludo escarlate, iam, vinham, com o cigarro na boca: e os canónicos dirigiam-se à Sé com o seu ventre convexo, as abas redondas no chapéu em forma de telha. — Depois, era uma aldeia no norte da França — ao pé de Rouen: a casa baixa, em que vivia com um homem que a detestava, mas a que a ligava a miséria, a ignorância da língua, a falta de relações: era no Inverno, os vidros pela manhã estavam cobertos de geadas: e, sentada ao pé do fogão, via constantemente as neves pardas, a chuvinha miúda cair, e os guarda-sóis abertos que passavam, raros,[21] na rua única da aldeia: à noite o seu homem voltava, fatigado de ter visto os doentes pelas aldeias, pelas casas, e comia a sua sopa, com a cabeça baixa, triste do seu destino, e olhando-a de revés: quando o dia estava bonito, abria a janela: defronte, um cabeleireiro de aspecto meridional passeava, esperando os fregueses, olhando o céu pálido, como abafado num casaco de alamares debruado de astracã — e olhavam-se às vezes, como dois exilados, pondo na sua expressão a mesma saudade do sol e dos países

20. Leitura provável.
21. Leitura provável.

quentes: ela sentava-se então ao piano, ao escurecer, tocava modas portuguesas ou espanholas, — e o mestre-escola, que recolhia, ouvindo aquelas melodias doces, parava, a escutá-la, imóvel, na rua, com os seus compêndios na mão. — Depois era a sua partida, nas diligências, pelas estradas, para os Pirenéus, a sua vida em Luz, os seus passeios, na estrada para St. Sauveur, sobre a ponte do Gave, entre renques de olmos; e ali ficava, a ver a torrente espumar, rasgada das rochas, escurecida, esverdeada pela abrupta vegetação verde-negro que desce, da alta margem a pique, dum modo esguedelhado e selvagem: às vezes, burricadas de estrangeiros passavam rindo, ao trote miudinho de burros, que as mulheres do Béarn tocam com umas vergastas; e encontrara nas sílabas largas e lentas dos pastores da montanha alguma da doçura da sua própria língua: e não acabaria nunca aquela vida triste e mesquinha? Porque a alvura das neves, a beleza altiva dos frescos picos verdenegros — davam o desejo das cidades, de ruas bem estreitas, de quartos andares: a natureza enfastiava-a, e suspirava por ver teatros e ouvir o barulho dos cafés. Tinha então conhecido Lord Belton: — e via-se depois na sua linda casa de St. John's Wood, em Londres; ali vivera anos: pela manhã, a criada, com os braços nus, rechonchudos e vermelhos, pintava a gesso branco os três degraus da porta: era no Verão: as árvores do jardim tinham um verde dum tenro doce; *cabs* corriam, sem ruído, no macadame branco: para além sentia a enorme Londres, com um sussurro incessante, monótono e vasto. Depois as manhãs a cavalo em Hyde-Park, devagar, no chão negro, de terra revolvida, sentindo ranger os couros novos da sela, e as relvas dos prados verdejar entre os grandes troncos dos castanheiras: ou então parecia-lhe ver Regent Street, na *season,* coberta dum sol pálido, com a sua longa fachada duma cor de creme, onde as letras de oiro de tabuletas negras reluzem como novas... uma multidão espessa, apressada, viva, brusca, corre sobre o passeio: nas largas ruas, em cima, em fileiras, as carruagens avançam devagar: até landaus, de velhas de caracóis brancos, com os cocheiros gordos, apoplécticos, de peruca empoada, sobre a almofada, cujo manto recai dos lados, franjados, com coroas de duques: os *coupés,* estreitos, rápidos, onde se entrevia um perfil cor de camélia; os *cabs* ruidosos; os grandes ónibus, apinhados, com os seus guardas vermelhos [...][22]: sobre a geral, em letras enormes, negrejam anúncios; os *faetons* que conduz negligentemente um moço, com cabelo anelado dum loiro de anjo; os tílburis vivamente lançados, com homens de fisionomia dura, curtida nas preocupações do oiro, que governam com a testa franzida, impacientes, o chicote alto: tudo pára: gente correndo, apanhando as saias,

22. Ilegível.

com embrulhos, erguendo os guarda-sóis, atravessa: o *policeman* abaixa o bastão e as fileiras de carruagens rolam, serenamente, com as rebrilhações[23] que o sol põe nos arreios, nos eixos prateados: — e dos dois lados, por trás das grandes vitrinas das lojas, jóias cintilam sobre tabuletas de veludo preto; cortes de seda, em pregas ricas, põem as suas cores vivas, onde a *luz* se aninha; caxemiras da Índia pendem de cabides de marfim; as plumas coloridas dos chapéus fazem como a ondeante plumagem dum garboso de ave rara; os veludos têm tons mornos e macios: num fundo armado, mobílias prodigiosas arqueiam os seus assentos de cetim bordado: espelhos de *vermeil*[24] lançam vivos reflexos: e as vozes agudas apregoam os jornais, dizendo os telegramas da Índia, cotações de fundos e o eco das guerras distantes.

Ou então parecia-lhe ver Londres à noite: chove, um estrondo de trens faz a cidade sonora: as vitrinas das lojas ruti[lam][25] [...][26]: vultos de *cabs* cortam a escuridão do centro da rua, com as suas lanternas como um olho ensangüentado: as salas do *gin* e do álcool flamejam: gente cambaleando: guardas da polícia cortam a multidão com seu passo mecânico; a trompa de caça, dum coche que trota a quatro ressoa por cima do ruído: — até então, sob o [...][27] da Opera, ela pareceu-lhe ver desdobrar-se, com ruído rico, os estribos dos landaus; dentro, sobre o corredor, tapetado de veludo, o rugir da seda tem uma doçura discreta: os granadeiros do regimento de Escócia, as pernas nuas, o alto *shako* de felpo peludo, estão ao canto, numa imobilidade rígida: E, na sala, há um silêncio rico: ombros nus atraem a luz: doces pescoços altos voltam: há um murmúrio tépido: um perfume erra: e as penas brancas das senhoras que têm assento na casa dos pares agitam-se brandamente: a Patti canta; e *gentlemen*, correctos em tudo, oferecem os prospectos em redor, solenemente, num papel acetinado que cheira bem. Depois era a volta, e às II horas a cidade enorme está escura: apenas as lojas de tabaco derramam das vitrinas uma luz crua, onde destacam as cores escuras dos charutos: as lojas de ostras estão abertas, com as lagostas vermelhas, os camarões humedecidos por cubos de gelo que se derretem docemente — e, através vidro do *coupé,* via-se, interminavelmente, uma passagem de mulheres, que arrastam grandes caudas, e que se embrulham num xaile escuro, e, com um passo dorido[28] e embriagado, se oferecem, agarrando os braços dos homens, pedindo freneticamente pão. — Mas

---

23. Leitura provável.
24. Leitura provável.
25. Leitura provável.
26. Palavra ilegível.
27. Ilegível.
28. Leitura provável.

Londres entristecia-a — e o Amor veio. Como se recordava [d]a sua fuga, com aquele infame Georges de L'Estrolier! a sua passagem do canal por uma noite tempestuosa: em baixo, no salão, embrulhada num xaile, meia morta, numa agonia de vómito: sentia as pancadas do mar, que chapinhava sobre o convés: a máquina apitava: a voz do comandante tinha em cima comandos[29] roucos e serenos, e parada, assim, no nevoeiro, sem descontinuar, uma campainha lúgubre tocava à proa: e o rolar do *wagon* [...][30], ainda assustada, ainda enjoada, quase adormecida nos braços de Georges, rolando enfim para Paris. Os seus primeiros dias, no Hotel Mirabeau, na *Rue de Pau*. Que felicidade! como o ar lhe parecia doce, as fachadas risonhas, os aspectos felizes, a vida macia! não era a brutal violência rica da Londres colossal: era um encanto duma cida[de] pequena, florida, civilizada, aromática, e envolvida no céu azul, como uma jóia em algodão. — Depois, as horas de abandono, das lágrimas, do ciúme. Ela também, como lera em romances, tinha de noite olhado invejosamente o Sena, e pensara que o seu corpo seria exposto na morgue, nu, sobre uma pedra lisa, com uma torneira de água escorrendo sobre ela sem cessar, sobre a sua figura, esverdeada e molhada. A cidade que lhe parecera até aí tão amável, risonha, festejadora, convidativa, fácil — pareceu-lhe agora medonha, com o seu egoísmo seco: e em todos os rostos onde vira uma serenidade alegre, parecia-lhe ver mais frieza que nas fachadas das casas: e parecia-lhe atroz aquelas carruagens forradas de cetim — quando ela chapinhava na lama com o último par de botinas — e tantas frutas ricas nas lojas de comestíveis, tantos pratos em restaurantes — quando ela comera um pão dum *sou* e uma salsicha. Mas conservava-se portuguesa — todas as noites pedia a N.ª Senhora da Alegria que lhe mandasse um homem rico. Conheceu então as longas noites de *boulevard,* à caça duma libra ou de vinte mil réis. — Nunca lhe tinham esquecido: ao princípio saía com uma esperança: o *boulevard* flamejava dos dois lados, numa iluminação crua de restaurantes e de cafés; as vitrinas lançavam toda a sorte de reflexos, de jóias, de sedas; a *Petite Brune* estava cheia dum tumulto alegre, as mesinhas dos cafés enchiam os passeios: mil pontos de luz das lanternas de carruagem vinham, cruzando, fazendo um rumor surdo: aqui e além, vinham acordes vagos de uma orquestra do pequeno teatro: os quiosques reluziam: todo o mundo parecia alegre, feliz: e era impossível que daquele dinheiro, daquela felicidade, daquela fartura, não batesse na sua pobre mão estendida uma moedita de oiro, uma só; não se apressava então: parecia-lhe que todos aqueles homens lhe viriam falar: e como era tími-

29. Leitura provável.
30. Faltam palavras.

da, acanhada, noviça, não se esforçava por combater a timidez, acolhia-se mesmo nela, e sentada numa cadeira, sob os magros galhos duma árvore, esperava: depois as mesas dos cafés iam-se esvaziando, já havia no passeio largos espaços vazios, onde só caía a luz dos cafés: então erguia-se: caminhava: mas, se um homem a fitava, a vergonha voltava: virava o rosto, tornava-se arisca: por fim as vitrinas das lojas apagavam-se: uma sombra escura estendia-se: os moços dos cafés impassíveis e balofos, começavam a fechar as portas; vinha então uma impaciência, e, a correr, andava, mexia-se: já as carruagens diminuíam: o último ónibus passava: tudo estava apagado enfim — apenas as duas linhas de luzes, acima dum [...][31] de tachas, duma procissão imóvel: e, por fim, no passeio deserto, só ecoava o passo vagaroso dalgum *sergent de ville*. — Ia então encontrar-se com a sua única amiga, uma inglesa, *Miss* Maggio, alta como um arbusto, magra e duma brancura de cera: estava tísica, tossindo pela manhã escarrava sangue, toda se embrulhava, e tinha então cóleras, uma necessidade de desordem, de ruído e de deboche: procurava os homens, oferecia-se de graça, com desespero, as faces com laivos lívidos dum verde[32], as palmas das mãos cheias dum suor frio. Quantas vezes iam as duas, sem ter comido todo o dia, assentar-se, pelas bancadas do café Kirsch, no *Boulevard des Capucines,* com as mãos trémulas, um ardor no[33] estômago, um sorriso vago, esperando que alguém as convidasse a cear: — até que esse alguém, estrangeiro, amigo de francesas baratas, vinha oferecer, silabando o francês, àquelas esfomeadas — camarões, e cerveja! — Enfim, N.ª S.ª da Alegria compadecera-se dela: o homem rico tinha aparecido, de repente, rompendo do solo, como numa mágica: mal se lembrava como o conhecera: a sua pobre cabeça, então, entontecida de necessidades, de embrutecimento, de deboche e de *gin* — mas conservava as sensações, e as ideias fugiam-lhe, através do cérebro, como água num *caoutchouc.* Conheceram-se, era a verdade, e ele tomara conta da sua vida. Era o conde de Molinard, o senador. Vivera com ele 12 anos. Era bem velho, bem repugnante! Comia com um ruído imundo; a pele engelhada das faces caía-lhe flacidamente: era desdentado: o seu crânio, calvo, tinha tons amarelados: mas era riquíssimo, cínico, duma libertinagem vil: servira todos os regimes, com amor: Luís XVIII, Carlos X, Luís Filipe, a República, o Império; tinha um amor pela autoridade, — que o fazia cair de bruços, defronte de quem chegava a instalar-se no Poder, com a língua logo pendente, pronta a lamber — segundo o que o recém-chegado trazia na

---

31. Falta uma palavra.
32. Palavra ilegível.
33. No original: num estômago.

bota — sangue ou lama. O Império inspirava-lhe um amor desmedido: tinha aperfeiçoado as duas coisas que o faziam viver — a cozinha e o deboche; e amava-o por todas as graças[34] que [dele] recebia: amava as instituições[35], o imperador, o filho do imperador, o cão do imperador; o seu momento querido era a ceia: serviam-lha no quarto de cama: ficava longo tempo, com um grunhido rouco de porco, a mastigar, a lamber os dedos, com a cabeça oscilando, flácido, a carne toda mole, as mãos pousadas sobre a mesa, as pálpebras descidas, o beiço gorduroso, e imediatamente — ela — pobre dela — tinha de estar em pé quase despida, fresca, com perfumes quentes, para ele acariciar e percorrer as formas, com as mãos ainda gordurosas dos molhos. Mas que doçura a sua vida tinha: o melhor eram as tardes no *Bois,* pela Primavera, na sua caleche, com os seus cavalos ingleses, sorrindo, sob o guarda-solinho de seda, sentindo-se penetrar[36] dum bem-estar consolador que a deleitava, recebendo uma felicidade vaga de tudo — da brandura das molas, dos castanheiras dos Campos Elíseos, do macio acetinado do ar, do brilho dos cavalos, da riqueza das *toilettes,* do vago ar de pó-de-arroz, da água fria e polida do lago, — uma felicidade constante, contínua e doce, que lhe saturava o coração, como a água satura a esponja. Morava na *Rue de Balzac:* tinha colocado dinheiro no último empréstimo da *Cidade:* os seus cavalos eram conhecidos: dava-se a atitude reservada duma mulher casada. Recebia com cautelas, e recatos aflitos, um empregado do Ministério dos Estrangeiros, o visconde de la Rechantaye — só para pôr na sua vida um interesse romanesco: ia vê-lo em *fiacre,* vestida [de] preto, com um livro de missa, como uma devota libertina: frequentava *St Thomas d'Aquin:* era imperialista; nunca deixava de trazer o ramo de violetas de uniforme[37]; tinha ares satisfeitos de rola bem nutrida: a sua cozinha era excelente: tinha orgulho no seu *groom,* um pequeno de 16 anos, lindo como um anjo, e tão vicioso que estava amancebado com uma mulher de 50 anos e que lhe trouxera uma doença obscena, tão medonha, que o dr. Ricard, lívido, julgou que era uma peste perdida do século XVI, do tempo do Jubileu: e contava aquele detalhe às suas amigas, com risos cantados, de gula satisfeita, toda vaidosa de possuir aquele monstro! E todas lhe invejavam o *groom.* — Depois viera o ano terrível, a guerra! Que momento alegre o seu! No dia em que o senador votou a guerra, o conde de Molinard deu um jantar: fora um dia para ela glorioso: tinha uma *toilette* de seda cor de creme, toda

34. Leitura provável.
35. Leitura provável.
36. No original: *penetrar-se.*
37. Leitura provável.

guarnecida de violetas: o seu amante, o visconde de La Rechantaye — devia acompanhar o Secretário dos Estrangeiros que levava a declaração de guerra a Berlim. E lembrando-se então donde partira, duma pequena vila de Portugal, obsoleta e esquecida, vinha-lhe um orgulho de se achar ali, naquele dia histórico, tendo à sua mesa diplomatas, dois capitães dignos, que se iam bater, e dois senadores, que de manhã proclamaram[38] votar a guerra; — o que falava com o seu mau acento francês, que nunca perdera: todos confiavam na vitória: e repetiam-se, com sorrisos de deleitação, as palavras do Imperador: — É a minha guerrazinha. — Era a guerrazinha de S. M. — E havia uns sorrisos extáticos e devotos.

Mas, e bem depressa, foi necessário fazer as malas para fugir para Bruxelas! Ali passara o Inverno tristemente no hotel: soube [d]a morte do visconde na batalha de St. Privat — e quando entraram, depois da cerimónia no dia em que o Senado ia a *Versailles* para se prostrar aos pés da República, uma apoplexia atirou, — mudo, para cima da papele[ira], com a boca ao lado, o velho infame.

E não fizera testamento: as suas propriedades passavam a sobrinhos distantes da Normandia: e Genoveva ficava sem[39] as suas mobílias, as suas jóias, e treze mil francos de renda. Pobre! Viveu um ano muito retirada, muito obscura, com uma economia escassa: — e a miséria vinha talvez voltar — quando N.ª S.ª da Alegria lhe mandou o Gomes Brasileiro. Riquíssimo, magro como um esqueleto, com uma pele cor de marroquim colada à caveira, olhos negros, pequenos, uma barba preta, — renovou a Genoveva o seu luxo: viajaram pela Europa, até S. Petersburgo, e ofereceu-lhe levá-la para o Brasil. Num momento de tédio, sentindo-se já cansada para recomeçar a vida, esperando casar, aceitou: — mas detestava-o: tinha horror à sua pele, onde havia uma doença que fazia malhas vermelhas: — e, em Lisboa, vendo diante de si o mar a atravessar, e os seus enjôos, o triste Brasil, e o contacto daquele homem odioso, como uma pessoa que ao tocar um bocado de carne sente um vómito subir-lhe à garganta — recusou: o Brasileiro, já talvez arrependido, aceitou, quase com reconhecimento: deu-lhe 300 libras, e partiu. — E ali ficara em Lisboa: até quando? Encolheu os ombros, e bebeu os últimos golos de *gin*.

A porta abriu-se devagarinho, e a voz aflautada de Miss Sarah perguntou.

— *My dear,* está visível?

Genoveva exclamou logo, com modo seco — que não! Era para lhe fazer um bocado de música: ia já ter à sala com ela! Miss Sarah deslizou,

---

38. Ilegível.
39. No original: *com.*

com a sua alta estatura pela saleta, foi sentar-se metodicamente ao mocho do piano, limpou os óculos no lenço, pô-los — e, com os seus cotovelos agudos muito saídos, ergueu a voz acre, e cantou, batendo o acompanhamento com secura: *Last rose of the summer*! de santo, ou de Cristo, lhe arqueava os beiços secos, num sorriso que escorria desprezo pelos santos, pelos idólatras: achava todo o mundo, o mundo para além da Inglaterra, desconfortável: todas as janelas lhe pareciam fechar mal, e todas as comidas estragar o estômago: em França e em Portugal, os Franceses, os Portugueses eram os estrangeiros: ela nunca era estrangeira — porque era inglesa; tinha o amor secreto do álcool: devorava novelas inglesas duma sentimentalidade preciosa e pueril: — e falando dos homens, do amor, com uma reserva desden[h]osa duma virgem ascética, passavam-lhe às vezes nos olhos duros os clarões turvos duma luxúria fria.

Detestava Genoveva — pelas *toilettes* pelas suas aventuras amorosas, pela palidez que lhe davam os prazeres, pelos trens, — e porque recebia dela salários; e o servir uma estrangeira — acrescentava às tristezas da pobreza as amarguras da humilhação. Mas não se revoltava, e com aceitação passiva do destino, ia-se apenas fazendo mais magra, e falando mais vezes do *Dever!* Genoveva encontrara-a — no momento em que sustentada pelo Gomes e com ideias de estabelecer-se na vida solidamente — procura[va] uma governanta séria e grave, para pôr na sua vida uma tabuleta de normalidade. Miss Sarah fora-lhe recomendada como uma pessoa que tivera *desgraças,* quieta, muito económica, religiosa e boa pianista. Genoveva bem depressa reconheceu que Miss Sarah não entendia de róis, e muito pouco de música: sob os seus dedos magros, as melodias mais lânguidas mais vagas *curtia[m]-se,* tomavam uma andadura seca e brusca, em que as notas caíam como achas que rolam. A sua execução parecia-se com o seu andar — exacta, mecânica e hirta. Mas Genoveva conservava-a — porque Miss Sarah, com os seus vestidos de pregas puritanas, as suas lunetas azuis, quando o sol era vivo, os seus punhos sempre asseados, o seu nariz severo — fazia pensar numa casa de costumes graves, de horas regulares, e de contas fielmente pagas — dava-lhe crédito nas lojas: aquela figura longa, e vestida de preto severo[40], na saleta de Genoveva, dava confiança aos homens; assim se quer a imagem duma santa à entrada dum lupanar. Substitui minha pobre mãe, — tinha dito um dia Genoveva: e é mais barata.

Apenas Genoveva entrou na sala, Miss Sarah repôs os óculos, e batendo com os seus dedos longos, vermelhos como pernas de lagostas, no teclado do piano de aluguer, retomou, com melancolia, a melodia irlandesa: *Last rose of the summer!...*

---

40. Leitura provável.

— Oh, não! não! nada da *última rosa do Verão!* Basta disso, basta disso. Miss Sarah calou-se, e, escolhendo entre os papéis de música espalhados sobre o piano, soltou logo num triste plangente:

Dead leaves! Dead leaves!

— Oh, não! Também não. — E passeando pela casa, arrastando o murmúrio fresco do seu roupão de seda, Genoveva censurou-lhe aquelas músicas tristes, sempre dum lúgubre!... Estava farta de sentimentalidade. Queria alguma coisa alegre! Uma música pândega...

Miss Sarah tirou os óculos, e voltando-se no mocho do piano declarou que, felizmente, nunca fora seu costume cantar ou estudar essas melodias perversas.

— Vai para o diabo que te carregue, hipócrita! — disse Genoveva, em português, e Miss Sarah, sentindo no acento a vaga vibração duma praga, ergueu-se com dignidade, dirigiu-se para a porta: mas voltando-se, — disse que via que ela estava com *spleen!*...

— Estou, interrompeu Genoveva. Estou com *spleen.* A inglesa julgou do seu dever de cristã — sentar-se e consolar-se: também ela estava bem triste: todos tinham os seus pesares: recebera bem más cartas de Inglaterra.

Genoveva interrompeu-a outra vez: — Ah, não queria ouvir, bem lhe bastavam os seus pesares, ainda ouvir os dos outros... Não, não! Ela mesmo se sentou ao piano, tinha [há] muito tempo estud[ado] em Paris, mas nunca passara das escalas, com que afligia, dum modo tranqüilo e pertinaz, todas as suas relações: mas sabia o acompanhamento de algumas canções libertinas, uma sobretudo encantava-a: — *L'Amant d'Amanda!* — que durante um verão, a França cantara, com delícia: e erguendo a voz, mordente, e duma vibração quente, cantou:

Chaque femme a sa toquade
Sa marotte et son dada,
Amanda me demanda
Um jour entre deux oeillades.

Miss Sarah tinha-se erguido, e subtilmente saíra. Genoveva recomeçava as palavras, a cabeça alta, um sorriso garoto, com o francês arrastado e pandilha de café-concerto — e terminando as palavras por tra-la-las trauteados, voltava [ao] arrastado de sílabas, numa voz cálida e canalha:

Voyes ce beau garçon là
C'est l'amant d'A

C'est l'amant d'A!
Voyez ce beau garçon là
C'est l'amant d'Amanda!

Fez a sua escala então, duas vezes, rapidamente, embrulhando-se, — e ergueu-se, sacudindo as mãos, com tédio triste.

Aquele estribilho que lhe trazia a recordação de Paris, de Verão, — quando os parques estão cheios de flores: os arbustos ram[osos][41] verdejam; os repuxos cantam nas bacias de mármore; os grandes vidros resplandecem alegremente, e dos vestidos claros saem aromas frescos: e as felicidades do campo, os *cottages* escondidos na verdura; as pescas no Sena, com um largo chapéu de palha; e os casinos, onde se canta, com as janelas abertas, à aragem do mar, nas manhãs quentes onde a areia reluz, e *yachts*, envernizados, cortam as águas serenas: — e o aspecto das coisas em redor dava-lhe uma melancolia cheia de bocejos: a sala, com o seu tapete barato, a luz escassa da varanda de caixilhinhos miúdos, a banal consola de mármore, com duas bonecas da Vista Alegre, a cabaça[42], com a sua cobertura de fustão branco, o lustre vestido com uma gaze vermelha um pouco suja das moscas — entristeciam-na como se se visse coberta com um vestido de merino tingido: — a rua, em baixo, tinha um ar triste e lúgubre: era ao pé do Arco: e constantemente pesados galegos passavam, canecos arrastavam em torno do chafariz; a água fazia ribeirinhos lamacentos — à porta duma mercearia, defronte, constantemente, um barril de manteiga mostrava a sua cor rançosa: presuntos pendiam com a cor branca de gordura fria: molhos de velas de sebo pendiam — e, para além da casa fronteira, via um pedaço de fachada de S. Bento inexpressiva e lorpa.

E Genoveva bocejava. Os dias pareciam-lhe enormes, vazios, e o sol arrastava-se com um resplendor monótono: mas preferia estar só à companhia de Dâmaso: a sua cara balofa e satisfeita, o seu corpinho gordo e rebolante, a correção do cabelo lustroso de pomadas, as suas luvas de cores garridas, o seu ar ricaço e parlapatão exasperavam-na; tinha às vezes vontade de o expulsar, a chichotadas. Mas Dâmaso mostrara-se excelente: ao princípio, habituado às conquistas de espanholas e de matronas amancebadas, ou dalguma burguesa deslumbrada pelo seu *fa[e]ton* — julgando-se irresistível, tinha falado a Madame de Molineux, com um [ar] Vítorioso, à D. Juan. Genoveva, com um olhar espantado e irónico, alguns ditos secos e picantes — destruíra-lhe a atitude: o leão, que entrara com a juba ao vento, saía, com o rabo encolhido de burrinho.

41. Leitura provável.
42. Recipiente de água, em barro ou vidro.

— Quando voltou, Genoveva, muito tranquilamente, disse-lhe que, para ficar em Lisboa, precisava regular alguns negócios e necessitava um conto e duzentos mil réis. Dâmaso esteve sem voltar dois dias — mas a paixão era urgente, a vaidade estava em brasa — e depois de 48 horas de reflexão, de numerosos cigarros fumados, e de mãos nervosas metidas pela cabeleira — veio, humilde, com o seu dinheiro na mão. Genoveva pressentiu um *frango a depenar,* e na primeira noite que o recebeu, com uma condescendência altiva, na sua alcova, entonteceu-o, embruteceu-o, pelos processos hábeis duma sensualidade científica. O excelente Dâmaso ouviu palavras ardentes, dum orgulho quase doloroso, tanto lhe inchavam[43] a pele: recebeu beijos que o deixavam a tremer, com os olhos arregalados viu cuidados de *toilette,* rendas, sedas, — que lhe faziam pensar baixo, dando pulinhos: — Hei-de-lhe dar os últimos cinco réis.

A sua única contrariedade foi de manhã: Mélanie conduziu-o a uma alcova, onde ele viu, com um calafrio, uma larga banheira chata, com água, e dois grossos pedaços de gelo: era o *tub:* Mélanie, com uma gravidade sacerdotal, derramou na água meio frasco de *Eau de Lubin,* estendeu ao pé um penteador turco, pôs-lhe ao lado as escovas dos pé, deixou-lhe uma taça cheia de espuma de sabão de âmbar — e saiu dizendo:

—Faz favor de chamar, quando quiser a fricção.

Dâmaso ficou de pé, atónito, coçando a cabeça, olhando a bacia: meteu a medo as pontas dos dedos na água gelada, e recuou murmurando:

— Olha que partida!

Estava verdadeiramente embaraçado: aquilo decerto era um *chic* parisiense, pensou, e não queria escusar-se a ele: mas meter-se vivo naquele horror de água gelada, ah, não! Molhou a ponta duma toalha, passou[-a] de leve pela cara, arripiado, — fumou dois cigarros, junto à banheira, com a melancolia embrutecida duma cegonha, — e saiu, dizendo, pelo corredor:

— Venho do banho. Óptimo banho!

Quando, depois de ele sair, Mélanie veio dizer que o senhor deixara a água intacta, apenas com duas pontas de cigarro, Genoveva exclamou, furiosa:

— Oh, que bruto! Há-de-lhe custar um par de centos de mil réis.

E custou: ao fim de quinze dias Dâmaso tinha *abulado,* como dizia Genoveva, dois contos e quinhentos mil réis: e começava a achar a *graça pesada.* Mas estava estupidamente apaixonado: todos os seus instintos burgueses: a prudência, a desconfiança, o egoísmo, o cálculo, estavam como cloroformizados: se algumas vezes se mexia, e gemia bai-

---

43. Leitura provável.

xo, — os braços níveos[44] de Genoveva, passados pelo pescoço dele, uma das suas palavras, — a que ele achava um encanto estonteador — meu bichano, minha vida, meu ratonho, cordeirinho quente, — a fraseologia clássica da eloqüência libertina — bastavam para que tudo adormecesse dentro dele e só o amor rugisse, com impaciências lusitanas.

No entanto Dâmaso escondia cuidadosamente aos seus amigos aquelas prodigalidades: fazia-se passar por *amante de coração:* proclamava-a rica, generosa, desinteressada: fazendo comprar em segredo uma abotoadura de coral, que usava, expondo-a como presente dela:

Porque me quer dar tudo! Presentes todos os dias! Está doida por mim! Tenho-a feito doida.

Dizia nos cafés, em S. Carlos: ia dizê-lo aos lupanares; estava a achar um meio como o havia de imprimir no *high-life* do *Jornal Ilustrado.* O último presente que ela lhe tinha dado, na véspera — era uma velha conta do *Lafferière* de 3 000 francos — que ele meteu na carteira, tomando ao outro dia, silenciosamente — uma letra sobre *Marconard et André,* os banqueiros da Rua Laffayette, a 50 dias de vista, com 100 francos, para o desconto, e ficou atónito, quando Genoveva a meteu negligentemente dentro dum envelope, dizendo a Mélanie com um bocejo:

— Deita ao correio. É o preço da desonra.

Mas Dâmaso começava a exigir mais publicidade nos seus amores. Aquela felicidade, escondida na Rua de S. Bento, que lhe custava os olhos da cara — se lhe contentava a carne não lhe satisfazia o orgulho. Queria mostrar-se com ela, ser invejado no Chiado, na Casa Havaneza, olhado em S. Carlos, e ouvir dizer: o Dâmaso, que felizardo, aquilo é que [é] levá-la!

Madame de Molineux não se opôs muito, falou, ainda, no encanto de um amor discreto, todo íntimo: realmente, não a entusiasmava a ideia de se mostrar "com aquele imbecil". Mas aceitou um camarote de 1ª ordem em S. Carlos, e, mesmo, um domingo de Campo Grande. Eram mesmo pretextos para ter enxaquecas: porque lhe começavam a vir as enxaquecas — e, coisa fatal, era sempre à noite, às onze horas.

— Ah, meu amor; estou terrivelmente doente. Não te posso dar hospitalidade hoje. Tenho de te pôr na rua. Que ferro! Se tu soubesses... Mas vou contigo!...

E quando o sentia em baixo fechar melancolicamente a cancela — tinha um ai de alívio, chamava Mélanie, pedia o seu *gin,* e ate às duas horas, na cama, bebericava, palrava com Mélanie: — ou escrevia às suas amigas de Paris dizendo que estava em Lisboa, ao pé da África, fazendo sensação na rua, e civilizando um selvagem, rico como um nababo, e bronco como um caloirinho.

---

44. Leitura provável.

Naquela manhã estava resolvida a ter a enxaqueca. Dâmaso ao princípio objectava deixá-la, assim, só, doente. Lembrava sinapismos. Queria ir chamar o dr. Barbosa. Mas Genoveva não acreditava nos médicos portugueses: tinha-lhes horror: podiam envená-la, ou desfigurá-la. E suspirava pelo dr. Charmeau. Ah, se tivesse o dr. Charmeau! — E uma ocasião, vendo a repetição obstinada daquele ataque — que perturbava a avidez do seu desejo — Dâmaso, inquieto, lembrou timidamente — *uma purga.* Mas Genoveva cravou-lhe um olhar tão friamente rancoroso, mostrou um nojo tão elegante daquela lembrança torpe — que Dâmaso diante dela não se atrevia a falar [de] remédios: um dia mesmo que ia a pronunciar a palavra *magnésia,* corou, tossiu, e empregou um circunlóquio.

Por fim, aquelas enxaquecas, repetidas três, quatro vezes por semana, pareceram exageradas a Dâmaso. A sua desconfiança burguesa arregalou os olhos: mas Genoveva tinha atitudes tão quebradas, expressões tão doloridas — queixas tão aflitas sobre o clima de Lisboa, que Dâmaso saía compadecido e desolado. Quis atrair a seus interesses Mélanie: e a primeira vez que ela lhe foi levar uma carta, a casa dele, na Rua da Emenda, Dâmaso julgando-se "finório" — deu-lhe duas libras. Mélanie abriu-se logo em confidências, com a abundância de uma torneira: ai o sr. Dâmaso não imaginava! A senhora estava doida por ele. Até estava maçadora! Falava dele constantemente, chorava, não queria voltar a Paris, tinha ciúmes terríveis. Bem podia ter cuidado. Que se ela soubesse que ele olhava para outra mulher, matava-o. Era mulher para isso! Mais arrebatada!

Dâmaso, encantado, quis saber o passado de Genoveva. Mélanie contou-lho logo, pedindo segredo: a senhora tinha casado com o sr. conde de Molineux, um velho mais nojento; mas, coitada, estava então pobre: o primeiro marido, um inglês, tinha-a deixado sem um vintém. Pois senhor, era fiel ao velho, como uma escrava. E não faltava quem lhe arrastasse a asa! Pouh! Duques, príncipes, até o Imperador. Pois nada! Que a verdade devia-se dizer: ela tinha tido uma inclinação por um rapaz, lindo como um anjo, um tal Paul de la Charterance: mas nunca houvera nada, nada! O tal Paul morrera na guerra, e acabou-se. Não, lá isso, era uma pessoa muito amorável. Coitada, infeliz: o patife do velho não lhe tinha deixado nada: tinha-se visto obrigada, depois da morte dele, a pôr no prego as suas jóias, e tinha dívidas. Dívidas!... Fora a necessidade que a obrigara a vir com o brasileiro: mas não o podia sofrer: e não fora ninguém, um belo dia, zás, deixou-o... Ah, positivamente, servia-a havia 10 anos e era agora a primeira vez, a única, que a via apaixonada.

— Mas porquê, porquê? perguntava o Dâmaso, babado.

Mélanie deitou-lhe um olhar fino.

— O sr. Dâmaso é tão bonito rapaz. Dâmaso deu-lhe outras duas libras — e não se conteve, abraçou-a pela cinta, fê-la dar um ai! beliscando-a de júbilo.

E daí por diante, necessitava ouvir a todo o momento, a Mélanie, aquelas afirmações da sua felicidade. A rapariga prodigalizava-lhas: era uma *pingadeira:* estava radiosa: acostumada a 200 *sous,* achava os Portugueses adoráveis. — Se todos são assim, pensava, isto é o Paraíso!

Mas as exigências de dinheiro cresciam, e as enxaquecas não cediam: Dâmaso começava a impacientar-se: além disso, achava-a às vezes *esquisita,* de mau humor, taciturna, outras vezes irónica, cheia de pilhérias; surpreendia-lhe olhares secos, impaciências bruscas. E enfim queixou-se ao seu íntimo, o Manuel Palma, o Palma Gordo, um sujeito baixote e roliço, de voz grossa, e unhas roídas, — que vivia um pouco [à] custa dele: contou-lhe os suores[45] que lhe dera, os maus humores dela, mostrou-se inquieto, parecia-lhe que ali havia *comidela.*

— Ferra-lhe uma coça — disse o Palma Gordo.

Era de resto o seu sistema com o *gado* (chamava sempre *gado* às mulheres). Usava sempre um jaquetão: e, de Verão ou de Inverno, o seu colarinho tinha sempre em redor do pescoço uma orla de suor: comia com voracidade: as calças muito justas quase lhe estalavam nas pernas gordas e curtas; admirava Dâmaso, passava o dia a elogiá-lo, a ele, à raça[46] do seu cavalo, ao seu cão.

— Que diabo, homem! objectava o Dâmaso: não é qualquer portuguesa! Uma coça! Uma mulher acostumada a Paris...

— Qual Paris! Ferra-lhe uma coça! O gado não vai senão a pau! Ferra-lhe uma coça! Dâmaso, às vezes, entrava em casa de Genoveva, — com tenções de ser enérgico, de lhe falar claramente: — ou ele era seu amante, e tinha o direito de vir quando quisesse, de estar até que horas quisesse, ou então boa-noite. — Mas apenas a via — o espectáculo da sua pessoa, as suas *toilettes,* as suas atitudes, uma carícia leve, deslumbravam-no, — como outros tantos aspectos duma civilização superior e maravilhosa, que o enchia de respeito e de timidez.

Nessa manhã o passeio a cavalo encantara-o: Genoveva era admirável, na sua amazona; Dâmaso fizera-a passar por todas as ruas onde tinha relações: atravessara o Chiado: tinha caracolado no Rossio — olhando em redor, com a face dilatada para recolher os olhares de admiração, as expressões de inveja. Mas, infelizmente, "parece que pelo Diabo", as ruas estavam desertas de conhecidos: as janelas, vazias de rostos amigos. Fizera caracolar a sua glória diante dalguns galegos de esquina, e de alguns lojistas preguiçosos; aquecendo-se ao sol, nas chinelas de tapete. — Aquilo pusera-o de mau humor. Tinha já várias vezes dito a Genoveva — que queria que ela aparecesse, saísse!

---

45. Leitura provável.
46. Leitura provável.

— Como quer que eu saia, numa carruagem da Companhia? Dê-me uma *vitória,* uma parelha de cavalos ingleses, um *groom* decente, e verá o espalhafato por essas ruas.

E Damaso estava quase inclinado a dar-lhe a *vitória:* via-a já descer o Chiado, nalguma das suas *toilettes* extraordinárias, ao trote *stepado* de dois cavalos de raça — e pela Casa Havaneza, pelo Baltrescho, um murmúrio invejoso correr: — é a do Damaso! Que maroto! Que *chic!*

Pelas duas horas foi a casa de Genoveva. Mélanie veio dizer em bicos de pés à sala — que "estava ali o homem". Genoveva fez logo com a mão um grande gesto que não: e falando ao ouvido de Mélanie:

— Que estou a dormir, que não recebo, mas que o espero sem falta para jantar às sete.

E quando Mélanie voltou:

— Que disse?

— Fez uma carantonha...

— Que vá para o inferno! Animal!

E dirigindo-se ao quarto:

— Mélanie, traz-me as cartas.

Mélanie foi preparar no quarto a mesa com o baralho. E Genoveva, com uma atitude séria, duma fé religiosa, começou a deitar as cartas: baralhava-as, gravemente, devagar, com cuidados cabalísticos: partiu-as com a mão esquerda, dividiu-as em maços: e com a sua mãozinha branca, arrebitando o dedo mínimo, onde reluziam pedrarias de amores, ia-as enfileirando em semicírculos simbólicos. Mélanie, por trás da cadeira, seguia, com interesse, como na página dum livro, a revelação do destino. — E Genoveva murmurava:

— Uma desordem; um velho; o rapaz novo, com a mulher loura; lágrimas: encontro num lugar com gente, por causa duma carta. — Baralhou, dispôs, reflectiu: — e de repente:

— Vem-me ver! Tem de ser ele mesmo: três vezes, vês? — E mostrava a repetição do valete de oiros, que se juntava com a dama de copas: — Tem de ser ele mesmo...

E os seus belos olhos pretos iluminados, na fisionomia aquilina e pálida — estava[m] cheio[s] do vago assombro de destinos inevitáveis.

— Eu se fosse a senhora não pensava mais nisso disse Mélanie.

Genoveva mostrava as cartas com um ar vago, os olhos muito abertos, fazendo beiço com os seus dentinhos brancos. — Ou então, — continuava Mélanie, arrumando pelo quarto — pedia muito simplesmente ao sr. Dâmaso que o trouxesse. Está-se a ralar por uma coisa de nada.

— Não, não quero que o Dâmaso o traga! — E erguendo-se, indo ao espelho, passando o pente nos cabelos: — É ridículo, bem sei — mas então! Nunca houve ninguém que me fizesse a mesma impressão... Des-

53

de que o vi no Teatro da Trindade... Que o vi, eu mal vi, estava à porta, ia apanhar o vestido, volto-me, zás, — dou com ele a fumar tranquilamente o seu cigarro. E não me tornou a sair daqui! — Bateu com os dedos na testa. — Tenho-o aqui, de noite, e de dia. Diz que se chama Vítor, que é advogado... E com piedade amorosa: — Advogado, coitado! Se aquilo nasceu para estar num escritório a rabiscar papel selado. Pobre bichano! Com aqueles olhos!

Deu um suspiro. E sentando-se aos pés do leito, espreguiçando-se, com os olhos afogados, num fluido lascivo: — Oh, Mélanie! — ergueu-se, e com outra voz, seca, rápida: — Não, palavra, nunca tive semelhante mania por um homem! Não sei o que queria, queria-o levar, fugir com ele, ir para um sítio que ninguém nos visse: devorá-lo, matá-lo, trincá-lo. — É lindo! tão simpático! É um amor. — E não sei, tem o quer que seja: parece-se comigo! Foi ao espelho afirmar, procurando nas suas próprias feições vaga semelhança das *dele*. Aqui — dizia mostrando a testa — os olhos. Se eu não me pintasse de louro, parecia-se realmente... Deve ter vinte e cinco anos...

— A senhora veste-se para jantar?

—Hein?

Mélanie repetiu.

— Sim, um vestido preto; — tenho de aturar o outro idiota. — Ah, mas quero que ele saiba quem é o velho: que lhe vá pedir uma satisfação...

— *My dear,* está visível? — perguntou Miss Sarah à porta.

—Ah sim! podia entrar. Uma gotinha de *gin* — Miss Sarah?

O rosto da inglesa clareou-se de prazer. — Uma gotinha. Um quase nada... Bastava! Com água... Era *Old Tonic,* não? Só mais uma gotinha, *just a little drop! That will do. Thanks.*

Sentara-se, bebia o seu *gin* devagar, com concentração, — e repetia, com devoção, a sua máxima, muito inglesa:

— Um estimulantezinho é a saúde da alma.

Capítulo 5

Ao outro dia — pelas onze horas, Vítor estava no escritório. O dr. Caminha advogava na Boa-Hora — e Vítor, com os autos abertos diante de si, os pés estendidos, fumava, olhando o tecto. Sentia-se agora num estado de tédio, num vazio de vida que o enervava. A certeza que Madame de Molineux amava Dâmaso tinha-lhe criado um vago sentimento de ódio por ela: desprezava-a, — julgando-a banal, tola, estúpida: apaixonara-se por aquele imbecil: e, consolando-se com a ideia de que uma mulher dum espírito tão subalterno não o merecia a ele, com tanta beleza de alma — não se podia eximir a desejá-la, dum desejo constante, e crescente. Desprezava o seu espírito, mas adorava o seu corpo: e como a não podia adorar, pusera-se a detestá-la. Não tornara a ver Aninhas: e perdendo toda a esperança de felicidades amorosas, queria-se entregar às alegrias da literatura. Tentara pôr os seus desprezos pela sociedade e pela vida, em odes: mas depois de noites passadas a triturar o cérebro, e a fumar maços de cigarros, desesperado com as rimas, não encontrando ideias — decidira que para poder ser artista devia começar por ser feliz; e como a felicidade não vinha e a arte não o inspirava, pensava vagamente em começar a ser um estroina, embebedar-se, "afogar em orgias" o seu tédio: mas para isto faltava-lhe o dinheiro: e iludido no seu amor, estéril na sua literatura, com cotão nas algibeiras, sentia-se na vida como um homem errante, que só vê diante de si portas fechadas.

De repente, a voz do Dâmaso, fora, na saleta, disse com pressa:

— O sr. Vítor da Silva, preciso falar-lhe:

O escrevente ergueu o reposteiro, e, metendo parte da sua corpulência, disse baixo com a voz pigarrosa:

— Sr. dr., está ali um sujeito fora.

— Ah, estás só, disse Dâmaso, e tornou a pôr o chapéu. — E sem transição, com a voz aflita.

— Teu tio fê-la boa! Teu tio fê-la boa!

Vítor abriu os olhos muito espantado:

— Encontra Madame de Molineux e ferra-lhe uma descompostura!

— E Dâmaso deixou-se cair na poltrona respeitada do dr. Caminha. Mas deu um grito medonho, com um pulo, uma contorção. Tinha-se sentado sobre a ponta de um prego, de cabeça amarela e chata. O dr. Caminha detestava que, quando estava na Boa-Hora, alguém se sentasse na sua almofada de veludo verde: mas na possibilidade do crime deixara preparada a vingança: aquele poderoso orador forense, como diziam as bocas, punha sempre, antes de sair, um pregozinho na almofada; era a sua pilhéria preferida: Dâmaso tinha corrido, por conselho de Vítor, à cozinha, onde, — disse Vítor, tens um bocadinho de espelho, ao pé da bacia. Voltou mais sereno. Era apenas uma arranhadura. Mas estava pálido: chamou *infame* ao dr. Caminha: achou [a] *brincadeira digna de um verdadeiro canalha.* — O escrevente, à porta, com o reposteiro erguido na sua mão poderosa, olhava por cima do óculo, a pena na orelha, e exclamava, com crueldade:

— Foi o prego! Havia de ser o prego. — Estava contente: era mal feito a um fidalgo.

Mas toda a exaltação de Dâmaso se tinha acalmado — e foi com uma voz tranqüila que contou a Vítor[47] o *caso da véspera:*

— Imagina agora, por causa duma criança — pôr-se na escada, a chamar-lhe toda a sorte[48] [...]. — Eu, quando ela me disse que era um homem com uma perna de pau, uma gaforina branca, um trem, e um bengalão, e um casacão comprido — percebi logo que era teu tio. — Ele não te disse nada?

— Ele contou-me ao jantar, vagamente, — mas a falar a verdade não dei atenção; todos os dias lhe acontece ralhar a alguém por causa de alguma coisa.

Dâmaso agora passeava no escritório, embaraçado, e levando de vez em quando a mão acariciadora ao sítio ferido:

— Pois sim, mas — a história — é que Madame de Molineux quer que eu lhe vá tomar uma satisfação. — Vê uma destas!

Vítor riu-se.

— Uma satisfação?

— Uma satisfação. Homem, parece-me que falo português. Diz que foi insultada, que não tem marido, nem irmão, nem filho, nem ninguém aqui — que só me tem a mim — e com uma afirmação cheia de fatuidade, — é verdade — que eu a devo — desafrontar, sim enfim...

Vítor agora estava sério.

— Homem, isso é curioso!

— É que se não lhe levasse uma explicação do tio Timóteo — que me não recebia mais! — Estava furiosa: partiu dois vasos, partiu o chicote, ia matando a inglesa. É uma fúria. Queria ir desafiá-lo, matá-lo com um revólver. Enfim para a conter — suei! E ainda por cima me chamou imbecil. E então saia-se a gente duma destas! —

---

47. No original: *Jorge.* (Este lapso repete-se, ver nota 15).
48. Faltam palavras.

— Hei-de ir desafiar o tio Timóteo? — eu não tenho medo, acrescentou, — eu não tenho medo, mas que diabo! Um velho! Uma pessoa respeitável. Isto só a mim!

Vítor escutava-o, considerava, vendo-o passear, a sua figura roliça e gordota, a cara balofa, a cabecinha estreita, com um cabelo muito lustroso. E parecia ver a bengala do tio Timóteo tirar sons baços, fofos, daquela nutrição — como quando se batem na cozinha untos almofadados dum porco de Natal.

Mas Dâmaso estava realmente aflito. Depois, em tudo aquilo pareceu-lhe que havia vagamente alguma coisa que o aproximava, por caminhos tortuosos, de Madame de Molineux: e a esta esperança todo o seu despeito desvaneceu, como um nevoeiro à aproximação de um sol forte.

Falou em intervir, expor o caso ao tio Timóteo. Dâmaso apertou-lhe logo as mãos, com muitas palavras amigas, quase sentimentais: que o salvava! que o tirava duma aflição: — É falar-lhe hoje, falar-lhe hoje — acrescentava: eu contentava-me em que ele fosse deixar-lhe um bilhete, nada mais. É tão pouco, é tão pouco!

Decidiram então ir logo falar-lhe. — A esta hora está a ler o *Times,* disse Vítor.

Dâmaso tinha em baixo o seu *coupé:* — e ao vê-lo passar na saleta:

— Então passeio, hein? — perguntou o escrevente, com o cotovelo na mesa, a mão no ar sustentando a pena. — Passeio?.. E o prego! E o prego do sr. dr.!

Dâmaso sorriu: a corpulência e a voz pigarrosa do escrevente davam-lhe um vago temor:

Desde a véspera, sonhava com perigos, desordens, duelos. E o escrevente, continuando a escrever, lentamente, sob[re] o papel selado:

— Corja de fidalgos! murmurava.

O tio Timóteo estava com efeito a ler o *Times.* Vítor deixou Dâmaso na sala, a ver um álbum de *vistas* de Calcutá — e foi, só, expor ao tio Timóteo o caso, as dificuldades de Dâmaso, amansá-lo, convencê-lo.

— Mas que diabo tem esse tolo com a mulher? É marido? É irmão? É cunhado? É amante?

— Creio que é amante tio Timóteo.

O tio Timóteo arregalou o olho.

— Olha o alarve! — E com uma palmada no joelho — Pois apanhou. Ora! Ora é uma mulher soberba! Isto aqui — e indicava o peito — é real!
— E pondo-se de pé:

— Bem, como pedir-me satisfações era ridículo — e como deixá-la, sendo amante, é duro — devo eu ceder. E com um grande gesto: — Faço-o por Vênus! — E teve um risito. — Dize a esse animal que entre.

Mas o aspecto de Dâmaso, com o seu rosto balofo, que suava satisfação, de luvas amarelas, a perna gorda, e o bigodinho muito arranjado — irritou-o: — e foi muito bruscamente, sem se levantar, que lhe perguntou:

— Então o sr. estava com ideias de me pedir satisfações?

O Dâmaso curvou-se, pálido.

— Oh, sr. Conselheiro, pois podia supor? Eu? Ora essa! Por quem é...

A sabujice daquele gordalhufo amansou Timóteo: indicou-lhe uma cadeira: ofereceu-lhe conhaque e água, — e pousando ele mesmo o seu copo sobre a mesa:

— Eu já disse ao Vítor. — Estou pronto a dar a satisfação: não quero ir perturbar-lhe o seu arranjinho. — E para Vítor: — Amanhã vai deixar o teu bilhete, com o meu, — e escreve-lhe por baixo, "com os seus cumprimentos". — Mas já o disse — não o faço por ela que não me parece boa peça — nem pelo sr., que eu não faço favores senão aos meus amigos. Faço-o por Vénus! É tudo por Vénus. Com que então seu maganão!... Pois senhores, apanhou boa moça!

Dâmaso, sentado à borda da cadeira, cumprimentava, com um ar próspero e enfatuado, passando os dedos pelo bigode. O tio Timóteo bebeu outro gola de conhaque e pondo o cotovelo no joelho:

— E é grátis?

Dâmaso fez-se escarlate. Ora essa! Era uma senhora! Era a viúva dum senador...

— São as piores. Na Índia, é a viúva do coronel. A viúva do coronel é terrível. Eu fui vítima. A única letra que assinei na minha vida, três a quatro por cento ao mês[49], foi por causa da viúva dum coronel. Uma víbora, a víbora do coronel: mas foi a única. — Porque no meu tempo, que diabo, havia desinteresse, fazia-se amor, tinha-se graça, havia paixões: agora esta rapaziada, fria, enfezada, com doenças secretas, raquítica, — para apanhar o mais pequeno beijo, têm de abrir os cordões à bolsa. Um chupismo geral! Pouh! Ouço às vezes dizer que as mulheres mudaram, estão interesseiras, especulam com o que Deus lhe[s] deu, — qual! As mulheres são as mesmas. Os homens é que mudaram. No meu tempo eram uns valentes: fortes, brutos, atrevidos, com pancada pronta, guitarra para a frente, e uma pegazinha de toiro: era um regalo para uma pobrezinha de Cristo abrir a porta, de noite, a um destes mocetões... Mas hoje... Vá lá uma mulher ter prazer com uns melquisedeques[50] enfiados, magricelas, com o espinhaço derreado, o queixo caído, sem pilhéria nem músculo... Que diabo, fazem elas muito bem, para aturar semelhantes bonifrates, é justo — que o bonifrate pague. Eu sou por elas,

---

49. Leitura provável.

50 Termo pouco habitual. O dicionário de Domingos Vieira averba-o: figuradamente, pessoa que não se sabe de quem é.

coitadinhas! — E ria-se, com a sua viva fisionomia resplandecente de recordações. — Pois é para a frente: que é ela, francesa?

— É portuguesa sr. Conselheiro. Mas tem vivido sempre em França. Vive há mais de vinte e cinco anos em França.

Timóteo tirou o charuto da boca, devagar, fitou Dâmaso, perguntou, com a testa franzida:

— Como se chama?

— Genoveva.

E depois dum silêncio, Timóteo perguntou:

— Donde é?

— Da Ilha da Madeira.

Timóteo encolheu os ombros. — E repetiu:

— Pois é divertir-se! Que é o que eu digo cá a este S. Sulpício — e indicou Vítor — que, sentado sobre a mesa, cofiava melancolicamente o bigode. — Que diabo, há pais, há tios, que pregam moralidade! São asnos. Eu prego imoralidade. Um rapaz novo — quer-se vivo, empreendedor, com dois ou três bastardos, e duas meninas no convento por paixão. Era assim no meu tempo. E seja quem for — criada, costureira, marquesa — tudo o que lhe caía na mão em homem é um homem! Os conventos acabaram. — Beba um gole de conhaque, que diabo, não morre por isso.

E retomando o *Times* repetiu:

— O que lá vai lá vai. Amanhã lá vão os bilhetes.

Dâmaso, erguendo-se, agradeceu.

— Não tem que agradecer. Faço-o por Vénus. — E ria, esfregando vivamente a perna.

No sábado seguinte, pela manhã, Dâmaso entrou muito atarefado no escritório de Vítor: e indo sentar-se ao pé da banca, quase ao ouvido:

— E só uma palavra. A Molineux já recebeu os bilhetes. E manda-te pedir para ir lá passar a noite amanhã... Sem cerimónia, hein...

Vítor sentiu o coração bater-lhe alto, e para disfarçar a perturbação:

— E quem vai mais?

Dâmaso fez um gesto desolado:

— Um capricho! Um diabo dum capricho: Imagina tu. Diz que para esta primeira *soirée* — queria ter de todas as classes: deu-me uma lista: militares, jornalistas, poetas, membros da Academia, diplomatas, cantores. — Eu para reunir toda esta gente tenho dado em doido. E diz que pessoas da sociedade não. — Quer gente divertida. Queria um actor. Que diabo — não lhe achei nenhum. Enfim fiz o que pude — mas olha que é um diabo dum capricho. E adeus, vou a casa do Carvalhosa — a ver se ele vem porque também quer um deputado.

E ia sair apressado, quando o dr. Caminha emergiu da contemplação do seu bigode louro, para dizer:

— Este é que foi o seu amigo que se sentou no prego?

Dâmaso voltou-se furioso.

— Lamento imenso, [disse], erguendo um pouco, com gestos demorados, o seu alto corpo de magricelas, e recaindo languidamente na almofada de veludo verde: — Sinto imenso. — É um gracejo patriarcal do escritório. Sinto imenso. — É por causa dos íntimos: Foi minha esposa que bordou a almofada. — E aqui está o prego! Sinto imenso. — Cumprimentou — e repoltreando-se, estendendo o beiço, continuou a catar o longo bigode, pêlo a pêlo.

Capítulo 6

Vítor hesitou muito tempo se devia ir à *soirée* de Madame de Molineux — de sobrecasaca ou de casaca: mas recordando-se de ter ouvido, tantas vezes, o tio Timóteo louvar o costume inglês — de pôr sempre casaca à noite, que diabo, mesmo para se estar em casa a fumar, decidiu *vestir-se de baile*. Era um hábito estrangeiro, que agradaria decerto a Madame de Molineux. Poria gravata preta, gravata branca? Resolveu a gravata branca, com uma camélia no peito. E, no *coupé* de praça, — muito nervoso, muito agitado, sentia como uma sensação semelhante àquela que os estudantes exprimem pelo nome de *cólicas*, que é um vago medo que aperta o estômago e relaxa os intestinos. Que lhe diria? Com que expressões delicadas, espirituosas, lhe falaria? Estaria muita gente? Dançar-se-ia? — E estava tão trémulo que mal podia apertar os botões das luvas; imaginara diálogos, preparava *ditos*, apreciações: e à medida[51] que o *coupé* rolava sentia como um receio de se ver já tão perto da casa — um cuidado que a sua camélia se não desfolhasse. O *coupé* parou: Vítor viu no terceiro andar as janelas todas iluminadas, que destacavam na noite escura, um pouco húmida de névoa: era a *soirée*. E foi com uma comoção que bateu à campainha: um criado de suíças pretas, casaca, luvas de algodão branco, com um cumprimento que o fez raspar a sola no chão — perguntou-lhe baixo o nome — e erguendo um reposteiro:

— O sr. Vítor da Silva, — atirou, com uma voz grossa.

Na saleta de entrada estavam paletós acamados, chapéus sobre cadeiras, uma manta de lã de senhora: as velas sobre as mesas, ao lado, ardiam: havia um ar abafado: um murmúrio de vozes na sala.

No primeiro olhar, Vítor viu[-a] a Ela — ao fundo, quase deitada num sofá, vestida de seda branca: e logo os seus olhos pretos e grandes, o seu cabelo louro, o seu decote e a beleza das suas mãos duma cor pálida, com brilho de pedrarias, lhe deram uma impressão tão intensa, que se sentiu, como dobrarem-se os ombros. Não reparou no que estava em [redor] e apenas sentia que estavam velas acesas e que havia reflexos de espelhos.

Dâmaso precipitara-se e dissera, curvado para Madame de Molineux:

---

51. No original: *maneira*.

— O meu amigo Vítor da Silva, o sobrinho de — e completou a frase com um gesto de cabeça, um piscar de olho.

Ela ergueu-se, muito ligeiramente, teve um sorriso, uma ondulação do pescoço — e continuou conversando com um sujeito de barba preta, curta, luneta de oiro, calvo. — Tinha ao pé de si uma mesinha e um copo *de oiro* donde a espaços bebia, erguendo todo o corpo, com ondulações doces, e um frémito de seda.

Vítor ficara na sala, de pé, embaraçado, e olhou em redor: todas as pessoas lhe eram desconhecidas: mas viu, numa poltrona, um velho cuja cabeça calva, com repas grisalhas repuxadas para as fontes, se enterrava na alta gola de veludo dum enorme casado escuro: a pele engelhada, muito barbeada, estava sulcada de pregas, e o queixo quase desaparecia numa alta gravata de seda preta. Porque estava ele ali? Ficou espantado. Era um velho de quase setenta anos, tinha publicado outrora um livro de fábulas de Esopo, outro de madrigais originais; vivia duma pensão do Estado. Pertencia à Academia Real das Ciências. Já não tinha dentes, e era como uma ruína.

— Muito prazer em o ver por aqui sr. Couto.

O velho fabulista ergueu a cabeça e passando a mão espalmada pela cara, sorvendo um pouco:

— Viva! Como vai isso? Tinha a voz arrastada, um pouco fanhosa. — E ficou calado.

— Há muito que não tenho o prazer de o ver, disse Vítor, falando alto, porque o velho era um pouco surdo.

O fabulista voltou a cabeça para ele, — e em voz baixa:

— A que horas é o chá? Era muito guloso e esperava naquela casa ter ocasião de comer bolos estrangeiros.

Vítor não sabia, e ia erguer-se, enfastiado, do seu isolamento, quando Dâmaso veio ter com ele: examinava-o; havia no seu aspecto um vago ar contraído de inveja.

— Puseste casaca, hein, disse-lhe de repente! E depois duma pausa, muito chegado para ele: eu estive para pôr, hein? mas tive medo de parecer que me queria dar ares. Que ferro, hein? — E ficou preocupado, beliscando a asa do nariz. Vítor olhou então pela sala.

Ao pé duma mesinha de jogo, onde ardiam duas velas, estava um grupo, duas senhoras e um homem: uma era chamada a Pia de Tolomeu[52]: não sabia a origem desta alcunha, mas conhecia a pessoa de vista: era nova, muito alta, com um penteado riçado, erguido, que a fazia parecer mais esguia: tinha na *toilette* um ar trapalhão e enxovalhado: o pescoço

---

52. Título duma ópera de Donizetti, *Pia de Tolomei*, estreada em Veneza em 1837 e representada em Portugal no tempo de Eça.

tinha um tom escuro ao pé do cabelo, do trigueiro sujo que têm certas desleixadas: estava separada do marido que era alferes: tinha olheiras grandes, a cara amarela — e em toda a sua pessoa sentia-se o hábito do quartel e a influência do regimento: a outra, não a conhecia — era uma quarentona, de aspecto solteirão, grossa, quadrada, trigueirada, com um buço, um sinal muito cabeludo no queixo, um enfeite singular na cabeça, em que havia veludo vermelho — falava pouco, e os seus olhos, que exprimiam muita inveja, muito azedume, uma grande sensualidade, não se desprendiam de Madame de Molineux, ou, de revés, às vezes, então passavam, com a rapidez fulgurante duma chama que lambe um objecto — sobre[53] a figura, efeminada e quebrada dos rins, do Arnaldo, que conversava, sentado ao pé da Pia de Tolomeu, torcendo e retorcendo a mosca com as pontas dos dedos, muito brancos e moles, de colegial vicioso.

Vítor, então, entrou no *fumoir* donde vinham vozes. A sua entrada, três homens, que conversavam, fumando, olharam, com curiosidade, a sua gravata branca. Era uma sala pequena, com cortinas e o sofá de cretone, um candeeiro de azeite sobre uma mesa redonda, com um pano de veludo escarlate: um dos sujeitos estendeu-lhe a mão: — Era o Carvalhosa — que fora seu contemporâneo em Coimbra onde era conhecido pela sua porcaria e ilustre pelos seus vícios. Passava dias inteiros na cama e o cheiro do seu quarto estonteava. Agora era deputado, e os jornais celebravam a sua eloquência e citavam os seus trechos. E logo com a sua voz cantada de papo, um aspecto de superioridade:

— Aqui vem — disse com o charuto entalado entre dois dedos à altura da boca — quem nos vai elucidar. — Ó Silva, quem diabo é esta mulher? E suspirando: — Esta espécie de Vénus?

Aquele tom chocou Vítor:

— Tu deves saber melhor do que eu, é a primeira vez que venho a casa dela:

— E eu, exclamou ele.

— E nós, exclamaram os dois. — Um, uma cara muito chupada, o cabelo muito chato, de uma cor térrea, cheio de espinhas carnais, sempre a raspar o queixo com a unha, muito corcovado, era um jornalista. — O outro era um belo moço, com um ar vaidoso, fardado de oficial de lanceiros.

— A mim quem me trouxe foi o Dâmaso: — disse o deputado.

— E a nós, disseram todos.

— Pediu-me há dias para me trazer a casa duma senhora da primeira sociedade de Paris.

---

53. No original *sobre* a encontra-se cortado.

Diz que é viúva dum senador. — E tomando tom declamatório: — no segundo império, os senadores eram uma colecção caturra de velhos debochados...

— Peço perdão, interrompeu o jornalista. Havia grandes ilustrações: — Sainte-Beuve, Merimée...

— Que levaram a França aos abismos, gritou logo o Carvalhosa. Pelo amor de Deus não me fale no Império, meu caro amigo. O Império é a corrupção, é a lei calcada aos pés, é a liberdade agrilhoada, é a orgia nas Tulherias...

Uma voz, à porta, interrompeu-o recitando:

*Mas ia por diante o monstro horrendo**
Dizendo nossos fados,...

Carvalhosa voltou-se, escandalizado, mas vendo entrar um sujeito baixo, com uma barba nascente que não fora nunca rapada, lunetas defumadas, riu-se estendendo-lhe a mão:

— Ora venha de lá o poeta.

— Meus senhores, disse ele, cumprimentando, — e para Carvalhosa:

— Tu desculpa, eu acudiu-me aquele verso do nosso Camões, quando entrei; mas... e com uma voz compenetrada; de resto sabes que ninguém aprecia mais do que eu o teu grande talento. — Mas, tendo reparado no jornalista, — calou-se, teve um gesto seco de cabeça, e, embaraçado, tirou a cigarreira, começou a arranjar um cigarro.

Mas Carvalhosa tinha então continuado:

— Não, meus amigos, os desastres do Império foram providenciais.

— Acredita então na providência? disse o jornalista, raspando mais o queixo, com uma vozinha baixa. E teve um risinho.

Então Carvalhosa, aprumando-se, atacou a questão religiosa: Deus, segundo ele, estava em tudo: tanto no mais alto feito da história, como no grão de palha que a formiga... Lá diz V. Hugo.

Mas o jornalista declarou: V. Hugo um asno, o Asno V. Hugo — [dizendo] com um [ar] de desdém — que V. Hugo estava velho, já não sabia o que dizia. — Carvalhosa perdeu o domínio de si mesmo: defendeu V. Hugo, com gestos furiosos, estampidos de voz: chamou-lhe o profeta do século XIX, *o inspirado d'Hauteville House.*

— Isso, isso, disse o poeta, alteando-se e recuando.

O jornalista, friamente, coçando-se na prega[54] entre o colete e as calças — sorria. O[s] últimos livros de V. Hugo fazem rir.

---

* *Os Lusíadas,* canto v, estância 49.
54. Leitura provável.

— Carvalhosa berrava: Ri-se, ri-se do Génio, ri-se da Inspiração, ri-se da Poesia, ri-se do Sublime.

— Mais baixo, disse uma voz da porta. Era Dâmaso, aflito. Fez-se um silêncio. — E Dâmaso explicou — que na sala todo o mundo estava inquieto, que se supunha que era alguma altercação, e que Madame de Molineux lhe perguntava se era questão de jogo, e que, além disso, o visconde, em baixo[55]...

— Bem, se se não pode discutir...

— O sr. Carvalhosa — tem a voz um pouco alta: disse o jornalista que não cessava de se coçar.

Carvalhosa, que a contradição azedava, disse com grande altivez:

— Tão alta que o país escuta-a! E voltou-lhe as costas.

— Por isso se diz que ele dorme, disse friamente o jornalista.

Carvalhosa fitou-o, furioso.

— O que quer o sr. dizer com isso?

O outro replicou, coçando febrilmente o queixo:

— Perdão, isto aqui não é lugar...

Dâmaso que entrava:

— Oh, rapazes, pelo amor de Deus! E queria arrastar Carvalhosa. O deputado[56] estava lívido.

— Bem, nada de tolices, disse o lanceiro, torcendo o bigode. Agora lá por causa da literatura — e numa casa de fora.

Vítor deixou-os, ainda falando, explicando-se, — e envergonhado tornou a entrar na sala: — Madame de Molineux, de pé, conversava com a Pia de Tolomeu, mas vendo-o, dando uma volta que fez ondear a sua longa cauda de seda, aproximou-se dele.

— Eu tinha o maior desejo de o conhecer, disse ela.

Vítor curvou-se, balbuciou algumas palavras vagas: sentia[-a] muito perto de si: de pé, direita; e dos seus olhos, do seu corpo, dos seus cabelos, saía alguma coisa de tão forte que o fazia instintivamente recuar, como diante duma fogueira muito forte: recuou um pouco, inclinando os ombros, como enfraquecido.

— Seu tio tem um gênio muito mau, disse ela sorrindo, abaixando os olhos sobre o leque, que abria e fechava devagarinho: — Era um grande leque negro, onde duas figuras esbranquiçadas passeavam numa vaga floresta azulada.

Vítor dominou um acanhamento que lhe contraía a voz:

— É um pouco arrebatado mas...

---

55. Frase inacabada.
56. No original: *o poeta*.

— Oh, eu perdoei-lhe logo, disse. De resto gosto de gente assim: é uma espécie de D. Quixote — a defesa da viúva, do órfão — e teve um pequeno risinho cantado. — Tem uma bela cabeça, como se chama?

— Timóteo, minha senhora.

— Parece-se um pouco com Crémieux, não o que fez as óperas-cómicas — o outro, o que faz repúblicas: — e teve outro risinho. Vítor olhava-a, enleado: a proximidade da sua carne atraía-o, como um magnete atrai o ferro: tinha vontade de lhe tocar na carnação esplêndida do seio, de passar de leve a ponta do dedo, *para sentir como era:* havia, numa mesa próxima, duas luzes que a alumiavam plenamente: o queixo, o nariz, na saliência, mais batidos da claridade, mostravam o seu desenho puro, macio, que a luz acariciava nas curvas, com uma suavidade adorável: Vítor reparou muito no ligeiro vestígio de pós-de-arroz; os seus beiços cheios, sanguíneos, duma pele fina e lisa como uma folha de rosa, tinham uma maneira quente, lânguida, de sorrir, abrindo-se devagar, como sob a acção de um crescente calor do sangue, e o seu peito erguia-se, descia, com um ritmo doce:

— Que idade tem seu tio?

— Sessenta anos, minha senhora.

— Mas estamos aqui a conversar de pé, como duas cegonhas. E foi andando, direita, com um passo lento, sereno, os braços muito justo[s] ao corpo, as mãos unidas tendo o leque meio aberto — numa atitude de quadro, ou de retrato.

Sentou-se, no sofá, muito estendida: indicou a Vítor uma poltrona ao pé. Naquela posição, o vestido, muito colado, revelava as linhas gerais das formas, e desde o pesco[ço] até aos pés podia-se ter a ideia da sua nudez.

— Sei que é um íntimo amigo do sr. Dâmaso, — disse ela.

— Conhecemo-nos bastante: — Vítor considerava Dâmaso um imbecil, queria-se mostrar superior, tendo apenas com ele um contacto social: encontramo-nos muito.

Então, falando devagar, com a sua voz um pouco lenta, dando a certas intenções um cantado parisiense, começou o elogio de Dâmaso: "era um excelente companheiro, tinha-lhe feito toda a sorte de obséquios: saíam a cavalo; fora[57] ele que lhe arranjara a casa; fora ele que lhe trouxera as pessoas que [ali] estavam: — De resto não conheço nenhuma, mas o sr. Carvalhosa parece que é o primeiro orador da Câmara: temos um jornalista, não me lembro o nome dele, mas creio que é um dos primeiros escritores, e abaixando a voz, com um ar sério: e estou muito

---

57. No original: *era êle.*

contente por ter a felicidade de ter um membro da Academia[58]." E olhou com deferência o velho Couto — que, só, na sua poltrona, estava meio adormecido[59].

— Naturalmente, demorar-me-ei todo o Inverno em Lisboa.

Falava devagar, examinando o leque, outras vezes erguendo por um movimento lento dos olhos para Vítor — e, de repente:

— Faz versos?

Vítor admirado, quase envergonhado, respondeu [...][60].

— Ah, pensei, disse ela, pois olhe, foi Dâmaso que me disse.

Dizia "Dâmaso" muito familiarmente.

Disse então as suas opiniões, ela adorava os poetas, os literatos: M. de Molineux tinha sempre um ou dois a jantar: os que podiam receber, nem todos se podiam receber: havia alguns tão... e procurava a frase.

— Tão sebentos, disse, — e com um risinho: Não sei se a palavra é muito *chic*. Estou muito esquecida do português.

Vítor, ao contrário, estava pasmado como ela não o esquecera.

—Ah, não seja lisonjeiro! E os seus olhos por um movimento lento, lânguido, preguiçoso, envolviam Vítor. Vítor então declarou que se ele vivesse no estrangeiro o seu primeiro cuidado seria esquecer o português, Portugal, as portuguesas: — corou mesmo um pouco ao dizer *as portuguesas.*

Nem todas decerto, disse Madame de Molineux — e com um sorriso — Se ela ouvisse isso!

— Que *ela*?

— *Ela,* a *ela*, aquela que...

Mas Dâmaso aproximou-se, esfregava as mãos: inclinou[se] ao ouvido de Madame de Molineux, que se retraiu um pouco, dizendo:

— Bom Deus, hão-de imaginar que me estava a fazer declarações: diga alto, meu caro, que é.

— É que está pronta, hein; é laranja e morango: está deliciosa: é da melhor neve que tenho tomado este ano.

— Dava um bom intendente, não é verdade, disse Madame de Molineux para Vítor — mostrando Dâmaso com o leque. Dâmaso protestou que sim: estava pronto a servi-la: até como trintanário; e preparando a fisionomia para uma pilhéria mais fina:

— Mesmo como criado de quarto.

Mas tomou um aspecto sério, falando baixo:

---

58. No original encontra-se cortado o texto que vai de *De resto a creio que.*
59. No original existe uma frase antes de naturalmente sem sentido no texto: *De resto contava receber.*
60. Frase inacabada.

— Eu estou realmente envergonhado: eu estive para pôr casaca, hein, como o Vítor. Mas tive medo de me dar ares. Que ferro, hein?

— Fez muito mal: à noite está-se sempre de casaca: — E outra coisa meu amigo, não se está de botas engraxadas.

Dâmaso olhou para as suas botas de vitela, para os sapatos de verniz de Vítor, fez-se escarlate, enfureceu-se:

— Também tenho sapatos de verniz — nós também sabemos, minha senhora... Ia-se fazendo rubro.

Mas ela batendo-lhe com o leque no braço: — Não seja mau, disse, com um olhar que o acalmou. — E olhe, que venha isso lá de dentro, hein, são quase II horas.

— Pronto, pronto — e Dâmaso precipitou-se:

E voltando-se toda para Vítor, com um sorriso:

— Estava eu a dizer-lhe, que *ela*...

— Mas minha senhora, exclamou Vítor, que perdia o seu embaraço, achava facilmente as palavras — juro-lhe que não há *ela:* desejava bem que houvesse; nada mais sublime que — mas hesitou; vinha-lhe uma frase literária sobre o amor, receou ser pedante.

— Acabe: quero saber o que acha sublime — a sua voz era mais abafada, tinha[-se] endireitado no sofá; estava muito chegada a Vítor; que sentia o calor da sua pessoa, o aroma da sua pele.

— Há muitas coisas que eu acho sublimes: — e com uma audácia: — a beleza.

— A beleza é toda relativa: assim, é possível que haja muita gente que ache aquela senhora com um enfeite escarlate — não me lembra agora o nome dela — muito mais bonita que eu.

— Impossível, exclamou Vítor.

— Para si talvez não...

— Decerto que não.

Os seus olhos encontraram-se... — Mas naquele momento Carvalhosa atravessava a sala, com uma das mãos na abertura do colete, olhando, — e dirigindo-se a Madame de Molineux:

— V. Ex.a está decerto muito fatigada da sua viagem?

— Mas eu cheguei há mais de mês e meio, disse ela rindo.

— Ah, tem tido tempo de descansar — disse, metendo os dedos pelos cabelos. — E aproximou uma cadeira, sentou-se, traçou a perna, — e o elástico usado da sua bota apareceu, sob a calça arrepanhada.

— E como vai a política em Paris? disse.

— Bem, disse Madame de Molineux embaraçada, constrangida.

— Os republicanos têm sido admiráveis. O último discurso de Gambetta era bom. Que eu não me entusiasmo: faltam-lhe as imagens, o brilho, a eloquência, as flores. Mas enfim, começa uma nova aurora...

— Perdão, interrompeu ela com um sorriso, — e erguendo-se, com um passo muito subtil, um lento ciciar da sua cauda, foi sentar-se ao pé da mulher do alferes, — que corou, arredou a cadeira, empertigou-se, tossiu devagarinho, e fez *boquinha*.

Carvalhosa tinha-a seguido com o olhar, e baixo a Vítor:

— É estúpida esta mulher. Não sabe cavaquear; — e erguendo o sobrolho, arremessando os dedos através dos cabelos, — foi outra vez através da sala, parou junto do pianista:

— O homem tarda, disse-lhe o ilustre Fonseca.

— Que homem? perguntou Carvalhosa.

— Para a surpresa. — E com um ar desolado, arregalando os olhos, encolhendo os ombros:

— É segredo, ordens superiores.

Mas Dâmaso veio passar o braço pelo do Carvalhosa.

— Ó Carvalhos por quem és, menino, vai fazer as pazes com o Pascoal. Pimenta.

— Eu, falar a esse asno! gritou o outro: orgulhosamente.

— É bom rapaz, coitado.

— É uma besta.

E o sr. Reinaldo, que desde que Mme. de Molineux se fora sentar junto à Pia — errava pela sala, embaraçado, procurando um grupo, uma conversa, não podendo bastar-se a si mesmo, vivendo sempre dos outros — veio logo perguntar:

— Quem é besta, quem é besta?

Carvalhosa fitou Reinaldo. Dâmaso viu que se não conheciam, fez logo a apresentação, muito cerimoniosamente.

— Tenho muita honra, disse Reinaldo cumprimentando: tive o prazer de o ouvir na Câmara — eu vou muito à Câmara; ainda ontem lá estive.

— Interessa-se pela [política?]: começou Carvalhosa, brincando com os berloques do relógio.

— Não. É que fui acompanhar uma rapariga espanhola que estava com muita curiosidade. Há-de conhecer. É da — e falou-lhe ao ouvido.

— A Lola, disse alto, a magrita.

— Ah, sim, sim, disse Carvalhosa e afastaram-se, muito unidos, cochichando.

Vítor voltara ao gabinete de cretone azul; no sofá, só, isolado, estava Pascoal Pimenta: roía as unhas, bamboleava a perna: Vítor não o conhecia — mas, sentando-se, lançando uma baforada de fumo:

— A questão há pouco ia-se azedando, disse.

— É um asno, disse Pimenta friamente: — Mas então o poeta lírico entrou e acendeu o cigarro, sentou-se noutro canto; lançava olhares viperinos, por trás das suas lunetas azuis, ao jornalista, com os braços

69

cruzados, os pés cruzados: — e todos três, fumando como chaminés, estavam[61] imóveis e calados, como ídolos.

— Mas a figura de Madame de Molineux apareceu à porta:

— Cuidei que tinham fugido — e o seu olhar foi direito a Vítor. — Mas voltando-se para o poeta:

— Sabe que chegou a sua vez — aqueles senhores estão ansiosos por ouvi-lo[62]: o poeta curvava-se, dobrava o espinhaço: — mas [a] um gesto de Madame de Molineux, atirou o cigarro, e com um movimento veio oferecer-lhe o braço.

— Outro asno, murmurou o jornalista.

Mas sentiu-se um prelúdio do piano: Vítor entrou na sala.

O ilustre Fonseca, com a cabeça no ar, o olhar errante, por trás dos seus óculos que reluziam à luz, passeava as pontas[63] polpudas dos seus dedos de merceeiro, de leve, sobre o teclado sonoro: uma lenta harmonia velada elevava-se: as duas velas do piano, com um enorme morrão, vermelhejavam — e ao lado, de pé, o poeta lírico passava, um pouco trémulo, a mão pela barba: olhou em redor, fincou a luneta, tossiu. O[s] seu cabelos, que a luz fazia parecer um pouco castanhos, compridos como fios, caíam sobre a gola: a barba, atravessada pela claridade das velas, parecia mais fina, como uma penugem algodoada e suja; e nos movimentos do seu rosto pálido, os vidros defumados da luneta tinham reflexos negros. E de repente disse:

— *Contemplação... Visão.*

— É o título do poema.

Tossiu, declamou:

Tudo está triste e calado.
Há crepes no horizonte
A água que cai do monte
Geme no fundo do vale
As aves vão emigrar
Pr'às doces calmas do sul,
Ébrias de luz e d'azul
Vão fugindo ao vendaval

Porque fugis para longe
Ó doces aves do céu?

61. Leitura provável.
62. No original: *pelo ouvir.*
63. Leitura provável.

E o poeta pedia-lhes o segredo do seu voo: o que as fazia fugir? Era a injustiça dos grandes? Era ver o talento humilhado? — A poesia tornava-se socialista, amarga. A voz do poeta tornou-se cava. E o ilustre Fonseca, procurando o pedal com o gesto ansioso, bateu os bordões graves do teclado. Aquilo tornava-se lúgubre. Mas então, de repente, o poeta sorriu: — e como uma aberta num céu de Inverno, saiu da boca, com o seu som claro,[64] uma estrofe alegre: a estação mudara: a neve tinha derretido: flores rebentavam:

> *É Primavera, é verdura,*
> *Tudo sorri, céu e terra:*
> *Cansada da invernal guerra,*
> *Canta o espesso arvoredo:*
> *As margaridas no prado,*
> *As virgens falam do amor,*
> *E está debruçada a flor,*
> *Dizendo ao lago um segredo.*

— Muito bonito, muito bonito, disseram.

— Mas, então, o poeta, sem razão, entristeceu-se: a voz escureceu-se, o ilustre Fonseca procurou o pedal: um acompanhamento semelhante ao dobre de finados ecoou na sala: os olhos da mulher do alferes alargavam-se, numa contemplação piedosa: — e o poeta disse as suas amarguras: — naquela festa da natureza só ele estava, [...][65] desprezava mundo: não via nele senão fel: desprezava os potentados, [os] exércitos, o *brônzeo canhão:* preferia a tudo a singela violeta. Mas, de repente, a poesia encheu-se de alegria; uma felicidade transbordava das estrofes como de taças cheias, escorria pelas rimas. O que o consolava: o quê?

> *Porque sinto este meu peito*
> *Que era um campo ressequido*
> *Tornar-se prado florido.*

E todos esperavam ansiosos a explicação daquela felicidade. Mas então a porta abrira-se — dois homens entraram: Dâmaso fez-lhes *chut* com um olhar ansioso, o dedo sobre o nariz acachapado. E os dois homens ficaram imóveis, encostados à parede: um, vestido de baile, com o hábito de Cristo, era o Meirinho, que se mexia encostado à parede: o outro era um homem alto, corpulento, duma palidez de mármore, grande

---

64. Leitura provável.
65. Frase inacabada.

cabelo luzidio deitado para trás, comprido, um chapéu de pasta de cetim, o bigode levantado — os movimentos dum cantor e as atitudes dum charlatão.

Foi logo muito olhado. Cochichou-se baixo. O poeta percebeu — que a atenção lhe fugira por entre as estrofes, como uma pouca de água por entre os dedos. — E procurou cravar o interesse: o que o consolava? *Ela.*

> *Vi-a numa noite doce*
> *Em que o Rouxinol cantava:*
> *E todo o céu se estrelava*
> *Luminoso pavilhão:*
> *Era Sintra! Sinto ainda;*
> *O doce correr das fontes*
> *E a sombra nas nossas frontes*
> *Das árvores do Ramalhão.*

A poesia tornava-se indiscreta: Roma contava passeios comprometedores: apelava para os astros, para os Salmos.

> *Não revelem o segredo*
> *Ó relvas do prado ameno!*

Mas a sua voz entristeceu-se. O ilustre Fonseca procurou o pedal; o Roma soltou a estrofe do desenlace:

> *Tudo findou: sobre a terra,*
> *Erra sombra fugitiva:*
> *Tudo odeio: a flor mais viva*
> *É para mim flor do Averno*
> *Por mais que as fontes murmurem,*
> *Que a aragem brinque no ar*
> *Que haja na terra vento*
> *Para mim é tudo Inverno!*

— Bravo *al poeta!* — disse o homem corpulento. E logo João Meirinho adiantou-se com ele pela mão e curvado diante de Madame de Molineux disse logo que era o barítono de S. Carlos, o Sarrotini. Havia grupos,[66] o criado entrara com os pires de neve. Roma ia recolhendo os elogios: A Pia de Tolomeu pedia-lhe uma cópia: o sr. Reinaldo achara

---

66. Ilegível.

lindo para pôr no *fado*. — Todos estavam [de][67] acordo — que era melhor que o sr. Vidal, e Roma saboreava o seu triunfo — quando, ao entrar no *fumoir,* ouviu o Pimentel dizer ao lanceiro:

— É uma série de ninharias imbecis — como tudo o que faz o Roma. Esteve para fazer um escândalo. Mas conteve-se e saiu furiosamente.

Dâmaso encontrou-o no corredor, vestindo, desesperadamente, um gabão de Aveiro.

— Vais-te embora? Que é?

— Nada, não me quero perder. Se fico, racho aquele insolente daquele periodiqueiro.

Dâmaso quis calmá-lo: — Ó menino, ó menino, disse: tirou-lhe o gabão: — e disse-lhe: — Mas olha que há ceia.

Com aquela certeza, o Roma ficou. Tornou a entrar na sala.

Mas o Sarrotini, de pé no meio da sala, fazia *sortes de prestidigitação.* Com as mangas do casaco arregaçadas, pedindo, a todo o momento, um ovo, um limão. Havia um círculo de admiração. Dâmaso precipitava-se; aparecia rindo; estava radioso: e de vez em quando baixo a Vítor:

— Está uma bonita *soirée.* Um ferro de não ter trazido casaca!

Depois Sarrotini imitou o zumbido duma mosca: fingia-se perseguido por ela, angustiado: batia palmadas no queixaço, seguia pela sala em bicos de pés, ou com a mão concavada, o braço muito estendido queria caçá-la no ar: — e, no silêncio, o zumbido monótono arpejava, ora fino e assobiado, ora grosso como uma rala, volteava, subia, pousava um momento, soltava o seu ruído impertinente, através da sala. Houve[68] muitos aplausos. Sarrotini tornou-se centro. Ufano, charlatão, falando meio italiano meio espanhol, com grandes gestos de pantomima e pilhérias de palhaço, — as compridas abas da sua casaca flutuando, um olhar impudente — imitou vozes de animais, torceu um vintém entre os dedos, contou anedotas da campanha da Sicília, fez a paródia de personagens célebres — e como era garibaldino — imitou uma cena entre o Papa e Antonelli — em que um defendia as mulheres gordas, outro as magras — declarou-se republicano. Em redor estava-se atónito.

Carvalhosa então disse no silêncio:

— O papado com efeito é a chaga da Itália. O Papado é a treva.

Sarrotini olhou-o; pediu a tradução — e reconhecendo naquela apreciação a alma dum patriota — veio abraçá-lo, dar-lhe palmadas nas costas. E declarou-lhe, ao ouvido, que era carbonário.

Quis então cantar a Marselhesa, rolou[69]:

---

67. Leitura provável.
68. No original: *houveram.*
69. Leitura provável.

Allons enfants de la Patrie!

Um entusiasmo romanesco apossara-se do poeta Roma que gritava com a sua voz. fina:

— A Marselhesa, a Marselhesa!

Mas Madame de Molineux interveio. A Marselhesa, não: Fez-se um silêncio:

— A Marselhesa não. É uma cantiga que detesto. Lembra-me o povo. Outra coisa, outra coisa.

Parecia muito assustada; como se ouvisse uma fuzilaria insurrecta. E veio tomar o braço de Vítor:

— Como estão animados agora, hein! — E sempre pelo braço de Vítor aproximou-se do velho Couto, e com um sorriso, muito deferente, com respeito:

— Foi por sua consideração também que não quis que cantassem a Marselhesa, nada mais desagradável aos ouvidos do conservador:

— Não, passou, respondeu o Couto — que entendera só dor: Hoje estou melhor. O que tenho ainda é um bocadito de lumbago.

Ele calou-se um momento.

— Então tem estado doente? — perguntou-lhe, com a voz muito alta, Vítor.

— Muito, a minha ciática.

Madame de Molineux, inclinando-se para ele:

— Decerto, com os seus trabalhos literários.

— Hein? e o surdo fez uma viragem.

— Com o seu trabalho literário, disse Madame de Molineux.

— Ah! disse o Couto, — essas tolices já lá vão. A que horas é o chá?

Madame de Molineux sorriu, e afastando-se, com Vítor:

— É um grande escritor, creio, disse ela. — É da Academia.

Vítor ia explicar-lhe — que a Academia de Lisboa não é a Academia em Paris — mas ela ia-o levando para o gabinete: — o jornalista fumava, só. E, quando os viu, ergueu-se, pousou o cigarro num lobeche dum castiçal, e. saiu com um cumprimento de lado.

— Sinto que o afugentemos, disse Madame de Molineux.

Ele resmungou, fez-se vermelho, tornou a cumprimentar, de lado.

— Eu já pedi ao sr. Dâmaso, para [me] fazer assinar o jornal onde escreve. É o *Povo.*

— O *Povo,* disse ele: cumprimentou outra vez, mais vermelho, saiu. Abafava.

— Está vendo, começou logo Madame de Molineux, fazer de dona de casa, receber fatiga-me. Aqui não, que são meia dúzia de pessoas — mas em Paris... Ah, não imagina. — E tomando uma atitude melancólica:

— É tão secante, a vida de sociedade!

Vítor parecia-lhe que, todavia, Paris...

— Oh, Paris, Paris! Visto de longe, decerto; mas quando se é obrigada a viver naquele turbilhão. — E depois duma pausa:

— Estou com vontade de me enterrar aqui em Portugal, numa aldeia. E olhou para Vítor, um pouco de lado:

— E há-as muito bonitas, disse Vítor. Tendo-se uma bonita casinha:

— E sendo-se dois, disse ela: — Mas João Meirinho apareceu à porta, bamboleando, batendo com a claque na perna, todo risonho, sorvendo muito, a cabeça às ondulações.

— O nosso homem vai cantar — e arredondou o braço para Madame de Molineux: Vítor seguiu-os. A[o] pé do piano estava Sarrotini, com a sua alta estatura aprumada: e depois que o ilustre Fonseca bateu alguns compassos — a voz poderosa, cheia, de Sarrotini, encheu a sala, dando a tudo uma vibração sonora. Era a ária da *Lucrécia Bórgia*. Tinham disposto, instintivamente, as cadeiras, em plateia: — E, arqueando *os* braços, rolando os olhos, o barítono atirava as suas notas fortes, inclinando um pouco a cabeça, — o que mostrava um pouco o seu pescoço branco, cheio, forte — que a mulher do alferes olhava ferozmente[70] e que a do turbante vermelho olhava de revés.

Foi muito aplaudido — e recomeçou logo a ária da *Dinorá*. Estava em *veia*. Tinha tomado agora uma atitude séria, romanesca: o charlatão mudava-se herói: e a cada momento nas pausas, limpava os cantos da boca — a um lencinho de cambraia bordada. — Teve uma ovação: ele agradecia, curvando-se como em S. Carlos. — E pediu logo a Madame de Molineux que cantasse: ela recusou-se: Não, não. Sarrotini atirou-se de joelhos. Todos riram. E Sarrotini, arrastando-[se] no chão com as mãos erguidas, — diante de Madame de Molineux, que ria, recusava-se, com jeitinhos de cabeça — cantava uma velha melopeia napolitana:

Preguiami la Madona.

João Meirinho reuniu a sua voz áspera e quebrada àquela suplica cantada.

Todos riam.

E Dâmaso, triunfante, esfregando as mãos, baixo a Vítor:

— Isto vai-se tornando uma orgia.

Enfim, Madame de Molineux aproximou-se do piano: Dâmaso bateu logo as palmas; todos bateram as palmas. João Meirinho acenava com um lenço, como numa ovação pública.

---

70. Leitura provável.

— Bem, disse ela:

— Fez-se um silêncio;

— Eu não sei de cor senão a balada de Ofélia, na ópera de Ambroise Thomas, *Hamlet*. Se lhes serve.

— Bravo, bravo! gritaram.

Carvalhosa curvou-se para Vítor:

— *Hamlet!* que profunda obra! — *To be or not to be,* recitou, arregalando os olhos.

Mas a voz de Madame de Molineux elevou-se, forte, vibrante, como um cristal, justa, um pouco frouxa nas notas baixas: — Cantou:

> *Pâle e[t] Blonde*
> *Dort sous l'onde profonde*
> *La willis au regard de feu*
> *Que Dieu garde*
> *Celui qui s'attarde*
> *La nuit autour du lac bleu.*

Vítor nunca ouvira nada mais delicioso: aquela música vaga penetrada de termos poéticos de legenda, melancólica, suspirada, dava-lhe a visão amada duma terra legendária: devia ser nevoento país escandinavo de terras baixas cheio de arvoredo: ali, um lago dorme: e na exalação mística de lagoa balançam as formas indefinidas de *willis* e das ondinas: as paredes dum velho castelo escandinavo esbatem-se na névoa: um coro triste arrasta-se, [n]uma nota igual, dum canto choroso: ou então desejava estar longe dali, e viver naquelas países no Norte, onde são as mulheres tão altas, e têm os olhares serenos. Devia ser um parque nobre e triste, onde os abetos de avenidas põe[m] uma sombra húmida: uma aragem salgada passa no ar, o Báltico avista-se: — e no longo terraço, edificado por algum velho pescador da [...][71], paira leve como uma fada, calada, cismando, toda envolvida, no ar calado e frio, uma princesa da raça dos Suevos, uma filha de rei, uma Ofélia.

Mas na pausa, antes da segunda estrofe: — os olhos de Madame de Molineux vieram pousar-se nele e, de repente, sem motivo, sentiu um orgulho, uma felicidade de viver, uma plenitude de sensação — teve quase vontade de chorar.

Mas aplaudia-se Madame de Molineux; havia tumulto quase. Ouviam apreciações: *divino, maravilhoso.*

— Tem uma fortuna na garganta — dizia, em voz grave, com grandes gestos, o Meirinho.

---

71. Várias palavras ilegíveis.

E Carvalhosa disse com autoridade:

— Tem o sentimento.

O alferes afirmava — que era uma mulher de fazer endoidecer.

Ela no entanto, sorrindo, tossindo um pouco, como cansada, fora sentar-se: Dâmaso veio ao pé dela, e falando-lhe quase ao ouvido:

— Cantaste como um anjo.

Naquele momento Vítor olhava-a, devoradoramente.

— Já lhe disse que não quero que me trate por tu. Dâmaso ficou *picado*.

— Ora essa, mas parece-me que...

— Que durmo consigo, [não é] verdade? E encolhendo os ombros: pois bem não é uma razão.

O criado veio bradar — que a ceia estava na mesa. Fez-se um rumor de cadeiras — E Madame de Molineux com uma grande majestade foi tomar o braço do ilustre Couto. O velho fabulista dormia: tiveram[72] de o acordar: avisá-lo: meio estremunhado não compreendia: todos esperavam de pé: calados: Dâmaso puxava-lhe pelo braço — e depois de gemer, resmungar, tossir, cabecear — o velho fabulista equilibrou-se sobre as suas botas espalmadas, com joanetes decrépitos — e foi, com o passo arrastado, segurar, [com] o braço trémulo, Madame de Molineux. Os outros seguiram. O jornalista foi o último; a sua bílis crescera; estava humilhado; furioso; — mas não queria perder a ceia, e, escarrando no chão, foi andando hirto, com as mãos atrás das costas.

Às duas horas da manhã, a ceia findava. Madame de Molineux estava esquecida, em grande conversação com Vítor: tornavam-se expansivos: Vítor dizia-lhe as suas ocupações, as suas simpatias, as suas opiniões.

— Sou republicano, disse-lhe ele.

Ela repreendeu-o brandamente: devia ser pelo seu Rei, disse, pela religião. A religião é o primeiro dever dum homem bem educado: não era possível ser-se da sociedade, ter *chic,* sem a religião. Depois ocuparamse dos outros: analisaram certas figuras ridículas, o jornalista que comia, calado, triste, despeitado, levando a faca à boca; o poeta, que devorava com sofreguidão, estendendo o braço por cima da mesa, partindo o pão com a faca; o sr. Reis, que, conversando muito ternamente com a mulher do alferes, limpava as unhas com o palito; riram, cochicharam, beberam. Meirinho ficara ao pé da mulher do turbante: estava furioso; cravava em Madame de Molineux olhares desesperados: a velha grunhia, não respondia: ninguém sabia o seu nome: viera com a mulher do alferes: e durante toda a noite tivera apenas uma palavra saliente. Madame de Molineux perguntou-lhe se tinha ceado bem.

---

72. No original: *tiveram-no.*

— Estou entupida, disse com uma voz de papo.

O Couto comia, ainda abatido na cadeira, o braço estendido em cima da mesa, fazendo com os dedos velhos, cartilaginosos, que saíam duma comprida manga de canhão, bolinhas de pão, que da polpa dos dedos lhe saíam negras. E Dâmaso, atarefado, sempre a levantar-se, falando baixo ao criado, indo à cozinha, aparecendo com garrafas debaixo do braço, estabelecia claramente, — que era ele, — segundo a expressão invejosa da mulher do alferes: que *era* ele — *quem pagava a festa*.

E entrava com o sr. Reinaldo, numa longa suposição de *quanto lhe daria por mês*.

Mas quem mostrava uma felicidade exuberante era o ilustre Fonseca: o Sarrotini chamava-lhe *Maestro;* todos começaram a chamar-lhe *Maestro:* O ilustre Fonseca estava rubro de glória. Dizia alto nessa ocasião a Sarrotini:

— Tu com o teu grande génio.

Sarrotini respondeu:

— Falando-se de génio, quem o tem mais forte que tu?

O ilustre Fonseca inclinou-se grave. E duma extremidade da mesa à outra diziam: o meu génio, o teu génio, o nosso génio. — Houve a idéia de cantarem uma canção com acompanhamento nos pratos. E logo Sarrotini, já avinhado, rugiu, num furor garibaldino:

> *Entraremos na Roma santa,*
> *Montaremos ao Capitólio.*

— Não, não, exclamaram: não queremos uma canção política:
Desejava-se alguma coisa de ligeiro.

— Além disso, gritou Vítor, que estava já alegre: a canção não tem razão, já que os Italianos entraram em Roma.

Aquela observação exaltou Sarrotini. Ergueu-se, fazendo, num movimento, cair a cadeira, veio a Vítor, com o olhar inflamado e dobrando-lhe com as suas fortes mãos a cabeça para trás, deu-lhe um beijo na testa: houve um alarido.

— Proponho que não se beijem senão as damas! gritou Meirinho.

— Este *signor* é bastante formoso para se poder beijar.

Todos olharam um momento Vítor, [que] com uma cor no rosto, o olhar aceso, pela proximidade de Madame de Molineux, pela *Viúva Cliquot,* um sorriso voluptuoso nos lábios — estava realmente, como disse baixo o Reinaldo:

— Um rapaz de fazer furor!

Madame de Molineux olhou-o: e o seu olhar alargou-se, escureceu: o peito arfou-lhe, e, como à passagem aguda dum desejo, deu um tremor nervoso às pálpebras.

— Ficou calada; mas tinha um certo sorriso fechado que do lado esquerdo lhe levantava o beiço, deixava ver uma claridade de dentinho.

Mas Meirinho não cessava de gritar:

— Proponho que se não beije senão as senhoras.

— Tem medo que o ataquem, bradou rindo muito o Reinaldo.

— Que comece pela vizinha, disse Dâmaso, cumprimentando-a.

Àquelas palavras a do turbante vermelho ergueu-se, furiosa, ia sair da sala. Dâmaso precipitou-se; Madame de Molineux, a mulher do alferes, e, em volta dela, falavam, explicavam:

— Qúe tonteria! É uma brincadeira.

— Eu sou uma mulher de bem, eu sou uma mulher de bem, disse sufocada. Enfim trouxeram-na da mesa, sentaram-na: estava apopléctica: os olhos luziam-lhe com laivos sanguíneos.

Mas então Dâmaso ergueu-se, foi falar baixo a Carvalhosa. Carvalhosa teve um sorriso, e aceitou. E daí a momentos, Dâmaso vinha sentar-se batendo com a faca no prato, fortemente:

Peço um silêncio, meus senhores:

— E com o copo em punho, Carvalhosa, majestoso, ergueu-se.

Todos se calaram. O deputado atirou os dedos por entre os cabelos, limpou os beiços com o lenço, que arremessou para cima da mesa, mexeu no prato, na faca, com a vivacidade de quem espalha apontamentos, num rebordo de tribuna, e disse:

— Eu não estava preparado para falar; mas o meu ilustre amigo, o sr. Dâmaso, veio-me pedir para ser o intérprete dos sentimentos de todos, nesta noite festiva, para com a nossa graciosa anfitriã.

Fez uma pausa, olhou em redor: levou à boca a taça de champanhe: uns escutavam com um cotovelo sobre a mesa roendo o palito: outros com os olhos baixos como no sermão: Sarrotini tinha a fisionomia esgazeada[73], Madame de Molineux sorria imóvel.

— V. Ex.a vem de Paris — cantou ele na sua apóstrofe. — Decerto não pode encontrar aqui os esplendores do *Boulevard,* o luxo do *Grand Hotel,* a vida infrene do Bosque de Bolonha.

Madame de Molineux — [ia] falar do luxo do *Grand Hotel,* retomou uma fisionomia pasmada, como o violento disfarce dum riso.

— Nós somos pobres, mas gloriosos.

— Apoiado, murmurou o ilustre Fonseca.

— Se não podemos rivalizar em luxuosas exibições, disse, mostramos à Europa o espectáculo duma paz constante, e a persistência num trabalho profícuo. E cuida V. Ex.a que as nossas glórias são pequenas? Cuida V. Ex.ª?

---

73. Leitura provável.

Madame de Molineux, tão directamente interpelada, corou.

Mas Carvalhosa tinha retomado:

— Não: brilham como faróis, aquecem como chamas. — Muito bem, muito bem, disse [o] poeta. Que riqueza de linguagem!

Carvalhosa, escarlate de prazer, pela concepção daquela frase: repetiu-a:

— Brilham como faróis.

— Perdão, disse Vítor — aquela senhora está incomodada!

Todos olharam: a mulher do turbante vermelho — parecia ansiada, ofegava, os olhos reviravam-se-lhe — e de repente caiu, com a cabeça pendente, para os braços de Meirinho. As senhoras ergueram-se, os homens precipitaram-se — e Carvalhosa, lívido, o copo de champanhe na mão, olhando em redor com o olhar, desolado, de pé, o gesto da mão esquerda suspenso e imobilizado no ar [ficou] esperando. Mas a sala estava vazia. Todos tinham saído para o salão grande: já se ouvia o piano: só o poeta lírico, diante dum *pudding,* servindo-se brutalmente, um pouco bêbado, murmurava:

— E tu, ilustre orador, ficaste reticente?.

Carvalhosa, furioso, atirou-lhe uma obscenidade, foi vestir o paletó e saiu.

O criado, que alumiava, observou:

— Há o café agora.

— Obrigado, que o bebam — e desceu a escada com um passo enraivecido.

No entanto, no quarto de Madame de Molineux, a do turbante vomitava: tinham-lhe feito chá verde: mas a indigestão, rebelde, empastava-se, irrompia pelas goelas, em grandes jactos — e nas salas, ao [som] duma valsa que tocava o ilustre Fonseca — Sarrotini e Dâmaso valsavam!

Mas enfim — tinham conseguido domar a indigestão da mulher do turbante: tinham-na levado para o quarto de Miss Sarah, — para descansar um bocado, desapertar. E Genoveva, diante do espelho, dava um jeito no cabelo quando Vítor apareceu à porta: vendo-a só, quis retirar-se: vinha saber se a outra Senhora estava melhor.

— Entre, entre, disse Genoveva. Faz-lhe medo o meu quarto? Não [é] a caverna dos quarenta salteadores da Calábria.

Vítor entrou devagar, como numa igreja, e, logo, as cortinas do leito, o *sachet* de cetim azul, o faiscar dos frascos, um roupão de seda pendente, as luzes que se derretiam nas bobeches, tudo o prendeu o imobilizou, e fazia como laços duma malha — a que a sua vida se prendia.

Ficou tão perturbado que apenas pôde dizer:

— Está muito bem instalada aqui: Ela riu, com o seu riso cantado.

— Que horror, nem diga isso. É um quarto de aluguel, é um quarto banal. Nem sei como posso dormir. — Tive de comprar colchões de penas, um *sommier* de molas. Senão não podia. Aqueles detalhes caíam na alma de Vítor como o calor perturbante dum vinho generoso. E olhava, avidamente, os menores detalhes, como para surpreender, nos móveis, no toucador, vestígios da sua beleza descoberta, das suas atitudes, em *robe de chambre,* alguma coisa da sua nudez, e os seus pensamentos.

Madame de Molineux continuava diante do espelho a arranjar o cabelo, a pôr pó-de-arroz, a bulir nas pulseiras: o seu peito arfava apressadamente: o seu olhar escuro reluzia: e sobre o seu perfil, que Vítor via, a luz do espelho fazia rebrilhar claridades duma doçura esbatida, em que via [74], nas páli[das] alvuras da sua pele, um esplendor animado[75].

Quer-se sentar, sente-se, — disse ela. Tem ali cigarros. Pode fumar. Eu não me importa o fumo no quarto. São cigarros de Paris. *Phersali* forte.

Vítor tomou um cigarrinho, e procurou acendê-lo à luz do toucador: aproximara-se de Genoveva, quase lhe roçou o cotovelo: não diziam nada: fora, na sala, sentia-se o ruído do piano, risadas, uma valsa incessante, que fazia oscilar o soalho velho. Dentro dum vaso, estavam umas poucas de camélias: — Vítor pôs-se a gabar-lhas. Ela, calada, pousou o pente, que retomara, — e, sem se voltar para ele, escolheu uma vermelha, tirou-a do vaso, e, voltando-se, meteu-lha na casa da casaca: os olhos de Vítor devoraram por um momento os de Genoveva: as mãos dela, ao fixar a flor, tremiam: e disse, com uma voz ligeiramente perturbada:

— Não a vai perder, hein?...

Vítor teve uma audácia, e num ciciar de voz prudente[76], ferindo as palavras, com um mordente apaixonado:

— Vou guardá-la, para sempre.

Ela teve logo um risinho:

— Que tolice! ah bem, o sr. é poeta, esquecia-me.

E acabando de lhe pregar um alfinete na casaca, — afastando[o], acarinhou ainda a flor com os seus dedos.

— Aí está! Condecorado. É a minha ordem, é a ordem da *Camélia Vermelha.* É o meu cavaleiro... *Voilà!*

Mas então uma labareda de paixão abrasou Vítor: sentiu a cabeça voltar-lhe: estendeu desesperadamente os braços para ela: exclamou:

— Ouça!

Ela recuou, bateu-lhe de leve com o leque nos dedos: e como surpreendida:

— Que é isso?

---

74. Leitura provável.
75. Leitura provável.
76. *Ciciar de voz prudente*: leitura possível.

Ele ficou petrificado, vermelho: — E ela adiantando-se: — Vamos valsar. Tomou-lhe o braço. A porta abria-se nesse momento — e a voz de Dâmaso exclamou:

— Que é isto aqui?

Madame de Molineux, direita, com o peito alto, perguntou-lhe com uma voz singularmente fria, e altiva:

— Isto quê?

— Esta cavaqueira, assim, desapareçam, — balbuciava. Ficara à porta, pálido, diante dela.

— *Get out of the way!* — disse ela, com desprezo, acenando com o leque, impaciente, como para repelir um cão. — Ele afastou-se com os beiços trémulos. — Sabe inglês, foi perguntando Genoveva, tranquilamente, a Vítor.

Ele teve uma resolução suprema:

— Só uma frase.

— Qual? pregunt[ou], inclinando a cabeça para o lado.

— *I love you.*

Madame de Molineux voltou o rosto, abriu o leque, abanou-se rapidamente, não respondeu. — E erguendo a voz:

— Maestro, a valsa de Madame Angot. E começaram a valsar: iam, iam, e tão rapidamente, que parecia a Vítor, pouco acostumado, que a casa girava como um disco; sentia o corpo forte dela vergar-lhe nos braços, a sua mão carregar-lhe no ombro: e com a cabeça um pouco baixa, o leque na mão, volteava, dum modo doce e ondeante, e a longa cauda do seu vestido varria em volta o espaço, — e quando parava, impelida ainda, enrodilhava-se nas pernas de Vítor. Ela ficara a arfar, a tez macia[77], vermelha, como luminosa; — e via diante o lanceiro, com o corpo muito arqueado, os rins saídos, voltear, voltear, levando nos braços, quase desmaiada, a Pia de Tolomeu. Então o Sarrotini valsava com o sr. Reinaldo, — riam: pulavam. O ilustre Fonseca apressava o compasso: e o poeta Roma, ao pé do piano, avinhado, cantava a Valsa, improvisando:

Valsam valsas,
No delirante giro.

E no *fumoir*, o velho fabulista, espapado a um canto, roncava.

No entanto Dâmaso, sentado, furioso, seguia Vítor e Genoveva com olhares furiosos: então[78] Genoveva, parando um momento, junto dele:

---

77. Leitura provável.
78. Leitura provável.

— Que fúnebre que está! Dance. Distraia-se. Esses desgostos envelhecem-no. — E riu. Ele ergueu-se furioso.

— Que graça! murmurou. — E com um olhar de rancor, afastou-se.

— Idiota, murmurou Genoveva.

Vítor ouviu, e concebeu daquelas palavras uma esperança imensa, um deleite extraordinário. Arrastou-a à valsa; mas ela parou, — e soltando-lhe o braço, indo com um passo nervoso a Dâmaso, que estava encostado a uma obreira, com o aspecto feroz, disse-lhe rapidamente:

— Está a ser excessivamente ridículo, percebe? Se não pode dominar esses ares lúgubres, de tragédia, agarre o seu paletó e vá-se.

— Mas para que estavas tu?...

— Já lhe disse que me não tratasse por tu.

— Bem, boas-noites, disse ele furioso. E ia sair.

— Escute! Leve-me aquele Académico, aquele sábio, que está a ressonar! — Vão, vão.

Dâmaso, que prometera reconduzir o fabulista, foi acordá-lo, brutalmente, pô-lo de pé, estremunhado, gaguejando, sacudiu[-o], agarrou-lhe pelo braço, levou[-o] para o patamar: ele e [o] criado vestiram-lhe uma capa de gola de veludo, — e Dâmaso, arrastando-o pela escada, meteu-o para dentro do *coupé* como um fardo, e, batendo com a portinhola, furioso:

— Para casa deste senhor! — gritou ao cocheiro — a Jesus!

Em cima, as janelas flamejavam: acordes de piano ouviam-se: sentiam-se risadas: e, enterrando-se no fundo do coupé, Dâmaso ruminou a sua cólera: aquela desavergonhada! Já de namoro com o outro! E que modos! Que tom! Como se fora uma senhora. Uma reles prostituta. Uma chupista. E ele, asno, a meter-lhe dinheiro no bucho!

— Bonita festa! disse a voz do Couto, que mascava em seco.

— Muito bonita! disse Dâmaso com rancor.

Capítulo 7

Vítor da Silva voltou da *soirée* de Madame de Molineux, a pé, sentindo-se como levado por alguma coisa de profundo e de doce, que ia vindo da sua alma e que o enchia, como o vento faz numa vela. O nevoeiro desfiava-se, estrelas brilhavam, um ventozinho frio errava. — E batendo o passeio, com passos nervosos, que levantavam um som na rua deserta — Vítor procurava recordar[-se] de todos os detalhes da *soirée,* e continuá-la pelo pensamento, para sentir renovar as sensações que ela lhe dera: mas tudo se perdia confusamente. Afogado no brilho da figura de Genoveva — ora toda a sua pessoa reaparecia diante dele, mandando-lhe a fulguração total da sua beleza que o fanatizava, — ora eram fragmentos dela, que, de repente, resplandeciam na noite escura: — o seu ombro cheio onde o vestido fazia uma prega, e o seu busto, tão elástico, cujos movimentos faziam ranger a seda, ou[79] a pele maravilhosa do seu antebraço nu, ou uma sombra que corria, no seu queixo redondo e firme: certas ternuras da sua voz estavam-lhe ainda no ouvido como uma prolongação melodiosa e suspirante, e ouvia o seu riso sonoro, como repercussões argentinas; e sentia-se feliz: cantarolava baixo: uma abundância de vida correu-lhe no sangue: mil energias [pareciam] erguê-lo, impeli-lo, como se as excelências da sua alma, do seu carácter, adormecidas, dentro dele, por falta dum impulso e de excitação, tivessem acordado, à voz de Genoveva, e à influência do seu olhar, e se pusessem ao mesmo tempo a reclamar acção e movimento. — Que fora a sua existência até aí? como o lento atravessar dum subterrâneo infindável num sonambulismo espesso, mas agora, de repente, via desenrolar-se[80] diante [dele] toda uma outra vida, luminosa, livre[81], cheia, amaciada de doçuras — que ele atravessaria, com Genoveva, dum modo contínuo e delicioso, num encanto crescente: porque não duvidava — que ela o amasse: resumia todas as provas: a camélia vermelha ali estava: e todas as palavras que ela murmurara, as meias intenções, os olhares, as alusões: sentia então um orgulho imenso: Genoveva parecia-lhe quase divina, embelezada por todas as cidades em que vivera, todas as ilustrações que conhecera, todos os prazeres que gozara: uma civilização po-

79. No original: *onde a pele.*
80. No original: *desenrolarem-se.*
81. Leitura provável.

derosa, rica, completa, refinada, criara[-a], aperfeiçoara-a e, penetrando-a, enchera-a da sua mesma essência requintada: e aquela criatura perfeita amava-o, — ela que conhecera tantos homens cativantes pela beleza, e dominantes pelo génio, amava-o a ele: e sentia-se assim num pedestal, muito alto na vida. Como a cidade em redor lhe parecia mesquinha: e todos aqueles homens, nas casas escuras, adormecidas, nos braços de mulheres triviais, dignos de compaixão, e subalternos! — Jurou tornar-se digno dela: ter *toilettes* elegantes: ler todos os romances, todos os dramas, para se penetrar do espírito, da graça mundana, saber manejá-la como um florete. Escreveria versos: pediria dinheiro ao tio Timóteo. E quando entrou no seu quarto, foi-se contemplar ao espelho: achou-se formoso: arranjou os cabelos: em que teria ela reparado na sua fisionomia? O que lhe agradava? Era o seu cabelo preto anelado: os seus olhos rasgados e quebrados? O seu buço, tão simpático, tão macio? A sua pele, que tinha o leve tom dum pálido marmóreo? E não se resolvia a despir-se, a calçar as suas chinelas — como se temesse [que], com a sua casaca e os seus sapatos de verniz, viesse o encanto da sua pessoa e da *soirée* [a] desaparecer.

Teve um acordar de namorado, sentindo logo a recordação dela invadir-lhe a alma duma doçura dum beijo imaterial: e, apertando os braços contra o peito, abraçava a sua imagem com toda a sorte de pensamentos ternos.

Nunca o dia lhe parecera tão lindo: tudo tinha uma luz radiosa, e uma sonoridade festiva: uma vaga languidez errava no ar: almoçou na cama: e recostado no travesseiro, fumando cigarros, perdia-se em suposições de episódios, de felicidades: via-se passeando com ela, em Sintra, muito unidos, sob os arvoredos murmurosos, ao frio som de águas correntes: ou no seu quarto, ajoelhado aos seus pés, enrolando e desenrolando nos dedos as suas tranças louras: nada de impuro, ou de libertino, lhe passava no espírito: a agudez do desejo quase desaparecia sob a doçura do amor: e mesmo era, castamente, que se via beijando brancuras da sua nudez, com beijos pequeninos, devotos, reflectidos, extáticos. Vestiu-se devagar; e quis compor uma poesia, mas depois de torturar o cérebro, apenas pôde produzir dois versos:

Ontem nos giros duma valsa ardente
Senti teu corpo vacilar, tremer.

E como a manhã lhe parecia adorável tomou o chapéu, — e saiu. Tinha uma vaga esperança de a encontrar. Naturalmente não foi ao escritório: tinha horror à Rua do Arco do Bandeira, ao dr. Caminha, às figuras plácidas do procurador. Ah, não! Não lhe faltava mais nada senão ir enterrar-se na caverna dos autos! Não nascera para isso! Era um homem todo de literatura, de sensações, de poesia: ao diabo, o papel selado! Ia escrever um livro, é o que ia fazer. Dedicar-lho-ia, a ela. Mas depois de ter errado pelo Chiado, pela porta do Alves, pela Rua do Alecrim; pelo Aterro, outra vez pela porta do Alves — não a viu. O dia pareceu-lhe[82] entristecer-se — como um retirar-se das coisas, um vago encanto ambiente.

E, ao outro dia, não se conteve, dirigiu-se, muito nervoso, à Rua de S. Bento. Genoveva tinha-lhe dito que estava sempre em casa da uma às três: e tremia, quando sentiu a campainha retinir no corredor. Foi Mélanie que veio abrir: e o alvoroço dela, correndo logo, dizendo: ah, é o sr.! — deu-lhe o sentimento vaidoso, que era esperado.

Encontrou Genoveva, languidamente deitada no sofá da sala, com um livro na mão: ergueu-se sobre o cotovelo, pediu-lhe desculpa de o receber assim mas estava doente desde a véspera: e deixando cair o livro no tapete, com um gesto desfalecido, indicou-lhe uma cadeira ao pé — perguntando:

— Então que há de novo?

Vítor ficara muito embaraçado: estava vestida com um roupão, de pano azul, amplo, que fazia pregas largas, soltas, sobre o seu corpo, desenhando a perna, a curva cavada da cintura: os seus pezinhos cruzados, calçados de meias de seda preta, tinham dois sapatinhos de verniz: parecia pálida, e com a cabeça como pousada sobre um travesseiro de grandes rendados; os olhos cercados dumas olheirazinhas cor de bistre com um destaque negro, sobre os tons louros e brancos, voltavam-se para Vítor dum modo dolorido, e curioso.

Dizia-se fatigada, com um vago mal-estar: um pouco indisposta de estômago: pediu-lhe que chamasse Mélanie, e quando ela apareceu, com as mãos nos bolsos do seu avental branco engomado, — pediu-lhe, com uma voz expirante, o seu caldo. — E voltando-se para Vítor:

— Não repare que eu não faça cerimônia, não é verdade? É um amigo de Dâmaso. É como se fosse da casa...

Ao nome de Dâmaso, tão familiarmente trazido, como uma justificação da sua intimidade — Vítor teve uma contrariedade que o fez corar. Respondeu vagamente:

— Ora essa, minha senhora, ora essa... E sentia como um arrefecimento geral de tudo em torno dele: uma distância imensa, gelada, desolada, interpondo-se repentinamente entre eles: e sentindo evaporar-se a simpatia que o aquecera, ficara na sua cadeira, constrangido e calado. Disse mesmo:

---

82. No original: *pareceu-se-lhe*.

— Eu se soubesse não tinha vindo incomodá-la. Ela fez um gesto, com um sorriso, como para o tranquilizar — e repetiu, ageitando-se no sofá:

— Então que há de novo?

Nada. O dia estava muito bonito. Um bocadinho frio talvez.

Ela voltou-se no sofá, e deitando a face sobre a mão, voltada para ele, numa atitude atenta, carinhosa:

— E que fez ontem?

O sorriso, que abrira, mostrava um fio luzido de brancura de dentes, entre os lábios vermelhos e húmidos, como uma folha de rosa, debaixo de água: — Vítor viu como uma solicitação amorosa no seu olhar; respondeu baixo:

— Pensei em si.

Mas Mélanie entrava com o caldo: e com o seu passo subtil, confidencial, pôs uma mesinha ao pé dela, deixou a bandejinha de prata, ajeitou a travesseirinha, saiu, com uma ligeireza de sombra, tendo dardejado para Vítor um olhar de lado, curioso.

— Então que fez? disse Genoveva, que se ergueu sobre o cotovelo, e remexia devagarinho o caldo.

Vítor repetiu:

— Pensei em si.

E então, com uma abundância de palavras, que todas tinham um tom triste e magoado, Genoveva, deixando-se cair sobre o travesseiro, lamentou que ele lhe falasse assim. Não era verdade que nunca se encontrava sinceridade, nem bom-senso! Porque havia de ter pensado nela? Tinham-se visto apenas duas vezes, tinham ceado e valsado, era uma razão para lhe dizer já palavras de amor, ou de galanteio? Mas que mulher julgava ele, que ela era? Não se devia começar a pensar assim nas pessoas contra vontade delas. Ele bem via que as suas relações não podiam ser senão duma boa camaradagem. Realmente os homens eram bem singulares: apertava-se-lhes a mão, dava-se-lhes uma flor; para rir, sem más intenções, e, logo, inflamavam-se e faziam logo uma ideia, julgando-se no direito de exigir...

— Mas eu não exijo nada, — disse Vítor que aquela verbosidade, caindo como uma rajada, sobre as suas esperanças, dispersava-as, dolorosamente.

— Mas havia de exigir, se eu o escutasse, se eu acreditasse. Não, não é bonito o que fez. Sabe que eu tenho tido amantes, julga-me fácil, diz consigo — é chegar e gozar, e vem-me ver, acha-me doente, e diz-me logo que pensou em mim. Para quê? Com que fim? Com que esperança? Para eu lhe servir de passatempo, para ir dizer aos seus amigos...

— Ó minha senhora, acredite — balbuciava Vítor: aquela compreensão tão errada dos seus sentimentos ofendia-o: mas ela fê-lo calar, com um gesto:

87

— Ouça. Eu já não sou nova. Que idade me supõe? Tenho trinta e dois anos. Sou uma pessoa nervosa, para quem a vida não tem sido senão uma série de infelicidades, doente, caprichosa, difícil de aturar. Tenho mais de dez contos de réis de dívidas. Já vê que sou uma mulher pouco agradável. Não sou uma mulher *em que se pense* — disse sublinhando. Simpatizo consigo, venha ver-me, jantar às vezes, janto às sete sempre, cavaquear, mas mais nada... O mais seria ridículo. Sou boa rapariga, falo-lhe tom franqueza; não me quer mal, não?

E nos seus olhos havia, ao dizer estas palavras, uma ternura tão suplicante, como uma sinceridade risonha — que ele sentia o desejo de se ajoelhar, de lhe jurar uma submissão infinita e pedir-lhe para a consolar, apenas, para ser o seu confidente, o seu irmão. Desejava poder pagar as suas dividas; — e tocar de leve no pé, que, por um jeito, ela estendera fora do roupão, e via o começo da perna, a que a meia preta dava uma beleza picante e romântica.

— Não se zangue, não é verdade, repetiu ela; estava, agora, meia erguida, apoiada sobre os braços: a sua cinta dobrava numa linha quebrada, que se erguia sobre a redondeza nervosa dos quadris, dando todo o desenho da perna, sob a prega do roupão: cabelos louros, um pouco desfrisados, cobriam-lhe a testa de fios, e com a cabeça um pouco erguida, o seu pescoço branco aparecia, dum redondo firme e polido.

— Posso lá zangar-me consigo! disse ele apaixonadamente:

— Vamos ser bons amigos, não é verdade? Sente-se aqui:

Deu-lhe um lugar no sofá, — e Vítor sentia o contacto dos seus pés, vendo as suas pernas estendidas,[83] sentiu um desejo irresistível de cair sobre ela, abraçá-la, devorá-la de beijos.

— Porque não traz o cabelo apartado ao meio? perguntou-lhe ela examinando-o muito.

Vítor levou os dedos à risca da cabeça, disse:

— Não sei, sempre o trouxe assim. Aconselhou-lhe, então, que abrisse a risca ao centro: via-se mais a testa; quando. se tinha uma testa bonita:e disse logo com volubilidade:

— O Dâmaso tem uma testa de estúpido:

Vítor riu. Ia decerto acabrunhar o seu amigo de injúrias engraçadas — quando ela começou o seu elogio: Era muito bom rapaz, muito serviçal, tinha bom coração e não tinha maus dentes. E montava bem a cavalo.

— Que idade tem?

— Ele? Ah! Eu. Tenho vinte e três anos. Vinte e três anos! E atrevia-se então a dizer que pensara nela, uma velha, uma mulher gasta, boa para ser avó.

---

83. No original: e *sentiu um desejo.*

Vítor, exaltado, debruçando-se para ela ia falar-lhe da sua paixão; mas ela com muita tranquilidade perguntou que horas eram.

Eram quase três. E Dâmaso que não vinha: tinha-lho prometido.

Vítor despeitado, julgando que ela o escarnecia, ergueu-se, ia tomar o chapéu.

Mas Genoveva pareceu muito surpreendida. Porquê? Onde ia?...

— Não, sente-se.

Cruzou os braços por trás da cabeça, sobre o travesseirinho; as roupas, repuxadas, descobriram-lhe vagamente os contornos puros e firmes do seio: cerrou os olhos, o seu seio arfava um pouco: — aquele silêncio embaraçava Vítor: não o compreendia; e, torcendo as pontazinhas do bigode, devorava-a com o olhar: aquela atitude adormecida, que parecia oferecer-se, fazia-lhe passar no coração desejos frenéticos: e ia decerto falar, abraçá-la, quase louco. — Quando ela abriu os olhos, fixou-o, com uma espécie de angústia, cerrou-os, com um vago suspiro, — e ficou imóvel, como alheia à presença dele.

Vítor ergueu-se, bruscamente, deu alguns passos pelo salão: sentia as fontes latejarem: Ela tornou a abrir os olhos, murmurou:

— Não, sente-se ao pé de mim. Seja bom rapaz. Sinto-me mal.

Que tinha? Sofria? — E Vítor a tremer pousou-lhe de leve os dedos no braço.

— Veja se tenho febre.

E estendeu-lhe a mão, que ele tomou: prendeu-lhe o pulso com os dedos: sentia o seu coração bater-lhe alto, e, como um zumbido, entontecer-lhe a cabeça.

— Não, não tem febre.

Ela riu, com um risinho cantado, estranho:

— Que doutor! Tem graça!

E sem transição, começou a queixar-se: a vida era bem triste. Sentia-se tão só. Nunca conhecera a felicidade duma verdadeira afeição.

Todos os que me têm dito que me amavam — eram egoístas: eu era nova, dava-lhes prazer. Mas reconheci sempre, bem depressa, que não havia amor real, dedicado, puro, cheio de sacrifícios. Nunca ninguém me estimou. Meu marido, M. de Molineux, era muito bom: muito bom. Mas egoísta também. Ninguém me teve uma verdadeira dedicação. Mesmo Mélanie, que diz que se morre por mim, se amanhã lhe oferecessem mais soldada, deixava-me logo. A vida é bem triste, tudo é uma ilusão.

Vítor, numa exaltação, tomou-lhe as mãos.

— E se eu lhe dissesse que a amo, que a adoro, que quero ser tudo para si, neste mundo...

Genoveva erguera-se, com um olhar que devorava, e apertando-lhe as mãos, com muita força;

— Não é verdade, não é verdade.

Havia na sua voz, como uma exaltação aflita.

— Juro-te, disse Vítor, caindo no sofá ao pé dela. Mas Genoveva, erguendo-se, de pé, com uma voz quase tranquila:

— Não meu amigo, não. Não se exalte. Os Portugueses são terríveis. Pega-se-lhes fogo com uma facilidade! — Riu, com um riso mordente, seco. Vítor teve-lhe ódio.

Mas a porta abriu-se, a longa figura de Miss Sarah apareceu e ia a retirar-se discretamente — quando Genoveva gritou. — Entre, entre, é um amigo de Dâmaso.

E apresentou Vítor: disse que sabia falar inglês: Miss Sarah, vermelha, cumprimentava com os seus longos braços caídos ao comprido do corpo: mas Genoveva disse logo:

— Ah! são três e meia.

Vítor foi tomar o seu chapéu.

— E venha ver a pobre doente, disse Genoveva estendendo-lhe a mão.

Vítor curvou-se diante de Miss Sarah, que o olhava com uma fixidez admirada, as maçãs do rosto vermelhas.

— E a camélia? perguntou Genoveva, rindo.

— Tenho-a guardada, disse ele saindo.

Genoveva aproximou-se da janela, ergueu o transparente, mas recuou vivamente, e no meio da sala, espreguiçando-se, torcendo os braços:

— Oh, meu Deus!

Miss Sarah então exprimiu gravemente a ideia de que Vítor era formoso.

— É um bonito arranjo para si, Miss Sarah.

A inglesa fez-se escarlate...

90

Capítulo 8

Quando Vítor entrou em casa, para jantar, encontrou uma carta de Aninhas de quatro folhas de papel: mas a letra era tão má — que não teve paciência de a ler: e depois de a percorrer com os olhos, e de distinguir, entre o encruzilhamento confuso de ganchos e de hastes, as vagas palavras, "desgraça da minha vida", ... "adoração até à morte",... "forçada pela necessidade,... arrependimento"...; atirou-a para o lado, dizendo consigo:

— Que a leve o diabo!

E pôs-se a resumir toda a sua manhã com Madame de Molineux: e confessou a si mesmo que a não compreendia: amava-o ela? Decerto — a julgar por certos olhares, por atitudes do seu corpo, pelos silêncios, pela comoção que parecia sentir junto dele. — Mas as suas palavras tinham às vezes um ar de tranquilidade amiga, outras vezes de escárnio frio, não poucas vezes de distracção — que revelavam, transbordavam de indiferença. Mas por isso mesmo amava-a mais: achava-a caprichosa, complexa, indecifrável: e ao seu amor juntava-se a curiosidade.

E para falar dela, pela necessidade que leva as almas fracas a espalhar, a derramar sobre os outros alguma coisa da abundância dos seus sentimentos, foi passar a noite com um íntimo seu, um pintor chamado Artur Gorjão. Viam-se poucas vezes, mas estimavam-se profundamente. Vítor admirava o talento eloquente e original do pintor: e Artur achava em Vítor um escutador paciente e atento às suas teorias, às suas grandes tiradas, um depósito passivo da exuberância do seu palavreado estético.

Gorjão morava num quarto andar, — e tinha convertido em *atelier* uma sala baixa, com duas janelas para a rua: o soalho, que nunca se lavava, tinha um negrume de todos os tacões, e de todas as solas que o pisavam: um largo divã velho, gasto, amachucado, servia para os repousos do pintor, para as suas *solidões contemplativas,* como ele dizia. Era ali que meditava, que criava. — Era o seu *Olimpo.* Pelas paredes havia toda a sorte de gravuras, pregadas com alfinetes, alguns quadros adquiridos num ferro-velho, couraças do século XVII obtidas a quinze tostões no Arsenal de Marinha, e aos cantos cabeças de gesso, reproduções baratas de obras de museu: uma mesa estava sobrecarregada de papéis, desenhos, aguarelas começadas, — tendo em redor quatro velhas cadeiras de couro, dispostas como num capitulo de Abadia. Um cavalete, junto da janela, recebia a luz magra, que coavam caixilhos estreitos: caixas de tintas, um pequeno estrado ocupavam um recanto: chinelas arrastavam, uma saia, um *robe de chambre* de mulher estavam caídos a um canto: fósforos apagados juncavam o chão: e tudo tinha um ar sujo e íntimo — um aspecto desordenado duma vida brusca e confusa, de obras começadas com impaciência, e abandonadas com desconsolação. E, pelo *atelier,* Gorjão, de chinelos, um jaquetão escarlate, aberto, sobre a camisa amarrotada, passeava nervosamente, fumando como uma chaminé, e divagando como um folhetinista. Era baixo, magríssimo, um pouco corcovado. Tinha movimentos desconjuntados de esqueleto pouco firme: a sua cabeça era enorme: sobre a testa, saliente, convexa, plantava-se uma massa dura e negra de cabelo, em escova, grande e dura: o rosto era seco, tinha o nariz torcido: a boca reentrante, coberta por um bigodito, que lhe arrebitava a um canto: e no encaixe fundo os olhos esplêndidos fuzilavam vida. Os seus dias eram ocupados, porque para viver — fazia cenografia na Rua dos Condes, no Variedades: à noite, porém, em casa, *fazia Arte.* Gorjão tinha talento: mas inteiramente preocupado de sistemas e de teorias, excessivamente falador, cheio de ditos, de máximas, e de fragmentos de leituras, dissipava-se, numa loquacidade incessante, e não produzia nada. Andava, como ele dizia, — à procura do verdadeiro princípio da arte: na certeza que logo que o achasse, produziria obras consideráveis; renovaria a pintura em Portugal, faria escola, encheria os museus de quadros sublimes, e viveria na posteridade. Para isso lia todas as Críticas, todas as Estéticas. — E, muito impressionável, dominado sempre pela última leitura, passava dum sistema a outro, como um cometa errante, iluminando-se de todas as opiniões que atravessava. Entusiasmara-se ao princípio pela ideia de que a pintura, sendo uma arte essencialmente plástica, tinha por objecto a representação das belezas físicas: por isso, só concebia quadros mostrando a imortal divinização do corpo nu, as nobres atitudes, a glória das musculaturas, os esplendores das carnações perfeitas: sonhava em pintar Vénus, prodigiosa; admirava posições de gladiadores; a Ideia segundo ele era nada. Um quadro não devia ter Ideia. Devia mostrar corpos belos, atitudes nobres, — ser uma escultura que, pela cor, se aproximava mais da vida. A isto prendia um vago sistema de transformação do Corpo, moderno: achava deplorável que todos os corpos actuais fossem mais ou menos deformados, mal feitos, tortos, magros, feios, ridículos: atribuía isto à dominação tirânica da Ideia, e ao abandono do culto Plástico. — Queria por isso criar uma escola de pintores, exclusivamente preocupados da beleza plástica: dentro em pouco, cada casa possuiria na sua parede um belo quadro, onde uma forma divina destacava num tom glorioso: as mulheres, as esposas grávidas, vendo constantemente estes frisos novos, impregnando-se deles, tendo-os sempre presentes, nos nove meses de gestação — dariam à luz, como sucedia na Grécia, corpos perfeitos; e, dentro em pouco, a raça portuguesa seria a mais bela do Universo, rivalizaria com a Grécia antiga; veríamos passar no Chiado costureiras — belas como Vénus, e dirigirem-se às Secretarias do Terreiro do Paço amanuenses nobres como Apoio: a criação das belas linhas tornar-se-ia o cuidado da cidade: bem depressa esta influência far-se-ia sentir nos vestuários e nas arquitecturas — e, dentro em 100 anos, Lisboa seria como Atenas, e veríamos corpos esculturais em atitudes harmoniosas, com amplos vestuários artísticos, moverem-se entre pórticos de linhas nobres, num azul igual ao do mar Tirreno.

Depois apaixonara-se subitamente pelo Pitoresco: o que é arte? exclamava: é simplesmente a idealização da vida: é o meio de pôr um interesse ideal na existência burguesa.

A vida actual é chata, trivial, ocupada de questões de dinheiro, de vendas e compras, de preocupações mesquinhas, de plebeísmo. O negociante com os seus fardos, o advogado com os seus autos, o banqueiro com as suas cotações de fundos, o médico com as suas cataplasmas, o empregado com as suas cópias de ofícios, vivem duma vida subalterna, reles, plebeia, estúpida, monótona, asfixiante. É necessário na vida de toda esta gente pôr um interesse nobre, alto, ideal, alguma coisa que lhes compense de todos os seus trabalhos estúpidos, e que os distraia das suas preocupações mesquinhas. Aí está para que serve a arte. Aí está para que se dependuram quadros nas paredes, para que se enfileiram [n]as galerias dos museus: para que o burguês, o homem positivo, a alma sobrecarregada das tristezas plebeias da vida — possa contemplar alguma coisa de mais belo, de mais nobre, de mais interessante, de mais pitoresco que os balcões das lojas, os cubículos da Boa-Hora, a luz magra dos escritórios e o tédio das secretarias. A arte portanto deve ser pitoresca: representar paisagens doces, suaves, onde se console o homem que é obrigado a viver constantemente na Baixa: onde se mostrem cenas grandiosas, de galas, de cavalgadas triunfais, de festas, aos que apenas vêem o movimento trivial dos americanos que rolam, ou de cangalheiros que passam: onde aparecem os ricos vestuários, os veludos, as jóias, a quem só vê sobrecasacas de Calasso ou usa calças do Xafredo. A arte deve ser a grande consoladora. Imaginava então enormes telas, deslumbrantes, com a abundância de Rubem; e o esplendor de Veroneso: concebera um quadro que devia formar uma antítese consoladora à vida moderna: seria uma larga paisagem, tendo o vago ideal das composições de Turner. Árvores duma beleza paradisíaca deixariam entrever como uma luz forte, como um nimbo duma glória; arquitecturas maravilhosas poriam, entre a verdura, a palidez dos mármores, e a transparência dos jaspes; fontes correriam derramando no quadro uma frescura doce: no primeiro plano um coro de mulheres, ideal, em largas túnicas de cores moles, dançariam uma ronda prendendo-se pelas mãos, numa cadência nobre e ampla: em vasos de pórfiro, frutas acasteladas, em jarros de prata, os vinhos preciosos: entre as avenidas, pares enlaçados numa intimidade amorosa caminhavam no silêncio estático de felicidades absolutas. Velhos de olhar luminoso, sábios e serenos, falavam dos poetas e dos filósofos: e moços heróicos fariam jogos atléticos, mostrando o orgulho das suas anatomias perfeitas. Este quadro corresponderia a todas as necessidades da alma: contemplando-o sentir-se-ia a consolação das paisagens suaves, a doçura da filosofia, e a alegria das terras abundantes, e a sensação dos amores imortais. Depois achava isto simplesmente idiota — e concebia uma festa Veneziana, ao modo do Tintoreto: num terraço da Renascença, damas e cavaleiros formariam grupos duma nobreza heróica: sobre as balaustradas, pavões abririam as suas caudas resplandecentes: em jarros de oiro, vinhos preciosos circulariam: de cofres, transbordariam sequins de ouro: os olhos falaria[m] de amores profundos: os punhais à cintura, de vinganças sanguinárias: negros de vestuários resplandecentes sustentariam galgos atrelados: um poeta ao som dos violinos recitaria tercetos: e o fundo perder-se-ia[84] nas florescências e nos arvoredos duma paisagem artificial e simbólica. E aquilo serviria para regalar os olhos do luxo que falta às existências modernas.

Mas Gorjão ultimamente desprezava todas essas ideias: achava-as *imorais*. A arte, segundo ele, devia educar pela representação de acções justas — e não pela exposição de luxos corruptores. E nestas preocupações, falando, combinando, cheio de imagens, de fragmentos de quadros, ia, na absoluta atenção da Ideia, desprezando o estudo do Processo: de sorte que o seu desenho era incorrecto, a sua anatomia falsa, a luz dos seus quadros espessa, o movimento fantasista e errado, — e, com ideias para encher um museu, apenas tinha a execução para produzir uma tabuleta.

Vítor encontrou-o desenhando à luz dum candeeiro de petróleo, coberto com um *abat-jour* verde, que fazia cair uma luz crua sobre uma larga folha de papel, riscado de grossos traços confusos de craião. Todo o resto do quarto estava numa sombra silenciosa onde destacavam algumas brancuras de gesso, ou as alvuras dum canto de gravura: e num quarto ao pé, sentia-se ranger monotonamente um berço.

Gorjão fez-lhe sinal que se calasse, e Vítor, com receio que os seus passos perturbassem a inspiração — que na sua retórica comparava a

---

84. Leitura provável.

um pássaro subtil que pousa um momento e qualquer ruído faz fugir — foi-se imobilizar sobre o largo divã forrado de chita. Gorjão desenhava com violência, por traços bruscos, passando a mão pelos cabelos, afastando-se na cadeira; precipitando-se de bruços sobre o cartão, com sopros, grunhidos, fungadelas, mexendo-se, numa concepção dolorosa.

Então, Vítor descobriu, debaixo da mesa, o braço duma viola: e, tomando-a instintivamente, fez soar os bordões: Gorjão deu um pulo:

— Toca alguma coisa, faz um acompanhamento. É disso que eu necessitava, em surdina: o fado, um lundum.

Vítor fez vibrar baixo a guitarra, — os sons dormentes no gesto[85] abafado faziam um murmúrio doce na sombra velada do quarto — enquanto o craião corria sobre o papel, e sem cessar o berço rangia tristemente.

— Vem ver! gritou Gorjão.

Vítor aproximou-se: e pareceu-lhe descobrir vagamente os contornos arredondados dum cimo de floresta, sobre a qual um disco redondo, ao fundo[86], parecia elevar-se como um ponto sobre um i por cima da construção aguçada dum campanário.

— É a lua, disse ele indicando o disco traçado. Gorjão teve um risinho seco. Recuou a cadeira, enrolou um cigarro, e pondo o dedo sobre o disco redondo: — É a hóstia; disse.

E imediatamente o autor explicou o seu quadro, desenvolveu as suas últimas reflexões sobre arte.

Tinha andado até aí por um caminho errado. E tinha perdido dez anos na sua vida, os melhores, os mais vigorosos, os mais inventivos, a servir de rastos um princípio imundo da arte pela arte. Que idiota, hein! Mas possuía enfim a verdade, e como o S. Paulo,[87] no caminho de Damasco, via enfim claro, graças ao raio divino que lhe luzia em frente. A arte não era senão isto — uma força da natureza: e como tal devia ser aproveitada em proveito da civilização: por outro [lado] a arte — e era esta a sua verdadeira essência — é uma força da civilização. A grande tendência humana era transformar, em utilidades imediatas, os grandes fenómenos naturais: o que era o vento? Uma grande deslocação de ar errante no firmamento. Só por si, de que servia?

— De que serve o vento só por si? É um idiota, um palrador, um bruto, um indiscreto. Vê-lo aqui a suspirar num arbusto como um poeta lírico, além a apalpar a perna duma mulher como um libertino, adiante a brincar com um chapéu como idiota, depois a destruir um pobre barco de pesca como um assassino. Um vadio, uma besta. Que se lhe fez? Estu-

---

85. No original: *no gesto doce abafado.*
86. Leitura provável.
87. No original: *S. Pedro.*

dou-se, delimitou-se, explorou-se, — e escravizou-se: Disse-[se]-lhe: anda para aqui, vadio, faz-me girar essa vela de moinho, e mói-me a farinha: enche-me essa vela de navio, e traz-me cacau do Brasil; e aí o temos moleiro, aí o temos rebocador. Que se fez da electricidade? carteiro, um empregado do correio. Que se fez do vapor? um cavalo, um puxador de trens! Tudo na natureza está convertido numa utilidade directa. Tudo tem um fim. Nada existe por existir. Não se pode permitir nenhum sentimento, nenhuma força, nenhum movimento — inútil; é necessário que tudo trabalhe, que tudo se empregue, que tudo faça civilização: o Sol é retratista: não queremos vadios no universo. As estrelas são um mapa celeste de navegação. — Tudo isto são banalidades, de resto. Pois bem, o que se fez com [as] forças da natureza, é necessário que se faça com as forças do Espírito. A arte é um grande fenómeno cerebral — que é necessário transformar em utilidade directa: como trabalhando para a Civilização, e para a Revolução. Combatendo o velho mundo, o preconceito, a tirania, a força bruta — e ensinando a justiça, o equilíbrio, o bem. A arte deve ser essencialmente revolucionária. Um quadro deve ser um livro: deve ser um panfleto: deve ser um artigo de jornal. Deve atacar o Catolicismo, a Monarquia, a Burguesia podre, o tirano — todo o velho ser teimoso e persistente. O pintor deve ser tribuna, filósofo, panfletário. Tudo o mais é arte de luxo, de decoração, de corrupção, boa para o prazer dos olhos, inútil como a vaidade, infame como a prostituição. Aí está o que eu não tinha percebido — idiota! Tinha estado obtuso, tapado, arrolhado até aqui. Mas pum! A rolha salta — e aqui estou são, mostro-me, vou produzir. Cada trabalho meu há-de valer uma barricada. Hei-de tomar à minha conta o velho, destruí-lo a pinceladas. Aqui está — este é [o] primeiro quadro. Aqui o tens, — mostrando o cartão.

— É a missa! A missa, que assunto! Aqui os tens na igreja, a igreja moderna pintada, alumiada a gás, com órgãos que tocam a *Grã-Duquesa,* com tapetes do Gardé no altar-mor, santas vestidas pela Aline: pela Aline, tenho provas. Com padres — que são tudo, batoteiros, chulos, compositores de ópera cómica, flautistas — tudo menos padres. Aqui está a multidão: o celebrante, pálido da noitada no lupanar, tendo almoçado lombo de porco, com o sapato acalcanhado, erguendo com os dedos queimados do cigarro a hóstia, a branca hóstia, a oferta, o símbolo. Aí tens o culto. Agora vê-me a devoção: estas mulheres gordas, com lombos de porco na cachaço, a estalar nos vestidos de domingo, mirando-se, examinando as *toilettes,* criticando os chapéus, cochichando; os homens, ali, às portas laterais, examinando as fêmeas, fazendo olho, sinais, passando cartinhas, apalpando os braços das raparigas. E o resto: esta velha que vem aqui examinar as raparigas novas que poderia alcovitar: este sabujo que vem à missa para agradar ao seu director-

96

geral: aqueles que dormem, estes que bocejam: aquele sujeito que veio para ouvir a música: vê-los erguerem-se, persignárem-se, abaixarem-se, ajoelharem; nota-lhe as expressões: um pensa na amante, outro na indigestão que lhe deram os figos ao almoço, outro no ágio que há-de levar, outro ainda no empenho que o há-de nomear amanuense. Aquele pensa no namoro, o outro, como há-de escorregar a carta à amante: há um sentimento de constrangimento, uma pressa de sair: puxam-se às escondidas os relógios: examinam-se os vizinhos: se um cão ladra há sensação, todo o mundo se volta, cochicha, funga, satisfeito do incidente que quebra a monotonia divina. E quando o idiota lá em cima abre os braços e diz — *Ite missa est* — que vago suspiro de alívio sai de todos os peitos! Acabou a maçada. Vê-los a cumprimentarem-se, a apertarem-se as mãos, felicitando-se, na alegria do encargo findo. E aqui está a religião. Que ensino, que quadro! Dá cá um cigarro!

Deixou-se cair extenuado no divã.

— Enfim! Achei. Tenho aqui — batia na testa — quadros para uma revolução: depois da missa hei-de fazer o enterro: depois hei-de fazer a câmara dos deputados: depois hei-de fazer a agiotagem; depois, as eleições — uma execução geral.

Vítor ia dizer alguma coisa — Gorjão interrompeu-o:

— E tudo isto meu amigo, num processo de pintura novo: nada do acabado, do estudado, do amaneirado, do trabalhado da pintura de luxo, da decoração. Não, não. A pintura não é nada — a ideia é tudo. Traços largos, sombras indicadas, tons sóbrios, que dêem a impressão exacta da realidade. Pif, paf — e dava grandes pinceladas no ar — a expressão! A expressão é tudo! Com três borrões pinto-te um agiota. Queres um agiota? Tons verdes, numa face cavada, um empastamento de ocre na testa; tons metálicos, de branco de prata nos olhos; negros de chumbo nos traços do pescoço; — e aí o tens, cavado, frio, sentido, infame! É a grande Arte!

Falava numa excitação, deitando os cabelos para trás, por movimentos bruscos, lançando gestos largos, doidos, torcendo-se sobre o divã, num desconjuntamento inspirado: tomou a guitarra, correu-lhe vivamente as cordas, atirou-a. — E, agarrando o joelho com as duas mãos cruzadas, ficou imóvel, como entorpecido, os olhos vagamente fitos, que reluziam, sob as arcadas cavadas.

Mas Vítor, então, passeando no *atelier,* começou a dizer que a aldeia era sublime — mas quem lhe compraria esses quadros? — porque enfim — não estando no gosto moderno, chocando mesmo os preconceitos, sendo a execução pouco brilhante, não era fácil encontrar coleccionadores.

Gorjão ergueu-se, como ferido por uma punhalada: aquela reflexão entrava como um machado gelado, na[s] maravilhosa[s] ramificações dos seus sonhos.

— Quem os há-de comprar? disse, passeando pelo *atelier,* com a cabeça baixa, gesto brusco dos ombros — Quem os há-de comprar? Ninguém!

E deixando-se cair com desalento no divã, exalou a sua amargura: tinha vontade de se fazer salchicheiro.Pintava ele mesmo uma tabuleta: uma tabuleta extraordinária — simbólica, onde os produtos da mercearia teriam expressões humanas! — A brancura do toucinho seria como a face balofa dum conservador; os queijos da serra teriam a espapadez das vaidades burguesas; no vermelho do salpicão flamejaria toda a prosperidade rubicunda da agiotagem triunfante: as velas de sebo teriam, como a coluna do Rossio, aspectos de monumentos constitucionais: e as barricas de manteiga afectariam o bojudismo enfartado e rançoso do enorme ventre burguês. — E, por baixo, em letras escarlales, dum escarlate radical, e escaldante: Camilo Gorjão, merceeiro da Casa Real!

E esfregava as mãos, entusiasmado com a sua tabuleta: pensando com frémitos de júbilo — *no que se diria, no escândalo!* Era a única coisa, era fazer-se merceeiro!

— De resto, dizia, a arte é impossível, na democracia. Sinto dizê-lo, mas é verdade. Acabadas as casas históricas, acabam-se as ricas colecções. O burguês, o parlamentar, o constitucional, o republicano liberal, quer a gravura; a coisinha, a litografia, uma paisagenzinha bem lavada, carneirinhos, a virgenzinha idiota, que desfolha um malmequer, com dedos que parecem rolinhos de manteiga rançosa. Ah, quando voltarão os tempos de Rafael, do Ticiano, do Veroneso, dos pintores humanos? Quando os artistas tinham uma realeza, eram como a mais alta instituição do Estado: tinham o lugar eminente nos galeões, comandavam a defesa das cidades, davam a imortalidade, e, do alto do seu estrado, diziam tu ao Papa! — Tudo acabara, o mundo estava estúpido: — e voltava à sua ideia — fazer-se merceeiro!

— Mas a gente rica, exclamava, terá todas as ideias as mais idiotas, as mais pícaras, as mais bestas — antes de ter esta ideia simples, necessária, — encomendar uma obra de arte. Que qualquer desses idiotas tenha amanhã um milhão, tudo lhe lembraria: ser barão, pôr casa a uma dançarina, comprar uma parelha, ter um barco para regatas, dar um baile mascarado — a coisa mais insensata — mas nunca, nunca, lhe virá esta ideia simples, útil, civilizadora, nobre, moral — de dizer: Camilo, aos pincéis, e atire-se para uma obra sublime!... Nenhum, nenhuma besta! E voltando-se para Vítor, furioso:

— Tu, tu és rico, teu tio é rico, tem uma tipóia, tem uma cadeia de relógio: — Já me encomendaste um quadro? Nunca! Porque me não encomendas um quadro? Porque és um asno.

E então de repente uma ideia tinha atravessado o espírito de Vítor: o retrato de Madame de Molineux: via-o já maravilhoso num caixilho, no seu quarto; ele poria por baixo flores; e seria como o tabernáculo duma santa.

— Pois vou-te encomendar um quadro, disse ele.

— Queres a missa? disse logo Camilo aproximando-se, com a voz ávida, os olhos brilhantes.

— Quero um retrato...

Camilo fez uma careta: e girando sobre os calcanhares:

— Ora sebo! — E abrindo os braços: — aí está! Queres talvez o teu retrato, de casaca e gravata branca, com a tua idiota face de janota destacando sobre uma cortina escarlate — caixilho do Margoteau, e a admiração das primas! E fitando-o: és indigno de saber ler! O que pode dar a tua cara? Que expressão? Que ideia?

Foi tirar a bandeira do candeeiro — e examinava-o vorazmente: murmurava: nada de saliente, de acentuado, de nítido: tons fundidos, sem relevo, num amaciamento de brancura anémica: que queres tu que faça do teu focinho? Um retrato, decerto, pode ser uma obra de arte: mas é necessário um modelo: pinta-se quem tenha uma alma, uma ideia, uma acção grandiosa: — mas pintar um banalão, um burguês — fotografa-te, fotografa-te!

Vítor, disse então:

— Não, não é o meu retrato: é o retrato duma senhora, duma estrangeira, duma mulher admirável. E citou o seu espírito, a sua beleza loura, a superioridade das suas formas.

Camilo encruzado no sofá roía vivamente as unhas. Quis saber a cor dos olhos, do cabelo, a altura.

E passeando pelo *atelier* planeava já uma obra admirável, que faria a sua glória: pinta-la-ia, de corpo inteiro, vestida de veludo azul, com uma alta renda espanhola, fios de pérolas sobre o peito[88], descendo a larga escada dum terraço, e no fundo a decoração, à Ticiano, dum jardim da Renascença.

— Monta ela a cavalo? perguntou de repente. — Perfeitamente.

— Então porque a não pintaria, com uma longa amazona de pano preto, luvas de anta, de canhão, e o chapéu à Gainsborough, ou melhor — com o chapéu do tempo da Fronda — e tendo no braço um manto de seda forrado de peles? O seu amor do pitoresco voltava, com tentações persuasivas.

— Mas não! Com mil demónios! Toda a obra de arte deve civilizar! E exclamou logo:

— Podemos fazer o seu retrato — que seja uma condenação severa do luxo e da futilidade. E com grandes gestos, que pareciam dispor numa tela as grandes formas[89] do desenho: uma porta burguesa, onde sob

---

88. Leitura provável.
89. Leitura provável.

uma trepadeira que por graduações de luz conduz o olhar — ao ponto essencial do quadro — a cabeça: a cabeça nua, destacando, no negro do corredor; uma cabeça suave, caridosa, com um olhar sério e justo, uma aquilinidade erecta de feições, uma serenidade que mostre o equilíbrio da alma...

Uma voz de criança — começou a soltar altos gritos. Camilo foi bruscamente à porta, — abriu-a, gritou:

— Fazes calar esse demónio? — E voltando-se para Vítor: aqui está, se é possível trabalhar, pensar, sentir, com fedelhos a berrar pela mama! Não é possível. Abafa-se nesta vida estreita, burguesa. Um artista deve viver em palácio, isolado, cercado de todos os luxos da arte, só, com a sua ideia...

— É o teu pequerrucho?

— É, — disse ele secamente. Esqueceu-me deitá-lo à roda: nem tudo lembra. — Que dizia eu? Ah! Um rosto: que seja o símbolo da justiça e da razão: todo vestido de preto, dum modo casto, sóbrio, mangas justas, de preguinhas no vestido, que revelem a beleza dum seio maternal, duma fonte de vida: — e estendam nas suas mãos delicadas, tratadas à Van Dyck, fatias de pão.

— A quem?

— A quem? A duas medonhas crianças, piolhosas, remelosas, cobertas de pústulas, raquíticas, esfomeadas, tiritando de frio e de fome, cheias de opróbio, — o povo!

O eterno oprimido.

— Não é má ideia...

— Como não é má ideia?! É simplesmente... É o retrato tratado filosoficamente. É o retrato socialista. É o retrato panfleto. — E fitava os olhos em Vítor, como assombrado da altura do seu projecto. Que revolução na arte! — E erguendo o punho ao ar: o que nós podemos, o que nós podemos!

— Queres o chá? — perguntou uma voz de mulher, da porta entreaberta.

— Traz.

E no fervor da ideia nova — pediu logo informações sobre o modelo, o seu trabalho, as suas ideias, as suas opiniões políticas e sociais, — porque tudo, tudo é importante.

E Vítor, aproveitando avidamente a ocasião, desabafou, descreveu Madame de Molineux, contou a sua paixão. — Ouvindo-o — as ideias de Camilo mudavam, bruscamente: — Ah, era uma impura! Uma cocote! Uma Dama das Camélias. E, então, entrevia uma outra interpretação, e os quadros de cortesãs de Ticiano: estenderia sobre um divã um manto de veludo carmesim; sobre ele, o modelo estaria meio nu; uma cortina meio corrida mostraria um fundo de jardim: — e ao pé, no primeiro plano, estaria por terra um bandolim, para simbolizar a música[90], a festa, um punhal que lembrasse a vingança de ciúmes, e colares de pérolas transbordando duma taça de prata, como os presentes da luxúria! Ou porque não faria um quadro moderno, um Fortuny — uma sala forrada de cetim branco, um fogão com uma alta chaminé Renascença, e ela estendida numa *causeuse,* e, por trás, um guarda. Jogo chinês, onde mandarins azuis se surpreendiam num fundo dourado!

— E então estás apaixonado, hein? perguntou ele, enrolando um cigarro.

— Loucamente.

— É triste, é estúpido.

Vítor rompeu em declamações melhor que os estremecimentos do corações entrelaçados, os beijos?..

Camilo encolheu os ombros — e expôs a sua teoria sobre o amor, rapidamente, com uma voz seca, falando como sempre de si: — a paixão era a maior desgraça para o homem inteligente. Um artista que [se] apaixone está perdido: o amor introduz-lhe na vida uma tal quantidade de cuidados, de preocupações, de sensações, que todo o trabalho, todo o pensamento, se torna impossível. Vem o ciúme, a exaltação fictícia, a renovação incessante do desejo, a preguiça, a languidez, as subserviências da criatura. O carácter efemina-se, o cérebro amolece, a concepção retrai-se — e o que era ontem uma força na sociedade é hoje um chulo de bordel. O artista deve eximir-se ao Amor — como à mais humilhante Tirania. Amar uma mulher é pôr todas as suas forças da vida ao serviço dum só órgão! É como ser glutão: como o glutão não pensa, não vive, não trabalha, não se move — senão para o estômago: — o Amante não existe senão para servir, obedecer ao coração — para lhe dar um nome decente. Eu dei aos artistas do meu tempo uma grande lição. Suprimi o amor. Desta porta para dentro nunca entrou uma mulher, isto é, um conjunto de caprichos, de fantasias, de nervos, de sensibilidades, de tiranias, de altercações, de mobilidade. Mas como a natureza é exigente — e o cérebro precisa estar desembaraçado — tomei uma fêmea.

Aquela palavra aterrou Vítor.

— Escolhi-a. Escolhi-a feita como uma estátua: por que me podia servir de modelo, — nesse tempo eu tinha sobre o fim da pintura as ideias mais idiotas. Acreditava no nu. Acreditava em Vénus. Imaginava que uma arte plástica devia só ocupar-se de proporções, atitudes, cor e musculatura. Burro! Tinha esquecido esta pequena coisa — a ideia. — Por isso que tomei-a fêmea. Tomei-a bela:

90. Leitura provável.

custou-me a descobrir, porque a maior parte das mulheres são medonhas. — Porque hás-de notar, menino, que não há meio termo entre o horror e a beleza na mulher: tudo o que constitui uma mulher — isto é, os seios, os cabelos e os quadris — quando a não diviniza, degrada-a. Como são acréscimos falsos ao verdadeiro tipo humano que é o homem — logo que não se salvem pela beleza pura e ideal, são apenas excrescências abjectas, doentias; que os seios caiam, que os quadris se afilem, que o cabelo seja curto e mau — e a mulher é um monstro: é pior que o hipopótamo, e que o macaco.

Mas a porta abriu-se — e Vítor viu entrar, com um tabuleiro, uma criatura esplêndida: branca, com olhos pretos, grandes e ardentes, uma massa forte de cabelo magnífico; a sua cabeça pequena pousava nobremente sobre um corpo de estátua: sentia[-se], debaixo do vestido de chita amarelado, uma magnificência de formas majestosas, dum relevo e duma firmeza singulares. Pousou o tabuleiro com as suas mãos grossas e enxovalhadas, e saiu com um passo sereno.

— É esta, disse simplesmente Camilo, sentando-se à mesa — e partindo logo uma grande fatia de pão.

— É de Lisboa? — perguntou Vítor.

— Não. Lisboa não pode produzir destes corpos: o tipo está viciado: é de ao pé de Ovar, do campo — e provém duma combinação particular àqueles sítios — em que entra a raça árabe e a raça céltica. — É um belo pedaço de animal.

E passeando pelo *atelier,* com a fatia de pão na mão:

— Como fêmea de artista — é completa. É estúpida e é passiva. Come, obedece e despe-se. É um corpo às ordens. Não me importuna, não me interrompe, não me dirige a palavra: está ali. Quando necessito a fêmea, chamo a fêmea.

— E casaste?

— Casei: não havia outro meio de a tirar de casa da mãe. Comprei-a: mas em lugar de dar à velha uma bolsa de ouro, atirei-lhe o Sacramento. Paguei-lhe em moeda espiritual. Boa pilhéria, hein? E aqui a tenho. — Todo o artista deve fazer o mesmo. A verdadeira [...][91] é a amante: os nossos amores são as nossas criações: é a essas que damos a nossa alma, o nosso sangue, a nossa vida, tudo o que há de bom em nós. A fêmea — é para os momentos em que o espírito repousa, e a besta reclama.

— De modo que és feliz.

— Profundamente desgraçado — disse Camilo.

E sentando-se no divã ao pé de Vítor:

91. Falta uma palavra.

— Pois que imaginas tu? Tudo tão inteligentemente combinado. Só me esqueceu uma coisa. Uma só, — os filhos! Não me lembraram os filhos. Desprevenido — ao fim de nove meses, zás! um marmanjo, um montezinho de carne — que grita, berra, suja — faz-me da casa um inferno. Caí na família. A família: a morte do Artista: tenho todos os tédios: ouviste há pouco aquele ranger do berço? É a minha[92] música ordinária: pela manhã, gritos de atroar: à noite, berras de fugir: e corre pela casa, e a mulher ocupada: e [a] necessidade de tomar uma criada. Um horror! Um inferno! — Corrigi a minha máxima e agora digo: o artista necessita a fêmea estéril. Chama-se Joana. E, coisa extraordinária, — a gravidez, o parto, não lhe alteraram uma linha do corpo: nem uma prega, nem uma ruga, nem um afrouxamento na firmeza dos contornos. Perfeito, perfeito, perfeito. Um soberbo modelo — para as bestas que acreditam na linha, e na forma. Joana!

A mulher entrou: o seu olhar, que da primeira vez se conservara baixo, ergueu-se agora para Vítor, alargou-se, como admirado; um clarão passou-lhe nas pupilas — e tomando a bandeja do chá, saiu, com o seu andar sereno.

— E aí tens como compreendo o amor! — resumiu Camilo, batendo-lhe no ombro.

Vítor tinha tomado o chapéu:

— E então o retrato?

Vítor havia de falar a Madame de Molineux. Camilo reflectiu, com os dedos no queixo.

— Nada, positivamente — pinto-a revolucionariamente. Que quadro! Espera que te alumiem. — Eu não vou, que não quero apanhar frio. — E gritou: — Joana, alumia esse senhor, faze favor.

Vítor desceu, Joana atrás, com o candeeiro a petróleo. Mas aquele passo sereno, o roçar do vestido nos degraus, dava uma vaga perturbação a Vítor. À porta quis acender um cigarro — e, chupando a chama do candeeiro, os seus olhos encontraram-se com os de Joana. Foi um momento, mas Vítor sentiu um desejo furioso atravessar-lhe o coração. Tirou o chapéu, agradeceu.

— Muito boas-noites minha senhora.

Ela corou, — respondeu:

— Muito boas-noites meu senhor.

---

92. Palavra ilegível (provavelmente a repetição de música).

Capítulo 9

Vítor no dia seguinte foi saber notícias de Madame de Molineux: tinha-a ainda presente na ideia como a vira na véspera, estirada na *causeuse,* com gestos doentes, palavras cansadas — e ficou muito contrariado vendo à porta o *coupé* de Dâmaso. Como o cocheiro o conhecia, resistiu à tentação de se retirar discretamente: subiu — mas, no último lance de escadas, deu com Dâmaso que descia. Ficaram um pouco embaraçados.

— Saiu, disse logo Dâmaso secamente.

— Eu sabia que tinha estado doente...

— Doente? fez Dâmaso surpreendido, está óptima, saiu. Estive toda a noite com ela. Era mentira. Mas queria mostrar a Vítor a sua felicidade, e humilhá-lo. O pobre rapaz fez-se pálido.

E desceram ambos calados.

— E então que é feito? perguntou Dâmaso à porta, calçando as luvas.

— Por aqui... disse vagamente Vítor.

Dâmaso entrou no *coupé,* e depois dum adeus seco a que quis dar uma intenção triunfante, com dois dedos, bateu com força a portinhola, com um ar satisfeito. Ia furioso: Madame de Molineux tinha saído — depois de ter prometido esperá-lo.

Vítor desceu a rua devagar. Aquela secura brutal de palavras separava os dois amigos. Melhor, pensou Vítor. Asno!

E imediatamente foi percorrer todos os sítios onde a podia encontrar: estava desesperado com ela: quereria encontrá-la e para a cuprimentar com indiferença, sorrir com distracção, mostrar-lhe que não se ocupava [dela], deu uma volta no Aterro, subiu e desceu o Chiado, meteu a cabeça em todas as lojas, comeu bolos[93], [no] Baltreschi — mas não a viu.

Ao jantar esteve tão sombrio — que o tio Timóteo, impaciente com o silêncio, disse, todo arrenegado:

— Com mil diabos, dize alguma coisa. Estou aqui a arrebentar por falar.

Vítor desculpou-se: estava secado, adoentado.

E depois dalgumas palavras vagas, como a sua língua lhe fosse pesada como chumbo, ficou na mesma taciturnidade. Não podia fazer-

---

93. Palavras ilegíveis.

sair do seu cérebro — as palavras "passei a noite com ela": cantavam-lhe dentro, com uma espécie de silvo irónico; e via-a despir-se, lançar os braços ao pescoço de Dâmaso[94], suspirar de amor: sentia por ela um ódio agudo, um desprezo imenso: consolava-se pensando na sua superioridade sobre Dâmaso e, desprezando-o, invejava-o.

— E como vai o teu amigo Dâmaso perguntou o tio Timóteo.

Vítor animou-se logo: — não sabia, não o tinha visto. Nem saudades. No fundo era uma besta: e derramou-se em considerações sobre a sua figura tola, a sua fatuidade idiota, a sua estupidez crassa. Encarniçou-se sobre ele: contou ditos tolos que lhe ouvira: ridicularizou as suas *toilettes*. E partia nervosamente a sua vitela assada, como se trinchasse a carne odiada do Dâmaso.

— Que te fez o rapaz?

— A mim? Nada. Digo a verdade. Se me fizesse alguma coisa, rachava-lhe a cara: rachava-lha, tão certo como dois e dois serem quatro: não lhe deixava osso sobre osso! Espezinhava-o! — Falando numa cólera crescente, com uma cor de paixão na sua pele pálida.

O tio Timóteo olhou de lado finamente — e sorriu por dentro.

— É um pobre diabo, murmurou.

Nessa noite Vítor percorreu todos os teatros. Ao anoitecer começara a cair uma chuva miudinha. E dentro da tipóia, da Rua dos Condes para a Trindade, da Trindade para S. Carlos, ia resolvendo a atitude que tomaria se a visse num camarote: nem a iria visitar! Far-lhe-ia um cumprimento seco! Namoraria outras! Rir[i]a com as pilhérias dos actores! Fitaria Dâmaso, bocejando com tédio, e se ele o fitasse, ou tivesse um movimento atrevido: — cortava-lhe a cara a bengaladas.

Mas não viu Madame de Molineux — e todos os teatros lhe pareceram de um ar lúgubre: todas as mulheres medonhas: todas as faces inexpressivas — e a cidade, com a sua névoa húmida e a chuva morosa — triste como uma prisão — solitária como um subterrâneo. — A porta do D. Maria, encontrou o Palma Gordo — com as mãos nos bolsos, arregaçando o jaquetão, que lhe descobria as formas atoucinhadas das suas ancas gordas.

— O Dâmaso? — perguntou-lhe Vítor.

O Palma, com o cigarro entre os dedos de cabeça polpuda e unhas roídas — disse com a voz aguardentada:

— Há-de estar com a ... — e disse uma obscenidade.

Vítor hesitou se o espancaria — mas voltou-lhe as costas, veio subindo para casa, furioso: — É uma pega! Uma imbecil! Uma desavergonhada! Os diabos me levem se eu torno a pensar nela.

---

94. No original: *Víctor*.

Entrou em casa para perguntar se não havia uma carta para ele. Nada! Aquilo fez crescer o seu ódio. Que camafeu! pensou.

E seguindo a tradição romântica [de] que as contrariedades dos amores ideais se devem esquecer com os amores libertinos — foi cear ao Mata, com uma espanhola; uma Mercedes, bela mulher de Málaga, que se dizia filha dum general, afectava modos aristocráticos, comendo tudo com a mão, e lambendo os dedos depois. Vítor bebeu uma garrafa de Colares, dois copos de conhaque, julgando-se interessante na sua dor e pensando em Alfred de Musset, que, ele também, se embebedava com álcool, para esquecer as desilusões do amor humano.

Mas ao outro dia ao acordar — como um raio de sol que alumia subitamente um quarto escuro — esta simples reflexão encheu-o de luz e alegria: — É perfeitamente ridículo enfurecer-me porque ela saiu a passear.

E às duas horas, batia à porta de Madame de Molineux. Esperou-a um momento na sala — e viu-a entrar, alegre, fresca, com um grande roupão de seda, um sorriso, as mãos estendidas, muito amável. E ao, simples aspecto da sua pessoa, todos os seus despeitos se fundiram, como uma neve, ao fogo.

Sabia que ele tinha vindo — na véspera, mas ela tinha saído: o dia estava tão bonito, fora a Belém no vapor.

E tinha pena que ele não tivesse vindo. O Tejo estava adorável. — E então, como uma necessidade de expansão, Vítor contou-lhe que a procurara de manhã nas ruas, à noite nos teatros...

— Para quê? Para quê? murmurava ela — mas todo o seu rosto resplandecia de satisfação daquela solicitude.

E declarou-se muito alegre.

Vítor, que uma curiosidade mordente torturava perguntou, corando, por Dâmaso:

— Não sei. Vi-o antes de ontem, de tarde — no dia em que estive doente. Voltou à noite, mas não o recebi. Veio ontem, de manhã, e à noite também, mas não o recebi...

Vítor sentia como uma doçura de leite correr-lhe nas veias. — E para tornar a conversação íntima, para mostrar quanto pensara nela, disse-lhe a ideia do retrato. Exaltou o génio de Camilo Gorjão: o único artista de Portugal, desconhecido, ignorado, pobre mas um génio: mas os projectos de Camilo fizeram dar risadas de horror a Genoveva:

— O quê? Ser representada a dar pão aos pobres! Credo! E porque não a curar os leprosos? Por quem me toma esse homem! Quer talvez, por baixo, ou o título original de *Ricos e pobres)* ou a *Caridade*. Está doido!

Mas não se recusava a tirar o retrato — se o sujeito tinha talento. Queria posar com um vestido de seda clara, sentada numa cadeira de espaldar gótico, decotada, com os braços nus, o leque meio aberto na

106

mão, ao pé dum vaso de mármore, cheio de rosas. Citou outras atitudes célebres — os retratos de Bonnat, de Carolus Duran[95], de Mlle Abbéma.

Falava com volubilidade, um movimento rápido de gestos, uma mobilidade na fisionomia, que lhe dava muitas expressões diferentes, todas de alegria, de felicidade.

E Vítor, que a vira havia dias — mórbida, lânguida, prostrada no sofá, achava-a como uma outra pessoa, com outros encantos, — e depois de a ter amado tanto naquele enfraquecimento de doença, adorava-a na vivacidade da saúde...

— Quer beber alguma coisa? — Ela sentia-se com sede; tomaria Curaçao com soda. Estava hoje nos seus *dias felizes:* tudo lhe parecia cor-de-rosa.

— Não tem desses dias?

— Tinha, disse ele: e entraram numa longa conversação de simpatias, de afinidades.

— Parecemo-nos em muita coisa, não é verdade? disse ela.

E olhava-o muito, como encantada. Mas, de repente, ergueu-se, foi abrir o piano, — queria que ele fizesse música.

Ele lamentou não saber: às vezes um piano fazia tanta companhia: havia certos estados de alma que só a música exprimia: ao anoitecer, por exemplo, às vezes, desejava pôr em melodias uma quantidade de coisas vagas que lhe passavam na alma.

— Poeta, disse ela rindo: parecia escutá-lo com avidez, recebendo com alvoroço cada confidência que ele fazia dos seus sentimentos, das suas ideias, dos seus hábitos — provocando-as: quis saber a que horas ele se levantava, o que costumava ler, quais eram as óperas de que gostava: abrindo com o poeta as portas fechadas da sua alma, como um comprador que examina uma casa. E os seus olhos procuravam-no, estudavam-no.

— E Miss Sarah? perguntou ele.

Ela bateu as mãos, riu muito.

— Não sabe? Está apaixonada por si.

— Ora!

— Palavra! Não faz senão falar em si. Diz que o acha formoso, interessante, romântico. E não é verdade? — E os seus olhos abertos: numa luz radiosa, fixavam-se nele:

— Eu não acho.

Ergueu-se, veio pousar-lhe as pontas dos dedos nos ombros, examinou-o.

---

95. No original: *Duval.*

— Não acho, repetiu: — É simpático mas mais nada.

Vítor quase corava. Ela parecia-lhe ser o homem; o provocador: ele parecia a mulher, recebendo, com a perturbação de uma feminidade passiva, aquelas provocações de simpatia.

Genoveva, então, arranjou-lhe o cabelo com as pontas dos dedos: compôs-lhe a gravata — mas não lhe deixou tomar as mãos, fugiu com a cinta, dizendo:

— É o nosso tratado: simples amigos. Nada mais — fez estalar a unha nos dentinhos, recuando, fazendo uma mesura à antiga, um desafio, um olhar radiante.

Foi sentar-se ao piano: e começou a sua canção favorita:

> *Chaque femme a sa toquade*
> *Sa marotte e[t] son dada.*

Atirava as notas dum modo petulante, pondo em certas palavras — aquele abaixamento de voz gracioso e canalha, que nos cantores do teatro do *Boulevard* tem uma intenção provocante e lasciva.

E soltando o estribilho:

> *Voyez ce beau garçon — là*
> *C'est l'amant d'A*
> *C'est l'amant d'A.*

E atirava-lhe olhares que o faziam estremecer de desejo:

> *Voyez ce beau garçon — là.*

E os seus olhos pareciam designá-lo, confessar, render-se:

> *C'est l'amant d'A*
> *C'est l'amant d'A*
> *C'est l'amant d'Amanda.*

Mas, subitamente, calou-se, e ficando sentada sobre o mocho do piano, tomando uma fisionomia séria — disse-lhe, com uma ironia, um certo desdém na voz:

— E como vai a Aninhas?

Vítor ficou petrificado.

— Não há de que se envergonhar: diz que é bonita: foi cozinheira, creio eu; e entretida, a 15 000 réis por mês, por um lojista da Baixa. Anda a aprender o francês: já conjuga os verbos. Vê que estou bem informada. Vai bem, essa interessante Madalena?

— É mentira, disse Vítor.

— Não é. — E Genoveva ergueu-se. Disse-me o Dâmaso. O Dâmaso conhece-a...

Vítor jurou, [pro]meteu espancar o Dâmaso — e logo começou por se justificar, a explicar aquela relação.

Era certo, tinha estado com ela: era uma pobre criatura sem educação, muito tola, mas tinha-a como se poderia ter um animal: o seu coração não tomava parte...

— Pois pode crer, que com os meus gostos, os meus sentimentos, eu não me prendia a uma mulher que mal sabe ler. — E de resto, há mais de um mês que a não vejo. Aborrecia-me tanto que a deixei. Ainda antes de ontem me escreveu, nem li a carta.

— Palavra? disse ela. — Juro-lhe.

— De resto ninguém tem direito sobre si — e passeava pelo quarto, com um rumor de seda arrastada. — E voltando-se para ele: — Eu também já sabia que estava de mal. Ela encontrou o Dâmaso e queixou-se... Coitada, faça as pazes, não desole aquele pobre coração.

— Está a escarnecer —disse Vítor magoado.

— Não. Um conselho de boa amiga. Que ela naturalmente console-se com algum côvado de casimira que lhe mande o amante — ou com algum caixeiro suplementar... E com um riso cantado: — a Aninhas! Fazia-lhe versos?

— Bem, adeus, disse ele despeitado.

Ela tirou-lhe o chapéu da mão.

— Perdão, se não falo com respeito na bem-amada... E vendo o rosto dele contrariado: — estou a brincar.

E acariciando a seda do chapéu:

— E a mim faz-me uns versos?

— Decerto.

— Quero que me faça um soneto, todos os dias. É muito *chic*! — E estendendo-lhe o chapéu: — E agora, meu querido amigo, adeus. São três horas.

— Manda-me embora.

— É necessário.

— Está à espera do Dâmaso — disse ele com um sorriso de rancor.

Ela pôs o dedo sobre a boca:

— *Chut*! — Obedeça. Adeus.

Vítor teve uma raiva de ciúme, de desespero.

— Bem, adeus. Não volto.

— Não volte, disse ela encolhendo os ombros. Fixaram-se um momento.

— Porque me faz sofrer? — disse ele muito desconsolado.

Ela teve um risinho contrafeito.

109

— Sofrer! Mas que homem extraordinário. Vem-me fazer duas visitas, conhece-me apenas; e acha que eu que faço sofrer porque preciso estar só, às três horas. Realmente, é injusto...

— É porque a adoro, disse ele.

Ela pôs-lhe rapidamente a mão na boca:

— Nada dessas grandes palavras. Parece mal. — E com uma cortesia, sorrindo-se: mas quer dizer, venha pedir a minha mão à mamã.

— Riu muito, — e correndo, entrou no quarto, voltou com um raminho de violetas.

— Vá, seja bom rapaz, disse ela: metendo-lho na casa da sobrecasaca: e disse rindo: cuido dele como dum vaso, e ainda se queixa. — *Les voilà!* As violetas bonapartistas.

Ele olhava[-a] com uma suplicação infinita, estendia o rosto: e os seus lábios pediam humildemente um beijo: o rosto de Genoveva perturbou-se e estendendo a cabeça recebeu o beijo de Vítor sobre o cabelo.

Ele ficou tão comovido que teve um suspiro soluçado. E ficava no meio da sala, como idiota, olhando-a, a tremer, sem sair!.

— *Addio!* disse ela com uma voz séria.

Ele saiu, sentindo o chão oscilar-lhe sob os passos. Apenas o sentiu fechar a cancela, Genoveva chamou Mélanie:

— Logo que venha o outro, o Dâmaso, manda-o entrar. Preciso falar-lhe. Estou sem dinheiro.

Deu um suspiro. E deixando-se cair no sofá, disse, apertando as mãos por trás da cabeça:

— Mélanie, isto vai mal.

— Ia com uma cara tão desanimada o pobre rapaz, disse Mélanie.

— Pobre querido! — Oh, Mélanie, que paixão esta, tão absurda, tão repentina, — o que é isto? Porque me veio isto? Quem me diria?

— Isso passa, minha senhora.

Ela oscilou com a cabeça, tristemente, os olhos no chão:

— Não. É para sempre. Não sei o que me diz o coração. Mas adivinho desgraça...

Capítulo 10

Vítor não se esqueceu do pedido de Genoveva: — "quero que me faça todos os dias um soneto". Lembrava-se dum herói de romance, D. Juan de Parma[96], que todas as tardes, depois do seu jantar, fumando tranquilamente o seu charuto no terraço do seu castelo, na orla dum bosque, fazia um soneto à bem-amada do dia. Os cavaleiros italianos da Renascença, que Ticiano tinha retratado, e que tinham ceado com César Bórgia, faziam o mesmo. — E achou muito elegante produzir cada manhã um soneto, que lhe mandaria com um ramo: depois publicaria a colecção: chamar-se-ia *As Carícias*: teria uma notoriedade famosa: e dar-lhe[-ia] a celebridade: — porque mal se lhe abria uma perspectiva, a sua imaginação lançava-se por ela, como o galope impetuoso dum cavalo de raça, e, depois de alguns saltos, ficava a arquejar, estendido sobre os flancos como um sendeiro lazarento.

E na manhã seguinte, depois do almoço — fechou-se no quarto — em chinelas, com um maço de cigarros sobre a mesa, um copo de água para clarear as ideias, preparou-se para produzir. Durante horas os seus passos torturaram o soalho: e até ao jantar, tinha produzido as duas primeiras quadras: quando Clorinda o veio chamar para jantar — apareceu à mesa, com o olhar esgazeado, a face animada dum homem que emerge do ideal.

— Tens estado a dormir? perguntou-lhe o tio Timóteo.

— Tenho estado a escrever — disse, com a reserva dum iniciado que fala a um profano.

Depois do jantar, tornou a encerrar-se, e às 9 horas da noite, tinha enfim terminado os dois tercetos finais e saiu para tomar ar. Estava uma noite áspera, um pouco lúgubre, com grossas nuvens errantes, entre as quais, às vezes, aparecia a lividez da lua: a[s] rajadas uivando dão então um arrepio à alma: as casas estão fechadas: o gás tem oscilações aterradas: e erra como uma sensação de desgraça[s] fatais, e de mistérios homicidas: — Foi passear para o Aterro: a maré batia, tristemente, contra o cais: e, na extensão aterradora da água, tremulavam luzes acanhadas de barcos, — que às vezes, ao súbito clarão duma lua gelada, desenha-

96. Leitura provável.

vam mastreações espectrais. "Mas aquela decoração não condizia com o estado luminoso da [sua] alma — e veio para casa copiar cuidadosamente o seu soneto, com uma deleitação paternal. — Deitou-se, com um volume de Alfred de Musset, achando a vida boa: tinha enfim aquela paixão ideal, nobre, pitoresca, que ele vira nos livros e nos poemas e que o encantava tanto. E por um favor da fortuna, vinha-lhe acompanhada de todos os requintes do luxo, todas as seduções do espírito, todas [as] faíscas da fantasia. Onde havia em Lisboa uma mulher que se pudesse comparar a Madame de Molineux? Qual tinha as suas *toilettes*, os seus adoráveis caprichos, a sua ciência amorosa, tanta experiência de viagens, e de sociedades? Decerto tinha tido amantes: mas o conhecimento dos homens tornava o seu amor mais apreciado: é tão fácil agradar a uma pobre burguesa que não vê senão a[s] chinelas do marido, e a rabujice dos filhos! É tão fácil seduzir uma rapariga de dezoito anos, ainda com as imaginações do colégio, e as ambições de maternidade que lhe deu a boneca! Mas uma mulher que conhece os homens tão profundamente, a quem as desilusões repetidas deram cepticismo, a quem o abuso das sensações trouxera a inércia da saciedade — uma mulher assim, que glória interessá-la! É o mesmo prazer áspero que se deve sentir em tornar católico um ateu: e, possuindo-a, não se possui só um corpo belo — mas um ser complexo: cada um dos seus amantes, das suas relações, formou-a, deixando no seu espírito, nos seus modos, alguma da sua personalidade: e tê-la nos braços, possuí-la, — é possuir os refinamentos dos elegantes, o espírito dos dramaturgos, a polidez dos diplomatas, todas as civilizações — de que elas são a flor, a essência, o resumo artificial e delicioso. Que diferença na sua vida, hein! Ainda há um mês, a sua existência era estúpida e banal, como um macadame de rua: ia do tédio do escritório do dr. Caminha para os reles prazeres da alcova de Aninhas: era um sensaborão, um banalão! — E, agora, o amor de Genoveva — idealizava-o, enobrecia, forrava a sua [...][97] por dentro, de doçura, cobria-a por fora de resplendores. — E estirava-se na cama com orgulho — sentindo fora o vento gemer, roçando-se pelos muros das casas. Como ela admiraria o seu soneto; como se veria contente de ser obedecida: era impossível que não lhe desse um beijo — e, àquela esperança, a sua alma tinha frouxidões expirantes de languidez.

Ao outro dia, com o seu soneto na carteira, dirigiu-se à Rua de S. Bento: Mélanie, que veio abrir, disse-lhe logo:

— Não está, foi esta manhã para Queluz com o sr. Dâmaso: mas está a inglesa, faz favor de entrar.

---

97. Falta uma palavra.

E abriu a porta, chamou Miss Sarah. Vítor sentia[-se] como um homem que caiu duma altura: entontecido, com um sorriso vago, o coração frio, entrou na sala: um rugido de seda forte roçou o tapete — viu ao pé de si Miss Sarah — corada, direita — que lhe disse logo que Madame e Mr. Dâmaso tinham partido para Queluz, muito cedo.

E sentando[-se], abrindo e fechando um livro que tinha nas mãos, os seus olhos azulados, com uma esclerótica raiada de amarelo e biliosa, fixavam-se em Vítor com admiração.

Vítor, com o chapéu nos joelhos, ficou tão embaraçado que não encontrava uma resposta.

A inglesa notou que o dia estava bonito. Vítor tomou um ar profundo, e concordou, depois de reflexão, que sim. E então a inglesa disse que os dois tinham ido de carruagem descoberta, tinham levado um *lunch*, pareciam muito felizes. E acrescentou algumas palavras de louvor sobre Mister Dâmaso. Era encantador, um perfeito *gentleman*.

Vítor, acabrunhado, murmurou:

— Decerto, decerto. — E quando voltavam? perguntou.

Miss Sarah disse que talvez passassem a noite em Queluz: que não tinha ouvido fazerem projectos: mas que era mais que natural. Quis saber se Queluz era bonito.

— *Oh yes*! disse Vítor erguendo-se. Mas Miss Sarah não o queria perder tão cedo: pôs-se a falar de Portugal: dos Portugueses: achava-os encantadores. Era o paraíso. E tão delicados com as mulheres. Os Ingleses deviam vir aprender...

E, falando, tinha gestos requebrados, o seu pescoço ondeava: abria para Vítor sorrisos extáticos, e ora abaixando os olhos, como deslumbrada, ora erguendo-os como fascinada, revelou todas as suas sensações de solteirona, diante dum rapaz formoso.

Mas Vítor, de pé, batia, impacientemente, com o chapéu na perna.

Miss Sarah, então, declarou que o não queria prender: ela não tinha decerto os encantos de Madame de Molineux...

Vítor, embaraçado, protestou: mas tinha tanto que fazer...

Miss Sarah suspirou: — decerto, alguma paixão, alguma senhora que ia ver. Ah, conhecia os homens, todos levianos, entusiasmando-se pelas aparências...

Aquela voz, com acentos duros e cantados, o luzir [de] olhos baços da inglesa, davam a Vítor como um entorpecimento: enfim, rompendo por esforço a sua inércia, saudou Miss Sarah, saiu; ela fez-lhe um cumprimento grave, e pôs num último olhar todas as declarações do seu desejo.

Vítor, ao achar-se na rua — exalou todo o seu furor contra Genoveva, num pensamento:

— É uma reles prostituta! Acabou-se! E, como uma vela que uma rajada apaga, o seu amor desapareceu. E apertando convulsivamente a bengala, f[oi-se] afastando com uns pés nervosos, — com tédio dela, da casa, da rua! O seu ódio, como um gás que se dilata, estendia-se a todas as pessoas, a todos os objectos: desejava uma questão, dar bengaladas, escrever nos jornais coisas odiosas contra as mulheres, vê-la a ela pobre, e pedindo esmola! E não sentia ódio contra Dâmaso: mal pensava nele: achava-o digno dela, o estúpido, a besta! E um palerma[98], que tenham muitos filhos e que os leve o diabo! Tudo lhe parecia esbatido numa névoa triste, apesar do esplendor do dia assoalhado: as vozes, os risos, chegavam-lhe como um zumbido importuno: — entrou em casa, atirou o chapéu ao chão — e veio-lhe de repente uma sensação de abandono, de solidão, de vazio, — como se a cidade, os amigos, as cousas, as relações, tudo tivesse recusado, deixando-o a ele só, ser martirizado e solitário, num vasto espaço vazio e lúgubre: sentiu-se fraco, infeliz, incompatível com a vida, e, sentado na cama, rompeu a chorar.

Para não sofrer as perguntas, a conversação do tio Timóteo, foi jantar só, num gabinete do Silva. E quando o criado lhe perguntou o que desejava, oferecendo-lhe a lista, respondeu com um ar desolado, e profundamente abatido:

— O que quiseres. Veneno, se há.

Aquela pilhéria consolou-o. Consentiu mesmo em ler o *Jornal da Noite*, que o criado lhe trouxe: e não se esqueceu de tomar atitudes tristes, sempre que o moço entrava: porque nada consola os temperamentos efeminados, como dar publicidade à sua dor.

Desceu o Chiado devagar, com o abandono fatigado dum convalescente: sentia na alma, nos olhos, aquela lassidão magoada que deixam as lágrimas: e, todavia, não lhe desagradava estar triste por um desgosto uma origem nobre às nossas aflições. Entrou no Teatro de D. Maria: comprara um camarote a um vendedor, para dar ao seu desgosto uma atitude elegante, e com os cotovelos no rebordo de marroquim esgaçado, olhou distraído pela sala, escutou distraidamente a peça — fazendo, por hábito, por distração, olho a uma mulherona bem feita, que, duma frisa, lhe atirava olhadelas agudas. Mas sofria, realmente: às vezes a lembrança de Genoveva dava-lhe uma consolação tão grande, que sentia uma dor no coração: e vendo que eram 10 e meia — e que àquela [hora] talvez *eles* se estivessem a deitar em Queluz, veiolhe um desespero, uma raiva tão intensa, que abriu a porta do camarote, saiu, e foi andando pelas ruas, sem destino: os seus passos leva-

---

98. Leitura provável.

114

ram-no às Janelas Verdes — e ia numa agitação de pensamentos, tentando gastar, no cansaço do corpo, as torturas da alma. Mas um relógio deu uma hora — e voltou para casa.

Ao chegar à porta, tirava tranqüilamente a chave da algibeira — quando da parede escura, duma porta ao pé, se destacou um vulto de mulher que correu para[99] ele, agarrou-se-lhe, exclamando surdamente:

— Vítor!

Era Aninhas.

— Que queres tu?

— Escuta-me pelo amor de Deus... Vem ouve-me.

Só uma palavra, por quem és. Estou como doida. Se não me escutas, vou-me atirar ao rio. Vítor, juro-te...

A sua voz, afogada em lágrimas, exaltada, elevava-se...

E para evitar o escândalo — como saía ainda gente do Grêmio, foi andando com ela, até ao largo, escuro àquela hora, defronte da Academia das Belas Artes.

Aninhas agarrava-lhe o braço, prendia-se a ele, com uma força ansiosa, soluçava baixo, murmurou:

— Tenho estado como doida. Não me importa. Quero morrer, é [o] que eu quero...

— Mas então que é? Que queres tu?

Aninhas, então, num fluxo de palavras, andando, parando, com grandes gestos, pôs-se logo a explicar o caso do outro dia: Não era o Policarpo que estava com ela. Era verdade. Era outro homem. Mas não era um amante — era um velho, um diabo, um animal, um Lopes, da Travessa da Palha. Fora a necessidade que a impelira: o Policarpo era um forreta, mal lhe chegava para sustentar a casa. Tinha duas pulseiras no prego, o medalhão, com o brilhante. Não sabia onde havia de dar com a cabeça. E aquele demónio daquele velho andava a persegui-la: tinha-lhe desempenhado as jóias. E ela, pobre dela, na aflição, aceitara. Mas amaldiçoava-o agora. Tinha-lhe ódio.

— Juro-te que é a verdade. — Juro-te pela vida de minha mãe! Ainda eu morra se isto não é verdade. Pergunta à Rosa. Escrevi-te a explicar-te tudo. E se não te encontrasse hoje dava cabo de mim.

Tomava-lhe as mãos, apertando-lhas com uma força nervosa: na escuridão do largo, ele via apenas os seus olhos pretos reluzirem, sobre o vago rosto pálido cheio da sombra da renda preta que tinha na cabeça. Sentia uma sensação doce amolecê-lo: a expressão tão sincera daquela paixão era como uma compensação ao desdém de Genoveva: a sua vaidade consolada enchia-o duma condescendência perdoadora. E foi com uma voz branda que disse:

---

99. No original: *correu a ele.*

—Mas se estavas em apuros, porque não disseste? Eu podia-te dar o dinheiro.

Ela acudiu:

— Ah! Não! Nem cinco réis! De ti quero só o teu[100] amor, quero-te a ti. Dos outros, tudo, dinheiro, o que puder pilhar. Mas de ti não; vem, faze as pazes. Não tenho dormido: tenho estado doente. Pergunta à Rosa. Hoje não pude, vim-te esperar. Vem: dize que sim.

Mas os despeitos do seu amor por Genoveva deram a Vítor desejo de vingança sobre Aninhas. Mostrou-se duro. Repeliu-a.

— Não, não, não, disse. Já não é a primeira que me fazes. Estou farto. Adeus. E acrescentou, pondo, para a comover, muita melancolia no acento da voz:

— Sê feliz, Aninhas.

A rapariga chorava baixo: mas Vítor não se afastava: sentindo-se fraco, irritado com a sua fraqueza, derramava-se numa verbosidade irritada: chamava-lhe uma leviana, não estava para aturar os seus caprichos; que não lhe faltavam mulheres: e, para a fazer chorar mais, acrescentava que a amava decerto, sempre a amara, mas que tinha reflectido: estava tudo acabado.

— Adeus.

—Vais-te? — disse ela, com a voz seca, reprimindo as lágrimas.

— Adeus.

— Adeus Vítor.

Aquela aceitação tão pronta da sua separação enfureceu Vítor. Não se foi, e continuava passeando, dizendo-lhe coisas desagradáveis, com a mão no bolso, repetindo as mesmas queixas, fastidioso, destilando das suas palavras um tédio rancoroso e misantropo, desesperado.

— Mas não te zangues Vítor, disse ela com resignação lacrimosa: — eu não te quero forçar. Fiz o que pude. Vim-te pedir perdão. Adeus.

Então Vítor insultou-a: atirou-lhe os nomes de todos os seus amantes: o Alves, o Guerra, o Ferro Vesgo, o João Patriota...

Aninhas irritou-se:

— Para que me atiras todos esses homens à cara? É verdade, estiveram comigo. Mas não te enganava, — enganava-os a eles por ti. Pedi-te alguma coisa? Dize. Pedi-te jamais cinco réis? Dize.

Ergueu a voz, erguendo-se na ponta dos pés.

— Fala baixo: olha a sentinela! disse Vítor furioso.

— Ela encolheu os ombros impaciente. Era melhor acabarem, disse.

— E falando como a sós: — Vá uma pobre mulher fazer sacrifícios por um homem!

---

100. No original: *o meu amor.*

— Que sacrifícios? exclamou Vítor muito orgulhosamente.

— Todos. Por tua causa estive para perder o Policarpo umas poucas de vezes. E que havia de ser de mim: a casa é alugada em nome dele, os móveis estão em nome dele. É homem para me pôr na rua, com um xaile e uma camisa. E que havia de eu fazer, atirada a uma vida desgraçada, ir dar, o nome à polícia? E por tua causa! Oh, se minha pobre mãe me visse!

— E as lágrimas redobravam.

Vítor estava profundamente humilhado: aquela discussão rebaixava-o à posição infamante de *chulo*: e, todavia, reconhecia a verdade das acusações, e, instintivamente, sentia nele uma vaidade dominá-lo, pois que procurava[101] um amor desinteressado. Passeavam calados. Então, a sua vida com Aninhas reapareceu-lhe: noites de voluptuosidades em que ambos riam, e brincavam, ceando na cama, vieram tentá-lo: comparou aquela rapariga, tão amorosa, a Madame de Molineux, tão escarnecedora, e tão[102] bruta: lembrava a perfeição graciosa e nervosa do seu corpo; os seus suspiros voluptuosos, a finura da sua pele: sentia-se perturbado: além disso, era um dever não ser ingrato: porque tal é a força que na consciência tem o dever, que as acções mais erradas procuram abrigar-se sob aquela justificação sublime. Enfim, parando, perguntou-lhe:

— Mas que queres tu, enfim?

Sentindo na sua voz um acento de condescendência, ela exclamou com uma ternura infinita:

— Que venhas, que venhas!

Vítor teve um gesto resignado, — e perguntou:

— E o Policarpo?

— Está para Almada. Que nos importa! Vem, dize que vens! Oh, adoro-te! Oh, que felizes vamos ser! Prendia-se a ele, agarrava-o, com uma paixão furiosa[103].

— Está quieta. Pode passar gente.

— Que me importa? Tomara que passasse o mundo inteiro. Meu Vitorzinho. Vem.

— Vais-me enganar outra vez — disse ele já cedendo.

— Nunca. Se te enganar mata-me. Eu deixo escrito que me matei — não tens de ir à Boa-Hora.

Dizia-o sinceramente: tinha lido aquela frase de amor, no Rei da Montanha — e estava resolvida a praticá-lo.

E Vítor foi. Aninhas apropriara-se[104] sofregamente do seu braço — e corria, quase. Chegaram a casa esfalfados. E enquanto Vítor acendia o

101. Leitura provável.
102. Leitura provável.
103. Leitura provável.
104. Leitura provável.

fósforo, ela, com a saia apanhada, galgava as escadas, rindo com muito nervoso, impaciente. Tocou a campainha com uma força, que a criada, assustada, veio correndo.

— Vem aí! Vem aí! Rosa. Trouxe-o, cá está!

E arrastou Vítor para a cozinha — depois para [a] sala. Atirou a manta, a capa: — e, lançando-se sobre ele, cobriu-o de beijos. Bateu as mãos: a sua exaltação redobrava o encanto da sua carinha bonita, pondo nos seus lindos olhos cor de ferro faíscas de paixão: ia, vinha pela casa: dizia:

— Pergunta à Rosa. Não é verdade Rosa? O que eu chorei.

— Esteve de todo, esteve de todo — disse a criada, melancolicamente.

— Vês? Vês?

E quis que Rosa preparasse a ceia, logo. Ceariam na cama. Abraçava-o; fizera-o cair no sofá: e, sobre ele, devorava-o de beijos, examinava-o com olhos dilatados e vazios, como se nunca o tivesse visto; a sua testa branca, o buço delgado, os cabelos encaracolados, toda aquela beleza efeminada que a endoidecia: beijava-o, com suspiros, louca: mordia-o — atirou-se aos pés dele, e, num ímpeto de sensibilidade, rompeu a chorar.

Comovido por tanta paixão, Vítor jurou a si mesmo que a amaria sempre, que esqueceria a outra desavergonhada.

Ergueu-a, sentou-a sobre os joelhos: beijou-lhe as lágrimas, disse-lhe:

— Juro-te que te adoro, Aninhas. — Mas não me enganes, não?

Ela ergueu-se com os olhos secos, reluzentes, a mão estendida.

— Ainda que eu morresse de fome! Não. Nunca! Só para ti. Só para ti. — Uma voluptuosidade imensa atirou-a meia desmaiada para os braços dele, e os seus lábios beijavam-lhe o pescoço, por uma adesão húmida, chupante, ébria...

Capítulo 11

Ao outro dia, Vítor só saíu do quarto de Aninhas à uma hora: — e chegava justamente à porta da rua quando o coupé de Dâmaso passava. Dâmaso, apenas o viu, fez parar, chamou Vítor, — que veio, com uma contrariedade atroz:

— Fizeste as pazes hein? disse-lhe logo Dâmaso, radioso. Eu encontrei a pobre rapariga: do que se me queixou! fizeste bem, homem, fizeste bem...

Vítor quis negar: tinha vindo apenas porque soube que estava doente.

— Ora histórias, disse Dâmaso rindo, e com esse ar estremunhado e o colarinho amarrotado: obrigado, Pai Paulino tem olho. Diverte-te... Nós estivemos ontem em Queluz.

— Chegas agora? perguntou Vítor, pálido.

— Não, chegámos ontem à noite. Passeio delicioso. Parecia cheio dum júbilo ruidoso: esfregava as mãos; mexia-se no assento do coupé, com uma abundância de felicidade que o agitava — e gritando ao cocheiro que andasse:

— Diverte-te. E aparece!

Vítor veio para casa furioso. Ia dizer[105] decerto a Madame de Molineux que o tinha visto sair de casa de Aninhas! Que contrariedade! Mas de resto que lhe importaria? Madame de Molineux tinha escarnecido dele: era uma vingança: mostrava-lhe que não morria de paixão. Acabou-se! Melhor. No fim, a Aninhas era mais nova, mais amorosa, mais fresca! E se a outra tivesse ciúmes, melhor! Que estoirasse.

E não voltou a casa de Genoveva. O Policarpo demorava-se em Tomar — e Vítor vivia quase sempre com a Aninhas: era uma lua de mel: levantavam-se às duas da tarde; — tinham ido várias vezes jantar ao Silva — e mesmo uma noite foram ver ao Variedades uma mágica: Aninhas, que era a primeira vez que ia ao teatro com Vítor, tinha passado desde as quatro horas da tarde a vestir-se: Vítor dera-lhe ultimamente certos conselhos de *toilette*, procurando fazer-lhe uma certa elegância de Madame de Molineux. Aninhas penteava o cabelo sem grandes postiços: já não riçava em frisados de cãozinho: usava também opoponax

---

105. No original: *ia a dizer.*

nos lenços, e luvas *gris-perle* de 8 botões. E nessa noite, com um vestido de seda cor de vinho, muito colado, uma gravata simples de renda, a sua carinha bonita tinha um ar gracioso, simples e nítido — que fez a Vítor alguma vaidade.

Ao sentar-se no camarote com ela, fez[-se] pálido como cera: defronte, Dâmaso, de casaca e gravata branca, próspero, deleitado, balofo, triunfante, falava com Madame de Molineux. Vítor ia retirar-se rapidamente para o fundo do camarote, quando acenos muito amigo[s] de Dâmaso o imobilizaram na cadeira — e, imediatamente, Madame de Molineux também abaixou a cabeça: estava esplêndida: com um vestido de seda preta, onde se desenrolava um bordado espesso de veludo: tinha o cabelo à inglesa, num penteado simples que mostrava uma cabeça pequena e adorável; duas pérolas negras destacavam sobre a orelhinha: e, pendente por uma fita cor de pérola, da cor das luvas, tinha no peito um medalhão, feito duma turquesa. E como uma onda que quebra os diques, e alastra, o amor antigo encheu o peito de Vítor, sufocou-o. Ao princípio, ficou como idiota, e o palco, as luzes escassas, a cor reles do papel dos camarotes, tudo lhe parecia confundir-se mas as maneiras de Madame de Molineux, que ria com Dâmaso, deram-lhe uma grande cólera — e começou a inclinar-se para Aninhas, a dizer-lhe ninharias, rindo alto, arrastando a cadeira.

Aninhas não tirava os olhos de Madame de Molineux: quis saber quem ela era: examinou-a com o binóculo: tomava atitudes escolhidas, imitando involuntariamente as de Madame de Molineux. Vítor continuava a afectar com ela uma intimidade expansiva. Mas Madame de Molineux, muito séria, não tornou a volver os olhos para ele. Vítor estava desesperado. Aquela. indiferença esmagava-o. Começou a responder secamente a Aninhas: não ouvia as tristes pilhérias dos actores: e, no fundo do camarote, não tirava os olhos de Madame de Molineux: Aninhas mesmo notou-o: fez-se pálida: porque estava sempre a olhar para aquela mulher?

— Eu? Que me importa a mim a mulher? Não sou livre de olhar para quem quero?

Aninhas deitou-lhe um olhar faiscante: odiava já Madame de Molineux.

Mas Genoveva nem uma só vez tornou a voltar os olhos: Dâmaso, esse, não se fartava de mostrar a Vítor a sua intimidade, a sua felicidade: tomava atitudes triunfantes: torcia altivamente o bigode: tinha movimentos de ombros piedosos a certas expressões fracas dos actores. Ao fim do segundo acto, Vítor viu Genoveva erguer-se, Dâmaso pôr-lhe a capa: a mesma capa de peles que ele vira no Trindade: uma abundância de recordações aniquilou-o: teve vontade de se lhe ir atirar aos pés, pedir-lhe uma palavra, um olhar: — e quando os viu sair do camarote, hesitou um momento, agarrou o chapéu, precipitou-se pelo corredor: mas chegou apenas à porta para ver Madame de Molineux entrar para o coupé, com um movimento que levantou brancuras de saias — e Dâmaso[106], batendo a portinhola, triunfantemente, fazer-lhe um aceno compassivo.

Voltou para o camarote — com uma raiva no coração. Desejava que o teatro ardesse, que o mundo caísse aos pedaços. E, sentado ao pé de Aninhas, não tirava os olhos do camarote em frente, vazio, onde ela se sentara, que devia ter ainda o seu aroma, — e as lágrimas que não soltara acorriam-lhe, afogavam-lhe o coração.

---

106. No original: *Victor.*

Capítulo 12

Vítor não voltou a casa de Madame de Molineux — e retomou os seus antigos hábitos: frequentava mais o escritório, ia muito a casa de Aninhas, recomeçara os seus passeios pelo Chiado, as suas estações melancólicas à porta da Casa Havaneza. Mas todos os seus actos, as suas palavras, mesmo o seu andar, tinham a indiferença abatida e triste de um movimento maquinal. A imagem de Madame de Molineux incrustara-se no seu cérebro, e nenhum atrito da vida a podia apagar: apenas acordava, ou levantava os olhos do livro que lia, ou terminava uma conversação — imediatamente aquela ideia se lhe erguia no espírito: eram então infinitos monólogos, suposições do que lhe diria se a encontrasse, diálogos imaginados, planos, — todo um trabalho cerebral, com um só fim: possuí-la. Às vezes vinha-lhe um desejo repentino de a ir ver, de correr a casa dela: — mas retinha-o um orgulho, uma timidez, o receio da sua indiferença. E todavia a vida parecia-lhe inaceitável, sem aquelas demonstrações de simpatia que ela lhe dera, que eram a maior doçura que tinha conhecido na existência, e como a afirmação visível do seu valor. Chegava a desesperar-se consigo de não poder dar circunvoluções do seu cérebro àquela ideia que, como um parasita, se instalara nas dobras mais profundas, mais inacessíveis, e donde dirigia toda a sua alma, todo o seu corpo.

A indiferença dela parecia-lhe uma infâmia; nem um recado, nem um convite! Nada! Era como se ele tivesse morrido. E não a tornara a ver, nem na rua, nem nos teatros. Duas vezes passara por casa dela: as janelas estavam abertas, havia um ar habitado: que fazia, em que se entretinha, em que pensava?

Uma manhã, vestia-se para ir ao escritório, quando a porta do quarto se abriu bruscamente — e Camilo Serrão entrou. Atirou o chapéu desabado para cima duma cadeira, — e, sentando-se na cama de Vítor, começou sem transição a falar no Retrato de Madame de Molineux.

— Tornaste a pensar nisso? disse-lhe Vítor.

— Como, se pensei nisso? Não tenho pensado noutra coisa.

E, imediatamente, com grandes passadas pelo quarto, expôs uma teoria:

Não havia arte mais nobre, mais útil, mais profunda que o retrato. Ia abandonar a cenografia, que repugnava ao seu temperamento, as paisagens, que achava um entretenimento pueril, — e dedicar-se todo ao retrato.

122

— Não há na arte moderna nada que se lhe compare. Porque, enfim, quais são os dois grandes ramos da pintura — os dois ramos nobres, elevados, necessários? — A pintura histórica e o retrato: — mas [não] há nada mais absurdo do que a pintura histórica: o maior artista não pode fazer dela mais que uma exposição de vestuários e de armas: para pintar um homem, um herói, um filósofo, pôr na sua fisionomia toda a sua alma — seria necessário conhecê-lo. Suponhamos que eu quero pintar Carlos Magno: que sei eu de Carlos Magno, das suas ideias, das suas tristezas, dos seus nervos, se os tinha, das suas paixões, dos seus terrores — de tudo enfim que constitui o homem? Sei alguns dos factos históricos que se passaram no seu tempo, que tinha barbas brancas, que jogava o xadrez com o arcebispo Turpin, e que achava um encanto enfeitiçado em olhar horas e horas para o lago de Aix-la-Chapelle. É tudo. Com estes elementos posso pintar Carlos Magno? Não. Posso pintar um grande velho, pôr uma grande exactidão na técnica, no arnês, nas armas: — é um manequim, uma figura decorativa mas não é Carlos Magno. Por consequência a pintura histórica é absurda: não pode passar duma exposição arqueológica de vestuários, armas e arquitecturas: a alma do personagem, com quem não convivemos, com quem não temos nada de comum, de que nos separam séculos, escapa-nos; problemas, conjecturas. É uma arte conjectural. Agora por outro lado: vê o retrato. Quem pintamos? Homens como nós — vivendo das nossas ideias, tendo as nossas sensações, alimentando-se com as nossas comidas, pertencentes à nossa raça: basta interrogarmo-nos, para os explicarmos. Sabemos-lhe a vida, as obras, os cuidados de família, os vícios, os tiques; tudo está diante de nós a revelar-nos o seu interior: — os olhos, o sorriso, os gestos das mãos, a cor da pele. — Agora nota a importância destes trabalhos na história: pelo retrato, o artista lega aos historiadores do futuro os seus contemporâneos, com a sua fisionomia, e portanto com o seu carácter. Retratar é escrever a história: a mais útil, a mais segura — o que é que os grandes homens legam ao futuro? Os seus livros, os seus discursos, os seus trabalhos: — mas nas obras, nas palavras: — o homem não se revela todo inteiro, põe sempre alguma afectação, alguma convenção, alguma reserva, muita reticência: pelos seus trabalhos, os homens nunca se revelam inteiramente: portanto cá estamos nós — que chegamos com os nossos pincéis, tomamos a fisionomia do homem ilustre, pomo-lo na tela; e este quadro, que conta a pinceladas, o seu temperamento, o seu carácter, os seus defeitos, comenta, explica para os historiadores do futuro — o homem ilustre: depois conta as pessoas importantes — que não deixam livros nem discursos, e que, todavia, fazem a história íntima ou social dum século: — os reis, os banqueiros, as prostitutas ilustres, os criminosos e os revolucionários: esta gente seria incompreensível sem os retratos — e portanto incompreensível o seu tempo. Os retratistas formam assim uma galeria contemporânea — onde os historiadores do futuro vêm surpreender na fisionomia dos homens a explicação dos seus actos. Vê tu Michelet: Porque é grande? Porque [é que] a sua história tem alguma coisa de vivo, de animado, de sentido, de ressuscitado, que falta às outras? É que explica os homens sobre os retratos; estuda-os, surpreende-lhes na fisionomia a alma, as intenções, as sensações. — É quase impossível compreender o século XVI, a Renascença Italiana, sem os retratos do(s) Papas pagãos de Rafael, os robustos e altivos personagens de Ticiano, sem as vigorosas cabeças voluntariosas e sensuais de Tintoreto. Quem compreenderia a gorda Flandres, sensata, trabalhadora, se não fossem uns retratos dos burgomestres pançudos, dos bons burgueses de Antuérpia? Velasquez é o melhor historiador da Espanha, e da corte altiva, mística, triste na etiqueta.

O que explica o século XVIII, gracioso, fútil, impertinente, filosófico, melhor que os retratos de Watteau? E o nosso tempo o que [o] há-de explicar, no futuro? São os retratos: os retratos dos nossos contemporâneos, de fisionomias atormentadas, torturadas, com ares de descrença, e de dúvida, o rosto todo cheio da vaga inquietação nervosa desta época de renovação. Enquanto a mim estou decidido. Vou fazer a história de Portugal do século XIX: quando tiver deixado cinquenta telas — de homens ou de mulheres com as suas fisionomias vazias e balofas, o olhar pasmado e turbo, o ar abandalhado e frouxo — terei explicado melhor que as memórias e as crónicas — o que foi o Constitucionalismo em Portugal, e a sua esterilidade.

Enquanto Camilo falava, tinha apenas uma ideia: o retrato de Genoveva era um meio de se aproximar dela. E apenas ele parou ofegante:

— Então achas que o retrato de Madame de Molineux...

— Exijo-o, preciso dele. Quero começar a minha galeria. É uma cocote, é uma aventureira, é uma sentimental, é uma voluptuosa? Pois bem, é uma personalidade. Vou simbolizar nela esta grande ferida da prostituição universal, de animalismo, de luxúria, de prazeres vendidos e comprados, de jogo de bolsa do sentimento. Vou pintar nela este grande facto moderno: a prostituição. A minha ideia do outro dia era absurda, perfeitamente ridícula — e esboçou logo a maneira como trataria Madame de Molineux: — Pô-la-ia deitada num sofá, num boudoir, com todos os requintes do luxo, e da futilidade, um resumo de tudo o que cria, alimenta, provoca este grande espírito da sensualidade moderna: sobre o piano estaria aberta uma partitura de Offenbach; volumes de Dumas Filho, de Baudelaire, juncariam o chão: sobre uma taça de jaspe, transbordariam notas do Banco de Inglaterra: ver-se-iam sobre uma cadeira números da Gazeta dos Tribunais com as excitações dos debates judiciários; e sentada numa *causeuse*, larga como um leito, ela aparece numa luz crua e sincera, tendo nos olhos a exaltação da bacante, e nos lábios o egoísmo do agiota.

— Será a minha primeira obra: tenho-a aqui — batia na testa. É o futuro, a glória, o meu destino. É necessário começar e já. Quando é que ela quer começar?

Vítor disse que seria necessário falar-lhe, combinarem as horas, o local.

— No meu *atelier*: a luz não é famosa como tu sabes. Mas não se trata de luz! Ao contrário — o que me convém é uma luz falsa, degradada, civilizada, cuidada, moderna uma luz de bairro pobre, e de aglomeração de míseros. É uma luz nova. Hei-de inventá-la: esclarece esta fisionomia moderna do tom que lhe convém. É a luz do século. No meu atelier. E tomou o chapéu.

— Espera, onde vais?

— Andar, mover-me, agitar esta ideia, revolvê-la. E quando lhe vais falar?

— Realmente...

— Vai hoje! Que diabo! trata-se duma grande ideia, duma renovação da arte em Portugal, da história do futuro. Não temos tempo a perder.

Vítor não hesitou: estava encantado: mas procurava ouvir mais razões de ir a casa de Madame de Molineux.

— Eu precisava ir ao escritório.

— Qual escritório? Deixa lá o escritório! — Os advogados! Quando eu começar com os advogados! Que retrato, o advogado, o palavreador moderno, o verdadeiro herói deste século verboso e astuto! Que tipos: amarelados, sagazes, ambiciosos, secos, vazios, feitos de frases, de convenções, o verdadeiro elemento do Constitucionalismo. Não, hoje manda o escritório... Vai ter com a mulher...

Ia a sair — e vendo ao pé da cama de Vítor a gravura do Beijo de Judas por Ary Scheffer — parou — e com um desprezo imenso:

— Se não é mesmo risível! O Beijo de Judas. O Cristo convencional, sempre com a barba bem penteada, o cabelo bem apartado: se não se diria que o Redentor vem do Godefroy. Hei-de um dia pintar um Cristo: mas realmente tal qual era miserável, com a cabeça embrulhada num turbante sírio, amarelado por peles de camelo: — a barba hirsuta, o olhar doido de tanta visão e inflamado da areia do deserto, com a face cavada, curtida, enegrecida, requeimada. Medonho, tal qual era. — E depois dum silêncio, mostrando o punho à gravura: — não tem ideias, nem simbólica. Suponhamos que o Cristo católico é exacto: como deve ser representado então? Dize lá.

— Mas cheio de ideal, de graça...

— Não! gritou Camilo. Se ele tinha tomado sobre si todos os crimes dos homens e as disformidades da vida[107], o seu aspecto devia ser medonho e repulsivo. — Hei-de pintar um Cristo. É necessário refazer a legenda plástica do Cristianismo! Vai ter com a mulher.

E saiu.

Vítor ficou numa grande excitação. O pretexto para voltar a casa de Genoveva estava ali, plausível, justo, exigente. Mas o seu orgulho, a sua timidez talvez, retinham-no ainda: mas então começou a considerar que aquele quadro podia ser a glória de Camilo, o seu futuro: lembrou a sua miséria, obrigado, coitado, a fazer cenografia para viver: podia recusar-se a concorrer para a sua riqueza, para a sua celebridade? E como homem inteligente, tinha direito a retardar um tão grande plano de arte? Não devia ir convencer Genoveva que se deixasse retratar? E, dizendo alto que se sacrificava por Camilo — estava[108], consigo mesmo, radioso daquele pretexto que ele lhe dava.

Vestiu-se com cuidado: foi-se florir à Casa Havaneza — e à uma hora batia à porta de Madame [de] Molineux. Sentiu tocar piano — e ficou todo contrariado, vendo Dâmaso instalado maritalmente num *fauteuil,* fumando. Genoveva cantava-lhe uma cantiga de Café-Concerto — Miss Sarah bordava: e aquilo tinha um aspecto de família feliz, e de ociosidade conjugal. Genoveva não se ergueu logo — continuou, mesmo sem se voltar, o seu estribilho:

Et v'là, v'là, mes petits agneaux…

Depois o teclado calou-se, veio então apertar a mão de Vítor que Dâmaso, com as maneiras largas de dono da casa, fizera sentar no sofá.

— Pensávamos que tinha morrido. Dizíamos mesmo, às vezes, que teria sido delicado mandar-nos um convite para… o enterro. Tem-nos feito muita falta.

E aquele plural, em que se associava a Dâmaso, conjugalmente, era lançado com uma voz alegre, fácil, natural — que torturou Vítor.

Balbuciou algumas desculpas, sobre os seus afazeres… — Espero, disse Genoveva, que não seja aquela senhora — e voltada para Dâmaso — como se chama, meu coração? — A Aninhas Tendeira — disse o Dâmaso.

Madame de Molineux teve um risinho que sufocou com dois dedos:

— A Aninhas Tendeira, que lhe toma assim todas as horas. Espero que lhe deixe ao menos alguma hora do dia livre: uma assiduidade assim pode ser prejudicial: vejo-o muito pálido, esses excessos de amor prejudicam-no.

---

107. Leitura provável.
108. No original: *estava baixo consigo mesmo.*

Dâmaso bamboleava a perna, com superioridade. Sentia um gozo prodigioso em mostrar o espírito, as *toilettes* da sua amante, ao amante da Aninhas Tendeira.

Madame de Molineux disse então, recostando-se, bocejando vagamente:

— Ah, muito bonita, a Aninhas. Mas, meu amigo, por quem é, diga-lhe que não use aquele penteado, em forma de melão.

Dâmaso cascalhava de riso.

— E sobretudo aquela capa com que entrou, escarlate. Uma saída de teatro escarlate! E depois mexe-se muito: parece que tem pulgas!

Dâmaso torcia-se.

Vítor sentia uma cólera congestioná-lo: as suas mãos tremiam: disse, com uma voz mordente:

— Coitada — é uma pobre rapariga que nunca saiu de Lisboa. Nem toda a gente pode ter corrido de aventura em aventura, pelas quatro partes do mundo.

Genoveva fez-se pálida.

— Tem estado sempre colada ao seu rochedo. Em lugar de lhe chamarem Aninhas Tendeira, era melhor talvez chamar-lhe Aninhas Ostra?

— Antes ostra que ave de arribação.

Dâmaso tomava um ar sério, ofendido: e voltando-se para Genoveva, disse-lhe com um modo espesso e lorpa:

— Vem hoje com muita chalaça, o nosso amigo.

E Vítor, sorrindo, disse então o fim da sua visita, falou no retrato. Mas Dâmaso apenas soube que o artista era o Camilo Serrão — declarou logo com autoridade — *que não podia fazer nada que prestasse.*

Vítor exaltou-se: falou no génio de Camilo, citou os seus grandes planos, os seus estudos. Todo o mundo em Lisboa tinha as maiores esperança nele. Era necessário andar inteiramente alheio às coisas do espírito e da inteligência, para ignorar o lugar que ele ocupava na arte, na civilização[109]: era um grande crítico, um grande pintor, um grande coração.

— Um borrador de tabuletas, um borrador de tabuletas, balbuciava Dâmaso, humilhado.

— Que entendes tu disso? — disse com grande desprezo Vítor. E voltando-e para Madame de Molineux:

— É um gênio. Tem um temperamento de grande artista, um pouco exaltado, à Delacroix. O seu quadro da Missa, um quadro que ele esboçou, é uma obra sublime: é uma crítica profunda do Catolicismo. Fazia frases, citava os admiradores de Camilo, palavras elogiosas do senhor

---

109. Leitura provável.

127

D. Fernando, inventava: disse os nomes de Courbet, Ary Scheffer, Decamps, Meunier, Carolus Duran, — esmagando Dâmaso, com um palavreado literário que o fazia escarlate: e para o embaraçar, para o humilhar:

— Que tens tu a dizer ao quadro dele *A Taverna?* Que tens tu a dizer? Todo o mundo concordou que era uma revelação.

Era uma má tela — que Camilo expusera, que alguns amigos tinham celebrado em folhetins. Mas Dâmaso, que não conhecia *A Taverna,* disse apenas, com mau modo:

— Eu cá não gostei, não gostei, acabou-se.

— Mas porquê? E a ideia? A ideia é cheia de observação, de finura, de psicologia. E o desenho é duma firmeza de mestre! E a luz? Um tom admirável, transparente, em que os personagens vivem. E o colorido? Um colorido nítido, brilhante, firme. E lançou ao acaso: — Um colorido à flamenga, o colorido dos mestres.

Dâmaso calava-se humilhado. Madame de Molineux tinha seguido as palavras de Vítor com avidez: fazia involuntariamente os mesmos movimentos de cabeça, tinha os mesmos olhares: como [se] aquelas palavras, caindo na sua alma, a agitassem das impressões que traduziam[110]. Disse enfim:

— Se é um artista dessa ordem, é uma honra para mim que ele queira fazer o meu retrato.

Vítor apressou-se logo a dizer o plano de Camilo, calando os detalhes críticos, falando apenas [no] boudoir de seda, na *causeuse,* [n]a túnica, nos ombros decotados...

— Perfeitamente, perfeitamente, dizia Madame de Molineux.

Dâmaso interveio:

— Minha senhora, se quer o seu retrato, deixe-me trazer-lhe o espanhol, que tem tirado os retratos a todas as pessoas conhecidas, tira-os a duas moedas, e muitíssimo parecidos.

Vítor então ergueu-se: — e para Madame de Molineux, encolhendo os ombros, e abrindo os braços:

— À vista de uma tal opinião — não tenho mais nada a dizer. Mande vir o espanhol.

Madame de Molineux ergueu-se também.

— Mas não! Mas não! A ideia do espanhol é tola. Dâmaso ia falar.

— Por quem me toma? — disse-lhe Genoveva com grande altivez — imagina que vou deixar fazer o meu retrato, por algum pintor ambulante, a duas moedas por painel...

— Tem muita habilidade!... protestou Dâmaso. É muito barateiro.

Vítor disse com um ar triunfante:

110. Leitura provável.

—Ah! se é uma questão de dinheiro, escusam de se afligir. O Camilo não fala em dinheiro. Pretende fazer uma obra de arte. Não encontra um modelo em Lisboa, digno. Viu Madame de Molineux, — e desejava retratá-la pela sua beleza, pela sua figura, esperando fazer alguma coisa de imortal. Mas não fala em dinheiro. De modo nenhum.

O peito de Genoveva arfava:

—Traga-mo amanhã para combinarmos.

—Mas... ia dizer Dâmaso, escandalizado.

Madame de Molineux fitou nele dois olhos agudos como dois golpes de florete:

—Mas quê? Que tem com isso?

Vítor triunfara. Tinha-lhe vindo o sangue-frio, a segurança, a facilidade, a palavra. Disse, com ironia:

—Eu sinto vir perturbar-lhes a felicidade, com a minha ideia. Mas, pelo amor de Deus, não se fale mais nisso. Não se fale mais nisso.

E Genoveva, agitada, trémula — disse:

—Fale. Fale-se nisso. Amanhã às duas horas. Venha com o homem. E abaixou a cabeça.

Vítor saiu, dizendo a Dâmaso:

—Até à vista!

O outro fez-lhe com os dedos um adeus seco. Ficou a passear pela sala, com as mãos nos bolsos, soprando. E apenas sentiu a porta fechar-se, voltando-se para Madame de Molineux:

Então que quer [com] esse modos Genoveva?

Ela disse-lhe muito friamente:

—Não me excite, que eu estou nervosa.

Aquela secura, o seu rosto pálido, assustaram Dâmaso.

—Mas que lhe fiz eu?

Ela ergueu-se violentamente:

—Ouve aquele homem chamar-me ave de arribação, e não tem uma resposta a dar-lhe? Deixa-se na minha presença tratar de imbecil? Não disse hoje senão asneiras, tolices — e de [um] ridículo... Ora eu posso suportar tudo. Sabe Deus o que tenho suportado na minha vida; posso aturar um homem velho, um malvado, um brutal, um bêbado, um cínico, um monstro, — não posso aturar um tolo!

Dâmaso ficou petrificado: imóvel, lívido, batia com as pálpebras, como um homem mal acordado: sentia um zumbido nos ouvidos: e não lhe acudia uma ideia, uma palavra, uma interjeição:

—Bem, adeus — disse ela, impaciente daquela figura imóvel.

—Manda-me embora?

Genoveva teve um gesto de impaciência frenética. — Mando, mando, mando! Estou farta da sua cara, da sua figura, das suas palermices, de si. Adeus. [Dâmaso] bateu com as mãos uma na outra:

129

— Que grande tolo que eu tenho sido.

Agarrou[111] no chapéu e saiu, soprando, apopléctico, furioso.

Durante duas horas, Genoveva passeou pelo quarto, numa agitação extraordinária. Miss Sarah veio à porta da sala mas, vendo-a naquela excitação e conhecendo os seus repentes, retirou-se prudentemente, cerrando a porta.

Genoveva sentia uma cólera frenética, irracional, contra tudo, contra todos: odiava Dâmaso, Vítor, a si, o pintor, Lisboa, a vida! E naquela confusão de ideias entrechocadas — uma sobretudo irritava-a: a indiferença de Vítor, a sua serenidade, as suas réplicas, o seu ar de superioridade, de indiferença. Odiava-o sobretudo a ele. Vinham-lhe ideias de partir de Lisboa, ir para Paris. Mas como? Estava cheia de dividas lá, não tinha dinheiro. E além disso, num repente de cólera, ofendera Dâmaso! Mas também não podia suportá-lo: com aquele ar balofo, aquele modo próspero, os ademanes, a perna gorducha: e era no fim contra ele que sentia convergir todas as suas vagas irritações.

Havia dias que vivia numa excitação permanente: a sua situação era cheia de dificuldades, de embaraços; adorava Vítor: uma paixão frenética, servil, fanática, apossara-se dela. Tinha 38[112] anos, — e via-se a amar loucamente um rapaz de 23 anos. Aquela paixão não se assemelhava a nada do que sentira: até [aí], reconhecia-o agora, não tivera senão caprichos, *toquades*, manias, ilusões, desejos dos sentidos, fogachos do temperamento. E, de repente, quase velha, um amor completo, irresistível, fanático, apoderava-se dela. Amava-o com todos os entusiasmos da alma, e todas as fibras do corpo: sentia-se capaz de o servir de joelhos, com a devoção duma irmã de caridade e a abnegação duma mãe — e desejava devorá-lo de carícias, com todas [as] alucinações duma bacante, e as torpezas duma prostituta.

Tinha conhecido homens mais formosos, outros mais inteligentes; e todavia nunca nenhuma beleza a fizera tremer tanto, e nunca palavras humanas a tinham enlevado tanto. Ele vivia no seu cérebro dum modo absorvente e tirânico: como um vírus, aquela paixão penetrara na sua carne, nas profundidades do seu temperamento, nas circunvoluções do seu cérebro — de modo que não havia ideia dentro em si que não fosse para ele, desejo no seu sangue que se não voltasse para ele. E o que havia de fazer! O seu desejo era viver só com ele: porque nem por sombras suportava a ideia de pertencer a outro homem, logo que se tivesse dado a ele. Tinha, como todas as cortesãs, a distinção muito exacta — entre o *homem* e o *amante*: o *homem*, o que paga os luxos, a casa, e a

111. No original: *ele agarrou no chapéu.*
112. Eça diz noutro local que Genoveva de Molineux tinha 39 anos.

130

quem se dá um amor mercenário, e uma afeição bem educada — o *amante*, aquele que não paga, recebe mesmo presentes, e a quem se dão todos os entusiasmos do coração, e todos os ardores da sensualidade. Mas nem por sombras podia suportar a ideia que Vítor pudesse ser o seu amante: se se desse a ele, nunca se daria a outro: quereria viver com ele, só, absolutamente: e para ele ser o seu amigo, nem ele nem ela tinham dinheiro.

Poderia vender as suas jóias, alugar uma pequena casa, desfazer[-se] dos seus luxos e viver com ele, numa estreiteza medíocre. Ele aceitaria, talvez. Mas quanto tempo? Ela tinha 38 anos: podia ser ainda bela 10 anos: mas depois? Depois? Ele aborrecer-se-ia dela, gostaria de outra, poderia casar. E o que seria ela então? Achar-se-ia abandonada, pobre, muito velha para recomeçar vida, muito infeliz, para a suportar sequer. — Lembrava-lhe, às vezes, de aceitar esta situação, — e um dia, quando visse nele os primeiros arrefecimentos da saciedade — entrar num convento e matar-se. Teria tido, ao menos, anos duma felicidade infinita: e depois acabou-se: daria os restos a Deus, o último amante, tão condescendente, que aceita todos os inválidos do sentimento — ou ao diabo!

Mas tudo isto, como ela reflectia, era romance. Conhecia-se bem. Não era mulher para se resignar às grades dum recolhimento e aos caldos dum refeitório. E enquanto a matar-se, olha quem! Ela que, se tinha uma dor de cabeça, chorava de terror, ela tão amiga da sua carne, que se idolatrava, que tinha o culto minucioso de si mesma, destruir-se! Nunca! Sabia bem qual seria o futuro — se se ligasse com ele: apenas o visse frio ou menos amante, começaria uma vida de lutas, de ciúmes, de cóleras, acabaria por se dar ao álcool, ao *gin*, acabaria nalgum hospício, velha, miserável e inválida. — Aquela paixão viera no momento mais delicado da sua vida: tinha apenas dez anos para fazer fortuna: enquanto fosse bela, com a sua ciência do amor, a sua habilidade de intrigante, poderia ainda achar um homem que lhe organizasse uma independência para a velhice, ou que se casasse com ela; ou, por um e outro, cem libras aqui, cem libras além, ir fazendo, de economia em economia, a reserva para o tempo dos reumatismos. Mas para isso podia esquecer Vítor, voltar para Paris, ter o espírito sereno, a habilidade aguçada, tento na bola, e a mão segura à manobra. E podia fazê-lo? Podia separar-se dele? Já não podia.

— Não, isso não, murmurava, torcendo os braços de amor e de desejo.

Aceitaria tudo, as dificuldades, as misérias, as amarguras — mas não se separaria dele! Até aí vivera numa espécie de incerteza, adorando-o já, mas não se sentindo ainda pronta aos sacrifícios extremos: ia-se apressando em *cardar* Dâmaso, e nos últimos tempos, fazendo-lhe todos os dias a representação ruidosa dum amor exaltado, tinha-lhe subtraído somas consideráveis. Começara a compreender — que *era uma mina aquele imbecil* — e explorava [-a] com entusiasmo e com sagacidade. Mas quando Vítor estivera uma semana sem voltar, depois do passeio a Queluz, a sua paixão exaltara-se. Julgara hábil não lhe escrever, irritá-lo pela representação duma indiferença completa: mas cada dia a presença de Dâmaso — a *agaçava* mais; tinha dias em que só o toque da campainha retinindo lhe fazia mal [aos] nervos: — Vejo-lhe logo a mão gordinha, a puxar o cordão da campainha, dizia ela a Mélanie.

Depois, no dia em que viu Vítor com a Aninhas no Teatro das Variedades, reconheceu que estava estupidamente apaixonada. Ao vê-lo com a outra, tudo se lhe confundira diante dos olhos como numa vertigem: mas, com o hábito ibérico de dissimulação, teve a força de lhe sorrir, de fitar o palco,[113] entre dois actos, de sorrir a Dâmaso, de fazer observações; — mas quando entrou em casa, depois de dizer a Dâmaso que não entrasse, que estava doente — explodiu de cólera, só, no seu quarto, com Mélanie. Rasgou literalmente o vestido, chorou, despedaçou dois frascos de cristal: queria sair, ir a casa dele, queria matar a criatura; toda a sorte de idéias loucas, absurdas, lhe ferviam na cabeça: bebeu meia garrafa de *gin*, e depois duma cólera delirante, que lhe deu o álcool, em que Mélanie teve todo o trabalho em a conter, adormeceu bêbada. Ao outro dia tinha o aspecto envelhecido: estava envergonhada de si mesma; — mas o ciúme embrutecera-a[114] e a paixão crescera.

Depois esperava todos os dias que Vítor voltasse: fazia planos que abandonava, escrevia cartas que rasgava: chorava: — e todas estas exaltações eram ocultas — porque vendo comprometido o interesse do seu coração, queria ao menos assegurar os interesses da sua algibeira — e aparecia sempre a Dâmaso, risonha, agradável, com um ar amoroso, muito pálida, e ardendo em ódio.

---

113. No original: *de entre dois actos.*
114. Leitura provável.

Capítulo 13

Vítor saiu de casa de Genoveva — com a alegria dum general que deixa, depois [de] uma vitória, ao anoitecer, o campo de batalha; muitos sentimentos vinham dar-lhe a doce sensação duma carícia consoladora: tivera graça, facilidade de palavra; mostrara a Genoveva que os seus desdéns eram retribuídos com desprezos maiores; humilhara Dâmaso, achatara-o, confundira-o, — e tinha conseguido o retrato, e um pretexto para visitas futuras. Vingara-se, mostrava a sua força, alcançara uma vantagem estratégica: *Sou um Bismarck*! pensava, vergastando o ar com a badine! — Nunca a vida lhe parecera tão boa: e sentia-se com inteligência, força, para combinar outras intrigas, triunfar nas salas, reinar pela habilidade. — Sentia-se vagamente um político — vinham-lhe mesmo baforadas de ambição. No fim de tudo, para que se havia de fazer desgraçado, pondo-se a amar semelhante pega: devia trabalhar, seguir a sua carreira, ser deputado, ministro; e via-se passando o Chiado, com um correio, ou pisando os tapetes do Paço, com a sua pasta de estadista, sob o braço coberto duma manga bordada a ouro.

Caminhava tão depressa que ao pé do correio esbarrou com um sujeito atabafado num paletó.

Oh, sr. João Meirinho!

—Oh, amigo Silva.

E chegando-se para a porta do correio, conversaram logo de Madame de Molineux. Meirinho não voltara lá desde [a] soirée: estava realmente envergonhado: mas não tivera um momento de seu: — imediatamente fez o seu elogio, com a sua vozinha fina, cantada; era uma pessoa muito distinta: não era virtuosa, mas que diabo, também se todo o mundo fosse virtuoso, o mundo era muito aborrecido: — E ria da sua própria malícia:

— Não é verdade, amigo Silva, não é verdade?

— Ah, continuava; — mas aqui em Lisboa estava deslocada! Era — necessário vê-la em Paris. Tem espírito, tem finura. E recebe muito bem. E veste-se... E entende de carruagens!... Ele mesmo ouvira dizer a Cora Pear[l] — a Cora; aquela boa Cora — a Marechala do Deboche. — Eu chamo-lhe a Marechala do Deboche. Pus-lhe o nome. Tem graça não é verdade, amigo Silva? A Marechala do Deboche. Uma ocasião até o disse ao Príncipe d'Orange: S.A. riu. Dignou-se rir. — E ele mesmo cascalhava erguendo o pé, — todo nervoso.

Mas calou-se, arregalou uns olhos quase aflitos: tinha-se esquecido inteiramente do que estava a dizer: tinha às vezes daquelas falhas de memória.

— A respeito da Cora.

— Ah! — e quase deu um berro — ouvi a Cora dizer dela: *elle est trés forte, cette petite portugaise!* Eu conheci-a muito. E Mr. de Molineux, um velho divertido... que ceias!... Ah, já lá vai tudo!... Paris sem um Império não vale nada... — E oscilou a cabeça com melancolia, como se visse, estendidas no pátio, a[s] ruínas da França.

Mas Vítor, tomado duma ideia súbita, disse-lhe familiarmente:

— Ó Meirinho, quer você vir jantar comigo ao Central?

— Pois sim, meu caro, pois sim. Jantamos num dos gabinetes: há um *Mouton-Rothschild* delicioso; delicioso: e barato, quinze tostões a garrafa. Às seis, hein?

— Às seis: na Casa Havaneza.

— *Au revoir.* — E sem razão, Meirinho riu, franzindo toda a face. — E afastou-se com as abas do paletó ao vento.

Vítor achava a sua ideia excelente: Meirinho, bem alimentado, e bem bebido, diria tudo o que sabia sobre Madame de Molineux: Vítor esclareceria, assim, certos pontos obscuros, teria enfim ideia de quem era aquela aventureira. Queria conhecer o seu passado, os seus amantes, as noites[115] de Paris, os seus ditos: e batia nas recordações de Meirinho como quem bate um mato até fazer sair a lebre.

E dirigiu-se logo ao quarto andar de Camilo Serrão, para o prevenir que Madame de Molineux os esperava no dia seguinte às duas. Foi a bela mulher, a fêmea de Camilo, que veio abrir a porta: fez-se um pouco corada ao vê-lo — e disse que o Camilo não estava...

— Desejava, então, deixar-lhe escrito um pequeno bilhete.

Joana fê-la entrar no atelier, e enquanto procura[va] pena e tinteiro, Vítor observava-a: apesar de ser Inverno, ou por pobreza ou por desdém dos agasalhos, trazia um roupão de chita amarelada, enxovalhado, — que, poisado decerto apenas sobre a camisinha, deixava em toda a liberdade de movimento o seu corpo esplêndido: sentia-se que não tinha colete, e a elevação do seio revelava contornos duma firmeza escultural: a vida encerrada naquele quarto andar fizera-lhe perder as cores vivas da aldeia: era muito branca: apenas as mãos tinham conservado a dureza avermelhada e calosa dos trabalhos plebeus; e os ombros, as ancas, os braços, tinham a beleza duma grande estátua, e davam a entender[116] a circulação dum sangue quente, e uma pele láctea e macia: mas o que

115. Leitura provável.
116. No original: *a entender-se.*

134

perturbava Vítor — era aquele roupão amarelado, colado ao corpo, revelando nos movimentos formas quase nuas. Como o tecto era baixo, parecia mais alta: e com o seu perfil aquilino, a testa curta de mulher romana, o queixo redondo e firme, o seu olhar negro, cerrado, aveludado, pasmado — parecia no meio daquela desordem artística, [de] esboços de pinturas, e de gessos, [e] estatuetas, uma escultura viva, vestida de cozinheira.

— Não se incomode, disse então Vítor. Eu escrevo com o lápis. — Ela afastou-se para o pé da janela, e Vítor, voltando a cabeça, viu que ela fixava sobre ele os seus soberbos olhos pretos. O coração bateu-lhe, sentiu como uma baforada de sensualidade pagã perturbá-lo: o silêncio do atelier, o largo divã amarfanhado davam-lhe ideias dum desejo bruto, e a sua mão, escrevendo, tremia consideravelmente.

— Bem, disse, terminando, aqui deixo o bilhete para quando ele vier. Ela baixou a cabeça. E, todavia, Vítor não saía: calçava devagar as luvas, um pouco pálido, embaraçado, perturbado, procurando uma palavra.

— Muito bonito dia, achou por fim.

— Está muito bonito.

Tinha uma voz cantada, cálida. Vítor pôs-se a olhar pelas paredes, como para ver os esboços, parou defronte do cavalete onde o esboço grosso e empastado duma paisagem de ocaso mostrava como um tronco caído, ao pé duma cabana.

— Muito bonito isto — disse ele, voltando-se para ela, indicando a tela.

Ela ficara à janela — onde as suas linhas magníficas destacavam na luz um pouco baça e degradada. Tinha braços caídos, as mãos enlaçadas: Vítor continha-se para não lhe tocar, não lhe pôr as mãos — tanta era a atracção magnética que saía daquelas formas soberbas.

— Então não se esquece de lhe dar o bilhetinho, hein?

— Não senhor.

Vítor então procurou a badine: tinha-a atirado para cima do divã: mas não [a] achava, olhou em redor: ela procurava também — e ambos ao mesmo tempo viram-na caída; entre o divã e a parede; e — no momento de [a] apanharem, o peito de Vítor roçou pelo ombro dela: pareceu-lhe que um calor animal, muito brusco, lhe passara sobre a pele, como a impressão duma carícia forte: — e quando Joana endireitou[117] o busto, estava escarlate: tinha uma expressão tímida, carregada, e [o] olhar parecia mais sombrio.

Vítor estendeu-lhe a mão — dizendo:

— Muito boas-tardes minha senhora.

— Adeus.

A sua mão apertou a de Vítor, ficou na dele, mole, inerte, com a sua pele dura de lavradeira.

---

117. No original: *se endireitou.*

Vítor na rua respirou: parecia-lhe que saía dum forno, onde circulava um ar pouco são, e uma sensualidade pesada: aquela mulher perturbava-o como certas atmoferas quentes, de electricidade: jurou mesmo não se demorar mais com ela só — porque enfim, que diabo, é necessário ser homem de bem!

Mas não podia perder a lembrança daquelas belezas fortes, robustas, pagãs, e, sobretudo, o que [o] excitava era [o] que havia naquele corpo: dava-lhe a sensação de um calor morno, dissolvente, delicioso ao contacto, estonteador.

— Terrível criatura, safa!

Mas às seis horas, tinha-a esquecido, descendo alegremente a Rua do Alecrim com Meirinho, para o Hotel Central: Meirinho, apenas chegou, chamou o *maître d'hotel*, teve um conciliábulo com ele, discutiu, reflectiu — e veio dizer a Vítor, que na sala de leitura folheava um velho volume das obras de Gavarni:

— Temos um jantarzinho de apetite: mas é necessário esperar meia hora: — E vendo o volume: — o Gavarni! ah, o Gavarni, muito pândego, muito pândego! — E para passarem a meia hora, propôs que fossem acima ver o seu especial amigo, o barão de Markstein[118], um diplomata que estava adoentado. — E para dissipar a hesitação de Vítor:

— Eu apresento-o. Excelente pessoa. Muito fino. Um cavalheiro.

Vítor foi, por indolência, por inércia, deixou-se arrastar até ao salão de *reps* azul do diplomata. — E imediatamente o barão apareceu, com um passo miudinho e dançando, conchegando com o braço esquerdo ao corpo um *robe de chambre* de ramagens, e com a mão direita pondo e tirando, em cortesias rápidas, um fez turco: tinha o queixo amarrado num lenço de seda preto, e a sua fisionomia, fina e aloirada, tinha uma expressão difusa duma melancolia estúpida. Apertou a mão de Meirinho, com um afecto profundo, fez sentar Vítor, ofereceu, numa voz desfalecida, charutos — e desculpou-se logo, contando que no último domingo em casa do marquês, à saída, tinha apanhado um frio, vira-se obrigado a tirar um dente: Meirinho lamentou-o, com palavras desoladas: o barão encolheu os ombros com uma resignação triste — e, defronte um do outro, sorriam, diziam-se doçuras. — E Meirinho então começou a falar na retirada, de que se falava, do Embaixador de Espanha. O barão exaltou-se: e levantando-se, declarou: — que não havia nada decidido, não havia nada decidido: que, todavia, era possível que houvesse alguma coisa: mas estava simplesmente em projecto: de positivo, nada: era arriscado afirmar: era possível: mas devia-se obter de todos a opinião muito

---

118. No original. *Marktein*. Preferiu-se o topónimo alsaciano Markstein.

firmemente expressa: era um assunto excessivamente delicado: que era possível — e todavia pedia que não tirassem das suas palavras nenhuma ilação: não, ele era como outro qualquer: dizia só: era possível: mas não queria dizer — que soubesse, ou lho tivessem dito: não, de modo nenhum. Naquelas coisas era muito cauteloso: muito cauteloso... E levou a mão ao queixo com uma carantonha, que dissipou num sorriso.

Quis então mostrar a Meirinho o último retrato que tirara: e com o seu passinho miúdo, e dançando, desapareceu na alcova.

Meirinho voltou-se para Vítor, arregalou os olhos, e teve um gesto — que exprimia: um grande homem! Muito profundo. O barão apareceu, com as mãos cheias de retratos: tinha-os tirado[119] de manhã, fardado, vestido de baile, recostado a uma coluna truncada, vestido para a caça, — e o último, encostado à mão, numa atitude filosófica, examinando um mapa.

E de pé, com os dedos no queixo, esperava a opinião de Meirinho.

—Admirável, disse Meirinho.

O barão então contou que oferecera um a S.M. El-Rei. Tinha hesitado: era um assunto muito delicado : tinha meditado muito — mas como S.M. lhe tinha um dia, rindo, pedido o seu retrato, julgara poder... Pois não se imaginava a benevolência de S.M.: aceitara-o, dignara-se aceitá-lo — e até lhe dera um de Sua Majestade mesmo. Era uma honra, uma grande honra: não teria apreciado mais se lhe tivessem dado uma grã-cruz: que não supusesse que ele a ambicionava ou que aquilo era uma maneira de indicar, de lembrar, que a ambicionava: às vezes, uma palavra mal interpretada... Mas realmente a cordialidade de S.M. fora adorável. Não se imaginava um monarca tão benévolo, tão simples, tão afável. Ele participara logo ao seu governo aquela honra: não recebera a resposta — mas estava certo que faria muito boa impressão, muito boa impressão. E, voltando-se para Vítor, disse que estava encantado com Portugal: o clima era divino: a sociedade perfeita: e uma benevolência, uma benevolência... Ofereceu então, como a El-Rei, um retrato a Meirinho: meteu-lho num sobrescrito, que colou, lambendo-o; cuspiu, com esforço do queixo doente, e uma correcção burocrática: entregou-lho com uma cortesia. — E quando eles se retiraram veio acompanhá-los, dizendo ainda: — que não supusessem que ele [não] sabia nada sobre a retirada do Embaixador de Espanha: exprimira a sua opinião como particular: era um assunto muito delicado.

Quis saber onde Vítor morava: jurou-lhe que raras vezes encontrara um mancebo de tanta ilustração: perguntou se o não encontraria, na quinta-feira, em casa do Presidente do Conselho: resvalou algumas pa-

---

119. No original: *tinha-os vestido.*

lavras sobre a grande fama europeia do Presidente do Conselho, — e ficou à porta, curvado numa atitude de F, murmurando cumprimentos que se perdiam na dobra do lenço.

— Homem muito profundo, veio dizendo Meirinho, que trazia o retrato na mão, — com cautela, como um Santo Sacramento. O jantar dos dois foi longo, delicado, copioso. O *Mouton-Rothschild* era excelente.

Falaram, naturalmente, muito de Genoveva: mas Meirinho, que parecia ter adquirido a reserva contagiosa do diplomata, manteve-se em generalidades vagas. Falou sobretudo de Monsieur de Molineux, descreveu as suas opiniões políticas, o lindo palacete que tinha na Rua de Lord Byron, a sua voracidade à mesa, a sua repugnante velhice, os seus vícios...

— Enfim, ela [nesse] tempo tinha algum amante? — disse Vítor. — Não se podia contentar com o velho...

— O velho... o velho... — E Meirinho cascalhava: — Eh! Eh! Tinha muita experiência, tinha muitas habilidades — querendo dar a entender que, no velho, a ciência da libertinagem substituía a sedução da mocidade.

Mas quando o criado entrou com *perdreaux aux choux*, quase se enterneceu: verificou se tinham posto o bocadinho de *Roquefort* em que ele insistira, e quando reconheceu que sim, que lá estava — o seu olhar húmido exprimiu em redor, para o criado, para Vítor, um reconhecimento enternecido.

Serviu-se com abundância, — encheu o copo, viu que não lhe faltava nem o talher nem o pão, que a janela estava bem fechada, o gás firme — e, satisfeito com a sua felicidade, atacou a perdiz — dizendo a Vítor:

— Eu não quero dizer mal: o meu amigo conhece-me, sabe que eu não sou homem [de] mexericos. Vejo, oiço e calo. E a minha filosofia: — Teve, na cadeira, gestozinhos contraídos, como se lhe fizessem cócegas. Repetiu: — é a minha filosofia. Mas a verdade é que, no tempo do pobre Molineux, ia lá muito um rapaz, um La Chasteneraie[120], bonito rapaz... Não que eu visse. Não que eu visse!...

Mas sob a influência da perdiz, e do *Mouton-Rothschild*, concordou que *vira*.

Ele não queria dizer mal. — Mas era ali entre eles, não é verdade? — Pois vira. Vira-a um dia... Era uma soirée em casa do pobre Molineux: ao pé da sala de jantar, havia uma estufa — estavam todos no salão a jogar — ele por acaso entrara na estufa — que estava mal alumiada, e — ele não queria dizer mal — e chegando-se muito para Vítor, — mas estava deitada nos braços dele, a desfrisar-lhe o cabelo! Isto vi eu!

---

120. Noutro local, este nome surge como La Rechantaye — a menos que se trate doutro personagem.

Vítor repeliu o copo com um gesto tão brusco que se entornou vinho. Meirinho precipitou-se a pousar dois dedos na toalha ensopada — e passava-os pela testa, dizendo: — É para a boa sorte, é para a boa sorte...

— E que é feito desse rapaz?

— Morreu! Morreu! — E a voz de Meirinho tomou tons lúgubres.

— Morreu na guerra! Na guerra!

Vítor sentiu uma satisfação, um vago reconhecimento pelas vitórias alemãs.

— E Madame de Molineux havia [de] ter um grande desgosto?

Meirinho encolheu discretamente os ombros — mas vendo o criado entrar [com] uma garrafa de champanhe — não se conteve — e disse:

— Qual! Mulher sem coração! Aqui para nós — eu não gosto de fazer intriga, mas, a falar a verdade, aqui entre nós, é uma aventureira.

E acrescentou:

— Da pior espécie, da pior espécie.

Provou o champanhe. Achou-o excelente. E recostando-se na cadeira, — exprimiu grandes suspeitas sobre Madame de Molineux.

— Como, como?

— Ali há mistério: — e Meirinho tomou um aspecto solene. Disse mesmo, com uma voz cava: — Ali há tragédia.

A curiosidade de Vítor estava excitada. Com os cotovelos na mesa, devorava Meirinho com os olhos. Mas o excelente homem falava a espaços, muito ocupado agora do seu *roast-beef*, comendo com método, fazendo estalar a língua, concentrando-se para saborear. E foi só quando o criado trouxe uma Charlotte-Russe que Meirinho, depois de ter passado a mão pela testa, como para classificar e dispor as suas recordações —largou tudo:

— Aqui está como eu vim a desconfiar. Eu sabia que ela era portuguesa. De resto é fácil ver-se: tem um acento no francês dos diabos. Agora não tanto — mas tinha. Abria cada R e cada O! Desagradável, desagradável. Ora naturalmente — eu não sou metediço, o amigo conhece-me, mas tive curiosidade de saber, é natural, não é verdade? Tive curiosidade de saber donde era, se de Lisboa, se da Província. Disse-me que era da Ilha da Madeira. Que família? Gomes. Gomes! disse eu comigo: não me cheira a Ilha da Madeira, não me cheirava. Eu tenho faro.E mostrava-o farejando por cima da mesa. — Disse comigo: nem tu és da Madeira, nem Gomes! Mas enfim, que diabo, jantava-se muito bem em casa dela, era muito amável. Que me importava a mim quem ela era! Dos portugueses em Paris, ninguém a conhecia. De resto, ela não é nova, tem 39 ou 40 anos: mas muito bem conservada! Ainda não a viu decotada? Oh! E Meirinho ergueu os braços ao ar. E um colo, e um seio! E uma cara de perder a cabeça, — e os seus olhos dilatavam-se extraordinariamente. — Pois, senhores, um dia, aparece em casa de Molineux um sujeito, um brasileiro, chamado Couceiro, — apresentado por, por... Enfim, não lembro. Esta memória, esta memória! Homem ordinário, com um aspecto... — procurou a palavra: — Hesitou, mas com uma resolução brusca: — Que diabo, nós estamos aqui entre amigos... com um aspecto de facínora. E era-o! — ajuntou, num tom soturno.

Não se sabia bem a sua história mas falava-se dum assassinato: o caso é que ele tinha casado com a viúva dum homem em casa de quem era caixeiro, — já rico, e, depois, fez uma fortuna brutal. Vivia em Paris, com um luxo, um luxo!... Enfim, falado. Mau gosto, muito [mau] gosto — mas à grande, Madame de Molineux sabia perfeitamente o que se dizia do brasileiro: mas recebia-o: que lhe importava a ela, não é verdade? Era milionário, jogava e perdia: que tivesse assassinado, ou que não tivesse assassinado essas coisas em Paris não influem. Tinha dinheiro para luxo... Vem cá, meu ai Jesus! Um dia, num jantar, o Couceiro, de repente, põe-se a dizer, em português, a Madame de Molineux: — "A sr.a nunca esteve na Guarda?": pois, menino, eu estava a olhar para ela e vi-a positivamente...

A porta abriu-se, — e o criado entrou dizendo que o sr. barão de Markstein[121] perguntava se não seria indiscreto vir tomar com eles o seu café.

— Não, certamente, disse Vítor contrariado, olhando para Meirinho. Que sim, certamente.

— É muito amável, é muito amável, — disse logo Meirinho, radioso.

— Mas continue, Meirinho: ia a dizer que a viu...

— Que a vi, quem?

— A Madame de Molineux, quando o brasileiro lhe disse...

Mas a porta tornou-se a abrir — e o barão entrou, tirando e pondo o seu fez: pediu logo que lhe jurassem que não era importuno: mas sentia-se em casa tão só: e conhecendo a cordialidade dos Portugueses, de que tinha tantas provas, julgara... Mas realmente, não era importuno, não vinha interromper nenhuma conversação...

E só depois de muitas afirmações, que não! que não! resolveu sentar-se, com muitos gestos, muitos cumprimentos, da sua face amarrada no lenço; pedindo que se não incomodassem, que fizessem de conta que ele não estava ali, — e remexendo o seu café — pediu, como um favor, como uma esmola, notícias da sociedade: estava, havia dias, em casa e não sabia nada do que ia, não sabia nada. Quem tinha estado em casa do Ministro do Brasil? Se a recepção dos Reis tinha estado concorrida? Se tinha estado esta, aquela? Como estava S.M.? O que ia na Ópera? Ele não sabia nada, não sabia nada: estava inteiramente envergonhado.

---

121. No original: *Malquestein.*

140

Mas Meirinho sabia tudo, ele. Informou-o miudamente. — E Vítor, picando com [a] faca casquinhas de tangerina, furioso daquela interrupção, escutava aquela conversação sobre pessoas que não conhecia, um pouco humilhado, receando que, interrogado pelo barão, tivesse de revelar a falta de relações aristocráticas.

E mesmo para o evitar, lançou algumas frases sobre [a] questão do Oriente: teríamos a guerra?

O barão afundou a fisionomia nas dobras do lenço, e encolhendo os ombros: era difícil dizer: não era possível avançar uma opinião: tudo parecia extremamente complicado: era grave, muito grave: no entanto... Que ele exprimia apenas uma opinião individual: de modo nenhum considerassem as suas palavras como partindo dum homem público. Não. Era grave, era muito grave. Era tudo o que se podia [dizer]. Haveria a guerra, não haveria a guerra? Eis a questão. Era excessivamente grave.

E com os olhos fitos na chávena, as sobrancelhas erguidas, absorto, remexia devagar o seu café.

Vítor falou no Chanceler do Império, [n]o príncipe Gortchacoff...

Muito profundo, observou logo respeitosamente o barão.

Vítor lançou o nome de Bismarck.

Excessivamente profundo, disse o barão. E acrescentou: — que era grave, muito grave. E convidou-os a passarem a noite com ele: viria o Secretário de França, o adido de Itália — e fariam um whist. Meirinho aceitou logo, com grande júbilo, — contanto que fosse um whistezinho barato: — porque não valia a pena, não é verdade, entre amigos, para passar a noite agradavelmente, porem-se com preços...

O barão aprovava. Decerto! Decerto! — E sentia muito que Vítor não quisesse ficar.

— Não, não posso, tenho uma visita. O barão curvou-se — e lembrou que o melhor seria irem para o seu quarto: tinha um excelente conhaque, charutos... Mas Vítor, que não podia falar particularmente a Meirinho e tirar-lhe o resto da história de Madame de Molineux, despediu-se dele no corredor, dizendo:

— Eu por lá apareço, Meirinho.

— Apareça, meu bom amigo. Apareça. Excelente o seu jantar. Óptimo. Fizemos um jantarzinho delicioso.

E foi seguindo, muito contente, o barão, que ainda da escada, saudando Vítor, punha [e] tirava o seu fez.

Vítor saiu muito contrariado: tinha agora um desejo profundo de saber o resto da história do brasileiro. Decidiu-se a ir no outro dia, ao Hotel Universal, procurar Meirinho — e, indo ao acaso, achou-se, insensivelmente, descendo a Rua do Correio para S. Bento. Não resistiu a passar por casa de Madame de Molineux. À porta estava o coupé de

141

Dâmaso[122]: havia luz na sala, no quarto dela. Aquilo contrariou-o mais: e lamentando alto o pobre tolo do Dâmaso, por estar metido com semelhante aventureira, pisava a rua com um passo irritado, sentindo uma turbulência de temperamento, uma irascibilidade, e vontade de chicotear Madame de Molineux, e de lhe morder aquele colo maravilhoso, de que falara Meirinho, e que lhe punha no sangue uma faiscação vibrante.

---

122. No original: *Victor*.

Capítulo 14

Genoveva, com efeito, ao anoitecer, tinha mandado a Dâmaso este bilhete:

"Meu querido, perdoa: eu estava nervosa, não sabia o que dizia, hoje peço-te que venhas, não tenho feito senão chorar".

E Dâmaso, exaltado, chegara a galope.

Genoveva, acalmada a sua exaltação da manhã, tinha reflectido na inconveniência da sua *cena* com Dâmaso: no fim, aquele imbecil é quem tinha o dinheiro: fossem quais fossem os seus sentimentos, ou as suas resoluções, era necessário não o escandalizar: se a sua paixão, o seu interesse — o reclamassem: poderia depois expulsá-lo: mas até lá, convinha seduzi-lo, estonteá-lo, sugá-lo, e, nota a nota, espremer-lhe os últimos sucos de generosidade. Fez uma *toilette* um pouco provocante — e, "armada", como ela dizia, esperou o bicho.

Apenas ele entrou, esbaforido — estendeu-lhe as duas mãos, fez um gesto cheio de humildade amorosa — dizendo:

— Perdoa: estava nervosa, hoje.

Mas ficou surpreendida vendo que Dâmaso não desenrugava a testa: conteve a sua cólera: murmurou, pondo-lhe as mãos nos ombros:

— Mas que posso fazer eu mais? Todas as mulheres têm os seus nervos. — Foi um momento de arrebatamento.

Dâmaso, com um aspecto carrancudo, resmungava:

— Foi de mais, foi de mais. Puseste-me fora. Não, não — eu cá sou pão, pão, queijo, queijo: dessas cenas não gosto. Não gosto, acabou-se.

Ela afastou-se e fez-lhe uma cortesia:

— Bem, disse muito friamente, demo-nos um bom aperto de mão. E acabou-se. As nossas relações findaram. — Seremos apenas dois bons amigos. — E afectando uma voz nervosa, comovida: — Está frio, não?

Dâmaso devorava-a com o olho sensual, e rompendo: — Tu não tens paixão por mim, Genoveva!

Ela sorriu, tristemente, — e erguendo os olhos como para invocar o testemunho do céu, seu confidente:

— Não tenho paixão por ele! E irritada:

— Por quem me toma? Que mulher pensa que eu sou? Se não tenho paixão por si, consentiria no que consenti? Suspirou. — Bem, bem, meu amigo, não falemos mais nisso. Acabou-se. Que vai hoje em S. Carlos?

143

— Tinha-se sentado, numa atitude que dava às suas formas um relevo delicioso.

Ele veio cair no sofá, junto dela, quase sobre os seus pés.

— Que me magoa, — disse ela muito doloridamente.

— Foi sem querer! — E pôs-se mais à beira do sofá: tomou-lhe a mão, entre as suas mãos gordinhas: — mas diz que tens paixão por mim!

Ela endireitou-se, e prendendo-lhe o pescoço, com uma voz cálida, de que ele sentia o hálito amoroso:

— E porque estou em Lisboa? Porquê? Imaginas que não tenho em Paris relações, amigos, — que dão tudo, tudo, dinheiro, honra, vida, para estarem agora comigo, sobre um sofá, nesta posição? Porque estou eu em Lisboa? — E pondo na voz um acento intensamente amoroso: — por ti, disse-lhe baixo. E beijou-lhe então a orelha: Dâmaso encolheu-se num arrepio de gozo: abraçando-a balbuciava:

— Juras? Juras?

— Juro, meu bichano! — E atraía-o, envolvia-o, enlouquecia-o, beijando, com carícias que o abrasavam, e palavras que enfatuava: — gosto tanto de ti, deste bichaninho gordo: fazes-me tão doida. Ah, mostro [-o], tu bem o sabes, por isso abusas. Dize. Dize que gostas da tua Genovevazinha. Dize. Mas dize-lhe bem. Dize-lhe ao ouvido. Dize-lhe na boca...

E Dâmaso arfava, soprava: sentindo fogo no sangue. — Mélanie! gritou Genoveva, com uma voz seca, e vibrante.

Mélanie correu: teve um sorriso ao ver Dâmaso, cumprimentou-o: exprimindo, como alegria geral da casa, o ver de novo, a ele, o amado, o amo, o senhor.

— Traze-nos qualquer coisa para beber. E para Dâmaso: que queres tu, amor? Faze-lhe alguma coisa de muito bom, Mélanie, a este monstro. Queres café, feito à turca, com todo o pó?

Dâmaso hesitava, com o seu rosto espesso, vermelho. E Genoveva, com um ímpeto, agarrando-lhe a cabeça:

— Oh, querida carantonha! Mas que fizeste tu? Porque te amo eu? Tu não és muito bonito, nem muito brilhante. Mas então? É uma mania. Faz o café à turca, sim, Mélanie.

E Genoveva correu ao piano, dizendo, alegre, leve:

— Vês, estou outra. Em tu aparecendo, estou outra. E cantou:

> *Chaque femme a sa toquade,*
> *Sa marotte, son dada.*

Interrompeu-se, veio para ele:

— Tu és a minha *toquade*... a minha *marotte,* o meu *dada.*

Mas Dâmaso, com a sua grossa desconfiança burguesa, murmurou:

— Mas porque fazes tu olho àquele idiota do Vítor?

— Olho? fez Genoveva. E soltou uma risada. E repetia: olho? Se se pode dizer? Aquele bonifrate? Porquê? É bonito. — E com um gesto de ombros: — ai meu rico, tenho visto muito homem bonito! Que importa o Vítor, deixa lá o Vítor.

Mas Dâmaso disse-lhe então:

— Pois sim, — mas então faze-me uma coisa. Vamos passar quinze dias para Sintra.

Aquela proposta brusca desconcertou Genoveva.

Deu uma volta sobre si mesma, abaixando a cabeça com um movimento habitual quando queria disfarçar uma sensação — [e] respondeu:

— Para Sintra, porquê?

— Para estarmos quinze dias. É uma pândega, o tempo está lindo. Vamos para minha casa se quiseres senão, vamos para a Lawrence...

— Mas realmente não sei... — disse Genoveva.

— Ah, vês! exclamou Dâmaso: Não queres sair de Lisboa. É o que é! Tu pensas que eu não percebo. Pai Paulino tem olho.

Madame de Molineux deixara fugir entre as pálpebras um olhar, que foi como o clarão dum tiro. Odiava Dâmaso naquele momento, ferozmente. Mas abrindo os braços com um gesto triste:

— Aí está. Estava tão contente e aí vens tu, com cenas, com desconfianças, com ridículos. Não, é melhor acabar, é melhor acabar: — e, pela sala, arrastando o sussurro das sedas, mordia convulsivamente o lenço.

Dâmaso foi passar-lhe o braço pela cinta e falando [-lhe] sobre o pescoço:

— Mas que repugnância é essa em vir a Sintra? É uma coisa que te peço. Estamos quinze dias lá, na grande paródia: leva-se um caleche, come-se e bebe-se...

Enquanto ele falava, Madame de Molineux tinha visto toda a vantagem daquele isolamento — em que ela o poderia fazer cair, e *cardá-lo,* cruelmente.

Voltou o rosto, e com o olhar que o abrasou:

— Mas, vamos, meu querido, se queres. Porque não? Estás tu, estou também eu, bem. Há fogões em tua casa?

— Não. Mas vamos para a Lawrence. Queres tu amanhã? Prepara tudo à grande. Está lindo em Sintra. — É uma lua de mel: hein, sua velhaca, sei ou não da coisa?

— És um monstro — e eu adoro-te.

145

Foi nessa noite que combinaram, definitivamente, mudar da Rua de S. Bento. Dâmaso[123] alugaria um andar mobilado da Rua das Flores: — completar-se-ia com alguns móveis do Gardé: comprar-lhe-ia uma vitória: e instalá-la-ia definitivamente, oficialmente — como a do Dâmaso.

123. No original: *Victor*.

Capítulo 15

A o outro dia, Vítor, muito impaciente, esperava Camilo Serrão para irem a casa de Genoveva. O *rendez-vous* era para as 2 horas. Mas era uma hora e três quartos — e Camilo não aparecia. Esperava-o na sala, nervoso, calçando e descalçando as luvas, passeando, indo-se a todo o momento debruçar na janela. Às duas horas, mandou um galego a casa de Serrão. O sr. não estava. As duas e meia, furioso, foi ele mesmo. Um rapazinho esguedelhado que abriu a porta — disse que o sr. não aparecera desde pela manhã. Vítor desceu as escadas, amaldiçoando Camilo, voltou a casa, saber se ele tinha vindo, mandado algum bilhete. Nada. Foi, ao trote do batedor, ao Variedades, onde Camilo pintava. Depois de subir, procurou, indagou — não estava. Eram três horas. A entrevista estava perdida. Achava Serrão um canalha, indigno de interesse: far-lhe-ia perder o retrato, ele ficaria obscuro, e morreria na miséria.

— Aquele alarve! disse ele, subindo o Chiado com desespero.

Foi escrever um bilhete a Genoveva e, depois de rasgar umas poucas de folhas de papel, decidiu-se por uma redacção espirituosa e ligeira: "O grande artista, com a sua natural distracção de homem de génio, esqueceu a honra que V. Ex.a fazia de o receber. Os artistas são grandes crianças a quem é necessário perdoar muito, porque sentem muito. Mas logo que o alcance, conduzi-lo-ei, amarrado de pés e mãos, [a] obter o seu perdão, e contemplar o seu modelo."

A satisfação que lhe deu a invenção desta prosa dissipou-lhe um pouco a irritação da entrevista estragada — e, para se distrair, foi ver a Aninhas.

A Rosa disse-lhe logo:

— Ai, a senhora está numa aflição.

Encontrou[-a] estendida na cama, lavada em lágrimas. E apenas o viu, com gestos aterrados, os olhos vermelhos, — disse-lhe que pelo amor de Deus não se demorasse. Que estava perdida: o Policarpo tinha recebido uma carta anónima — em que lhe contavam: os amores dela com Vítor: o Policarpo estava furioso, queria deixá-la, tirar-lhe as mesadas. Uma desgraça, uma desgraça!

— E que disseste tu? perguntou Vítor assustado.

— Eu! Ora, neguei: neguei a pés juntos. Mas o bruto, o animal, não quer acreditar. Disse que ia consultar um amigo, e veria. Estou à espera dele. — Ah! Ah! E rolava-se no leito, com prantos dilacerantes.

147

Vítor estava sucumbido: a honra exigia que, abandonada pelo Policarpo, fosse protegida por ele. E viu logo os embaraços, as despesas, a prisão, a seca. — Mas as lágrimas dela afligiam-no: ia quase dizer-lhe, consolá-la, dizer-lhe que se encarregava de "[a] fazer feliz". Mas recusou comprometer-se tão positivamente, e disse-lhe logo:

— Bem, então safo-me, que não venha ele. Aninhas atirou-se-lhe ao pescoço.

— Que infelicidade a minha. Já acendi uma vela a N.a Sr.a da Alegria. Mas quem sabe? Disse que vinha às 4 horas. O bruto, o animal! Ó meu Vítorzinho, diz, se a tua Aninhas ficasse na miséria, que farias, dize, amor?

— Ó filha, que pergunta! Tudo se havia de arranjar...

— Vai, adeus! Eu te mandarei dizer. Oh, que ódio que eu tenho àquele bruto! O que ele disse!

Bateram à campainha. Aninhas ficou petrificada:

— É ele! Ai, Nossa Senhora me valha! Ah, Vítor! Estou perdida! — Tremia, pálida, agarrada ao braço de Vítor, que olhava ansiosamente, procurando um esconderijo, um buraco, uma saída.

Mas Aninhas respirou, reconhecera a voz da mulher da fruta. E levando a mão ao coração:

— Oh, que susto! Isto mata! O que eu sofro por ti, meu amor, o que eu sofro!

Vítor enterneceu-se: beijou-a muito: ela foi acompanhá-lo até à porta — gritando à Rosa que não se esquecesse de ir renovar o azeite à lamparina de N.ª Sr.ª da Alegria.

Capítulo 16

Vítor, no outro dia, procurou por toda a parte Camilo Serrão, sem o encontrar. No Variedades[124], um rapazola de blusa azul, que passeava sobre uma *floresta* de pano de fundo estendido no soalho, fumando um cigarro, disse-lhe que o Serrão, quando a obra não apertava, desaparecia dois e três dias... Tinha telha, o Serrão. Mas que o melhor era ir procurá-lo ao Botelho, com taberna na Rua [dos] Retroseiros.

Foi: um frigir de peixe, uma vaga fumarada, dum cheiro sebento, enchia a taverna: o chão negro parecia de terra calcada: dois bicos de gás derramavam uma luz crua e dura: e num cubículo formado de tabiques e coberto por cortinas de chita[125] velha, saía[m] as vozes duras dos fregueses. Num desses recantos, ao anoitecer, Serrão, com os cotovelos sobre uma toalha cheia de nódoas, comia o petisco célebre do estabelecimento, frango com ervilhas, com um rapazola amarelo, cheio de espinhas carnais numa carita miúda e triste, que tinha um *cache-nez* azul. O Serrão apresentou-o como *o amigo Tadeu!* O *Tadeu!* E apenas ouviu as queixas de Vítor que lhe exprobava ter faltado à entrevista, ter-lhe causado um desapontamento, — trovejou contra a exactidão.

— Se imaginam que um artista deve ser pontual como um tabelião — pouh! — Não é verdade, amigo Tadeu?

Tadeu tossiu, cuspinhou, aconchegou o *cache-nez,* bebeu um trago de vinho — e disse:

— Pouh!

— Tu não conhecias o amigo Tadeu? Vítor não tinha "essa honra".

— Mostra lá, ó Tadeu! — disse logo Serrão.

Tadeu tomou ao pé de si, num banco, um rolo de papel — e, abrindo-o sobre a mesa, expôs um desenho: era uma composição confusa — tratada a esfuminho, em que se distinguiam debaixo dumas ramagens, duma atitude secular e violenta — algumas figuras vestidas de altas botas e chapéu [s] à mosqueteiro. Bebiam à porta duma taverna: pareciam ser soldados ou cavaleiros: — e eram todos de constituição obesa, apopléctica, transbordando duma força hercúlea e exibindo uma jovialidade bestial: os pulsos poderiam [aba]ter muito[s] toros[126] com uma

---

124. No original: *nas Variedades.*
125. No original: *chita da velha.*
126. Leitura provável.

simples pancada: e as arcas do[s] peito[s] tinham uma dilatação de força que parecia que a[s] respirações deviam ser fortes como vendavais, e a[s] palavra[s] atroante[s] como morteiros. Um tinha sobre os joelhos uma moça de formas colossais, transbordantes, com as faces cheias, os peitos enormes, os braços grossos como colunas: outro, das mesmas proporções, ria, duma gargalhada estridente, mostrando gorduras amplas, lombos, ancas, músculos, disformemente bestiais. E aquilo intitulava-se *A Raça Forte* — e a pintura opulenta contrastava comicamente com o pintor esguio. Vítor, interrogado, achou "magnífico, magnífico"!

— Há força, hein, há poder! — exclamava Serrão. É a poesia brutal e fulgurante da Carne! Todas estas figuras comem monstruosamente, bebem[127] rabelaisicamente, têm uma jovialidade retumbante, têm a colossal musculatura, o esplendor das carnes sãs, a expansão da forte matéria animal. É copioso, rico, opulento, forte, gordo, brutal, e são. É a poesia da Carne! — O Tadeu é um Rubens! — É gigantesco. É uma boa lição à raça moderna, — magra, pálida, anémica, clorótica; as raças[128] mal alimentadas, respirando o ar viciado dos cubículos, nutrindo-se nas confeitarias, e bebendo orchata. Não há nada como a força!

Tadeu tornou a tossir, desoladamente: e disse, passando[129] os dedinhos magros sobre o chupado amarelado do rosto:

— A força é tudo! É necessário pintar a força!

Serrão então lamentou[130] a civilização moderna — sobretudo — o que ele chamava *a depressão nacional:*

— A pintura é impossível em presença da raça portuguesa: não há homens nem mulheres: há figurinhas de *biscuit,* criaturinhas dessoradas, cheias de humores linfáticos, dum miúdo de figuras de missanga, duma amarelidão de hospital. Nem andam, nem riem, nem se movem, nem pensam: resvalam, têm um sorriso desfalecido, os rins quebrados, os braços moles, — um ar gelatinoso: é uma raça caquéctica, mirrada, espremida, lassa, cor de pele de galinha.

E lamentava os tempos heróicos em que os homens eram colossais, as mulheres como umas estátuas vivas : em que as distracções eram as guerras, e as galas eram matanças: bebiam odres de vinho: numa festa, comia-se um javali sobre um prato de oiro: o sangue que escorria era escarlate, duro, espesso...

— Que sangue!

— Que sangue! — murmurou debilmente Tadeu.

---

127. Leitura provável.
128. No original: *das raças.*
129. Leitura provável.
130. No original: *que a civilização moderna.*

Os amores eram de pura forma animal. O homem levava a mulher para o bosque, — e durante a noite se ouvia o rugido duma sensualidade franca e heróica.

— Uma noite! exclamou ele, que o cavaleiro Ernalton de Espanha estava em casa do conde de Foix, — notou que o fogo da chaminé era escasso: pudera! ardia só um tronco de árvore: e, imediatamente, descendo ao pátio, onde tinham chegado da floresta burros com grades de lenha, tomou um burro, com a carga e tudo, atirou-o para as costas, subiu com ele os vinte e quatro degraus de pedra que levavam à galeria, — e atirou para a chaminé a lenha, a carga, o burro, e tudo! Que homem!

— Que homem! disse, arregalando os olhos, Tadeu. — Pinta-me esta cena, pinta-me esta cena, tu que compreendes a força! — Não a vês daí?

— Estou a vê-la — disse Tadeu, com a boca cheia de frango.

— A alta sala de muralhas de pedra, com a chaminé onde cabem os despojos duma floresta; os tonéis de vinho a um canto, que se levam à boca e se emborcam: espadas e montantes, pesando trinta quilos, lançados a um canto: os gigantescos barões, bárbaros e formidáveis, com cabelos sobre o peito como duro pez, os olhos sanguíneos, conversando de batalhas, e de rapinas: menestréis tocando nas harpas as façanhas do feiticeiro Virgílio: e mulheres, com seios poderosos à mostra, braços nus que podem matar um touro, narinas sensuais, por onde sai um bafo quente, e a cheirar, num furor lúbrico, depois de beberem hidromel, onde se lançam especiarias que vêm [da] Taprobana! Que gente! — O Tadeu compreendia-os.

—Se compreendo! A força! As idades bárbaras! — E arranjava o *cache-nez*.

Vítor tinha um vago embaraço: pareciam-lhe doidos. E não podia tirar os olhos de Tadeu, lívido, um aspecto [de] doença dos intestinos, mórbido, cheio de tosse, um amarelado oleoso na pele, e comendo uma a uma as ervilhas, com a ponta do garfo. Disse, então, timidamente:

— Ó Serrão, então quando?

— Amanhã. Amanhã às duas.

Mas antes de Vítor sair, quis-lhe fazer beber Colares, e comer amêndoa torrada: fez-lhe as honras da taverna: e, para lhe mostrar uma curiosidade, chamou o Fabião. O Fabião veio: era um galego de cara lorpa, com as mangas da camisa arregaçadas. Serrão pediu-lhe logo que recitasse a lista: o Fabião riu e, endireitando-se, pôs as mãos na cinta, cerrou os olhos, disse com uma voz [...][131], sem interromper, dum jacto:

— Canja, sopa de ervas, arroz de marisco, bacalhau de cebolada, pescada frita, frango com ervilhas, salsichas com couve, chispe, mãozi-

---

131. Falta uma palavra.

151

nhas de carneiro, vitela estufada, vitela assada, lombo de porco, cabeça de vitela com feijão, pato com azeitonas, orelheira, rim, carnes frias, folhados[132], tudo pronto, preços sãos, vinho do lavrador, a rica amêndoa torrada! Salta, que é uma ocasião, sem esquecer o Fabião!

Os dois pintores torciam-se.

— Mostra, mostra o bíceps!

O galego arregaçou a camisa até ao ombro — e exibiu um braço de músculos salientes e resistentes, disformes.

Fizeram-no beber: ele, dum trago, esvaziou o copo e passando devagar as costas da mão pela boca:

— Então não hão-de querer mais nada?

— Traz-nos belas ninfas nuas, de formas clássicas disse Serrão, rindo muito.

O Fabião riu também.

— Traz-nos mulheres bárbaras, cobertas de pedras preciosas, que saibam esganar uma serpente entre os dedos...

Mas no cubículo ao lado ergueu-se uma altercação: vozes roucas, com punhadas na mesa, injuriavam-se: o Fabião foi tranquilamente ver *a festa:* e o Tadeu, aterrado, procurava o chapéu. Mas a altercação acabou, houve[133] risadas: vozes que pediam *tinto* para a reconciliação. — Vítor, enfastiado, ergueu-se: — e, depois de obter de Serrão a promessa de ser pontual, saiu, deixando os dois, de novo, mergulhados num louvor comum da força e da animalidade.

Mas só daí a dois dias, pôde obter que Serrão o acompanhasse a casa de Madame de Molineux: ficou extremamente contrariado quando o viu aparecer com o seu paletó alvadio, e o seu chapéu mole desabado: que ideia faria Madame de Molineux daquele artista tão desleixado, de grande cabelo seco, feio, com as botas por engraxar?

Mas por timidez não lhe fez nenhuma observação — e partiram numa tipóia.

Justamente, quando entravam na rua, vinha de S. Bento Miss Sarah, seguida pelo seu fiel *Nep,* grave, vestida de preto, séria, caminhando com os cotovelos unidos ao corpo, o passo certo, o olhar direito. Vítor apeou-se — correu a perguntar-lhe se estava em casa, Madame.

Miss Sarah corou ao vê-lo, sorriu com os seus longos dentes carnívoros, e pareceu muito surpreendida que ele não soubesse — que estavam, havia três dias, para Sintra. Vítor ficou subumbido.

Sim, tinham ido para Sintra, os dois pombos — ela ficara com Mélanie, para fazerem a mudança.

---

132. Leitura provável.
133. No original: *houveram risadas.*

— Que mudança?

— Vão mudar de casa, explicou Miss Sarah. Vão mudar para uma esplêndida casa!

E, firmemente plantada nos dois largos pés, direita, devorava Vítor com o olhar: quis-lhe ainda falar do tempo, prendê-lo um momento, conversar — mas Vítor despediu-se, atarantado, correu ao *coupé* e saltando para dentro:

— Foi-se, disse, dando uma punhada no joelho. — E, imediatamente, rompeu em acusações amargas a Serrão: — tinha sido a culpa dele! Tinha-se farto de esperar, tinha partido. Agora, naturalmente, nem queria o retrato, nem pensava nisso. Tinha perdido uma ocasião! Havia de ser sempre assim com os seus desleixos. Nunca havia de fazer carreira. Havia de morrer obscuro, pobre, cheio de filhos, uma ruína, um trapo!

— Suspende! Suspende! — exclamava Serrão, querendo suster aquela eloquência irritada. — Suspende, amigo!

— É tua a culpa! É tua culpa!

— *Mea culpa! mea maxima culpa!* disse Serrão rindo.

Mas Vítor estava desesperado: e exalava sobre o Serrão a cólera que o afogava.

— Se é decente, fazer assim esperar uma senhora!... Se são maneiras...

Serrão respondia, já exaltado:

— Os artistas são reis. Não estão às ordens dos burgueses. O Papa Júlio humilhava-se diante de Rafael. Francisco I apanhava os pincéis de Ticiano.

— Vai para o diabo, exclamou Vítor, saltando da carruagem, pagando ao cocheiro.

Serrão desceu atrás — citando Rubens, suplicado de joelhos, por princesas, para que ele [se] dignasse fazer-lhes o retrato; Carlos I de Inglaterra, erguendo-se quando entrava Van Dick: a arte é uma realeza!

Vítor atirou-lhe uma obscenidade e afastou-se.

— E aqui me deixas, exclamava Serrão, nesta rua inóspita, entregue às feras, sem modelo, sem tipóia, naufragando no bairro das Cortes.

— Para o inferno! atirou-lhe já de longe Vítor.

E deixando Serrão, atónito, na rua, com os braços abertos, olhando melancolicamente a tipóia que se afastava, Vítor correu a casa de Madame de Molineux: queria falar a Mélanie, interrogá-la — saber[134] o que [significava] aquilo: Sintra, a mudança...

Achou em cima a porta aberta e entrou em casa: bateu as palmas, levantou o reposteiro da sala: e viu diante de si Mélanie; e, pelo lado do quarto de Genoveva, desaparecerem as largas costas dum homem de

---

134. No original: *saber que o que aquilo.*

jaqueta. Mas Mélanie, sem se perturbar, pediu-lhe que se sentasse, festejou-o, perguntou porque não tinha aparecido com modos familiares de dona de casa, e intenções de confidente. Na sala estavam duas grandes malas abertas que Mélanie arrumava: pelas cadeiras havia vestidos, embrulhos de jornais, caixas de chapéus: no chão estavam pilhas de roupa branca, donde escorregavam *sachets:* viam-se rendas, fitas de camisinhas de noite, toda uma revelação de intimidades femininas, que davam a Vítor toda a vaga perturbação de nudezas entrevistas.

— Então para onde se mudam?

— Para a Rua das Flores — para o terceiro andar, à esquina. Uma casa linda, arranjada de novo. — E gabava a casa. Mas aqueles elogios irritavam Vítor, e perguntou:

— E onde estão, em Sintra?

— Na Lawrence. Eu vou amanhã, pois fiquei para arranjar as malas: demoram-se em Sintra quinze dias.

— Sim senhor, sim senhor — disse Vítor começando a enrolar um cigarro.

Mélanie correu a buscar um fósforo: Vítor deu alguns passos pela sala: assim estava definitivamente estabelecida com a besta do Dâmaso! E Vítor não sentia nem ciúme, nem tristeza: tinha-lhe ódio: achava-a reles, estúpida: — o que a desprezava, Santo Deus! Dizia consigo: podia ver de joelhos, aos seus pés, aquela tola, que lhe não pegava nem com tenazes — mas, o seu pé, tendo encontrado um chapelinho, deu-lhe um pontapé, que o fez estoirar contra a parede. E todos aqueles lençóis, saias, o aroma que saía daquele desarranjo irritavam-no. Eram aquelas rendas que Dâmaso amarrotava! Era naqueles lençóis bordados que o animal se repoltreava. Não, realmente, era [o] cúmulo! O Dâmaso! Só o queria ter ali, só queria que ele lhe dissesse uma laracha! — E ria só consigo: — Ah, que coça! Como lhe quebraria, com prazer, costela por costela. — Não por ciúmes, pouh! Mas porque sempre embirrara com ele: era um burguês, um estabelecido, e acariciava-a, abria-a, fechava-a. Vítor, enfim, com uma desconfiança, disse:

— Deixa ver a caixa, Mélanie.

Ela apertou-a contra o peito, correu para outra extremidade da sala, fingindo-se assustada, como querendo esconder uma revelação, com muitos trejeitos, rindo muito cantadamente. Vítor perseguia-a, queria apanhá-la: — ela tinha risinhos histéricos, cócegas na alma, pulava, e o seu corpo magro tinha ligeirezas finas de corça, e movimentos quentes de pantera.

— Mélanie, dou[-te] duas libras se me deixares ver a caixa. — Era tudo o que tinha na algibeira, mas a sua curiosidade esperançada dava-lhe uma prodigalidade absurda. —Duas libras, Mélanie.

154

Fê-las saltar na mão.

Mélanie, com a caixa atrás das costas, o busto estendido, veio examinar as duas libras, — com uns olhos gulosos.

— E não diz nada à Madame?

— Juro-te!

— E que me dá mais?

— Que diabo! Não tenho mais nada. Duas libras e um beijo.

— Palavra?

— De cavalheiro.

Mélanie então, com solenidade, abriu-lhe a caixa ao pé do rosto: havia um ramo de violetas murchas e duas luvas amarrotadas.

Vítor ficou furioso.

— Tu roubaste-me, Mélanie!

Mas Mélanie, muito séria, mostrou o ramo seco: não se lembrava? era um que ele um dia tinha trazido, quando a viera ver e ela estava doente. — E não se lembrava de ter perdido uma luva? Ali estava.

Era uma luva dele — e cada um dos dedos estava apertado, num nó, a um dos dedos duma luva de Genoveva.

Uma cor rubra, de prazer, subiu ao rosto de Vítor.

Mélanie estendeu a mão e a face.

— Escuta, Mélanie, disse Vítor perturbado. Achas que ela gosta de mim?

— Madame? — E ergueu os braços ao céu. E então, rapidamente, baixo, com um tom sério: — Eu não o devia dizer, e se ela sabe, mata-me: mas eu não [a] posso ver sofrer, e chorar, e arrepelar-se. E aquele animal do Dâmaso enguiça-me. Madame está doida por si. É uma loucura. É a sua primeira paixão...

O coração de Vítor bateu com pancadas precipitadas. — Quando achou esta luva, sabe o que fez? Não digo.

Digo. Atirou-se aos beijos a ela, e agarrou numa luva dela, e prendeu assim os dedos como vê: diz que era assim que estava unida consigo. Tolices, hein! Digo-lhe às vezes: Ah! bem, [a] senhora é bem tola em se ralar por um homem. Homens não faltam[135]. Mas ela, não... Para ela não [há] outro...

— É verdade, Mélanie? disse Vítor com a voz profundamente perturbada.

— Então que há-de ser senão verdade? E ria: estendia a mão. Vítor deu-lhe as duas libras, com alegria. Desejava dar-lhe mãos cheias de notas. Toda a casa lhe parecia transfigurada: a mala aberta com vagas brancuras de roupas, num côncavo de leito batido e amoroso: as rendas

---

135. No original: *homens não voltam.*

das camisinhas enterneciam-no: os perfumes pareciam-lhe o hálito de Genoveva. Um amor imenso, profundo, enchia, batia-lhe o peito, como as ondas crescentes duma inundação repentina, contra as paredes dum cais. — Uma ideia súbita, brusca, tinha-lhe atravessado o espírito, enchendo-o dum vago rasto doce e luminoso, como um meteoro: — ir vê-la, [ir] ter com ela.

— Então na Lawrence, hein?

— Na Lawrence. — E o beijo?

Vítor riu, agarrou-a pela cinta, e no movimento que fez o rosto dela, beijou-a na boca. — Mélanie fez-se um pouco pálida: os seus olhos embaciaram-se.

— Parece-me que a senhora que tem razão, — disse ela finamente.

Vítor tinha tomado o chapéu — e apontando o quarto por onde desaparecera o homem do jaquetão:

— Diverte-te.

— Pouh! fez ela — encolhendo os ombros.

Vítor, ao descer a rua, tinha o seu plano feito — ir a Sintra. Não considerava se ela gostaria daquela perseguição, se Dâmaso se enfureceria de ciúmes: queria vê-la... parecia-lhe a vida impossível, quinze dias sem ela: e julgava, agora que se sabia amado, que ela levara consigo o ar respirável e a luz necessária. — De resto, iria por Cascais, — de modo que parecia um encontro casual. As palavras de Mélanie tinham-lhe desenvolvido a esperança sem lhe dar uma certeza: — e aquela certeza queria[-a]; a agitação, as dúvidas, as torturas em que passara toda aquela última semana pareciam-lhe agora insuportáveis: e como um homem que se resigna diante duma porta fechada, mas que se arremessa se a porta se entreabre — agora que Mélanie lhe deixara entrever um relance do amor de Genoveva, queria vê-lo, inteiro, completo, diante de si. E se não fosse verdade, então que lho dissesse, que o desprezasse, que lhe voltasse as costas. Ao menos seria uma decisão, o fim. Esquecê-la-ia, e consolar-se-ia. — E agora atribuía-se a si mesmo toda a indiferença de Genoveva: ele não se mostrara nem bastante amante nem bastante paciente, nem pertinaz. O amor é sobretudo a paciência. Pedira-lhe paixão, à pressa, de repente, logo ao segundo dia, como um credor: e como ela se, tivera as hesitações naturais da mulher, o retraimento instintivo do corpo desejado — ele, como um brutal, irritara-se, afastara-se. O que queria ele então? Que ela, como uma mulher do Bairro Alto, mal ele a fitasse, se dirigisse logo para a alcova? Que estúpido que fora! E a sua ida a Sintra era como uma reparação delicada desta impaciência grosseira: — mostrava a persistência, a humildade, a simpatia tenaz do cão que segue; mostrava[136] ser dependente dela, como coisa sua, um satélite. Positivamente, devia ir a Sintra.

136. No original: *mostrava-se.*

Mas não tinha dinheiro — e aquela dificuldadezinha mesquinha, vindo atravancar-se diante da fulgurante marcha dos seus desejos — irritou-o. Que diabo — [devia] ir ter com o tio Timóteo. Timóteo dava-lhe uma mesada — e Vítor nunca fazia pedidos excepcionais fora daquelas quantias regulares. Estava por isso um pouco nervoso: desejaria saber se ele estava de bom humor: chegou-se à porta do escritório para ver se o sentia assobiar, o que era indício duma disposição amável: havia um profundo silêncio: mas o desejo deu-lhe a decisão — entrou — e viu o tio Timóteo, adormecido na sua larga poltrona. A um movimento que fez Dick, vendo Vítor, o tio Timóteo abriu um olho, com a cabeça de lado, como um pássaro — e rosnou vagamente.

Que ferro: estava dum humor de cão de fila! Dick[137] percebia-o também! Pôs-se a acariciar Dick, a brincar com ele, a dar-lhe beijos no focinho: — Ah, meu, famoso Dick!...

— Que queres tu?, resmungou o tio Timóteo.

— Eu? Nada, tio Timóteo.

Foi à janela, rufou nos vidros e plantando-se diante dele:

— A dormir a sua soneca, hein?

O tio Timóteo bocejou como um leão enfastiado. E endireitando-se na cadeira:

— Encontrei o dr. Caminha, diz que tu ultimamente não pões o pé [n]o escritório.

Vítor jurou, mentalmente, espancar o dr. Caminha:

— Eu? Que tolice! Tenho ido. Não tenho ido muito, não...

O tio Timóteo, inteiramente despertado, acrescentou logo, com violência:

— E para quê? Para andar [a] palmilhar o Chiado, e o Pote das Almas, como um basbaque. O prazer de vadiar em Lisboa! Que se vadie em Londres, em Calcutá: enfim, compreende-se! Mas em Lisboa! Admirar o quê? A boneca do Godefroy? As figurinhas da Baixa? A parelha do Anão? — Bonito divertimento...

Vítor disse então:

— Não, tenho estado adoentado. E tossiu, tristemente: — até estou com muitas ideias de estar dois ou três dias [em] Sintra. Não me sinto bem — e passou a mão pela cabeça; e cheio de coragem: — até desejava que o tio Timóteo me desse algum dinheiro.

O tio Timóteo pulou na poltrona:

— A Sintra? Para quê?

Sintra era justamente um dos seus ódios: não suportava os elogios clássicos das suas paisagens: pareciam-lhe ser a admiração mesquinha e ignorante de quem nunca vira os maravilhosos bosques, as montanhas da Índia.

---

137. No original: *Victor*.

Vítor lembrou a vantagem de mudar de ar.

— Muda de vida. O ar é bom, a vida é que é má. Deita-te a horas, come com regularidade, não faças versos, vai higienicamente ao escritório e verás — que saudezinha. Sintra! É uma ideia de tendeiro...

— Não, realmente preciso... insistiu Vítor com um tom dolente.

— Aí anda saia, disse Timóteo ameaçador.

E Vítor, conhecendo o *fraco* dele pelas aventuras libertinas; confessou com um sorriso folião — *que havia saia.*

— Quem é? disse simplesmente Timóteo, tomando uma grande pitada, dum pote de rapé.

Vítor hesitou; viera-lhe a ideia de contar *tudo:* tinha tanta necessidade de falar dela: demais, o tio Timóteo concorreria com dinheiro para proteger um caso galante: e não era ele o seu bom amigo, o velho e simpático tio? — Abriu os braços, numa lassitude de confissão:

— Pois bem, digo[-lhe], tio Timóteo. É a do Dâmaso.

— A do Dâmaso? Dá-te trela?

— Entendemo-nos.

— Quanto queres tu? bradou, com um júbilo imenso, o tio Timóteo — e sentando-se no *fauteuil* abrindo rapidamente uma gaveta da escrevaninha: — a do Dâmaso? Homem, nunca as mãos te doam! Conta comigo. Aquele asno do Dâmaso. Palavra de honra que me remoça isso. A besta é que paga, e tu... Óptimo! Anda, meu rapaz. Queres ir a Sintra? Três dias? É necessário levar dinheiro. — E pôs-lhe sobre a mesa um castelinho que quinze libras. Ergueu-se. O olho luzia-lhe: — E é um peixão. É óptimo! Gosto disso, homem. A besta do Dâmaso. E quando vais?

— Depois do jantar.

— Clorinda! gritou Timóteo. Apressa o jantar.

Estava radioso; e esfregando as mãos:

— Hás-de-me contar depois. Conta tudo! Tudo.

E fitava Vítor com amor, com orgulho dele.

158

Capítulo 17

E às seis horas, Vítor, com a sua pequena maleta aos pés, rolava pela estrada de Benfica, no *coupé* do Toirão, um batedor. — Ia muito nervoso. Como a encontraria, o que estaria a fazer? Que lhe diria? — E imaginava já os diálogos: naturalmente estariam no fim do jantar: via-a bem à mesa da Lawrence, com os seus dois candeeiros de azeite, as duas janelas para o terraçozinho: fingir-se-ia muito admirado, exclamaria: — que surpresa! E que história inventaria? diria que vinha, por causa duma demanda, ver umas terras, palavras vagas, obscurecidas pela nomenclatura forense.

Passariam a noite no salão: jogariam talvez, ou, se a noite estivesse serena, iriam, tranquilamente, passear sob a escuridão das árvores: — teria uma ocasião de lhe falar? Poderia resvalar-lhe na mão um bilhete! Referir-se-ia às duas luvas de dedos entrelaçados? Redigiria mesmo, chupando o seu cigarro, um bilhete lacónico, profundo e poético: "Faça à minha alma o que fez à minha luva: enlace-a com a sua!" — pareceu-lhe medíocre. Achou preferível pôr em francês: *"Que les deux gants soient le symbole de nos destinées!"*. Mas decidiu-se, com receio de Dâmaso, e com um respeito pelo *chic*, a escrever em inglês: *"I saw lhe gloves: might ours souls be put together, as closely"*. Tinha a vaga desconfiança que era mau inglês mas achava aquele laconismo impressionador. Na Porcalhota, enquanto os cavalos descansavam, e o Toirão bebia um cálice de aguardente — foi andando a pé. Escurecia já — e no ar frio, duas estrelinhas luziam: havia um silêncio: e só, à distância, se arrastava o ladrar lento dum cão: parou, a estrada ia entre dois muros baixos de pedras soltas, e para além os campos negros estendiam-se, perdiam-se na obscuridade difusa, com algumas árvores, que faziam uma sombra mais carregada, com a sua ramagem despida. — E Vítor, andando devagar, pensava nela: sentia agora um amor enchê-lo, que, condizendo com o lugar, tomava alguma coisa do vago da noite, e da solenidade do silêncio. Pensou como seria doce viver com ela no campo, nalguma aldeia afastada: nas noites de Inverno, estariam ao canto do fogão, olhando-se, falando baixo: o vento, fora, passaria em rajadas frias, os cães da quinta ladrariam; e quem passasse na estrada voltaria olhares, curiosos para a luz da casa deles, e, pensando em família, em amor, em interiores, suspirando, continuaria o seu caminho na noite desolada:

159

porque para certos temperamentos — a inveja que provoca a felicidade é que lhes dá todo o sabor.

As duas lanternas do *coupé* corriam na estrada. Vítor parou — e saltando para dentro:

— Larga, Toirão!

Porque os mais pequeninos incidentes lhe davam uma felicidade, como tendo o picante do romance e da aventura, e, só, no canto da tipóia, sentia um orgulho vago dilatá-lo, ao saber-se levado a galope, por uma estrada solitária, para um capítulo de amor.

Às vezes descia os vidros, olhava: a charneca monótona e escura perdia-se, dos dois lados, na escuridão: um vento frio rolava as suas ondulações lentas, por cima do terreno liso: e as mesmas estrelinhas no ar pareciam tremer de frio. Vinham-lhe ao cérebro frases de romances, pedaços de árias: mas a melopeia do fado exprimia melhor o vago sentimentalismo dolente do seu espírito, e pôs-se a cantá-lo, com os olhos cerrados, e sentindo uma saudade infinita, uma ternura transbordante.

Mas a estrada entrava entre dois altos muros paralelos, donde soluçam ramagens murmurosas. Era o Ramalhão. O ar parecia mais fino, como refrescado da abundância de águas: sentia-se uma vaga serenidade de parques e de arvoredos: alguma coisa de suave e de elegante circulava; havia o silêncio de repousos delicados e de existências ociosas: — era o Ramalhão.

Na Praça, algumas lojas punham as claridades mortiças de noite de província: não havia ruídos; e, bem depressa, o *coupé* parou à porta da Lawrence. O criado, de jaqueta, que correu à portinhola, fê-lo subir pela escadinha do terraço para a sala de jantar: a toalha não fora levantada, havia pratos, garrafas de vinho, e dois talheres apenas — os *deles,* decerto: e pareceu-lhe que havia na sala alguma coisa do perfume dos seus vestidos.

— O sr. Dâmaso está cá, não?

— Estão em baixo, lá [n]o salão — disse o criado. Vítor foi ao seu quarto, penteou-se, lavou as mãos: através da vidraça, sentia, via a noite, mas sentia o vago rumor das árvores, por todo o vale, a beleza adormecida da serra.

E, sem escutar o criado que lhe perguntava se não queria tomar nada, desceu abaixo. A porta do salão estava entreaberta: aproximou-se: ela estava só, sentada ao fogão: a luz das brasas penetrava a sua pele duma cor rosada; estava vestida de preto, preguiçosamente recostada, com os olhos fitos no lume. — Vestidos, roupas, arrastavam sobre as cadeiras: na jardineira, entre duas velas, havia um magnífico ramo de camélias.

Quando Vítor abriu de todo a porta — ela ergueu lentamente os seus belos olhos — e veio com um gritinho.

— Não pude estar mais tempo, murmurou, e aqui venho.

Um suspiro soluçado, de paixão, ergueu-a: os seus braços afastaram-se — e Vítor, enlaçando-a, apertou-a,[138] num longo beijo.

— Oh, queria morrer, murmurou ela, deixando pender a cabeça, tonta de felicidade, sobre o ombro de Vítor.

O soalho do corredor rangeu: e Dâmaso ficou à porta, petrificado. Mas quando Vítor explicou o seu caso, complicado de nomenclaturas forenses, respirou fortemente — e batendo-lhe no ombro:

— Fizeste bem, homem! Vamos amanhã à Peninha. Pediu logo conhaque, propôs uma partida de cartas: — e não parecia afectado pela presença de Vítor — ou porque acreditava no acaso, ou porque não duvidava da paixão de Genoveva. E mexendo-se, falando alto, importante, gordinho, parecia a Vítor odioso. E sentia uma profunda felicidade em enganar aquele imbecil.

Genoveva conservara-se sentada ao lume, — como fascinada pelas brasas: dissera algumas palavras vagas: um ar de lassidão dava ao seu corpo uma atitude triste.

— Tem estado assim, desde que está em Sintra — observou Dâmaso.

— Faz-me triste, isto... Sintra. E indicava, com um gesto vago, o vale, a serra em redor, a melancolia que exala aquela natureza verdenegra, vagamente mística ou cheia das melancolias do artifício.

— Se estivesses aqui no Verão, tu verias. Quando está a sociedade: *pic-nics,* o Vítor[139] cheio, cavalgadas a Cascais, representações — é uma pândega.

— Ainda bem que é Inverno — murmurou Genoveva. Ergueu-se, e, sabendo que a noite estava agradável, quis ir dar uma volta. Foram. Genoveva tomara o braço de Vítor, e iam calados, sob as árvores, até. Seteais: a noite estava escura, mas serena: uma vaga humidade fria penetrava o ar: e os grandes mares de verdura, o vale profundo em baixo, a solitária taciturnidade das quintas, das casas apagadas, dava uma tristeza: uma melancolia caía das árvores: — e, para além tudo se afundava numa vaga treva, parda, picada, aqui, além, duma luz de habitação, pálida e doce. Vítor [e] Genoveva, muito chegados, apertando os braços numa pressão ardente e extática, não falavam, na, mudez enleada que dá

---

138. No original: *apertávam-se.*
139. Trata-se do *Hotel Victor,* hoje desaparecido, mas cujo edifício existe ainda, no actual Largo Ferreira de Castro, em Sintra; faz também parte do cenário sintrense d'*Os Maias.* Nesse hotel costumavam hospedar-se, no Verão, os acompanhantes da corte que não encontravam lugar no Palácio. Era muito frequentado por ingleses que tinham por costume escalar a Serra.

a superabundância de ternura. O vestido longo de Genoveva roçava, num murmúrio, o chão, prendendo às vezes umas folhas secas, um galhinho seco. Dâmaso, ao lado, assobiava baixo a marcha do Fausto. Assim passearam um quarto de hora: até que Dâmaso disse:

— Vamos como tumbas! — E está frio, diabo! Começava a espirrar.

— Vá para casa, não se constipe.

— Não te constipes, lembrou Vítor.

— Vá para casa! insistia Genoveva.

Dâmaso disse, meio a rir, meio despeitado:

— Homem, é a cena do *Barbeiro de Sevilha: Buona sera, buona sera!* Não vou para casa, não quero.

Genoveva riu, Vítor, também, para o lisonjear — e, contente com a sua pilhéria, Dâmaso confessou que detestava Sintra no Inverno.

— Que diabo! Isto é bom quando está gente, quando há boa cavaqueira! No Verão é uma pândega.

Vítor era doutra opinião: gostava do silêncio de Sintra, no Inverno: havia em tudo, nas árvores, no ar, na luz, tons de muita melancolia: fez algumas frases literárias: — o que havia de pior em Sintra era o burguês, o banqueiro, o janota do Vítor*, as caleches cheias de espanholas, as inglesas de lunetas azuis, e as *toilettes* por entre a folhagem: a serra tornava-se um suplemento do Chiado! Nada havia como a solidão: lembrou os monges da Peninha: invejou a tranquilidade dos conventos; citou Lord Byron.

E Dâmaso, impacientado, rompeu:

— Eu cá não sou poeta!

Genoveva suspirou. E Dâmaso, tocando-lhe no braço:

— Também te dá para a poesia?

Genoveva parou, e com um tom resignado e doce:

— Não, meu amigo, realmente não posso acostumar-me a esse horrível *tu*!

Dâmaso, interdito, não respondeu. Vítor receando alguma *cena* apressou[-se] a dizer:

— Não é verdade que estas árvores silenciosas, a escuridão, fazem pensar em legendas, em aparições?..

— Faz[em], disse Genoveva, — e, falando ao seu ombro, colava-se ao de Vítor, como no desfalecimento amoroso.

— Acredita em bruxas? disse rindo Vítor. Não, não acreditava. Mas, em pequena, tinha ouvido coisas bem singulares: tinha uma velha ama, de Trás-os-Montes, que lhas contava: e vieram-lhe as recordações: era uma velha, que sabia toda a sorte de contos, de romances em verso.

* Hotel Vítor

— Ainda me lembra alguns[140]. Espere. E citou:

Passava o Conde-Almirante
Na sua galé do mar
Tantos remos traz por baixo
Que se não podem contar.

É bonito, não é verdade? Depois havia uma princesa que o via, que se [e]namorava, não me lembra: mas o mais lindo era outro que às vezes eu recito a mim mesma, acho [que] tem um *chic* especial:

Quem me quer a mim servir
Quem quer o meu pão ganhar
Me vá levar esta carta
A D. Clara d'Além-Mar.

É uma princesa que está numa torre, uma coisa assim... Às vezes a gente fica com estas recordações de pequena, que mesmo através de viagens, de países, nunca esquecem...

— Não é verdade? Assim, eu lembro-me perfeitamente do que me cantava a minha ama: é uma música muito arrastada, muito triste —; e cantarolou:

Dorme dorme, meu menino
Que a tua mãe foi à fonte...

— É triste, não é verdade?

Genoveva não respondeu. Vítor sentira o seu braço ter um vago movimento enternecido, e como um débil suspiro passar-lhe nos lábios. Continuaram calados: a terra, que a neblina amolecera, emudecia o ruído dos passos.

E Genoveva disse então:

— É uma cantiga que usam muito as amas. Sua mãe morreu há muito, não é verdade?

Vítor respondeu:

— Tinha eu um ano ou dois: nunca lhe vi mesmo o retrato: não deixou retrato, nem sequer um daguerreótipo que se usava no tempo. Mas creio que era muito linda.

— E seu pai?

— O papá morreu na África.

140. No original: *algumas*.

163

Dâmaso, que aquela conversação isolava, ia assobiando desesperadamente o quarteto do Rigoleto. — Estavam então junto da Penha Verde: um ligeiro vento erguera-se e, brandamente, as árvores decrépitas ramalhavam, melancolicamente.

— Quantas coisas se passam na vida — murmurou Genoveva, como pensando alto.

Como a sombra ali era quase tenebrosa, Vítor tomou-lhe a mão, apertou-lha, com uma ternura extática: nunca a amara tanto: a melancolia taciturna e escura da noite, a vaga sombra difusa, o silêncio dos arvoredos, algum vago murmúrio gotejante de água, davam uma disposição sentimental, quase mística: e nunca Genoveva lhe parecera tão adorável: achava na sua voz um tom enternecido que ignorava: e nas suas palavras, todo um espírito delicado, sentimental, acessível às poesias das legendas, e às influências da natureza: parecia-lhe descobrir uma alma poética: e se a desejava tanto pelo esplendor da sua beleza luxuosa, amava-a, agora, pelo refinamento do seu espírito sentimental.

— Isto sempre vale mais que o *boulevard,* disse ela.

Dâmaso, interrompendo o assobio, apressou-se a protestar: — não, isso não! Gostava de Sintra no Verão quando havia gente, boa cavaqueira no Vítor, mas lá o *boulevard,* isso não o trocava por nada: ali pelas nove ou dez horas, com todo aquele mulherio a passear, e tipóias, e janotada, e os cafés cheios...

— Hein? disse ele para Genoveva — quem me dera lá! O *boulevardinho,* hein!

Genoveva respondeu com o mesmo ar doce e resignado (assim se fala aos idiotas mansos):

— Sim, meu amigo, sim. Mas eu não costumo passear no *boulevard.* Dâmaso ia falar.

— E outra coisa, disse ela: sinto perfeitamente que, apenas disser a sua frase, vai continuar a— assobiar o Rigoletto. Pois bem, por quem é, não!... Voltemos, sim?

Vieram calados.

Quando voltaram, as vivas chamas dos carvões, alegres, saltavam, pondo no quarto às escuras reflexos errantes e róseos. Dâmaso acendeu as luzes, e, sentando-se, cansado, bocejou escancaradamente. Genoveva ergueu um pouco o vestido, estendeu ao lume o seu pezinho calçado de verniz, com meia de seda, às listas pretas e azuis.

Vítor folheava um livro que estava sobre a mesa — e ouvindo Dâmaso repetir, com ruído, o seu bocejo, disse:

— São horas.

Genoveva voltou-se, e deu-lhe um olhar profundo, negro, que tinha a carícia dum beijo, e a solenidade dum juramento.

164

— *Good night!*

— *Good night!*

Vítor subiu ao seu quarto, tonto de alegria: e pondo a vela no castiçal, ergueu os braços ao céu e, cerrando os olhos, murmurou: — Oh, meu amor!

Deixou-se cair numa cadeira, ficou ali esquecido, com os olhos fitos no chão: a felicidade entorpecia-o, como faz o acabrunhamento dum sol de Agosto, no campo; não pensava: tinha a alma imóvel, como num banho de leite: e, diante de si, luziam aqueles olhos negros, e destacava, com a nitidez duma moeda de oiro sobre um pano preto, a forma daquele corpo.

Mas a porta abriu-se, — e Dâmaso apareceu, com um castiçal: e logo atrás a figura estremunhada e friorenta do criado.

Como havia dois leitos no quarto, vinha dormir ali, ao pé de Vítor: e para que o criado não percebesse, disse-lhe, num francês silabado, e de vogais escancaradas, que Madame tinha um incómodo: — mas estava contrariado, e fumava um enorme charuto, com um ar espesso e lúgubre.

Estava mais arrependido de ter vindo para Sintra! disse... apenas o criado, sonolento, murmurou os *boas-noites.*

E exalou logo as suas queixas: Madame de Molineux, desde que tinha vindo para Sintra, estava dum humor de cão! Não se lhe arrancava uma palavra: ao menos, em Lisboa, era pândega, ria, cantava, Mas ali! e, depois, nervos, caprichos... Ainda não saiu estes três dias de ao pé do fogão: e ele então era uma coisa com que embirrava era uma mulher metida ao pé do fogão. — Hoje foi a primeira vez que ela saiu: e à noite, foi por tu vires...

E receando decerto ter revelado os seus vagos ciúmes, acrescentou:

— Que lá gostar de. mim, gosta ela. Está doida. E lá mulher para a coisa, é! Ah, lá isso, sim!... — E deu detalhes; contou os juramentos que ela lhe fizera; os nomes doces que lhe dava: — lá isso está pelo beiço, mas é caprichosa! É caprichosa como o Diabo!

E, despindo-se, falava da casa que lhe ia pôr, da vitória que lhe ia comprar, fumando sempre o seu enorme charuto: — e citava a sua beleza, as suas formas, que eram uma coisa de endoidecer. Vítor escutava, com uma indiferença afectada, o coração às palpitações: e com a imprudência de quem mostra os seus tesouros numa estalagem, [Dâmaso] ia revelando todas as atracções de Genoveva. Vítor não sentia ciúmes: e, sem saber porquê, comparava-o vagamente ao Policarpo.

E antes de apagar a luz, voltou as costas — e Vítor viu que ele estava *fazendo o sinal da cruz.*

— Que manigâncias são essas? disse Vítor estirando-se na cama.

Dâmaso acudiu logo, mentindo, envergonhado da sua devoção:

— Hábito! Hábito de criança. Que eu não acredito em tolices: é hábito. E estirou-se, exprimindo algumas opiniões obscenas.

165

Capítulo 18

Ao outro dia amanheceu nublado: um nevoeiro opaco sobre a serra, [sobre] todo o vale: mesmo quando se encontraram, ao almoço, uma chuvazinha miúda caía, toldava o ar, e as poucas árvores que se avistavam tinham o ar encolhido e friorento.

Ao sentarem-se à mesa, Genoveva disse de repente a Dâmaso, com muito carinho:

— *Caro mio,* esqueceu-me um lenço. Vai, sim? e estendeu-lhe um olhar terno: — Faz-me uma falta a Mélánie.

Dâmaso desceu. E, imediatamente, Genoveva estendeu os beiços para Vítor: ele aproximou-se: e ela, tomando-lhe o pescoço, poisou-lhe nos lábios um beijo longo, ávido, que o fez estremecer, como uma faísca eléctrica. E dando-lhe uma carta:

— Parta esta manhã. Vá para Lisboa. Leia isso.

Tornou a atraí-lo a si, e, com um soluçado, beijou-o outra vez, murmurando:

— Oh, meu amor! Oh, meu amor!

As passadas de Dâmaso galgavam a escada — e quando ele entrou, Genoveva, que desdobrava o seu guardanapo, tranquilamente, disse:

— Obrigada, meu cavaleiro!

Dâmaso sentou-se ruidosamente — e gritou:

— Salte o belo bifezinho de vitela.

— Toda a noite sonhei com bruxas, disse Genoveva, foi da nossa conversação de ontem, decerto.

— Também eu, disse Dâmaso: sonhei toda a noite: foi do lombo de porco, ontem: trabalhou-me no estômago... Uma série de trapalhadas... O que eu trouxe! O Peixinho dos touros, o Taborda, depois estava a arder o castelo da Pena.. ó o Diabo.

— Ingrato, disse-lhe Genoveva; e não sonhou comigo?...

— Também me parece que sim...

— Eu, disse Vítor, sonhei com meu pai. Coisa bem esquisita... Que estava à beira dum rio, e, de repente, vejo um barco a descer, a descer: vinham duas figuras de pé, um homem e uma mulher de branco: conheci-a logo a si — disse, voltando-se para Genoveva, e só conheci meu pai num gesto que ele fez, que se desembuçou. Eu atirei-me à água, comecei a nadar — mas meu pai agarrava numa vara, e queria repelir-me do barco! E eu agarrava-me às bordas, queria saltar para dentro, — qual: a vara repelia-me, fazia-me dar reviravoltas na água. — Por fim, o barco começou a afastar-se, a afastar-se...

— E eu? perguntou Genoveva interessada.

— Meu pai tinha-a agarrado pela cintura, parecia desesperado, queria afastá-la da borda do barco — mas eu vi-a estender os braços para mim, e com uma voz muito fina, muito cristalina, dizer:

Quem me quer a mim servir
Quem quer o meu pão ganhar
Me leve esta carta
A D. Clara d'Além-Mar.

Todos riram. Era extravagante. Fora das conversas da noite.

— É um bocadito de indigestão — resumiu Dâmaso, recostando-se.

Vítor, logo depois do almoço, mandou arranjar uma carruagem: Dâmaso, que estava jovial, insistiu para que ele ficasse: Genoveva também disse algumas palavras, vagas, "para lhe fazer companhia, para irem à Pena." Mas Vítor pretextou os seus afazeres: — e a conferência com o advogado seu colega, [em Cascais], disse a Dâmaso; levava a tipóia, e de lá seguia para Lisboa.

Ao entrar no *coupé,* Genoveva e Dâmaso olhavam-no da janela da sala de jantar: mesmo Dâmaso acenou, por troça, com um lenço branco. Apenas a carruagem partiu, Vítor abriu a carta: umas poucas de violetas caíram das dobras: apanhou-as, beijou-as, meteu-as no bolso do colete, e leu, na letra fina de Genoveva:

"Meu querido amor:

Pude impor[141] aquele idiota, sob um pretexto decente — e mensal — e apenas ele voltou costas, sento-me a escrever-te. Dizer-te que te amo, que te adoro, que te desejo, — é tolice. Tu sabe-lo bem: ou antes, não o sabes. Os homens nunca sabem estas coisas, porque o amor deles é todo duma só peça: amam e aí está: *rien de plus* .Mas o nosso amor, de nós outras, pobre género feminino, é composto de tantas coisas, de tantas pequeninas coisas, de tantas pequeninas coisinhas! Dizer-te que te amo — é dizer-te apenas — o sentimento por grosso e atacado: mas se tu soubesses o que nele há: há admiração por ti, pelos teus adorados olhos, pelos teus olhos divinos, que me alumiam, que eu adoro, a que eu queria rezar, se eu soubesse rezar; é desejo do teu amor, dos teus beijos, dos teus braços, de te ter contra mim, como se fosses uma criança pequena: e há muito deste sentimento: provém isto decerto de termos

---

141. O verbo *impor* é aqui utilizado no sentido de *enganar.*

idades tão diferentes... tu com os teus 23 — e eu, pobre de mim, velha, feia, murcha criatura, com os meus 32. Sou por isso uma pessoa experiente, uma *mamã*.

Se tu soubesses o que eu pensei quando tu me disseste que a tua mamã tinha morrido: sabes o quê? Ser eu a tua mamã: não, acredita, meu adorado Vítor, há alguma coisa deste sentimento em mim. Sabes o que eu fazia se fosse rica? Queria levar-te comigo para Paris, fazer de ti o mais elegante, o mais formoso, o mais cativante *jeune homme de ton temps:* queria que jogasses as armas, conduzisses cavalos, eu mesmo te aconselharia, te dirigiria, faria a tua educação, meu adorado, e que orgulho que eu teria em ti. Seria a tua mamã — mas uma mamã que amaria com delírio o seu bebé: que o devoraria de beijos, que passaria com ele as noites mais delirantes de amor, de delírio, de êxtase... Ao escrever-te, tenho a cabeça em fogo. Para que te vi eu? Porque vim eu a Portugal? E depois, há momentos em que me parece que te não amo — que o que tenho por ti é uma admiração de amiga... Mas não, estou a dizer tolices, não creias: tudo o que o amor tem de mais louco, de mais veemente, de mais absurdo, tudo sinto por ti. Que poderia eu fazer por ti? Inventa alguma coisa! uma exigência, um sacrifício, mas inventa-o, juro-te que o executo já, sem discutir: que felizes são os homens! Quando amam uma mulher podem arruinar-se por ela, cobri-la de jóias, orná-la como um ídolo: deve ser um delicioso prazer, não é verdade? Atirar para uma mulher — tudo o que [o] luxo, a arte, [a] fantasia criou — dar-lhe todo o seu dinheiro, a sua saúde, a sua honra. Pois bem, eu amo-te assim: não te posso dar pulseiras, nem *rivières* de diamantes — mas a minha saúde, a minha vida, o meu sangue, a minha alma são teus. E tu, há no teu coração um bocadinho, dinho, dinho, de amor por esta pobre velha que está aqui sentada, à I da noite, com o seu fogo quase apagado, a pensar no seu adorado bebé? — Dize, amas-me? Se tu soubesses o que eu senti quando te vi naquele teatro com aquela sirigaita. Como podes tu aparecer com semelhante criatura em público? Mas é uma mulher indecente: oh, semelhantes mulheres deviam ser açoitadas publicamente! É feia, é estúpida. Mas está tudo acabado, não é verdade? Não a tornaste a ver, não é verdade? E a propósito: lembras-te que me chamaste *ave de arribação?* Mas meu pobre querido, bem percebi que estavas furioso comigo: e que o teu despeito era ainda o teu amor. E então também estava implicativa: *I was so aggravating! darling!* Meu amor, estou aqui a palrar sem falar do essencial: o essencial é isto: eu demoro-me aqui em Sintra — apenas o necessário para concluir certos negócios. Que negócios tenho eu [em] Sintra? Grandes: *grrrandes!* E [o] sr. D. Vítor, meu amante e meu escravo, escusa de saber. Mas estando tu aqui, *não posso tratar [d]os meus negócios:* mas dentro em três ou quatro dias estou em

Lisboa. Mas quero que me escrevas hoje mesmo, em chegando, e que vás dar a carta à Mélanie — dizendo-lhe que ma remeta. A Mélanie dos onze homens sabe tudo. E quando eu chegar a Lisboa, então *hablaremos despacio.* Adeus, adorado. É tarde. O fogão está apagado, e estou cansada. Sabes o que eu queria? Subir pé ante pé ao teu quarto, não te despertar, pôr um beijo de leve, muito de leve, na tua boca adorada, e descer sem te acordar. Só um beijo. Mas teria eu valor para tanto? Poderia eu resistir a dizer-te ao ouvido: sou eu, a tua Genoveva, a tua escrava — mas toma-me, sim, meu senhor. Meu adorado, quanto te adoro! Às vezes até me parece que me fazes melhor. És purificante: sinto com mais nobreza, penso com mais seriedade. Como o amor nos muda! Adeus, meu adorado: queria ficar a escrever-te toda a vida — mas a minha pobre mãozinha, *pauvre petite menotte,* está tão fatigada; se eu tivesse aqui o teu ombro para me encostar: oh, que bonito passeio debaixo das árvores, não foi? Sentiste o calor do meu braço, foi-te ele ao coração? Meu anjo adorado: vou rezar: nunca rezo, nem quase sei como é: mas quero pedir a Deus que te faça feliz, que te faça muito apaixonado por mim, que te dê tudo o que glorifica os homens e encanta as mulheres. Não que eu precise: bem enfeitiçada estou eu. Mas dize, positivamente, aquela sirigaita está posta de lado? Dize-mo. Porque te quero dizer uma coisa: é que esta carta é falsa: não representa o que eu sinto, o que eu penso: não é com este tom ligeiro que te amo, é profundamente: mas não to quero deixar ver muito: quero guardar sempre um recanto do meu coração misterioso para ti: de sorte que o queiras adivinhar, que te interesses: e que todos os dias, pouco a pouco, vás tomando posse duma alma que desde o primeiro dia te pertencia. Amo-te Vítor, juro-te. Nunca amei, nunca senti — podia dizer — nunca sofri senão por ti. A minha vida começa agora: para trás não há nada: sensações, uma vida de animal, ou de árvore: agora vivo, — pois te amo. Adeus: um beijo, mas profundo, até à alma: dou-to de joelhos diante de ti, adorando-te, e dizendo-te ainda, meu bebé, meu bebé. Adeus, ponho aqui neste ponto... os meus lábios: — Adeus. Tu esqueceste aqui o teu paletó, vou pô-lo debaixo do travesseiro, ou dormir com a face sobre ele. — Adeus.

Tua

G"

Capítulo 19

Quando Vítor chegou a Lisboa, o tio Timóteo perguntou-lhe logo:
— Já? Então falhou?

Vítor sorriu — e tinha um aspecto tão radioso, tão próspero, tão enternecido, que o tio Timóteo disse:
— Bem, bem: estás com esse papinho cheio!

E como Vítor negava:
— Bem, bem; — resumiu o tio Timóteo, a discrição é uma virtude. Não está no Catecismo, mas é uma virtude.

Vítor respondeu nessa mesma tarde a Madame de Molineux, — uma longa carta, preparada — onde através da prosa literária, aqui e além, apareciam, como vegetações naturais num jardim artificial, algumas explosões sinceras de paixão instintiva. Pôs no fim da carta uma infinidade de beijos: meteu-lhe nas dobras violetas secas: juntou um pequeno poema: *Um Sonho:* e era tal a sua vontade de exprimir a sua paixão pelas formas conhecidas que, se soubesse música, teria decerto juntado uma *Melodia* ou uma *Meditação.*

Depois começou a esperar a sua resposta: não tardou em vir, ardente, louca, cheia de gracejos piegas, e de interjeições apaixonadas: escreveu de novo, remeteu mais versos — e passava a sua vida no desejo das cartas dela, e na esperança da sua volta.

Tinha inteiramente abandonado o escritório como incompatível com as suas disposições sentimentais. Ia ver às vezes Aninhas, todavia: — porque as exaltações ideais da sua correspondência criavam as necessidades físicas do amor: achava-se um *infame,* mas tinha uma certa vaidade naquela *infâmia:* desculpava-se, dizendo a si mesmo, que não podia romper com a "pobre rapariga, depois dos sacrifícios que ela fizera". Mas sentia-se cada vez mais desprendido dela: Aninhas tinha maneiras vulgares: embirrava com as velhas que encontrava lá: detestava aquele constante movimento de coisas empenhadas, compradas, revendidas: não suportava o seu *prosaísmo:* não se sentia *compreendido* por ela: — porque desejava uma alma que se elevasse às compreensões mais refinadas do Idealismo, que compreendesse os poetas, amasse os silêncios da noite, se interessasse pelos personagens do romance, chorasse com as comoções da música, e conhecesse as elegâncias da vida. Achava todas estas excelências em Genoveva: e desde aquela conversa triste e poética, nas sombras escuras da Penha Verde, atribuía-lhe delicadezas excepcionais de coração, e comparava-a a certas mulheres de romance, à Madame de Champvallon de *M. de Camors*[142], à doce heroína do *Lírio do Vale*, a outras mulheres de Balzac, achando-lhe certas nervosidades vibrantes e incoerentes da *Dama das Camélias*.

Passava então uma vida que ele achava *distinta*, e em harmonia com a sua sensibilidade: ia a S. Carlos escutar em atitudes melancólicas as óperas mais amorosas: não frequentava Serrão, porque as suas teorias estéticas pareciam-lhe uma secura muito científica: ia todas as tardes a casa dum amigo, o Serafim Galvão, que era músico, e, estendido numa poltrona, com o cigarro na boca, pedia-lhe *melodias febris de* Chopin, *canções de* Schubert, onde achava elances místicos: de um Mendelssohn, que lhe punha nos nervos a vaga doçura dum sonho delicado: Mozart, que o afogava em ternuras vagas, Gounod, que lhe [...][143] os requintes elegantes da paixão moderna. — De resto, passeava pelas ruas com um certo desprezo pelos[144] seus amigos, pelos seus conhecidos, que supunha embaraçados nos cuidados da vida trivial, enquanto ele vivia no esplêndido mundo da paixão partilhada.

Genoveva todavia não voltava: nas suas cartas dizia, apenas, referindo-se a Sintra: aqui continuo a tratar os meus negócios: Sintra é o meu escritório; *j'y fais des affaires.*

E aquilo prolongava-se já havia três semanas. Mélanie tinha feito a mudança para a Rua das Flores, e partira para Sintra, com Miss Sarah também. Às vezes, Vítor tinha horas de impaciência, de ciúme, vendo que Madame de Molineux estava longe, com Dâmaso, que no fundo *era o seu amante*. Mas acostumara-se, com Aninhas, a esta posição subalterna — de *amante do coração:* tinha mesmo nela uma certa vaidade mórbida: o outro era o caixa, o pagador, a bolsa — ele era o bem-amado. Desprezava tão profundamente Dâmaso — que não tinha ciúmes dele: Genoveva não o podia amar; suportava-o, como ele. Se não tivesse dinheiro, teria de suportar uma profissão antipática e burguesa. Dava-lhe o seu corpo — mas que era isso? A sua alma, os seus desejos, a sua devoção eram para ele, Vítor. Além disso fazia a distinção singular, mas exacta, tão vulgar nos que vivem com as mulheres libertinas — a distinção entre a voluptuosidade fingida e a voluptuosidade sentida. Genoveva com Dâmaso decerto *fingia,* com ele *sentiria.* Assim era a Aninhas com o Policarpo. Achava pontos de contacto entre si e o trivial e baixo personagem de Armando, na *Dama das Camélias:* mas não se julgava ignóbil — considerava-se poético! Por essa ocasião, uma noite,

---

142. Trata-se do romance de Octave Feuillet (1821-1890), Monsteur de Camors, (1867). O personagem em causa é a esposa do general de Champvallon, Charlotte.
143. Falta uma palavra.
144. No original: *desprezo dos seus amigos.*

171

Vítor, subindo a Rua do Alecrim, encontrou, e reconheceu, à luz dum candeeiro, o Palma Gordo. O Palma que brandia uma bengala enorme, com o chapéu deitado para trás, descobrindo toda a face mais larga e mais balofa — perguntou, com um bamboleamento sarcástico de cinta:
— Então o Dâmaso ainda está para Sintra com a... — e disse uma palavra obscena.

Vítor fez-se pálido; replicou com os lábios trémulos:
— Eu sou relação dessa senhora, e não admito dessas palavras.

O Palma teve um risinho fadista:
— Ora vá [dar] lições a quem lhas pedir...

Vítor assentou-lhe na face bochechuda uma bofetada sonora.

O Palma, furioso, ergueu a bengala: Vítor, a quem a cólera dava uma força nervosa e convulsiva, arrancou-lha, ameaçou-o, com os dentes cerrados, balbuciando:
— Seu canalha! Seu canalha!
— Largue a bengala! Largue a bengala — roncava o Palma. — Largue a bengala ou chamo um polícia.

Um sujeito que passava, no outro lado, correu, separou[-os], e com tranquilidade:
— Então que tolice essa?... Num lugar público? Uma pendência de honra!
— Que largue a bengala, que largue a bengala! rugia o Palma.

Vítor atirou-lha, com tédio, dizendo:
— Aí tem, seu covarde!

E muito nervoso, afastou-se com o outro sujeito, que era o deputado Carvalhosa — e foi-lhe contando a questão.

O Carvalhosa exprimiu a sua opinião. Tinha feito bem em se desafrontar com as mãos: o duelo era uma tradição dos tempos bárbaros: um bom soco, numa bochecha gorda — era uma consolação e uma desforra decente.

A brutalidade da injúria, a brutalidade do pulso, resumiu, com eloquência. — Para onde vai o amigo?
— Sem destino.
— Eu vou ver o Meirinho, que está doente, coitado.
— Doente? com quê? — E lembrando-lhe logo a história interrompida no jantar, no Hotel Central, exprimiu o desejo urgente de ir ver o pobre Meirinho, coitado.

Encontraram-no no seu quarto do *Hotel Universal,* na cama, com um barrete de dormir, a mesa de cabeceira coberta de garrafas de remédios, as janelas calafetadas, abafado na roupa. O quarto cheirava a cânfora:
— e havia nele uma ordem meticulosa, desde as botas muito engraxadas, alinhadas como um batalhão, até à roupa dobrada sobre uma cadei-

ra, sem uma prega. Nenhum papel arrastava, nenhuma ponta de charuto caíra. Sentia-se o cuidado estreito duma prudência sagaz.

Apertou silenciosamente a mão aos dois — com um sorriso triste, indicou, numa apresentação tácita e cortês, um sujeito com um magnífico paletó debruado de peles, e calça cor flor de alecrim: mas tinham-no reconhecido logo: era o Sarrotini: o ilustre cantor ergueu-se, deu *shake-hands* solenes e melancólicos — e estendendo o braço, como para soltar uma nota alta, murmurou, mostrando Meirinho:

— *Il poveretto!*

E tornou a sentar-se, fitando-o com piedade.

— Mas então que é isso? exclamou o Carvalhosa, sentando-se pesadamente no leito.

Meirinho indicou a garganta: fazendo com os olhos, com os lábios, a designação: *grave.*

— Doençazita de garganta? Beladona, beladona...

— *La dona é mobile* — murmurou o Sarrotini, com uma recordação do Rigoletto: e teve uma risada. calada, de autor, com a boca muito aberta: e, para explicar aquela pilhéria, disse baixo a Vítor, num português medonho:

— *Per o distraire! Il povero!*

E cruzando os braços sobre o peito alteado, retomou uma atitude solene.

Então Carvalhosa, erguendo-se, enterrou as mãos nos bolsos, declarou que, como orador, interessavam-no muito as doenças de garganta: e, voltando-se, para Sarrotini, com uma curiosidade condescendente:

— O que bebem ordinariamente os senhores para clarear a voz?

Sarrotini explicou, na sua linguação[145] eriçada de francês e diluída de espanhol, "que ele tomava um caldo de, galinha com um ovo batido. A Patti, por exemplo, essa era um cálice de Xerez num copo de soda..."

— Eu, é simplesmente água com açúcar, como José Estêvão. Nós outros, os oradores, usamos sobretudo os emolientes: assim Thiers tomava orchata: Garrett bebia sangria muito doce. Precisam ter o cérebro límpido, para a dedução. E para Sarrotini, alteando o corpo: — porque os senhores soltam notas, e nós ideias. A água com açúcar é excessivamente favorável.

De resto, acrescentou, achava excessivamente ridículo as antigas exigências clássicas dos compêndios de retórica: que o orador devia ter a figura imponente e robusta, o peito saliente, a voz retumbante... Tolices... Garrett era uma figurinha de janota. Thiers é anão; e tem uma voz delgada e áspera. A questão são as imagens, a poesia, a inspiração.

---

145. Sic.

— A questão é [a] arte, é o génio! — e, com um gesto rápido do dedo, feria a testa.

— *Il genio!* aprovou o Sarrotini. — E, erguendo-se, foi debruçar-se sobre Meirinho, e chamando-lhe nomes ternos, *carinho, figlio mio, amato* Meirinho, aconselhou-lhe sossego, paciência e silêncio. *No parlare, no parlare!*

E debruçando-se mais, beijou-o na testa.

Foi tomar o seu chapéu, de largas abas retorcidas, e, depois de apertar as mãos de Vítor, com uma pressão quase amorosa e expansiva, curvou-se diante do Carvalhosa:

— *Salute a voi, egregio oratore!*

— *Salute cantore!* — disse Carvalhosa satisfeito.

E apenas o Sarrotini [saiu]:

— Parece-me um pobre diabo! disse com complacência.

Meirinho arregalou os olhos, exprimindo uma admiração muda.

Mas Carvalhosa tinha de ir a uma reunião da Maioria — e, batendo no ombro de Meirinho, despediu-se, com estas palavras:

— Triunfo da fraqueza da natureza, pela energia da vontade. — E beladona! beladona!

E saiu, dizendo a Vítor:

— Adeus, heróico Silva.

Mas, quase imediatamente, um sujeito de *robe-de-chambre* entrou, com o castiçal na mão. Era um vizinho de quarto: o brasileiro Prudêncio. Deslizava subtilmente sobre o tapete, com os seus chinelos bordados: e, ao andar, mexia os quadris: tinha um colar de barba grisalha e numa face larga e trigueira, dois olhos vivos e perfurantes. Quis logo saber se tinha vindo o doutor, se tinha tomado o *rémédio.* E aos gestos lentos, com que Meirinho respondia, o Prudêncio acrescentava:

— Tal qual. Tal qual. E a esta palavra levantava sempre as mãos do rosto, e franzia os olhinhos.

Com um movimento desfalecido da mão, que tirou cautelosamente debaixo da roupa — apresentou Vítor.

E o Prudêncio, imediatamente, disse com uma vozinha singular:

— A doença é uma grande tristeza.

— Decerto, disse Vítor.

— Tal qual, concordou Prudêncio.

E explicou que padecia do fígado.

Vítor aconselhou-lhe Vidago.

— Tal qual, disse Prudêncio. Mas já lá tinha ido: e inutilmente! Bem inutilmente!

E ficou calado, com o olhar fixo no tapete, coçando devagar a barba dura.

— O senhor faz o comércio? perguntou bruscamente a Vítor.

— Não senhor.

— Empregado do Estado?

— Não senhor. Advogado.

— Tal qual. E retomou a contemplação do tapete; mas o rosto fez-se-lhe risonho e pousando em Vítor os seus olhinhos penetrantes: — Defensor do órfão e da viúva.

Vítor concordou, baixando cortesmente a cabeça.

— Tal e qual! — e lamentou que Meirinho não tivesse jantado à mesa: um jantar delicioso! Delicioso! E uma conversa muito filosófica, muito filosófica! — Tornou a dirigir-se a Vítor:

— Eu gosto duma conversa filosófica.

— É interessante.

— Tal qual.

Pareceu procurar uma palavra ou ideia pelo tapete — e, não a achando, decerto, foi retomar o castiçal, dizendo a Meirinho:

— Faço votos pelo restabelecimento, vizinho.

Apertou a mão de Vítor:

— Sr. doutor! quando queira, o Prudêncio. Terei muito gosto em que venha jantar. É o quarto n.º 20. Tal qual, senhor doutor. E saiu, deslizando subtilmente, nas solas ligeiras dos chinelos.

Apenas ficara só com Meirinho, Vítor, sentando-se na cama, perguntou-lhe:

— Ó Meirinho, mas você não me acabou de contar a história, o outro dia. Estava quando o brasileiro perguntou a Madame de Molineux se era da Guarda.

Mas o Meirinho mostrou a garganta, levou o dedo aos lábios, e teve um gesto vivamente negativo e exprimiu, numa pantomima convicta, que nada o obrigaria a soltar um som! E ficou imóvel, com os olhos muito abertos, corado, mudo, atabafado, aterrado, lúgubre!

— Bem, adeus Meirinho. Estimo as melhoras.

No corredor encontrou Sarrotini que entrava e que lhe passou logo a mão pela cinta, jovial, faceto, tendo perdido o aspecto lúgubre do quarto de Meirinho:

— *E la signora, la signora* Genoveva?

—Bem obrigado.

— *L'altra notte, il baile!...* Precioso! Caramba! *Avemi fatto una buona serata... Noche divertida:..Beaucoup!* fazia cócegas a Vítor.

—Passou-se bem, passou bem! *Addio!*

— *Al rivedere, carino!*

E correndo atrás dele, com um ar confidente:

— E creia a *mi amistade. — No é olvidado lo que lei me a detto;* que era republicano. *Anche io sono republicano. Tutto per la libertà!*

175

— Tudo!

E Sarrotini, no alto da escada, ergueu a mão, disse ainda sonoramente:

— *Tutto per la libertà!*

Vítor, nessa noite, escrevendo a Madame de Molineux, contou-lhe que se vira obrigado a dar bengaladas "num amigo de Dâmaso que falara dela, pouco respeitosamente". E daí a dois dias, Genoveva respondendo: — "Que importa o que outros dizem de mim, se tu me disseres que me amas? Decerto é bem próprio dos amigos de D. serem, como ele, perfeitos imbecis. Meu amor, agora a grande novidade — possa ela fazer-te feliz: chego aí amanhã à noite: vem ver-me quarta-feira pela manhã — *A toi ma vie, mes rêves, mes pensées, mes désirs, mes ardeurs, et le petit coeur da*

tua, *for ever,*

G"

Capítulo 20

Vítor, na quarta-feira, acordou, na maior exaltação. Era um dia definitivo na sua vida: — porque não duvidava, decerto — que, naquela mesma manhã, a sua felicidade seria perfeita. Ela amava-o: estavam enfim em Lisboa, livres; (a besta do Dâmaso não contava): e, decerto, desde o primeiro beijo, ela abandonar-se-ia: e o seu coração batia com pancadas fortes, sob o delírio daquela esperança. Vestiu-se, quase com devoção: foi-se florir, e, fumando um charuto caro, dirigiu-se à Rua das Flores: por um refinamento de voluptuosidade não se apressava: e ia gozando tudo devagar, o ar, o sol, as fachadas alegres: — porque[146] o seu amor, transbordando, lançava sobre todas as coisas, como um reflexo amável.

Genoveva morava no terceiro andar: a casa fora restaurada, pintada, e Madame de Molineux tinha dado àquele andar burguês alguns toques de elegância: havia dois arbustos no patamar e uma campainha eléctrica. Quando ele entrou, Genoveva estava no quarto — e Vítor esperava na sala, muito nervoso. Não estaria mais agitado se ela tivesse chegado da Índia. A sala tinha uma mobília dum estofo original, dum gosto oriental vivamente colorido: havia dois quadros de flores, que ele vira em casa de Dâmaso: — e [o] polido das madeiras, [a] frescura do tapete tinham um ar novo, pouco habitado. Dois vasos imitando a velha majólica italiana guarneciam uma consola de mármore, sob um espelho oval, com um caixilho trabalhado à maneira do século XVIII: era uma instalação apressada, superficial e barata — onde se sentia a economia burguesa e um provisório de aventureiro.

— Faz favor de entrar, veio dizer-lhe Mélanie.

E entrava num pequeno *boudoir* — quando Genoveva, atirando o reposteiro do seu quarto, correu para ele, com um *robe de chambre* solto, e, deitando-lhe os braços ao pescoço — ficaram unidos, num beijo ávido. E abraçada nele foi-o levando para o seu quarto, fê-lo sentar numa poltrona, ajoelhou-se aos pés, e mergulhando os seus olhos nos dele, como se quisesse penetrá-lo até à profundidade da alma — fez-lhe toda a sorte de perguntas — se a amava, se tinha pensado nela, o que tinha feito, se tinha visto outras mulheres, onde tinha estado à noite —

---

146. No original: *porque a tudo o seu amor*

cobrindo as suas palavras doutros beijos, prendendo-lhe as mãos, numa pressão convulsiva e fremente, e percorrendo-lhe o rosto com o olhar, duma insistência apaixonada e luminosa; para tomar posse do seu cabelo, da sua cor de pele, dos[147] seus lábios.

Para que tinha ela estado tanto tempo em Sintra? Para que se demorara tanto? — E a voz de Vítor era cheia de repreensões amorosas.

Genoveva ergueu-se logo — e indo ao toucador mexer nos pentes, nos frascos:

— Meu querido, negócios. Eu disse-te nas minhas cartas, não as lias? Não foi possível vir mais[148] cedo: e vim para te ver, porque já não podia estar mais tempo... Quem sabe se a minha pressa não me prejudicou.

Vítor veio enlaçar-lhe a cintura, e com a voz desfalecida:

— Mas agora estás aqui, e amas-me não é verdade? Dize que sim. Que linda que estás Eu adoro-te tanto...

Os olhos de Genoveva cerravam-se; empalidecia.

Ele deu-lhe um beijo devagarinho na orelha: — um soluço de êxtase[149], de ternura e voluptuosidade devorava o peito de Genoveva:

Disse quase com uma lamentação na voz:

— Fazes-me adormecer.

E, julgando-a inteiramente abandonada, arrastou-a para os pés do leito, com um movimento muito claro: — mas ficou atónito, sentindo Genoveva desprender-se bruscamente dos seus braços, recuar, dizer, quase com cólera:

— Vítor! E falando-lhe baixo, com força: Não! Não! Não!

— Porquê? disse ele ansiosamente.

— Enquanto entrar aqui outro homem — não! E tomou-lhe as mãos, murmurou-lhe com uma ternura suplicante: — quero ser só tua!

— Desembaraça-te desse idiota! exclamou Vítor, na impaciência do desejo revoltado.

Genoveva franziu a testa, e oscilando a cabeça:

— Não pode ser por ora...

— Mas porquê, porquê?

— Porque sim.

Houve um silêncio: Vítor sentia uma desconsolação dolorosa arrefecer-lhe o sangue. Ela tomou-lhe as mãos, fê-lo sentar, e ajoelhando outra vez aos pés dele:

— Escuta. Não pode ser. Tu não sabes, não te quero dizer. Não me faças perguntas: não pode ser. É para teu bem. Tenho um plano... Sofreremos, quinze dias, vinte dias — mas depois... — e os seus olhos brilhavam. Prometes obedecer-me?

---

147. No original: *duns ses lábios.*
148. No original: *vir mais de cedo.*
149. Leitura provável.

— Mas...

— Não, dize. Prometes?

E amava-a tanto, que condescendeu, humilhado, infeliz.

— Pois bem, disse ela: tu vens ver-me todos os dias à hora a que eu te disser; quando eu não puder, encontrar-nos-emos, algures... Mas deixa-me a minha liberdade, não faças perguntas, obedece em tudo. Dize, juras?

— Mas...

Ela ergueu-se, impaciente..

— Ah, bem, não queres, aí está o teu amor, as tuas promessas,...

— Juro, juro! — acudiu ele logo, abandonando-lhe toda a sua vontade, a direcção da sua vida, o emprego do seu tempo, fazendo cessão de si mesmo, escravizando-se.

— Bem; e quando eu disser que sou tua — é para sempre. — Puxou a face dele à dela, murmurou com a gravidade dum juramento sagrado: Nunca mais, com ninguém!

Capítulo 21

Vítor tornou-se então o parente da Rua das Flores. Ia ordinariamente ver Genoveva ao meio-dia. Ao princípio, às vezes, encontrava-a ainda deitada; mas tão fresca, com o cabelo tão bem arranjado, que parecia ter feito já a *toilette* e passado a noite, num sono casto e solitário: no entanto, o desarranjo do quarto, o amassado da roupa, os braços nus de Genoveva perturbavam-no tanto, que não sentia força para falar, olhava-a, beijava-lhe as mãos, e estava como entorpecido por um desejo quase doloroso. Enfim, um dia Genoveva disse-lhe:

— Meu querido, não, não te torno a receber aqui no quarto...

E aparecia-lhe sempre vestida, espartilhada, como se fosse sair: parecia recear todas as facilidades, mesmo a largura muito solta do seu roupão da manhã.

Ordinariamente Vítor falava do seu amor: mas Genoveva parecia querer dar à conversação, sempre, um tom mais genérico, mais indiferente: fazia música, cantava-lhe algumas melodias que ele gostava, às vezes, mesmo, fazia chamar Miss Sarah.

A inglesa entrava logo: a conversa, naturalmente, embaraçada pela presença dela, arrastava-se dificilmente. Vítor falava mal o inglês: a preocupação que lhe dava a presença de Genoveva embrulhava-o mais, faltavam-lhe os termos e às vezes só podia responder a Miss Sarah com oh!, ah!, ou sorrisos meio idiotas. A inglesa, no entanto, procurava sempre dirigir-se a ele, vestia-se com muito cuidado, carregava-se de pós-de-arroz, tomava na presença dele atitudes sentimentais, tinha olhares que o embaraçavam — e chegara mesmo a zangar-se, um dia que Genoveva lhe dissera:

— A pobre Miss Sarah está terrivelmente apaixonada por ti.

E Genoveva parecia gozar aquela paixão desprezada, ou pelo acréscimo de humilhação que ela dava à inglesa, ou por ser mais um efeito da perfeição de Vítor.

Outras vezes encontrava Genoveva bordando; e não abandonava o seu trabalho: com a cabeça baixa, falava levantando apenas a espaços o rosto para ele, — e encontrando sempre o seu olhar fito nela, com uma adoração devoradora:

— Não te ponhas assim a olhar para mim. Sabes que não pode ser.

— Oh, mas é um suplício...

180

Era um suplício! Aquela recriminação de Vítor voltava todos os dias. Genoveva, nervosa, um dia disse com uma cólera na voz:

— E eu, pensas que estou num leito de rosas? Mas dei a mim mesma a minha palavra de honra. Não! Quando estiver livre, sou tua escrava, a tua coisa, podes matar-me se quiseres, por ora não!

No entanto tinham manhãs tranquilas, muito doces: não faziam alusões à sua paixão; e Genoveva encantava-o, falando-lhe de Paris e de Londres: era inteligente, contava bem: sabia pintar com pitoresco uma fisionomia, um tipo: das suas frequências com os homens de espírito, com os artistas, tomava alguma da sua linguagem colorida e forte: sabia anedotas sobre os homens ilustres, repetia-lhe os ditos que lhes ouvira, as apreciações originais. Vítor não se fartava de a ouvir: era como uma crónica íntima, uma memória contemporânea, onde ele encontrava os pormenores mais humanos, mais detalhados, sobre as personagens da Arte ou da História que até aí só conhecera na atitude solene e convencional da glória. Com que prazer escutava as anedotas sobre a vida sentimental do Príncipe de Gales: havia naquelas historietas do príncipe voluptuoso, como uma porta entreaberta, sobre alcovas de duquesas, e adultérios de corte: mas era sobretudo Paris, os seus políticos, os seus artistas, os seus poetas, as suas cortesãs — que o interessavam. Como saboreava os mais pequenos pormenores sobre Dumas Filho, sobre Gustavo Doré, sobre os bailes de máscaras d'Arsene Houssaye! Era como [um] mundo novo em que penetrava. As anedotas sobre Napoleão III encantavam-no: o Imperador, encerrando-se horas e horas, com um empregado da polícia secreta por gosto da intriga, e amor mórbido da mexeriquice! O Imperador, fechando-se alta noite no seu gabinete, e enquanto se pensava que ele meditava sobre os destinos da França, o augusto personagem recortava com habilidade figurinhas coloridas que colava com um pincel, sobre um papel, formando grupos de fantasias: ou as noites em que se encerrava, com três, quatro mulheres, e se deixava ir a excessos que o deixavam embrutecido, idiota e taciturno, semanas e semanas, ora desejando a excitação duma guerra, ora a paz dum convento. O mundo de cortesãs, do *Jockey Club,* dos estroinas históricos, não o encantava menos; Genoveva pintava as excêntricas personalidades da Casa Real, as suas ceias que custavam milhares de francos, a petulância dos seus ditos, o delírio das suas apostas; depois as extravagâncias de damas ilustres — uma, com um nome histórico — cuja criada de quarto tinha a lista e os retratos dos homens mais lindos de Paris, que, sucessivamente, introduzia na alcova da sua ama; outra que, num momento de alucinação, deixara um palácio, e corria a um pequeno *rez-de-chaussée* da Rua des Champs Elysées propor ao seu amante fugirem e abandonar por ele um trono! Ia assim iniciando Vítor num mundo de elegâncias refinadas, de amores dramáticos, de mistérios deliciosos: — e todas aquelas recordações que lhe adornavam o espírito seduziam mais Vítor do que as jóias e as *toilettes* que lhe via.

Ao mesmo tempo educava-o: dava-lhe conselhos de *toilette:* aconselhava-lhe cores de gravatas, e de meias de seda; iniciava-o no estilo sóbrio do dandismo inglês.Queria que de aprendesse a jogar as armas: ensinara-lhe o *whist,* a *bouillotte,* indicava-lhe livros que ele devia ler: — ornando-o de qualidades que ela julgava eminentes, com a sagacidade duma amante, e a solicitude duma mãe. Quando ele tinha passado assim a manhã, tranquilo, escutando-a, recompensava aquela submissão amorosa com um beijo, uma palavra ardente, um olhar mortal e doce.

Vítor vinha às vezes jantar: mas como encontrava sempre Dâmaso, — era para ele uma hora desagradável. Dâmaso era insuportável, com a sua importância ruidosa, as suas expansões amorosas com Genoveva, o seu ar protector e insolentemente feliz: tinha um modo de se repoltrear na cadeira, com o charuto na boca, que davam a Vítor tentações homicidas: e afectava um tom fidalgo, estroina, de alta elegância. O Dâmaso achava a cozinheira de Genoveva atroz: lia o *menu* do jantar silabando medonhamente o francês, e encolhia os ombros:

— Não estamos no Café Inglês, suspirava. E todavia Vítor lembrava-se de o ter visto saborear com gula, e gabar com exaltação — os bifes de vitela do Hotel Pelicano! Mas Dâmaso transformava-se: ganhava *chic!* trazia *plastrons* azuis, tendo por alfinete uma bota de montar de prata, com uma enorme espora de oiro: tornava-se *sportsman;* dizia,às vezes, com um ar profundo e concentrado:

— Quem ganhará o *derby* em Londres este ano?

E afectava preocupações sobre as grandes corridas de Paris.

Depois do jantar, invariavelmente, exigia a Genoveva cantigas de *café concerto:* extasiava-se: era a sua opinião que a *França era o primeiro país do mundo para a brejeirice:* já sabia cantar:

> *Chaque femme a sa toquade*
> *Sa marotte et son dada!*

Atroava a sala, berrando aquela inépcia: e aparecia sempre à noite, de casaca e gravata branca; achava o país reles, e falava em se ir estabelecer definitivamente em Paris — "naquela grande pândega".

Vítor saía sempre com os nervos tão irritados — que pediu a Genoveva para não vir jantar. Começava agora a ter ciúmes de Dâmaso: as semanas passavam, e continuava a vê-lo instalado, possuindo Genoveva, fazendo arranjos na casa como uma ligação permanente, e retardando a sua felicidade.

Genoveva, quando ele se queixava, sorria, calmava-o:

— Meu amor, está por pouco.

Mas Vítor tornava-se sombrio: diante dela resignava-se — como se os seus desejos encontrassem na contemplação de Genoveva uma satisfação calmante: a certeza do seu amor deleitava-o, como uma posse da alma: sentia-se tão feliz vendo-a falar, bordar, sorrir-lhe, que quase esquecia as esperanças impacientes duma felicidade mais absoluta.

Mas, longe dela, tinha desejos furiosos que o queimavam: tornava-se sombrio, nervoso, irritável; toda a acção lhe causava uma fadiga esmagadora: abandonara o escritório, os seus amigos, não ia ao teatro: ficava noites no quarto, relendo as cartas dela, reconstruindo pela recordação as mesmas palavras que ela lhe dissera de manhã; à mesa, fazia esforços para falar, disfarçar, diante do tio Timóteo, a sua melancolia; mas dizia as palavras com a lassitude de quem levanta pesos: e o que o afligia — era que o tio Timóteo não aludia ao seu amor, e mesmo tinha também silêncios largos, em que as suas sobrancelhas se franziam terrivelmente.

O tio Timóteo, com efeito, sabia que Vítor ia ver todos os dias Madame de Molineux, que abandonara o escritório, toda a ocupação, todos os hábitos antigos: — era decerto o seu desejo, como velho libertino, e antigo espadachim, que Vítor tivesse uma "pequena": mas absorver-se assim numa paixão, viver agarrado às saias duma mulher, perder a alegria e o apetite, fazer-se um vadio — não, era de mais!

Depois informara-se de Madame de Molineux: chegara-lhe aos ouvidos que era uma aventureira, feita de frieza e de rapacidade, que estava arruinando o Dâmaso: e o tio Timóteo julgava indecente que Vítor perdesse a sua carreira, o seu futuro, os seus bons sentimentos, talvez a sua dignidade, na intimidade ignóbil duma "barregã descarada".

Além disso, tinha a desconfiança, natural nos parentes velhos, dos amores ilegítimos: Genoveva era para ele — a sereia, a mulher fatal que arruína, e impele às letras de câmbio e aos casamentos vis — e que é o ente pavoroso das mães assustadas ou das avós devotas. Que diabo, pensava-lá que se divirta, vá! É de lei, é de decência! Mas que deixe a sua carreira, a sua saúde, a sua liberdade, e a sua honra, nos saiotes duma desaforada — caramba, racho-lhes os ossos a um ou a outro!

Mas com a amizade apaixonada que tinha pelo seu Vítor — não se atrevia a falar-lhe com severidade: Vítor era para ele toda a sua família, a única pessoa que tinha no mundo: nunca o contrariara, nunca o reprendera: — e agora que chegara a ocasião de lhe impor uma grande contrariedade, de pôr obstáculos à sua paixão — aquele homem, de palavras bruscas e de paulada pronta, sentia a timidez coibitiva duma mãe fraca.

183

Mas, como ele dizia, perdia o sono, afligia-se se Vítor estava mais concentrado, ou com menos apetite: sentia-o passear horas e horas no quarto: fazia toda a sorte de conjecturas para imaginar a razão daquelas melancolias: pensava que Genoveva, sabendo que ele tinha uma fortunita que Vítor herdaria, "o trazia à corda" para o arrastar ao casamento: mas raciocinava, se ela quisesse marido rico, tinha a besta do Dâmaso. Teria ela tido um capricho por ele, e, farta, tê-lo-ia despedido, deixando-o apaixonado e desgraçado? Talvez uma viagem o distraísse: um dia mesmo, tinha-lhe dito bruscamente:

— Queres tu ir a Paris? Um homem deve ver mundo!

Mas Vítor recusou-se tão decididamente, declarou-se tão bem em Lisboa — que o tio Timóteo atribuiu a sua tristeza ao embrutecimento da paixão feliz; e consolou-se com esta reflexão:

— Tem o coração do asno do pai, e o temperamento da bêbeda da mãe. É um desgraçado!

E, furioso, não tornou a fazer perguntas intencionais a Vítor: somente, às vezes, olhava-o de lado, com um olhar faiscante e desesperado — quando o não olhava às escondidas, com uma vista humedecida.

E a melancolia de Vítor crescia: às vezes tinha vontade de não ir vê-la — mas chegada essa hora, uma força irresistível levava-o para a Rua das Flores: encontrava agora Genoveva, nervosa, e irritável: tinham silêncios longos: depois olhares que se devoravam.

— Mas [por]que vivemos nós neste martírio? disse-lhe um dia Vítor.

Ela não respondeu — e ele julgando ver naquele silêncio o assentimento duma resistência expirante — apertou-a loucamente nos braços. Ela cobriu-o de beijos que quase o magoavam — e em que havia como uma cólera de paixão. Mas erguendo-se bruscamente:

— Não. O que disse está dito! — Mas ouve: em duas semanas sou tua.

Vítor achava-a extraordinária, fantástica: às vezes passavam-lhe, como calafrios, suspeitas de que ela estava mangando com ele. Matá-la-ia! Porque agora ao seu amor, começava a misturar-se um vago ódio! — Quase desejava saber que ela o iludia, o escarnecia: porque faria um escândalo, um crime, pensava: e achava na satisfação da vingança, o apaziguamento da sua paixão.

Às vezes, quando Genoveva o tinha excitado mais, ou por um vestido mais colado ao corpo, ou por uma pressão de mão mais intensa — a sua exaltação era tão vibrante que para a acalmar, para a dissipar, para a gastar — ia ver Aninhas: mas detestava-a: os seus modos triviais, a sua linguagem de gíria, o cheiro do refogado que havia no corredor — tudo lhe dava um tédio enjoado. Que diferença com Genoveva! E, todavia, gostava de lá ir — porque ali era o senhor, mandava, falava alto, dispunha, — e desforrava-se, torturando Aninhas, das abstinências que lhe impunha Genoveva. Tinha sempre alguma coisa por que a censurar: ou estava mal vestida, ou mal penteada, ou mal calçada — ou o quarto estava desarrumado, ou as toalhas não estavam limpas.

— Nunca te vi tão impertinente, dizia Aninhas. Que tens tu? Não estás aqui bem?

Aquela doçura exasperava-o: as suas carícias humilhavam-no: aquela, que era uma reles rapariga que ele desprezava, prodigalizava-lhe um amor exuberante — e a outra, que ele adorava com um fanatismo frenético, escassamente lhe abandonava as suas mãos. Às vezes repelia Aninhas:

— Não me maces, deixa-me!

A pobre rapariga torturava o seu pequeno cérebro mole, para achar o meio de o prender, de o cativar: mas por uma fatalidade, os seus esforços para o seduzir eram tão *maladroit* que faziam desesperar Vítor: se ela para o seduzir tomava uma atitude sentimental, Vítor não podia eximir-se a achá-la ridícula: se para o atrair, com conversas literárias, lhe falava dos livros que lia — era sempre citando o *Rei Bandido,* a *Vingança da Calábria, As Casacas Negras,* outros horrores: se se queria mostrar alegre, libertina, Vítor achava, nos seus abandonos, o desconchavo da libertinagem do Bairro Alto — e a pobre Aninhas só conseguia, com os seus esforços, — torná-lo mais sombrio. Mas adorava-o: e, às vezes, a sinceridade da sua paixão arrastava Vítor: era então que ele, por um processo vulgar de imaginação, lhe dizia a ela as palavras, lhe dava os beijos que quereria dar a Genoveva: Aninhas não compreendia aquele capricho de Vítor de querer estar nó quarto, com a luz apagada: mas era inteiramente feliz, vendo-o então exaltado e louco: Vítor evocava a imagem de Genoveva, e eram as palavras mais exaltadas de amor; as carícias mais devoradoras, e, a cada momento, os renascimentos delirantes do desejo insaciável. E daqueles excessos Vítor saía mais desprendido dela, e a pobre tonta mais louca por ele.

A sensibilidade de Vítor — irritada por aquela paixão — tinha agora susceptibilidades femininas: uma mudança de tempo, um céu enevoado, um vento agreste, davam-lhe perturbações, como se fosse histérico: certas árias, ou motivos de música, traziam-lhe as lágrimas aos olhos; vinham-lhe desejos de devoções: entrara um dia na Igreja dos Mártires, rezava-se um ofício cantado —, e as vozes agudas, os sons do órgão, o incenso, deu-lhe uma perturbação mística. Quis ajoelhar, e formou o plano de se refugiar na paz dum convento. Foi num desses estados, que ele disse a Genoveva:

— Escuta: tenho esperado quase dois meses. Ou isto é sério — ou eu não volto aqui.

— Pois não voltes, disse-lhe ela, que estava também excessivamente nervosa.

185

Vítor teve um choque, e sob um excesso de tristeza rompeu a chorar. Genoveva caiu-lhe aos pés, deu-lhe as carícias mais loucas, beijou-lhe as mãos, torceu os braços — e entre soluços disse-lhe:

— Mas tu deves ter compreendido. Eu amo-te, como nunca, nunca, nunca, amei ninguém. Mas quero viver só para ti. Porque te irritas? — Quando for tua, não quero ser de mais ninguém. — E com a voz dilacerante: — Mas não sou rica meu amor! Tenho dívidas. Preciso pagá-las. Deixa-me tirar daquele estúpido tudo o que eu puder... E depois! — E deixando-se cair sobre os calcanhares, abrindo os braços, com um sorriso triste: — Deixa-me ganhar o meu dote.

Aquele sacrifício, tão sinceramente exprimido, pareceu sublime a Vítor. Pediu-lhe perdão, jurou resignar-se. E saindo com a obsessão do desejo, que não lhe deixava compreender a ignomínia da intriga — ia pensando:

— O seu dote, coitadinha! Que anjo!

Genoveva falava a verdade. Andava a apanhar o dote.

Porque idolatrava Vítor: e sob a sua resistência aparente — tinha mais que ele todas as ânsias do desejo e todas as torturas da impaciência. — Havia dias em que apenas ele saía rolava, beijava o encosto do sofá, onde ele apoiara a cabeça, o rebordo da mesa a que ele encostara o braço. Mas a esta paixão física juntava-se, para ela, um sentimento ideal: não suportava a ideia de ter de partilhar o seu leito com outro — quando lhe pertencesse a ele: queria que o seu amor fosse absoluto, completo, perpétuo — sem interrupções, sem embaraços, sem reticências, sem intervalos, sem suspeitas, sem astúcias, não se queria esconder de ninguém, nem sofrer a interrupção de ninguém. Mas não queria diminuir o seu prestígio: queria ter as mesmas *toilettes,* as mesmas jóias, uma carruagem: uma casa bonita: como não podia contar muito tempo com a sedução da sua beleza, queria aumentá-la, pela decoração da sua pessoa. E para isto era necessário dinheiro. Ele não o tinha, pobre querido! — Ela também não: tinha dívidas em Paris, é o que tinha! Precisava pagar as suas dívidas, ter um pequeno capital para os primeiros tempos — e depois seria somente amante de Vítor, viveria sem cuidados, sem estreitezas, sem credores! Ao princípio, que Dâmaso, ainda com os hábitos "pingões" dos portugueses, se tinha retraído às exigências de dinheiro, ela não contara com ele como um *cofre:* não hesitara em lhe mostrar a sua simpatia por Vítor, pronta a negar-lhe a porta, a despedi-lo. Mas depois, Dâmaso, ferozmente apaixonado, dominado, "baboso", começou a ser mais generoso, a revelar todos os seus meios de fortuna, e ela ganhara por ele o respeito da prostituta pelo ricaço. Era um homem por quem se devia ter consideração: representou então com ele a comédia refinada do amor físico. Declarou-lhe que o amava — não com o coração, talvez — mas com os sentidos: sabendo que nada prende os imbecis como esta certeza dos prazeres que inspiram. — E em Sintra, fingindo-se louca por ele, caindo-lhe aos pés, com os olhos em alvo, representando habilmente delírios ruidosos, — prendera-o. Tão subtilmente, escravizara-o, e como numa caixa aberta, começara a tirar-lhe de dentro rolos de dinheiro. E em dois meses Dâmaso pagara-lhe as suas dívidas — que eram apenas de 10 contos de réis: dera-lhe três contos de inscrições. — Isto animou-a: de combinação com um agiota de Paris, por intervenção duma amiga, fez uma letra fictícia, aceite por ele, de cinco contos de réis: — declarou a Dâmaso que, se a não pudesse pagar, devia ir a Paris vender as suas mobílias, os seus dois cavalos (que não tinha). Chorou, por ter de o abandonar, a ele, seu amor, seu Dâmaso: mostrou-lhe [uma] carta em que um certo Sauvieux, que ela dizia um rapaz muito rico de Paris, agente dos Oppenheimer e que a amava, lhe fazia propostas soberbas se ela quisesse ir com ele para Frankfurt. E Dâmaso, comovido pelas lágrimas, receoso de a perder, contente de humilhar um agente dos Oppenheimer, — pagou a letra. Tanta imbecilidade animou-a. Tinha agora já um pequeno capital de 8 contos: com ele iria para Paris com Vítor e *depois veria!* Mas como Dâmaso continuava a *largar,* — queria-o despedir o mais tarde possí-vel: quanto mais ganhasse, mais tranquilidade assegurava à sua vida com Vítor: Venderia tudo em Paris, iria viver com ele, em Auteuil, em Neuilly — e como ele tinha do tio Timóteo uma pequena mesada, e uma fortunazinha a herdar, a combinação parecia-lhe excelente, cheia de felicidades futuras, e toda radiosa de amor.

No entanto; ultimamente, a paixão era mais forte que a prudência: e teria já despedido Dâmaso[150] — se não se aproximassem os seus anos: esperava dele um bonito presente: ele falara ao princípio n[um] adereço: mas ela, mostrando um bom-senso burguês, que agradava a Dâmaso, disse-lhe que jóias não, tinha tantas... que a ajudasse a constituir um pequeno capital: quando ela o tivesse não permitiria que ele lhe pagasse as despesas da casa.

— Porque te amo tanto — que realmente vexa-me receber dinheiro de ti. Quero que me dês presentes, outra vez, sim. Mas dinheiro não. Estou ansiosa por ter um pequenino rendimento: em Lisboa com trinta libras já dá [para] viver perfeitamente. Dá-me dinheiro para isso — e nada de jóias. Jóias depois. Quero que o nosso amor seja desinteressado.

Dâmaso, extático, jurou fazer-lhe uma linda surpresa nesse género. E Genoveva contava que ele lhe desse três ou quatro contos de réis: e no dia seguinte, — fechar-lhe-ia para sempre a porta da sua casa. Esta-va-se então a 10 de Março e [os] anos dela eram no 1.º de Abril.

---

150. No original: *Victor.*

Capítulo 22

Vítor continuava às vezes [a] ir passar a noite a casa de Genoveva, raras vezes, — porque a presença de Dâmaso "embestava-o", como ele dizia: mas por esse tempo, uma ocasião, chegando às 8 horas, ficou surpreendido vendo Miss Sarah abrir-lhe a porta. — Fê-lo logo entrar na sala, disse que Ma[dame] saíra com o Dâmaso, de tarde, tinham jantado fora, e ido à noite ao teatro, — e que Mélanie desaparecera, tinha decerto ido divertir-se fora. Falava duma maneira demasiadamente excitada, os olhos brilhavam-lhe, ria-se sem razão — e Vítor compreendeu, vendo na sala a sua garrafa de *gin*, que a inglesa. estava "picada". Achou-lhe graça, aceitou um pouco de *gin*, acendeu um cigarro e preparou-se para a disfrutar: Miss Sarah estava com efeito loquaz — e imediatamente começou a queixar-se de Madame de Molineux: — era, segundo ela, uma pessoa de muito mau génio: não admirava, porque não tivera educação: era bem triste que ela, Sarah, bem educada e pertencendo a uma respeitável família, se visse na dependência de semelhante criatura. — Suspirou, consolou-se com mais *gin*. — De resto Madame não tinha princípios: nunca [a] vira freqüentar as igrejas: ela decerto não aprovava as práticas, as horríveis práticas destes detestáveis católicos — mas enfim quando se tinha uma religião, se se era uma senhora, devia-se, por dignidade, ir à igreja e aproveitar com o sermão. — E serviu-se de mais *gin*.

— Apanha uma piteira famosa, — pensou Vítor muito divertido.

Miss Sarah, então, veio sentar-se ao pé dele no sofá — e começou a dissuadi-lo de dar tanta atenção a Madame de Mollineux: a mulher estava doida pelo Dâmaso: fazia mesmo indecências, — sempre a beijá-lo, a apaparicá-lo, até se fecharem no quarto, de dia, com todo o descaro.

— *It is something shocking! It is something disgusting!*

Vítor, subitamente interessado, e desesperado, pediu mais detalhes: Miss Sarah deu-os: incusivamente o último domingo não se levantaram senão às três da tarde! Ela ficara tão enojada que saíra, para tão respirar na casa aquele ar de corrupção, e de impiedade. — E, falando, bebia, chegava-se para Vítor: estava junto ao canto do sofá — e Vítor via o seu rosto vermelho, manchado, inflamar-se de palavras, de golos de *gin*, aproximar-se do seu.

Queixou-se então da sua própria existência: — Via-se numa terra estrangeira sem amigos, sem relações, sem ninguém que se interessasse por ela, neste vasto mundo. Ninguém!

E deixava cair as mãos no regaço, fitando Vítor. Mas ele então lembrou-lhe Madame de Molineux...

— Oh, que não lhe falasse nela, detestava-a. — *I hate her*!

Era realmente justo que Madame de Molineux, uma mulher sem princípios, sem religião, sem nascimento, tivesse todas as regalias da vida, *toilettes,* uma casa confortável, pessoas que a estimavam — e ela, uma mulher bem educada, uma mulher moral, se visse obrigada a estar na dependência e na necessidade. Madame de Molineux não era uma senhora. E alteando o peito, soltando as palavras com um acento duro:

— *No! She is not a lady!*

E poisando a mão sobre o braço de Vítor, perguntou-lhe ternamente porque é que gostava daquela criatura que o não podia fazer feliz, que o não amava, que só gostava de dinheiro.

Vítor, um pouco embaraçado, mas vagamente divertido pela loquacidade alcoólica da inglesa, — disse que não a amava, mas que Madame de Molineux o divertia simplesmente.

Era verdade? Era verdade? — perguntava ansiosamente a inglesa.

Certamente que era verdade, disse ele, repoltreando-se no sofá.

Mas porque tinha ela tanto empenho em saber?

Miss Sarah, que não cessava de se servir de *gin,* lançou bruscamente os braços o pescoço de Vítor, e declarou-lhe que o amava.

Vítor ergueu-se, com um pulo; como ao contacto dum esqueleto, e na sua perturbação, falando português, exclamava:

— Ah, não! Isso não! Então? Faz favor! A senhora faz favor!

Mas a inglesa prendia-se a ele, chamava-lhe nomes doces, *darling, pet,* dizia [que] não podia viver sem ele, que era superior às suas forças, que estava doida...

Vítor sentia as suas mãos magras, secas e macias errarem-lhe pelo ombro, pelo pescoço[151]. Todo o seu rosto avermelhado estava túmido de desejo: soluços entrecortavam-lhe as palavras. — Vítor esta[va] furioso; sentia-se ridículo — e, ao mesmo tempo, a excitação sensual daquela mulher magra e longa, exaltada pelo álcool, dava-lhe um certo desejo brutal, extravagante: havia alguma coisa de irritante naquela devota puritana ardendo nos furores da carne: — mas, se cedesse, como desembaraçar-se dela depois? — aquela ideia atravessou-lhe o cérebro, como um relâmpago: repeliu-a secamente, e arremessando-lhe as palavras:

— *Shocking!* — disse-lhe, no seu inglês quebrado, que se calmasse, que fosse decente, que se fosse deitar...

A inglesa ainda tentou, à força de carícias novas: — mas ele tinha tomado o chapéu, e recuando — disse-lhe:

---

151. Palavra de leitura duvidosa e que parece não fazer sentido no texto.

— Não, escusa de se cansar, não: é indecente, é indecente!

A inglesa, humilhada, fitou-o com rancor, e atirou-lhe:

— *Oh, you blackguard!* — (oh, canalha!) e Vítor ao sair ouviu-a dizer, ameaçadoramente, que se havia de vingar!...

Entrou em casa vivamente contrariado: aquela súbita explosão de paixão numa inglesa devota não deixava de o lisonjear: sentia-se, todavia, ligeiramente ridículo, e lembrava José e a sua capa: e receava mesmo que a inglesa[152] armasse uma intriga. Não disse nada no outro dia a Madame de Molineux: Genoveva despediria a inglesa, e seria trazer a ruína à pobre criatura, só, num país estrangeiro. — Mas daí a dois dias, ficou petrificado, recebendo um bilhete de Madame de Molineux — que lhe dizia:

"Meu querido, é forçoso que, pelo menos nestes 5 ou 6 dias, nem venhas, nem me escrevas, nem me procures. Até que recebas uma carta minha — não dês sinal de ti: grande parte da nossa felicidade depende da tua discrição. É horroroso isto, mas é necessário."

É a intriga da inglesa — pensou logo Vítor. Que teria dito? Que teria feito? Naturalmente, era fácil conjecturar, fizera revelações a Dâmaso? e teria dito invenções, calúnias? A incerteza exasperava Vítor: e não podia ir, nem escrever... Procurou encontrá-la, na rua, no Aterro, no teatro. Não a viu. A noite passava por casa dela, via as janelas com luz: dava tudo para saber o que se passava: que faria? Com quem estaria? Que *toilette* teria? Às vezes via o *coupé* de Dâmaso à porta, e aquilo exasperava-o, dava-lhe todas as cóleras do ciúme. Procurava então relembrar, numerar todas as provas de amor que ela lhe dera, as cartas que lhe escrevera, os seus beijos, as suas perturbações, para ganhar a coragem de esperar, de viver. Às vezes voltavam-lhe as palavras dela: estou arranjando o meu dote. E vendo as janelas do quarto dela alumiadas, representava-a sentada nos joelhos de Dâmaso, abraçando-o, rendendo-se, para o *cardar.* Vinha-lhe então um tédio daquela paixão, como se visse de repente todas as nódoas que a sujavam. E para quem era aquele *dote?* Para ele também. Ela estava ali com outro, arranjando dinheiro *para ele?* Não era aquilo vil, indigno? Não era ele verdadeiramente um canalha? Pôr-se de acordo com uma mulher, para *cardarem* um simplório, e partilharem os resultados da especulação: e para isso, enquanto o *simplório* estava na alcova, ele rondava, esperava ali, com o coração angustiado, ralado dum ciúme ignóbil, os olhos fitos naquele terceiro andar alumiado? Não era isso que faziam os *chulos?* — Vinham-lhe então resoluções de a deixar, de a esquecer. Mas podia lá? Pertencia àquela mulher, todo: corpo, sangue, nervos, consciência, juízo: — jurava então nunca viver com ela maritalmente, conservar uma inteira separação de interesses, de modo que só ela aproveitaria com o *dote* sacado.

---

152. No original: *a inglesa não armasse.*

Uma noite, chovia, e Vítor, desgraçado, cheio de ciúmes, passou pela porta de Genoveva: — e viu uma tipóia de praça parada: os dois cavalos, com a cabeça baixa, recebiam tranquilamente a chuva, e dentro do *coupé* luzia o cigarro do cocheiro abrigado. Havia luz no quarto de Genoveva: veio-lhe uma desconfiança de que não era o Dâmaso que lá estava: e, imediatamente, toda a sorte de suspeitas lhe morderam o coração: seria *outro?* Ela tão bela, tão elegante, devia ser desejada? Para completar o seu *dote,* teria aceitado outro amante? Seria para isso que lhe proibira o visitá-la, para que ele não se encontrasse com *outro,* além de Dâmaso? Dirigiu-se ao cocheiro, como para tomar a carruagem.

— Tenho freguês, disse o cocheiro.

— É o sr. Dâmaso, não é?

— É um freguês, não conheço. Pode ser que seja o sr. Dâmaso. Não conheço.

— Um sujeito de bigode, gordo.

— Não conheco, disse com mau modo o cocheiro. Não pertenço à polícia.

Vítor, furioso, resolveu esperar: a chuva caía, e, envergonhado do cocheiro, tinha-se refugiado na esquina, na calçada do Pimenta[153]: não tirava os olhos das janelas: mas nenhuma sombra passava sob as vidraças: — e a luz, um pouco fraca, parecia ser de velas sobre o toucador. Jurava a si mesmo que, se descobrisse que havia outro homem, rompia com ela: meditava já a carta insolente, fria, desprezadora que lhe escreveria: e se não fosse um homem para concorrer para o *dote* mas um amante, um *capricho,* uma fantasia? Se ela se tivesse querido desembaraçar dele?... A chuva caía, tinha os pés frios, os joelhos molhados: a rua estava deserta; o lajedo reluzia, molhado, debaixo do candeeiro de gás; algum brejeiro[154] cantava — e a luz do quarto não desaparecia, e na névoa, chuvosa, as duas lanternas da tipóia punham dois clarões baços duma cor avermelhada.

De repente umá voz ao pé dele disse com uma rouquidão áspera:

— O senhor dá-me uma palavra?

Diante dele estava uma figura magra e alta, com um chapéu desabado, um fraque muito roto pregueado sobre a gola, umas calças maltrapi-

---

153. Eça refere-se certamente à Rua do Ataíde, que já no seu tempo tinha essa designação, visto que no seu prolongamento existia o chamado Pátio do Pimenta, arruamento sem saída que ainda hoje mantém aliás esse topónimo. Esta referência pertmite pois situar o 3º andar de Genoveva numa das esquinas do cruzamento entre a Rua das Flores e a Rua do Ataíde. A rua em questão, celebrizada na época pelo assassinato de que foi autor Vieira de Castro, em 1870 — veja-se o prefácio —, vai do Largo de Camões à Rua de S. Paulo, passando pelo Largo do Barão de Quintela onde se ergue a estátua a Eça de Queiroz.

154. Leitura provável.

191

lhas. E, à luz do gás, via-se sob a sombra do chapéu um rosto macerado, com a barba um pouco crescida e os olhos reluzentes.

— Ó Silva, ainda bem: — disse a figura.

Mas Vítor não o reconhecia. Olhava espantado aquele homem moço, que tinha todos os andrajos da miséria, e todo o abandono do vício. O homem levantou a aba do chapéu, rosnou:

— Já se não conhecem os amigos.

Vítor ficou petrificado: era um seu antigo condiscípulo, que desde o 2.º ano abandonara a Universidade: pertencia a uma família conhecida, e a batota, o vinho, o deboche tinham — gradualmente, de janota a vadio, de vadio a pulha, de pulha a canalha, de canalha a mendigo — transformado aquele bonito rapaz, que batia pela Sofia[155] a cavalo, naquele macilento desgraçado que, de noite, se abrigava pelas portas e pedia patacos aos conhecidos.

O homem tinha-lhe estendido a mão: mas Vítor sentia um certo nojo em lha dar.

— Podes tocar, sarna ainda não tenho, disse o outro, com um tom soturno.

Vítor, envergonhado, deu-lhe a mão, dizendo vagamente:

— Que fazes tu por aqui?

— Estou ali abrigado: e quero dois tostões. Vítor apressou-se a dar-lhe uma placa. O outro meteu-a no bolso, dizendo com um ar jovial:

— Os tempos vão maus: as propriedades rendem pouco... Está tudo caro. E que fazes tu por aqui?

— Estou aqui, à espera...

— Fêmea! E bem cheiinho esse ventre, aposto que tiveste o teu cozido, assado, e sobremesa... Riu, — rosnou: — ora a porca da vida... Dá cá outros dois tostões: — tinha um modo meio ameaçador, meio patusco. — E bamboleava o corpo, com um gingado de bêbado, e um quebrado de fadista. — E como vão os amigos? Como vai o titi?... Ora a porca da vida!... Tens tu um cigarro?

Vítor deu-lhe um charuto.

— Caramba! Fumas charuto! Viva! E bom paletó!

Mostrou os seus andrajos, disse:

— O alfaiate faltou-me esta semana: e então não se cai com mais outra placa?

— Ouve lá, disse Vítor, tu viste quem saiu daquela tipóia?

— Estava à espera do gajo. Não vi. Estava à espera dele, para lhe pedir 10 tostões emprestados — uma letra a três meses, juro pacato... Raios o partam... Queres saber quem é?

---

155. Trata-se de uma das ruas principais da Baixa de Coimbra.

— Queria. — E com uma ideia súbita: — Homem, se tu me fizesses uma coisa, — era ficar aqui a ver quem sai, e ias-me dizer a algures: repara bem no tipo. Tu conheces o Dâmaso: vê se é o Dâmaso...

O outro coçava-se, como se tivesse bichos.

— E que pagas tu pelo servicinho? Uma loira?

— Dou-te uma loira.

O outro tirou o chapéu até ao chão.

— Criado de V. Ex.ª Ora a porca da vida!

— Vai-me esperar para o café, na Rua do Norte, sabes. Espera até que eu chegue.

— Queres que quebre a cara ao gajo? Vê lá! E um picado, se queres. Eu cá sou assim para os amigos...

Vítor olhou ainda para as janelas, e dirigiu-se para o café da Rua do Norte: estava quase vazio: as paredes amarelas, muito sujas, defumadas, comiam a luz do gás: — uma fumaraça de cigarro enchia ainda a saleta: e numa vidraça, ao fundo, reluziam as cores amarelas ou vermelhas de garrafas de licor, intactas, desde anos. A uma mesa, uma mulher enorme, picada das bexigas, com o cabelo negro, lustroso, saia branca tufada, bebia com três homens: um dormia, com a cabeça enterrada entre os braços cruzados sobre a mesa: o outro, com um cachimbo ao canto da boca, o olhar sonolento[156], e errante, e baço, estava tão bêbado que nem sustentava a cabeça, e na boca aparecia uma vaga espuma de baba: e o outro, um rapazola macilento, de gravata vermelha, o chapéu para a nuca, os cotovelos sobre a mesa, falava baixo com a mulher, bebendo, a espaços, café por um copo.

Vítor sentou-se a um canto — pediu um café, esperou. O rapazola tinha-lhe deitado um olhar de revés — e a mulher compôs logo o lenço da cabeça, e bateu nas saias, tomando uma posição requebrada. Fora, a chuva agora caía torrencialmente: um curto[157] rodar de carruagem passava ao longe, e, por trás do compartimento envidraçado, uma chaleira de água fervia. Vítor sentiu um tédio, uma tristeza invadi-lo. E o seu pensamento perdeu-se em imaginações de existências calmas que poderia ter: para que havia de amar aquela mulher ignóbil, que o traía, que o aviltava, que o levava decerto à ociosidade e a acções desonestas? E ali estava às duas horas da manhã, num café de fadistas, esperando as informações dum canalha sobre o comportamento duma prostituta: porque não duvidava que o homem que lá estava não era Dâmaso: Dâmaso não sairia, por aquela noite de chuva: ou teria o seu *coupé,* com o cavalo branco das noitadas de Inverno. Era outro, decerto. Enganava-o! Que

156. Leitura provável.
157. Leitura provável.

diferença, se ele fosse casado com uma linda rapariga honesta; estava àquela hora em sua casa, junto dum bom fogo, fechando um livro interessante, sentindo a voz doce de sua mulher dizer-lhe: é tarde Vítor, vem! E aquela amá-lo-ia! Porque é que a sua vida era assim tão irregular, sempre cheia de tristezas ou de dúvidas? Era talvez de família: o tio Timóteo nunca casara, tivera toda [a] sorte de aventuras errantes. E seu pai morrera novo em África: sua mãe, longe, no estrangeiro. Que pensaria ela, a sua alma, se houvesse um céu, se houvesse almas, e o visse ali, naquele momento tão ignóbil da sua existência sentimental? Como seria sua mãe? Porque não deixara um retrato?

A porta abriu-se bruscamente — e a escorrer água, cansado de ter corrido, o outro entrou — sentou-se logo ao pé de Vítor: exalava um cheiro de humidade, de cavalariça, e de deboche: Vítor via agora as suas mãos enegrecidas, de longas unhas, o seu fraque remendado, sem cor, sem botões, pregado no pescoço com um alfinete: um trapo de camisa, que aparecia na abertura, junto às calças, ignóbeis.

— Vi o gajo. — É um tipo de barba, homem novo. Salta a loira!

— Não era o Dâmaso.

— Qual Dâmaso! Tinha barbas. Salta a loira!

— Vinha só?

— Meteu-se só na tipóia, o cocheiro bateu — e eu larguei. Barba toda preta, chapéu alto, paletó comprido. — Ó João, um café! gritou, ruidoso.

Vítor deu-lhe a libra — e ia, erguer-se, mas o outro agarrando-o pelo braço:

— Que diabo, toma um café. Tens vergonha? Ora, não sejas asno. Senta-te. — Não queres? Vai para o inferno, e recados ao titi... Dá cá outro charuto... Os diabos te levem, dá cá outro charuto, homem! E quando quiseres algum servicinho, cá estou: a mesma loira. — E toda a espécie de serviço, toda: que eu cá não sou fidalgo, e quem não trabalha não come! E eu quero comer, raios me partam se não quero comer! Até é mesmo a única coisa que quero. É bom comer, não é? Se é, homem!

— Adeus!

— Vai para o diabo! E obrigado!

Vítor desceu o Chiado, quase correndo: não duvidava agora: era outro, um de barba! Repassava todas as pessoas de barba preta que conhecia! Seria fulano, seria sicrano? Mas uns pareciam-lhe muito pobres para que ela os explorasse, outros muito feios para que ela os amasse. Tinha-lhe ódio: desejava vingar-se, e estava resolvido a romper com ela: e o que sentia sobretudo, mais forte que o seu próprio ciúme — era o desejo de a tornar ciumenta a ela, ou de a fazer arrepender de o ter enganado. Desejava agora a fortuna, para se mostrar em Lisboa num

194

luxo, num esplendor de trens, de casas, que a fizessem *torcer* a *orelha* por o ter desprezado: ou ter uma amante, condessa ou marquesa, que fosse a demonstração ruidosa da sua superioridade sentimental: — e como estes triunfos eram mais difíceis, preparou outro: escreveria um grande livro, seria célebre, o seu nome chegar-lhe-ia com todas as seduções da celebridade, e todos os esplendores da popularidade: seria um livro de versos, e ela, através das páginas ardentes e sublimes, veria que grande e que alto coração teria desprezado. — Passou parte da noite escrevendo-lhe: mas rasgava os rascunhos: ora desejava uma carta ardente, com todas as exclamações da cólera, e as apóstrofes do desprezo: ora um bilhete seco, frio e correcto, alguma coisa como a lâmina lustrosa dum bisturi, que lhe cortasse o coração. Depois decidiu-se por um silêncio desprezador, como se ela não existisse, ou fosse tão vil que não valesse um desdém. Às vezes, passeando no quarto, em chinelos, vinha-lhe como a alegria de ter findado aquela paixão: uma serenidade satisfeita enchia-lhe a alma, como [se] todos os elementos da sua vida encontrassem um equilíbrio súbito: onde o levaria semelhante paixão? Ela era uma prostituta, era velha, calculista, — perdera numa existência atribulada todas as santas frescuras do coração, a ingenuidade da paixão; que lhe reservaria aquela ligação: — uma vida de ciúmes humilhantes, de tédios desconfiados? Abandonaria a sua carreira, perdia o fervor do trabalho — viveria obscuro, seria apenas o amante da *do Dâmaso:* — fora uma felicidade *abrir os olhos a tempo:* ainda bem que se lembrara de ir naquela noite rondar a casa. Que pena não saber quem era o homem da barba preta! Procurá-lo-ia — e — dir-lhe-ia, apertando-lhe a mão: meu amigo, disponha de mim porque me fez um serviço colossal. — Mas de repente viu-a, a ela, Genoveva, sentada nos joelhos do homem da barba, ou abraçando-o, com aquelas doces ondulações do corpo que o encantavam, ou abandonando-se, no desfalecimento do desejo — e vinha-lhe uma cólera, um desejo de vinganças, de mortes, de sangue, e, impotente, sentindo-se fraco para tantas dificuldades da vida, atirava-se de bruços sobre a cama, arrepelava-se, chorava. Um resto de orgulho fê-lo serenar; disse alto: que a leve o diabo, que é uma bêbada — deitou-se, e adormeceu profundamente.

E ao outro dia, para recomeçar uma vida digna, foi ao escritório. Havia um mês que lá não tinha ido: — e encontrou, como sempre, o dr. Caminha repoltreado, agarrando com uma das mãos um pé a outro, catando um a um os longos pêlos do bigode loiro.

— Viva o vadio! disse ele a Vítor. Vítor desculpou-se logo com a sua saúde, afazeres particulares...

— Isto aqui não é obrigatório... É gratuito mas não é obrigatório. — Riu com a sua pilhéria e enterrando-se na poltrona, concentrou-se sobre os pêlos do bigode.

Mas daí a pouco um sujeito calvo, com um passinho miúdo, entrou e tendo poisado sobre uma cadeira, com cuidado, um chapéu de onde transbordava um lenço de seda da Índia, começou a expor um caso, com uma voz pausada, e gestos lentos da mão, formando um O com o polegar e com o indicador: tratava-se duma *acção de manutenção,* complicada com *uma acção de restituição de posse.* O sujeito falava docemente, — dizia: o advogado, o amigo Caminha; folheava maços de papéis: de vez em quando, ia buscar o lenço, assoava-se e tornava a colocá-lo, finamente, no forro do chapéu: parecia gozar com a consulta, dizendo com voluptuosidade os termos jurídicos: Vítor, folheando melancolicamente uns autos, ouvia aquela voz doce como um zumbido contínuo.

— Mas pode o esbulhado intentar a acção contra o esbulhador, somente?

— Contra o esbulhador...

— Mas se o esbulhador morreu?

— O esbulhado tem a acção contra os herdeiros ou representante.

— Somente?

— Ou contra terceiro a quem o esbulhador haja transferido o caso para qualquer título. É o artigo 504.0 do Código Civil.

— O facto do esbulho é recente, amigo Caminha, disse com um sorriso[158].

— Prescreveria passado um ano.

— Mas se o esbulho foi clandestino?

— Quando teve o esbulhado notícia?

— Há seis meses, amigo Caminha.

— Tem seis meses amigo Conselheiro, o § único do artigo 504.º é explícito — e leu: "... desde o facto do esbulho, ou de ter notícia dele o interessado, no caso de haver[159] sido praticado clandestinamente."

— De sorte que temos o esbulhador na mão.

— Se o esbulhado quiser...

Mas o procurador Gorjão entrou: apesar de ser Inverno, por um hábito, apenas tirou o chapéu, fez menção de secar as repas grisalhas da testa com o lenço: sentou-se discretamente — esperando: de repente acavalou uma luneta no nariz, cruzou os pés debaixo da cadeira e fazendo o ventre proeminente pôs-se a ler, passando os seus dedinhos gordos pelo queixo bem barbeado: vindo sentar-se subitamente ao pé de Vítor disse-lhe, olhando-o por cima da luneta, com brandura:

---

158. No original: *O facto de esbulho é recente, disse com um sorriso, amigo Caminha.*
159. Transcrevemos esta passagem tal como se apresenta no Código Civil de 1867. No original: *no caso de ter sido...*

— Se uma inscrição de hipoteca procedente do mesmo título tiver sido tomada em diversas conservatórias, a acção há-de intentar[-se] no julgado onde estiver situada a maior parte dos bens onerados, onde esses bens pagarem mais contribuição directa — ou no julgado do domicí[li]o do registante? Hein?

Vítor olhou-o com terror. Não tinha percebido absolutamente nada da ideia do Gorjão. Fez-se repetir o caso. Torcia o bigode com os olhos esgazeados.

— V. Sr.ª não se recorda? — E consultando uma nota: — código, capítulo décimo, secção quarta, subscrição sétima, divisão quarta. — Deve ser por aí. — V. Sr.ª não se recorda?

— Não tenho agora presente...

— Eu estou que pode ser em ambas as partes. Se no domicílio do registante existirem bens mencionados... Hein? — E chegando-se-lhe ao ouvido: — É a questão do Tavares. Mas o amigo Conselheiro tinha-se erguido e saído, com o seu passinho dançado — e o Gorjão foi cochichar com o dr. Caminha. Na saleta, fora, uma voz monótona, pausada, que indicava um narrador satisfeito, dizia ao escrevente:

— Era uma eguazita pequena, rabã, e que fazia o seu dever... Pois senhores, ali pelas alturas da Golegã...

— Pode, tanto num como noutro lugar, disse o dr. Caminha voltando-se para Vítor.

— Perdão? disse Vítor...

— Pode intentar a acção tanto no domícilio do registante, como no julgado, onde houver maior número de bens onerados...

—Ah! fez Vítor...

E a voz na saleta:

— Eu não faço uma nem duas, seu aborígine! Apeio da égua, prendo-a a um galho de sobreiro...

Mas a voz interrompeu-se, um homem com um paletó comprido tinha entrado — e logo a voz do escrevente grossa e roncante:

— Faz favor de falar ao sr. doutor, faz favor de falar ao sr. doutor.

O homem do paletó entrou: a sua cara amarela, com a barba malfeita, tinha um ar oleoso e macilento: trazia calças de lustrina, que o uso fazia luzir sebaceamente: e com um saco preto na mão — explicou que o sr. Albuquerque, da 2.ª vara, queria os autos imediatamente, e lhe tinha dito que não se fosse sem eles.

O dr. Caminha ergueu-se, e com uma punhada na mesa:

— Diga ao sr. Albuquerque, quem quer negros manda-os vir do Brasil... Diga-lhe que vá...

Sentou-se, molhou violentamente uma pena, repeliu-a.

—Acho graça à exigência!... Não estão prontos, não estão prontos, não estão prontos! Caramba! — Outra punhada sobre a mesa. — Pensa

197

que vou agora matar-me para fazer a vontade ao sr. Albuquerque? Com a faca aos peitos não trabalho. Não trabalho! Bem, acabou-se. Diga ao sr. Albuquerque, — que, histórias! E o poderoso orador forense sentou-se furioso.

O homem do paletó saiu, curvado, e por trás viam-se as suas orelhas, tão despegadas do crânio que pareciam as duas asas dum vaso. — E houve um silêncio.

Vítor sentia uma melancolia tão intensa que lhe vinham suspiros: fora, o sol caía abundante: carroças rolavam: às vezes um pregão cantava: um tédio moroso e triste parecia encher como um fumo o escritório: o aspecto do papel selado dava-lhe náuseas; e os dorsos dos infólios na estante exalavam uma tristeza calma e lúgubre: — e a voz do narrador continuava:

— Quando cheguei à Golegã, não fiz uma nem duas, fui ao regedor...

E o dr. Caminha, ainda na consulta com o procurador, lia, com uma voz monótona:

— Os ónus reais com registo anterior ao da hipoteca, o que resulta a expropriação...

Vítor não se conteve, ergueu-se, tomou o chapéu, disse que voltava já...

— ... ou as de transmissão mencionada no artigo antecedente: continuava o dr. Caminha.

Ao passar pela saleta — Vítor ouviu o narrador que era um homem corpulento, cor de tijolo, com esporas, em grossas botas de prateleira — dizer, satisfeito:

— E ou o homem há-de fazer a alcorca para fora da vala, — ou hão-de saber quem é o Pedro da Golegã!

Vítor bateu com a porta de baeta verde. Desceu a escada, na rua respirou amplamente: estava resolvido a não voltar ao escritório: aquele tédio era superior às suas forças: só ao entrar ali todas as suas faculdades se entorpeciam: não compreendia as palavras, a linguagem jurídica era como uma língua estranha e bárbara que lhe causava melancolia: aquelas figuras de procurador, depois do feitor, as preocupações das demandas, as explicações maçadoras das partes, faziam como uma atmosfera espessa, onde mal respirava, e se sentia entontecer. — E aquela era a sua profissão! Que lhe restava, agora? Perdera o amor de Genoveva: a sua vida estava estragada: odiava a sua profissão, fora enganado no seu amor: e, socialmente e sentimentalmente — parecia-lhe que tudo findara para ele. Odiava Lisboa... E de repente lembrou-lhe a proposta do tio Timóteo, de ir a Paris. Veio-lhe um entusiasmo súbito: os planos, as esperanças precipitaram-se no seu espírito: iria por terra, veria Madrid: via-se já no *boulevard* jantando nos cafés históricos, aplaudindo as peças ilustres, vendo passar na rua os génios: talvez alguma mulher o amasse — porque não? Não lhe dissera Genoveva que o seu tipo agradaria em Londres? Londres! Veria as corridas, iria visitar, descoberto, o túmulo de Shakespeare, ou passearia nos parques onde brilha a plumagem dos pavões, e gravemente passam os pescoços dos veados.

E logo nesse dia, ao jantar, expôs, acentuou, a sua tristeza: falou pouco, suspirou: mostrou-se tão desolado que o tio Timóteo — disse-lhe:

— Homem, eu se fosse a ti dava um tiro no ouvido.

— Porquê?

— Pois aos vinte e três anos — essa melancolia, suspiros, ais, cara de frade místico: que diabo! Mata-te homem! Queres a minha pistola? Mas não te falhes — é ridículo e desfigura.

E Vítor perguntou-lhe então se ele ainda estava na ideia de o deixar ir viajar...

— Ah, queres-te ir? disse o tio Timóteo, tirando o cachimbo da boca e fitando-o. — E sacudiu.a cinza: — Bem, o que está dito, está dito. Eu já estou um bocado velho para ficar para aqui só como um cão — mas vai, vai.

— Três ou quatro meses, lembrou Vítor.

— O que está dito, está dito. Quando quiseres fala. Vítor falou em partir essa semana logo.

— O que está dito está dito, rosnou o tio Timóteo. *Quod scripsi scripsi,* como dizia o amigo Pilatus. — Tossiu, fez estalar a língua, e ficou calado, com um aspecto furioso.

Vítor, à noite no seu quarto, saboreava já toda a alegria de partir: parecia-lhe ter esquecido Genoveva: achava-se agora bem tolo em ter dissipado, naquela paixão, uns poucos de meses da sua vida. Mas enfim, se ela lhe trazia uma viagem a Paris! E o que o encantava e lhe dava uma alegria de vingança — era o ir despedir-se de Genoveva entrar, sentar-se friamente, dizer, com o chapéu na mão: venho receber as suas ordens para Paris. Parte? — Por um ano ou dois... Aborrecia-se tanto em Lisboa. — E esperava que ela sofreria, teria ciúmes. Talvez quisesse vir: àquelas [...][160] todo o seu sangue se alvoroçava — ir com ela no mesmo *vagon,* visitarem ambos os museus, jantarem num restaurante, passarem noites deliciosas pelos quartos de hotel, no imprevisto da aventura, e no êxtase da paixão! Mas qual! Se ela quisesse recusava. Desprezava-a agora. O senhor da barba preta que a aguentasse — estafermo, prostituta vil! A Clorinda abriu a porta do quarto — e disse:

— Está ali um cocheiro, que diz que há uma pessoa em baixo que lhe quer falar.

— Que pessoa?

160. Falta uma palavra.

— Não disse. Diz que está à espera em baixo. Vítor desceu agitado — um *coupé* de praça estava parado à porta: abriu a portinhola: — e a voz de Genoveva disse:

— Vítor, entre: — E atraíu-o pelo braço.

Achou-se sentado ao pé dela: — e o cocheiro imediatamente partiu.

— Querido, disse Genoveva abafadamente e lançando-lhe os braços ao pescoço, cobriu-o de beijos ansiosos, com um murmúrio sufocado de palavras ardentes.

— Não pude estar mais tempo sem te ver. Estava como louca... Foi necessário, se tu soubesses. Escreveram ao Dâmaso. Dize, pensaste em mim? Dize, amas-me? Fala.

Vítor sentira-se tão subitamente nos braços dela, estava tão surpreendido, que apenas, instintivamente, respondia aos seus beijos. O *coupé* descia a trote largo a Rua do Alecrim: ele vira à luz a grande roda das suas saias brancas enrodilhada aos pés: tinha um casaco de seda, onde havia peles: na cabeça uma renda negra: e da sua pessoa saía um *froufrou* de sedas e um perfume penetrante.

— Vim mesmo como estava em casa. Pude escapar-me um minuto. Mas estamos livres. Em três dias estamos livres. Que tens tu?

Vítor afastou-se para o canto da carruagem — e disse:

— Mas perdão, perdão... Realmente não pode haver nada entre nós... Quem era o homem de barba que esteve em tua casa até às três da noite?

Genoveva não respondeu logo, e por fim:

— Que homem, quando?

— Ontem saiu de tua casa às duas horas da madrugada.

— Havia de ser algum amigo de Dâmaso. Ontem — e parecia lembrar-se. — Ceámos, estivemos a jogar até tarde: havia dois sujeitos: o visconde de Tovar — e outro que não me lembro o nome, e acrescentou, de barba loira.

— Não, não, um homem de barba preta e saiu só.

— Mas que sei eu disso? Eu sei lá? Talvez não fosse de minha casa. Há mais moradores na casa: podia vir do primeiro, do segundo, do quarto andar. Que pergunta tão ridícula.

Podia vir doutro andar! Como não lhe tinha lembrado logo! Ficou convencido que devia vir doutro andar: mas o que o persuadia era a voz dela, o calor das suas carícias, o perfume que saía das suas saias. — Tinha vontade de a devorar de beijos — mas por um resto de resistência orgulhosa:

— Não havia luz nos outros andares.

— Que queres tu dizer? — E, imediatamente, batendo nos vidros: — Pare! Pare!

— Que é?

— Quero que saias, que te vás — e a voz de Genoveva tinha todas as vibrações da cólera e do despeito. — Eu venho-te ver, com sacrifícios, louca de amor, e tu recebes-me com insolências. — Pare!

O cocheiro parara. Genoveva, com força, abriu uma portinhola, acamou as saias, e disse-lhe secamente: — Adeus, podes ir.

— Genoveva...

— Pois tu pensas que eu recebo homens, de barba ou sem barba, às duas horas da manhã! Pois tomas-me pela tua Aninhas? — Sai, vai!

— Continue cocheiro, gritou Vítor, fechando violentamente a porta.

— Não quero! fez ela.

Mas ele prendeu-a nos braços, devorou-a de beijos, disse-lhe:

— Perdoa! Mas tive tantos ciúmes! Ia a passar por tua casa, vi uma tipóia parada, havia luz no teu quarto. Genoveva jura-me, não era ninguém, não?

— Não juro nada, disse ela com força! Que direito te dei eu para me insultar?

— Perdoa...

— Conheces-me há dois meses, faço tudo por ti, sacrifico-me por ti, adoro-te, não penso senão em ti, por ti sabe Deus a que repugnante serviço me dou — e porque há sujeito que sai do meu prédio, dizes-me que recebo homem.

— Eu não disse!...

— Disseste!

— Juro-te...

— Se havemos de começar com desconfianças, questões ridículas, amuos, — bem, acabemos por uma vez.

— Não, nunca mais. Mas diz-me que me perdoas. Estava doido. Queria ir para Paris... Queria ir amanhã despedir-me de ti, dizer-te muito secamente: se querias alguma coisa.

— Tu — disse ela pondo-lhe a mão no ombro. — E teve um sorrisinho: — Ir para Paris, deixar-me. Ná, ná! — E chegando o rosto ao pé dele: — Matava-te! — Apertou-o contra o seio, beijava-lhe os olhos, os lábios, a testa, — as suas mãos errantes como que tomavam posse dele. — Meu adorado Vítor, meu amor! Dize que és meu, só meu, o meu escravo, a minha vida, o meu amante, o meu homem! Oh, querido! Esteve um momento abraçada a ele como desfalecida. — E, de repente, erguendo o rosto:

— Não me posso demorar! Devo estar em casa às 10 horas. — Diz-lhe que vá para casa, tu apeias-te, ao começo da rua. — Mas Vítor interrompeu-a logo:

— Mas explica-me agora o que se passa, porque tem sido esta separação.

201

— Ah, não imaginas... Escreveram uma carta anónima a Dâmaso que eu te recebia, que era tua amante, que tu me ias ver quando ele não estava... E eu sem perceber, eu que preciso dele agora — quis afastar toda a suspeita. Estes dias de separação valeram-me um par de contos...

— Foi a inglesa, disse Vítor.

E contou-lhe a cena com Miss Sarah. Era a inglesa que se vingava. Genoveva estava petrificada:

— Ponho-a na rua, além de amanhã. Não digas nada. Ah, a infame! Se não deviam chicotear semelhantes mulheres... E tu resististe?

— Como José do Egipto.

Riram. Ela beijou-o mais.

— Quem te não há-de adorar meu amor, com esses olhos. — Escuta: O animal do Dâmaso há-de ir procurar-te e convidar-te para vires jantar amanhã — são os meus anos: — E disse-lhe ao ouvido: — É o nosso jantar de noivado. Amanhã estou livre. — A carruagem parou ao começo da Rua do Alecrim. Vítor saiu, ela tomou-lhe ainda a mão pela portinhola, beijou-lha. Aquela carícia humilde deu um enternecimento tão profundo a Vítor, que lhe vieram as lágrimas aos olhos. Viu a carruagem afastar-se, com o olhar devoto com que seguiria no céu o rasto luminoso da aparição dum anjo. Olhou em roda de si: queria falar a alguém, abraçar alguém, proteger alguém: — uma pobre aproximou-se coberta com um véu. Vítor deu-lhe tudo o que tinha — quinze tostões!

Amanhã, amanhã! repetia, subindo a Rua do Alecrim. — Parecia levado no ar, suspenso pela dilatação da sua alma, ligeira, subtilizada, e, no ímpeto da alegria, rompeu pela rua acima cantando a Marselhesa!

Capítulo 23

Quando Vítor, às 7 horas da tarde do 1º de Abril, entrou em casa de Genoveva, ficou surpreendido: não conhecia ninguém. Com efeito Genoveva tinha dito a Dâmaso: — Para jantar aqui tudo menos aquela gente da *soirée:* nada de académicos caturras nem de poetas pálidos, nem de velhas de turbante. Quero gente lavada, com *toilettes* e com graça. — E Dâmaso, depois de combinações complicadas, tinha submetido a Genoveva uma lista: ela conhecia algumas das pessoas, outras pareciam-lhe aceitáveis pela sonoridade do nome e por excentricidades biográficas. E Dâmaso, radioso, reuniu enfim, uns dias depois, uma sociedade do primeiro *chic.*

A sala estava fortemente alumiada pelo lustre de gás: sobre a mesa, serpentinas doiradas punham o clarão elegante de muitas velas de estearina[161], o piano estava aberto; e as cores dos vestidos, as gravatas brancas dos homens destacavam-se na decoração um pouco escura do estofo da sala, davam um aspecto rico, completado pelo murmúrio discreto das conversações e o palpitar brando dos leques. Genoveva adiantou-se logo para Vítor: estava maravilhosamente bela: tinha um vestido de *faille,* cor de milho, com magníficas rendas: o decote quadrado, mas baixo, mostrava o esplendor do ombro, a delicada carnação do peito: a manga descia apenas até ao cotovelo, envolvendo o braço num fofo de renda: os seus cabelos loiros, penteados simplesmente, à inglesa, ligeiramente ondeados, tinham apenas, por enfeite, barbelas de milho: e aquela combinação de loiro pálido e da cor de milho tornavam a sua beleza imponentemente elegante e aristocrática: não tinha jóias: e, no corpete, uma soberba rosa magenta punha na decoração delicada da sua pessoa um ponto de sol vigoroso e atrevido. E a pressão apaixonada da sua mão deu a Vítor uma sensação deliciosa de orgulho, de amores sumptuosos. Por uma inspiração, Vítor curvou-se e beijou-lhe a mão. Madame de Molineux foi logo apresentá-lo à senhora que ele devia conduzir à mesa — Madame Livalli: era uma segunda dama de S. Carlos, alta, forte, com um nariz bourbónico, o cabelo de azeviche, com dentes esplêndidos: tinha feito a sua carreira italiana nos teatros excêntricos da

---

161. No original: *ramos de camélias e de violetas, nos vasos,* passagem que parece não ter sido suprimida pelo autor, por lapso.

América do Sul: conhecia o México, o Peru, o Chile, um pouco o Brasil, fora muito tempo dama em Covent-Garden, falava, com finura, todas as línguas, mesmo um pouco o português, e das suas viagens, das suas aventuras: — tinha uma vivacidade original de conversação, uma acumulação pitoresca de anedotas, e atrevimentos masculinos: tinha uma *toillete* um pouco violenta, onde se ressentia o gosto aparatoso e detonante de Havana ou de Valparaíso: e as suas maneiras tinham o desenvolto dos bastidores, combinado com um cerimonial veneziano.

Depois, Dâmaso apresentou-o aos dois homens. Vítor conhecia-os, da rua. Um era o conde de Val-Moral. Conservava-se de pé, imóvel, numa correcção palaciana: já viera uma vez a casa de Genoveva — e ela dizia que sendo insuportável pela estupidez, era indispensável pela figura: era com efeito um destes personagens mudos e impassíveis, muito apreciados em Londres e Paris, e cuja figura, bela, decorativa, fica bem na sala como um vaso raro, ou um quadro moderno. Sendo loiro era todavia útil, quando a guarnição e os estofos tinham um tom escuro. Em Paris, disse Madame de Molineux, este imbecil podia viver, alugando [-se] a 20 libras para os jantares de cerimónia. Era alto, bem proporcionado, tinha uma fisionomia de raça, com certas linhas patrícias, uma bela barba loira, uma correcção pura de *toillette:* educado no estrangeiro, os seus anéis, a sua gravata de pontas quadradas, as suas meias de seda preta tinham o estilo exacto: passava pela "pessoa mais fina de Lisboa": era casado: e, sempre de pé, em atitudes convencionais e formalistas, com um peitilho resplandecente e rijo — exprimia a sua imbecilidade de figurino com a majestade de instituição: e, grande jogador de *whist,* casado com uma senhora ilustre que tinha um amante no comércio, seria inteiramente feliz se não sofresse dos calos.

— Tu conheces o D. João Maia? perguntou Damaso a Vítor.

— De vista.

E Dâmaso apresentou-o. D. João Maia era filho duma das mais velhas casas de Portugal: uma velha tia dele, senhora terrível, pela maneira de perguntar acerca das pessoas: "é peão? é vilão?" — dizia ordinariamente: "o nosso avô Egas Moniz." Mas D. João da Maia era republicano: era-o pelo menos secretamente, porque tendo a convicção entaizada de que os republicanos não se lavavam, hesitava em publicar as suas simpatias revolucionárias: ligava-se porém, facilmente, com gente do povo: gostava de comidas ordinárias, caldo verde, bacalhau, etc. Era fácil encontrá-lo nas tavernas e apreciava a conversação dos fadistas. Tinha porém as maneiras mais delicadas, os hábitos mais finos e predilecções literárias. Pertencendo a uma família devota era ateu. Não acreditava em Deus e detestava os padres: a música de igreja, porém, comovia-o e tinha uma certa religião refinada, elegante e romanesca pelo

Cristo Poético, com túnica de linho branco perfumada por Madalena, loiro e dizendo parábolas belas como poemas, à beira dos lagos doces da Galileia Exaltava-se pela arte — adorava Alfred de Musset — e a sua moral era esta: procurar o divertimento, fugir da seca. Falava com graça, tinha de repente ditos que faziam abrir os olhos e davam o encanto duma linda luz doce[162]. Era alto, bonito, com o cabelo muito anelado, um ar lânguido: arrastava-se meio deitado pelos sofás: tinha com as mulheres um ar carinhoso e íntimo, a que o seu sorriso dava muito encanto: era duma generosidade de nababo, sendo pobre como Job. Os credores, todavia, não o torturavam: tinha com eles denguices sedutoras. Fora educado em Inglaterra: era recebido em algumas salas aristocráticas de S. James Square, tinha entrada num dos clubes de Pall-Mall — mas preferia dançar no Argile ou jogar o boxe na doca de Londres. Dizia-se dele: *é um estroina!* Não lho diziam todavia alto — porque tinha uma facilidade extrema em dar bofetadas ou quebrar uma cabeça: é verdade que, depois, era o primeiro a levar o ferido, a pôr-lhe pontos na primeira botica e metê-lo num trem e tornar com [ele] à família. Estava sempre envolvido em dificuldades de dinheiro ou de mulheres: mas ia aos amigos, contava rindo o seu caso — e achava sempre uma bolsa dedicada, ou uma actividade experiente. Vivia pelos hotéis, gastando muito, com o relógio muitas vezes no prego; fazia esmolas e, quando não tinha dinheiro, metia-se na cama, com um romance ou um livro de ciência e uma garrafa de champanhe. Em toda a parte estava *à vontade*. Tinha um ar de *príncipe bom rapaz*. Genoveva admirava-o muito, dizia: — É impossível ter uma paixão por ele, mas é difícil não ter um capricho! — Fora uma das personalidades mais simpáticas e destacava vivamente, no fundo banal da Lisboa burguesa. Por isso, chamavam-lhe doido. Mas uma das pessoas que mais impressionavam Vítor era uma senhora que, no sofá, conversava com Genoveva: ouviu-lhe chamar D. Joana Coutinho. Era extremamente alta, magríssima, vaporosa, débil, aérea: tinha um vestido azul, com folhos, tules, gazes, que flutuavam incertos, de cores fofas e leves: os seus olhos pretos tinham um olhar místico e terno: os gestos dos seus braços tinham a impaciente volubilidade de asas: estava meia deitada e meia pousada no sofá: e com as suas formas transparentes, os seus tules, as suas gazes, parecia pronta a voar, a desaparecer.

— Quem é? perguntou ele a D. João da Maia.

— Uma alma respondeu o descendente de Egas Moniz.

— E a outra? — E indicava uma mulher bem feita, com um vestido escarlate e preto, dum loiro cor de manteiga — e com os beiços tão finos que a sua boca parecia uma fenda, e o nariz um pouco arrebitado.

162. Palavra ilegível.

— Madalena Gordon. Nada que ver com o duque de Richmond e Gordon. Não: é uma dançarina, ou foi uma dançarina: está com o barão de Means — o velho do chinó. Não está aqui. A donzela veio só. É bom conhecimento, dá ceias, não se seca a gente. Mas muito virtuosa! estupidamente virtuosa. — Com um grande horror aos homens; e um grande fraco pelas mulheres.

Mas deram 7 horas no relógio da sala — e, imediatamente, Genoveva foi tomar o braço do conde de Val-Moral; Dâmaso, gordinho e jubiloso, precipitou-se, a arquear o seu, para D. Joana Coutinho — e desfilaram, com uma solenidade de préstito e *frou-frous* de caudas de seda, pelo corredor tapetado.

— Esta casa tem o estilo *chic!* observou Madame Livalli a Vítor.

A mesa brilhava da luz viva dum lustre de gás: as facas novas reluziam, ao pé dos pratos de ostras; em torno de dois vasos de flores estavam dispostas as sobremesas: os vidros delgados e picados de luz dos copos tinham uma doçura atraente: e errava um vago aroma brando[163] do cheiro do limão. E, sobre um alto aparador, altos globos *Carcel* punham pontos vivos de luz nas curvas das pratas e na borda das travessas. Dois criados de Dâmaso serviam, com outro do Hotel Central:

Como a mesa era quadrada, cada um dos pares ocupava um dos lados: Genoveva, que tinha à sua esquerda o conde de Val-Moral, pôs logo o seu pezinho sobre o pé de Vítor, com uma pressão apaixonada. E cada um dos convidados ao desdobrar o guardanapo adamascado achou nas pregas um raminho de violetas.

— Vêem-se bem as opiniões bonapartistas da casa, observou D. João da Maia à sua vizinha, a alemã Gordon, [e] à vaporosa Coutinho.

— É a minha flor predilecta, respondeu a Coutinho. Nenhuma flor tão poética... E punha a cabeça de lado, com uma expressão desfalecida.

João bem depressa se voltou para a alemã, pedindo-lhe notícias daquele excelente barão. Ainda tinha a mesma sorte ao bacará? Tinha-o delapidado, de oito libras, na última vez que ceara em casa dela: fazia verdadeiramente mentir o provérbio, que a felicidade ao jogo traz a desventura no amor: — A alemã respondia por monossílabos e os seus olhinhos finos e azuis, de pestanas brancas, não cessavam de admirar Genoveva.

— É adorável, não é verdade? perguntou-lhe João seguindo a direcção do seu olharzinho, duma lubricidade seca.

— É perfeita, disse a alemã.

João então quis saber o que ela considerava a mulher perfeita — e como ela hesitava, retraindo-se, franzindo os seus beiços secos, João,

---

163. Leitura provável.

erguendo a voz, pediu aos outros opiniões, "como se estivessem num concílio".

D. Joana Coutinho achava perfeita a mulher com alma, "com uma alma elevada, nobre, entenda-se."

Dâmaso enterrou o pescoço no colarinho, e, com um olhar fátuo para Genoveva, disse com autoridade:

— A mulher perfeita é cá uma pessoa que eu conheço... — Não vale! Não vale! Fala-se em geral, disseram. E Vítor, interrogado, respondeu:

— A que se ama! — e o seu pé indicou a Genoveva, em quem ele pensava.

Mas quiseram então conhecer a opinião do conde. Direito, ornando a mesa pela bela solenidade do seu aspecto, conservara-se calado, os cotovelos cerrados ao corpo, pegando no garfo e na faca com delicadezas escrupulosas e arrebitados de dedos que faziam reluzir os seus anéis: sorriu, reflectiu, respondeu com uma voz espessa:

— Por exemplo, Sua Majestade.

— Não vale! Não vale! exclamou logo João da Maia.

Fala-se em geral: — e além disso, é ferir, sem razão, os meus sentimentos republicanos...

— E os meus! acudiu Vítor.

— É amargurarmos a sopa! resumiu João.

O conde, assustado, disse, pondo as mãos sobre o peito:

— Eu peço perdão, se...

Tranquilizaram-no: afirmaram-lhe que era uma "brincadeira".

— O meu respeito pela opinião, balbuciava o conde.

— Mas não! não! disseram. São ares que se dão! São lá republicanos...

E João da Maia, então, para divertir as senhoras, contou uma conspiração, de que tinha feito parte, para proclamar a República. O local era um quinto andar na Rua dos Capelistas: o santo e senha dos conspiradores era: *Sic itur ad astra**. O que, segundo João, era excessivamente apropriado, quando se tinha de subir ao quinto andar.

— Era divertidíssimo, disse, nunca lá me sequei. O plano era simples: era reunir 6 mil operários, comprar armas, atacar o castelo de S. Jorge, — e depois, de lá de cima, dizer para baixo, para [a] cidade: agora, ou a república ou a metralha. Todos os lojistas, todos os proprietários que têm os seus armazéns, os seus prédios na Baixa votavam naturalmente pela República: depois instituía-se o tribunal revolucionário: — Tínhamos já a lista das vítimas: na frente, a família real, depois... lá estavas tu, Dâmaso. Eram duas ou três mil cabeças. Cada um levava todas as

---

*. Assim se caminha para os astros.

noites uma lista de pessoas que deviam ser sacrificadas: o padre Melo, um tipo, tinha dado o nome de todos os bispos: eu dei o nome de todos os meus credores, já se vê. E o caso gorou porque faltou o dinheiro para as armas: nunca reunimos mais de 7 200, dos quais, eu dei uma libra. Por fim, o padre Melo desapareceu com o cofre, — e a Ordem prevaleceu. — Sim, *Chablis,* — disse ao criado, que por trás se inclinava com uma garrafa na mão.

E Dâmaso logo chamou a atenção do conde para o *Chablis.* Que lhe parecia? Que lhe parecia?

O conde provou, reflectiu, concentrou-se, cerrando os olhos, e disse, com um tom profundo:

— *Chablis.*

— Sim, mas que tal? — insistiu Dâmaso, com o ar próspero de dono de casa: deitava olhares para os criados, sorria, repoltreando-se, contemplava Genoveva. Que tal conde, que tal? O conde, que não cessava de reflectir:

Bom *Chablis.*

E retomou o seu silêncio solene.

D. Joana Coutinho dizia a João da Maia:

— Eu, o meu vinho é o *Lacrima-Christi,* uma gota de *Lacrima-Christi.* — De resto, achava muito ridículo beber vinho e comer: não se devia comer em público: ficava sempre mal a uma senhora.

— A minha ideia tem sempre sido — que as pessoas verdadeiramente delicadas deviam reunir-se para comer morangos e beber leite...

— E depois, na alcova, as portas fechadas, disse João rindo, devorar as boas postas de carne!

— Que horror! fez ela, enjoada.

Mas comia apenas com a ponta dos dedos, debicava migalhinhas de pão: os seus movimentos sobre a cadeira pareciam os duma ave assustada, e constantemente em volta dela, havia uma gaze, uma renda ou um tule, que punham sobre a sua pessoa transparências vaporosas e a ideia de asas. Mas João da Maia tinha perguntado, através da mesa, a Vítor:

— Pois não é [a] sua opinião?

E como quiseram saber "a questão" — João disse: — Dizia eu a esta senhora que achava horrível o afectado horror pelas carnes sólidas e necessárias. Oh, não falo pela senhora D. Joana. Mas, por exemplo, é o mesmo que com o amor platónico. Há mulheres que não falam senão da alma, que dizem aos seus adoradores: — Ah, meu amigo, os desejos carnais, que horror, que nojo! etc., e parece que vivem num estado de pureza ideal, — pois bem, ordinariamente, são pessoas que têm marido[s] robusto[s] que lhe[s] fornecem um...

D. Joana protestou, horrorizada: — Que conversação! Genoveva mesmo tomou uma expressão séria: a alemã franzira os beiços numa

208

desaprovação desdenhosa — e Dâmaso, dobrando-se para João, repreensivamente, quase aflito:

— Ó menino!

João calou-se, sorriu — e disse baixo à dançarina, num mau alemão de colégio:

— É um convento, isto!

— É uma sala, respondeu pretensiosamente a concubina do barão.

— Súcia de desavergonhadas! pensou João.

Mas a excelente Livalli tinha retomado a "questão" com Vítor — e dizia:

— Eu nunca acreditei no amor platónico: nos homens, já se entende o que é. — E ria, com muita malícia, com o guardanapo sobre o rosto. Nas mulheres, é desejo que se empregue a força...

— Claro, disse Genoveva, franzindo a testa.

— Ah, bem, não se pode rir um bocado. Deixa-nos conversar: não há nada melhor do que falar de pecados, a não ser cometê-los. João, que ouvia, saudou-a, de longe, com o cálice de Bordéus, confraternizando, no amor de conversas libertinas.

Mas algumas palavras altas de D. Joana Coutinho fizeram recair a conversação sobre as peregrinações a N.a Sr.a de Lourdes, e sobre a água milagrosa.

As senhoras extasiaram-se sobre as virtudes sublimes daquela fonte.

— Tem? perguntou D. Joana [a] Genoveva.

Infelizmente não tinha: em Paris sim, que lho dera o abade Beauvot, da Madeleine.

— Eu tenho, disse a alemã.

E houve como uma simpatia entre as três, devota e satisfeita. D. Joana disse, chegando o cálice aos lábios, bebendo um gole:

— É um bálsamo celeste.

Dâmaso, que julgou que ela exaltava o Bordéus, acudiu:

— Oh, excelente: é *Chateau-Léonville:* prefiro-o muito ao *Margaux.*

— Impiedades não, impiedades não! disse desolada D. Joana.

— São do mais detestável gosto, disse imperiosamente Genoveva.

— Minha rica, acudiu Dâmaso aterrado, eu supus... Genoveva cortou secamente:

— Basta!

Dâmaso fez-se escarlate. Houve um leve silêncio.

E João da Maia perguntou, com seriedade:

— Bebe-se com vinho, a água de N.a Sr.a de Lourdes? — E vendo as expressões escandalizadas:

— Oh, perdão, eu sei perfeitamente o que digo. É uma opinião que ouvi exprimir a altas autoridades eclesiásticas. O ano passado, em Roma, em casa da princesa Babaccini... e tomando um tom pomposo, de ceri-

209

monial: — Estava o cardeal Cazabranca, monsenhor Barrich, dois prelados da Câmara, Sua Graça de Norfolk, estava — e procurava recordar-se de outras ilustrações devotas: as mulheres encaravam-no agora, atentas, atraídas: havia uma cabeça curvada, no silêncio simpático, na reverência elegante, por aquela enumeração católica...

Estava... enfim, tudo, o melhor de Roma, e eu ouvi dizer ao abade de La Chermase, um santo, que, em caso de doença, se podia tomar a água de N.; Sr.ª de Lourdes, com dois dedos de vinho de Espanha.

— Nunca ouvi! disse D. Joana admirada.

— Cito opiniões romanas, minha senhora!

Houve um silêncio discreto: parecia saborear aquela revelação duma verdade santa: e João da Maia pensava baixo: que grandes pândegas! Que patusca espécie de mulheres!

Mas Dâmaso, então, a quem o jantar dava sempre uma alegria loquaz e um desenvolvimento, deixou cair sobre a Nossa Senhora de Lourdes a sua opinião:

— Carolices!...

D. Joana Coutinho pareceu muito chocada. E Genoveva declarou excessivamente burgues[as] e de mau tom as afectações de ateísmo...

— Quanto mais, acrescentou Vítor, que queria enterrar a besta do Dâmaso, quanto mais que essas crenças são as consolações de muitos infelizes, de entrevados, de doentes que não têm outra esperança, [para] quem N.a Sr.a de Lourdes é uma esperança suprema. Aquilo pareceu muito bem dito, muito elegante, aristocrático. O conde mesmo aprovou com a cabeça. Genoveva disse:

— Falou com o coração. — E o seu olhar beijou-o, cheio de reconhecimento.

No entanto o conde torturava o intelecto para dizer alguma coisa a Genoveva: enfim, depois de grandes preparativos interiores, perguntou-lhe se ela tencionava ir às corridas, a Belém.

Genoveva «não lhe parecia». Tinha ouvido que era uma sensaboria mortal...

Dâmaso protestou: falou na beleza do hipódromo, nos cavalos de raça, em *jockeys* ingleses que deviam vir...

E Vítor interrompendo-o:

— Madame de Molineux tem razão. As corridas fazem dormir. Falta tudo o que constitui a animação das corridas: as mulheres elegantes, os *drags* a quatro, o champanhe bebido no alto dos *breaks*, a excitação das apostas...

E irritou tanto Dâmaso, amesquinhando as pilecas — que o obrigou a exclamar, vermelho:

— Ora que sabes tu disso?

— E tu? disse Vítor.

Genoveva declarou logo que Vítor tinha razão: o verdadeiro divertimento nacional eram os toiros: para as corridas nem havia público, nem cavalos, nem *jockeys,* nem dinheiro...

João da Maia acrescentou:

— É uma caricatura. São como os saltos do Campo... Grande. Ver sujeitos em cavalos de aluguel, a tropeçar numa sebe artificial de raminhos de árvores, sustentados por dois galegos: é grotesco...

— Mas... disse Dâmaso.

— Basta, meu amigo, disse Genoveva. Como *sportsman* não tenho fé em si.

Dâmaso, rubro, humilhado, não achou uma palavra, e bebeu dum trago um grande copo de vinho...

Mas D. Joana Coutinho achava todos esses divertitimentos brutais e próprios de gente grosseira: toiros, corridas, *sports,* lutas atléticas, *croquet,* — que significava tudo isso? Um emprego estúpido de força. — Pouca delicadeza de alma. Um homem deve ocupar-se doutras coisas...

— De quê? perguntou João.

— De coisas nobres, de sentimentos elevados, grandes acções.

— Mas uma pessoa não pode estar todo o santo dia a fazer grandes acções...

— Mas deve ler os poetas, entusiasmar-se pelos grandes homens...

— E voltando-se para Dâmaso: — Qual é o seu poeta favorito?

Dâmaso tornou a corar, balbuciou:

— Assim, de repente, não me lembro...

— Ah, acudiu Genoveva, não lhe perguntem isso. Tem ódio à letra redonda.

— Perdão... interrompeu ele.

— Um ódio irreconciliável: à letra redonda e à água fria — acrescentou com um risinho, recostando-se na cadeira.

Todos riram. Dâmaso estava furioso. Porque eram aqueles *ataques?* Dera-lhe nessa manhã três contos de réis de inscrições — e aquela hostilidade revoltava-o como uma ingratidão, assustava-o como um rompimento. E, desesperado de não achar uma réplica vingadora, refugiou-se no Bordéus, e no *salmis* de perdiz.

Mas D. Joana Coutinho, que se ocupava de literatura, "único emprego duma alma nobre" e que admirava Vítor pela sua beleza, e pela sua devoção a N.ª Sr.ª de Lourdes, disse-lhe com um sorriso, muito afectuoso:

— Sei que faz versos...

Felicitaram-no, pediram [-lhe] logo para recitar depois do jantar.

Vítor, com modéstia, declarou que era apenas um curioso: não era poeta lírico de profissão: achava mesmo a profissão ridícula: mas havia

211

certas sensações, certos entusiasmos, certas confissões, — que só se deveriam pôr em verso ou em música: e como não sabia música... Assim, por exemplo, como se há-de contar a uma mulher que se sonha com ela, senão em verso? Como se lhe há-de exprimir tantos sentimentos delicados, vagos, que o seu amor faz nascer?.. A prosa não *dá*.

— Às mulheres, disse, devia-se falar de joelhos ou em verso.

Todos aplaudiram. Vindo dum rapaz tão bonito aquelas sentimentalidades pareciam deliciosas. D. Joana Coutinho tomava posições e atitudes duma melancolia estática.

Mesmo a Livalli, apesar da sua vivacidade irónica, achava aquilo muito *artístico*. E Vítor, animado, dilatado na simpatia quente que o envolvia, um pouco surpreendido de achar em si um desembaraço tão fácil de palavras literárias — disse a Dâmaso:

— É o que tu fazes, penso. É impossível, como um elegante, que não mandes, todas as manhãs, à pessoa que amas, um ramo e um soneto. É o estilo. Qual foi o teu soneto de hoje?

Dâmaso estava tão desesperado, que respondeu brutalmente:

— Ora mete-te com a tua vida...

— Oh, perdão! perdão!

Genoveva fizera-se pálida — mordeu nervosamente os beiços: e todos pareciam surpreendidos daquela grosseria brusca — E João da Maia, que se divertia, disse:

— Não, realmente o amigo Dâmaso tem razão: não se deve pedir a um amante a confissão das suas expansões...

— São sempre daquele género as suas expansões, disse Genoveva, secamente.

Começava a nascer um certo embaraço. Todos compreendiam que Genoveva queria humilhar Dâmaso. Porquê?

— Não me parece que estes dois estejam na luz de mel, disse João, baixo, à alemã.

— Eu acho-o desagradável, disse a alemã olhando Dâmaso.

— É um imbecil. Mas tem bons vinhos — e erguendo a voz: — Mas o sr. Silva para poeta não me parece muito pacífico: vi-o no outro dia dar algumas bengaladas, na Rua do Alecrim, com um desembaraço respeitável...

Todos o olharam com uma certa admiração.

— Ah, disse Genoveva, foi no amigo do Dâmaso.

— Os meus amigos não levam assim bengaladas...

— Não, acudiu Vítor. Com efeito apenas eu ergui a bengala, gritou logo pela polícia...

Desde esse momento, como disse João da Maia à alemã, o jantar estava *estragado*. Realmente era absurdo convidar-se pessoas desprevenidas para assistirem a *cenas de família* — não é verdade? No ânimo de todos estava estabelecida a certeza de que Vítor era amante de Genoveva — e que havia ali uma pequena comédia de ciúmes irritados. Um embaraço crescente tornara a conversação espessa, pesada. Dâmaso comia calado, e soturno: o conde, que achava tudo aquilo *pulha,* mantinha um silêncio digno: a alemã admirava Genoveva, D. Joana admirava Vítor: — e os outros continuavam diálogos preguiçosos: João da Maia e Vítor falavam de duelos — Genoveva e a Livalli, de Paris e de amigos comuns.

— Não acha que o sr. Silva se parece com Genoveva? — perguntou de repente a alemã, a João, baixo.

— Não me parece muito: ...Com efeito há o quer que seja. Se ela não pintasse o cabelo, realmente, haveria uma semelhança...

Tinha-se servido o champanhe: — e quando no fim da sobremesa, Madame de Molineux calçou devagar a sua luva e se ergueu, houve em todos um alívio — porque como se exprimiu João da Maia — o jantar tinha estado secante.

Dâmaso, que ficara um pouco atrás, disse a Vítor, no corredor, com um risinho amargo:

— Estiveste muito engraçado.

— E tu muito mono, meu amigo.

Dâmaso não achou uma réplica, e entrou na sala, mordendo o charuto com rancor.

O conde tinha-se sentado ao piano, preludiava: — e Madame Livalli estava de pé, ao lado: trauteava baixo, batendo de leve o compasso, com o leque sobre o piano: e dando e atirando com o calcanhar a sua longa cauda, colocou-se por trás do conde, os seus lábios entreabriram-se, e a sua voz de contralto elevou-se, num ritmo grave e solene. Era uma canção da Campânia: por vezes a melodia balançava, longamente, numa oscilação larga, voluptuosa, — e elevando-se num crescendo amoroso, multiplicava as notas altas e apaixonadas, que tinham a insistência ardente duma suplicação amorosa: e a Livalli inclinava a cabeça para trás, mostrando a sua bela garganta branca de italiana nutrida.

Depois algumas pessoas chegaram: o sr. Elisiário Macedo, que trazia o seu violoncelo, Sarrotini, jovial, palavroso, enchendo a sala com o espectáculo ruidoso da sua pessoa: Meirinho, todo cheio de sorrisos discretos e *shak-hands* íntimos. Genoveva recebia-os, com uma graça cerimoniosa, com palavras simpáticas, mostrando num sorriso igual, os dentinhos esmaltados: parecia ter perdido a irritação nervosa do jantar: — e a sua pessoa, a sua *toilette,* a nudez do seu colo, o seu pescoço branco de movimento doce, a beleza da sua figura, davam a Vítor uma exaltação tão profunda que era quase dolorosa: o vinho de Borgonha, além disso, punha-lhe no sangue um vigor amoroso — e errava pela sala, procurando o momento de lhe dizer baixo toda a adoração da sua alma. — E vendo enfim no sofá um lugar ao pé dela — apoderou-se dele sofregamente, e baixo:

— Genoveva, estás adorável. Queria-te ver só, pelo amor de Deus, não me mandes hoje embora...

Ela abriu devagar o leque, e, recostando-se no sofá, disse devagar: — Escuta. Às II horas, sai, põe o teu paletó e fica em baixo no patamar e espera. A Mélanie há-de-te buscar, e meter-te no quarto dela. E não me fales muito durante a noite, nem te mostres muito alegre.

E inclinou-se para Sarrotini, que se curvava diante dela, perguntando, se não teria a honra de escutar a sua voz divina! Vítor afastou-se tão perturbado, que nem pôde responder a Elisiário que lhe perguntava por Serrão. Sentia o coração bater-lhe no peito, com palpitações aflitas: um orgulho imenso dilatava-o: a luz, as *toilettes* das mulheres, as gravatas brancas dos homens, a música, eram outras tantas excitações para o seu amor, e como combustíveis numa fornalha: e a certeza que ia possuir aquela mulher e o encanto do mistério davam-lhe um delírio indominável: foi para o *fumoir* ao lado, deixou-se cair num sofá, afastou os braços, um suspiro profundo exalou-se do seu peito, e ficou com os olhos cerrados, imóvel, como num espasmo de felicidade. Um ranger de botas no tapete, Meirinho estava ao pé dele, no sofá: — Começou por se queixar de não ter recebido uma única visita dele durante a sua doença — tinha estado outra [vez] de cama ainda, depois. E, imediatamente, encetou o elogio de Madame de Molineux; nunca a vira tão linda! Positivamente, andava na vida como os caranguejos: andava para trás: ninguém lhe dava mais de 25 anos: Que mulher! O maroto do Dâmaso, hein! Estava-se a arruinar, mas que Diabo — *il em avait pour son argent!* deu uma risadinha, e ia continuar — quando sons de violoncelo se elevaram plangentemente. Era o Elisiário que tocava uma composição sobre a *Ave Maria* de Gounod. Aproximaram-se devagarinho da porta: Com os seus cabelos loiros um pouco desmanchados, Elisiário, amparando o violoncelo nos braços, com o corpo curvado, passava-lhe o arco sobre as cordas, com a lenta languidez de carícias suaves. Aquilo parecia divino a Vítor: as notas levavam a alma para regiões sentimentais e vagas, onde se sentia desfalecer, num amor místico e elegante: todos estavam imóveis, calados: as casacas e as gravatas brancas punham na sala um tom de vida aristocrática a que davam o seu relevo festivo os ramos de camélias, a luz das serpentinas: aqui e além palpitava um leque: e a *toilette* cor de milho de Genoveva, o seu cabelo loiro destacando-se na totalidade escura da sala, pareciam duma nobreza luminosa, e duma substância mais pura. Às vezes Vítor encontrava os seus olhos, e como levantada nas delicadezas do violoncelo, a sua alma lançava-se para ela por impulsos tão fortes e movimentos tão ávidos, que o esforço que fazia para não se afastar da ombreira da porta fazia-lhe tremer as mãos, como folhas ao vento. Mas uma última arcada soou, houve[164] bravos — e o Elisiário limpava o suor, devagar, — enquanto um murmúrio de conversações enchia a sala duma sussurração festiva. De repente Vítor lembrou-se da história do Meirinho, que ele nunca acabara — e ia perguntar-lhe o final; mas viu-o muito absorvido numa conversação com Madame Livalli. E foi o Sarrotini que lhe veio tomar o braço: o excelente homem aborrecia-se um pouco: a primeira *soirée* que ali tinha passado é que fora boa, não é verdade? Tinha sido uma pândega, mas hoje estava-se muito sério, havia ares. Não gostava daquilo: para ele queria franqueza, boa rapaziada, e risadas livres: Ela, Madame de Molineux, estava realmente deslumbrante! *Una beltà fulgurante!*

Todos lhe diziam o mesmo, — e era a sua amante[165] e dentro em duas horas, estaria só com ela na sua alcova: olhou o relógio e empalideceu, vendo que eram II horas!

Veio logo apertar a mão a Madame de Molineux — e vestia no corredor o seu paletó quando Dâmaso veio dizer-lhe:

— Então já?

— Estou incomodado.

— E tu desculpa aquela coisa à mesa...

— Oh, menino!

— Está uma bonita festa, hein! — disse Dâmaso. Parecia agora inteiramente satisfeito; ajudou a vestir-lhe o paletó; chamou Mélanie para lhe alumiar: e ainda do alto da escada lhe disse:

— E aparece, homem, aparece! E entrou na sala radioso: Genoveva chamou, com um gesto: —

— Quem saiu?

— O Vítor.

— Ah! escute — e sente-se aqui. — E começou falando devagar, a queixar-se de que ele tivesse estado[166] [de] tão mau humor à mesa.

— Para que estiveste. tu a implicar comigo? Parecias estar a mostrar a esta gente toda que me não podes ver!

— E para que disseste tu impiedades? Sabes que detesto os gracejos sobre religião.

Mas tu mesma, às vezes...

Bem, quando estamos sós, no quarto. E ainda assim. Mas no mundo, numa sala, a religião é uma questão de boa educação... Ele ia erguer-se:

---

164. No original: *bouveram.*
165. Leitura provável.
166. No original: *de que ele estivesse estado.*

— Sente-se. Parece que lhe custa estar ao pé de mim. E além disso, eu desejo que o meu amante converse, tenha espírito, brilhe... Fez um papel peludo...

— Não sou literato, disse ele com desdém.

— Mesmo sem se ser literato, se conversa, e se entretém... Estou com dores de cabeça, acrescentou... Sabe? Hoje não se lhe poderá dar hospitalidade... Mas Dâmaso indignou-se: Hoje, nos anos dela; hoje que estava tão linda; que ele a amava tanto...

— Mas, pelo menos, quero que saia quando os outros saírem...

— Mas volto depois...

Genoveva não respondeu.

— Volto depois à meia-noite, ou à uma hora. Genoveva abria, fechava o leque, como distraída. — Volto, hein?

Ela teve um pequeno movimento de hesitação e erguendo-se:

— Sim, pode ser...

Deu uma volta pela sala, com uma palavra aqui, um sorriso além, e, atravessando o *fumoir,* foi rapidamente ao seu quarto: tocou a campainha: duas velas ardiam no toucador: um forte cheiro de opoponax errava: os lençóis estavam entreabertos. Olhou-se ao espelho; suspirou fortemente.

— Está jogada a carta, disse, falando alto! —Mélanie tinha entrado.

— Pronto?

— Sim minha senhora, está no meu quarto, fechado à chave, disse Mélanie rindo.

— Pobre querido. Leva-lhe uma garrafa de champanhe, um bolo, qualquer coisa. E estás bem certa no resto, não? — Logo que esta gente saia — vai à campainha da porta, embrulha-lhe o badalo em algodão, ou corta o cordão: E depois que batam, que gritem, nem sequer se ouve aqui em casa.

Mélanie disse então:

— Era melhor que não houvesse barulho.

— Aquele animal diz que quer vir à uma hora. Que venha! Assim é melhor: é uma despedida brusca — evitam-se as explicações. Ajeitou o cabelo, revirou-se diante do espelho, deu um olhar ao quarto, — e entrou na sala:

— Estas senhoras, veio logo dizer João da Maia, lembram uma valsa.

— Perfeitamente, disse ela, com um sorriso feliz.

Sarrotini e Elisiário arrumaram a jardineira. Falava-se arte: ria-se. E o conde, sentando-se gravemente ao piano, bateu os compassos do *Danúbio Azul.*

Capítulo 24

Pela uma hora, Dâmaso muito abafado no seu paletó, descia pelo Largo do Barão de Quintela. A noite fizera-se muito cerrada, gotas de chuva tinham caído. Abriu a porta da rua com a sua gazua, e, acendendo fósforos, subiu a escada: no segundo andar, um clarão súbito alumiou a escada duma luz lívida — e logo um trovão próximo rolou, estridentemente. Ao chegar ao patamar de Genoveva, puxou rapidamente o cordão da campainha. Não sentiu nenhum som. Esperou, sacudiu a corda violentamente. Nada tilintou:

— Caiu-lhe o badalo, pensou furioso.

Agachou-se, colou o ouvido à porta: havia um silêncio escuro e adormecido.

— E esta!

Deu um puxão desesperado ao cordão: nada: bateu com os nós dos dedos, impaciente. — Sentia no silêncio bater-lhe o coração: relâmpagos alumiavam, de repente, a escada: e trovões estalavam, com um estampido despedaçado, por cima do telhado. Desesperou-se, e, com o punho fechado, esmurrou a cancela: — sacudiu-a: a lingueta tremia na fechadura, aos sacões frenéticos. Dentro, um silêncio impassível. Pensou que a trovoada impedia que ouvissem. — E num intervalo, em que sentia gotas de chuva baterem na clarabóia, atirou a ponta do sapato contra a porta. A violência do ruído assustou-o — e a sua covardia acanhou-se diante do escândalo. Chamou pela fechadura:

— Mélanie! Mélanie!

Um trovão medonho retumbou, fazendo toda a casa sonora.

Dâmaso estava frio. Tinha um vago susto, um desespero, uma desconfiança.

— Aqui há maroteira, e — numa raiva, — abalou a porta, com pancadas formidáveis dos tacões. Nada.

— Ah, grande bêbeda! pensou.

E agarrado à cancela, dava-lhe puxões frenéticos: escoucinhava-a: sentia um suor à raiz dos cabelos, — e os relâmpagos sucessivos faziam fechar os olhos, enquanto, logo, o estalar do trovão lhe dava um choque ao corpo.

Então perdeu o domínio de si, e atroou a casa com pancadas dos tacões. De repente, no segundo andar, uma porta abriu-se: — e um furioso berrou:

— Que pouca vergonha é essa aí em cima? Dâmaso, aterrado, respondeu dum minuto:

— Sou eu, estou a partir a porta...

— Mas quem [é] O senhor? bradou a voz rouca. Aí mora uma senhora só. Que escândalo é este, de estar a deitar a porta abaixo, a estas horas da noite, num prédio respeitável?

A raiva deu a Dâmaso um ímpeto de coragem:. — E que tem você com isso?

— O que tenho, rugiu a voz. Eu lá lhe digo o que tenho. Eu já lho digo com uma bengala. — E a pessoa entrou em casa, berrando.

Dâmaso teve um terror agudo do escândalo, da desordem, e, agarrado ao corrimão, — desceu correndo as escadas, perseguido por clarões vivos dos relâmpagos. Na rua, foi logo olhar as janelas, dos dois lados: a casa estava muda, apagada, morta.

Uma chuva torrencial caía. Dâmaso não tinha guarda-chuva: os seus sapatos de verniz chapinhavam as poças. Teve um desejo feroz de quebrar as janelas com pedras. Mas receou a patrulha, o alvoroço, a bengala do outro.

— Ah, grande bêbeda! rosnou, andando desesperado, aflito, às escuras, em volta da casa.

Às vezes um relâmpago vinha — e na claridade límpida, ardente, ele via com nitidez toda a casa, as nódoas da fachada, os caixilhos das janelas, as grades de ferro da varanda, até a cor branca das portadas por trás das vidraças, com os seus transparentes meio descidos: depois, na luz amarela, divisou[167] um vaso de flores de cor vermelha; depois havia um resplendor tão intenso, que tudo parecia de luz, de um fogo branco.

— E logo uma obscuridade espessa cerrava-se, através da qual rolava surdamente o trovão.

— Ah, bêbeda! bêbeda!

Pôs-se a correr, sob as cordas de água que caíam, até ao Largo de Camões; não encontrou nenhuma carruagem: furioso, meio alucinado de raiva, veio à Rua de S. Francisco: o Grémio estava fechado:.— tudo conspira contra mim[168]! rosnou, numa raiva soturna. Desceu ao Rossio. Nem uma tipóia. E a chuva caía, em torrentes grossas: os enxurros sussurravam: e as luzes dos candeeiros viam-se através duma névoa espessa, e com fitas riscadas de fios lustrosos de água. Tinha quase as lágrimas nos olhos. — Foi embora para casa: tinha as meias de seda molhadas. As abas do claque de cetim, deformadas pela chuva, entornavam-lhe água no pescoço: arfava, cansado, suando sob a frialdade, enterran-

167. Leitura provável.
168. No original: *tudo se conspirava*.

218

do-se em poças, ao atravessar o macadame, — sentindo as canelas trespassadas do molhado, com lágrimas na garganta, amaldiçoando Genoveva, chamando-lhe os nomes mais obscenos, imaginando vinganças, num frenesi aflito. — Esteve ainda a dar argoladas na porta, meia hora: — e quando o criado, estremunhado, veio abrir, rompeu pela escada, grunhindo injúrias, e obscenidades!

Capítulo 25

Ao outro dia, às onze horas, Dâmaso foi a casa de Genoveva. A campainha tinha recuperado o som: mas Mélanie através da cancela disse-lhe "que a senhora estava ainda recolhida".

— Porque diabo não abriram ontem à noite? Estive a bater mais duma hora!

Mélanie encolheu os ombros, abria grandes olhos: não tinha ouvido senão a trovoada! Que trovoada!

— Abre a cancela.

— A senhora não recebe antes das três, e fechou a porta.

Dâmaso conteve-se, desceu a escada, furioso, pensando: aqui há maroteira!

Voltou às três horas: vinha profundamente perturbado: parecia-lhe entrever vagamente, em tudo aquilo, uma traição: estava profundamente apaixonado por Genoveva: além disso o dinheiro que lhe dera, as despesas que fizera com a sua instalação tornavam-lha preciosa: a sua vaidade tremia de a perder, ser suplantado: — e aqueles sentimentos davam-lhe uma emoção — a mais forte que sentira na sua vida burguesa, e que lhe causava quase terror.

Foi ainda Mélanie que veio abrir, disse-lhe logo:

— Madame saiu, e deixou este bilhete para si.

Mesmo no corredor, abriu, e ficou petrificado lendo:

"Ontem não o pude receber pela simples razão de que não estava só. Compreende que as nossas relações, desde esta confissão, estão cortadas. Agradeço todos os cuidados que teve comigo, e acredite na minha amizade. Remeterei, sem demora, um paletó que aqui está, seu, e alguns lenços... Espero da sua delicadeza que não insistirá em me ver. Seria provocar um conflito desagradável."

Dâmaso, maquinalmente, entrou na sala com o papel na mão: não achava uma palavra, uma ideia, uma resolução!

Mélanie, de pé, com os olhos no chão, a mão no bolso do avental branco, esperava. Dâmaso, muito pálido, deu alguns passos pela sala, tornou a ler o bilhete, passou a mão convulsivamente pelos cabelos, e deixando-se cair no sofá:

— Isto só a mim, murmurou. E voltando-se bruscamente para Mélanie: — Quem é que estava, quem é o desavergonhado?

Mélanie encolheu os ombros: não sabia nada, ela estava no seu serviço, não tinha visto ninguém.

Dâmaso olhou-a com rancor: parecia-lhe odiosa com o seu rostinho vicioso e mudo, a cinta fina, o pé lançado para diante, calçado num sapatinho de laço:

— Tão boa é esta como ela. Súcia de bêbedas! Mas Mélanie declarou que não podia ir[169] chamar a senhora: ela não estava em sua casa: não podia consentir...

— E quando eu te dava as libras, então não havia rabujice? — rugiu Dâmaso, lívido. — E quando lhe dava a ela uns centos de mil réis, àquela ladra! — Grande asno que eu fui! A minha vontade era pôr tudo isto em pedaços — rugiu, olhando em redor os espelhos, os cortinados.

Mélanie teve um risinho:

— Tinha de o pagar outra vez.

Dâmaso fitou-a com ódio: mas o olhar imperturbável e atrevido de Mélanie, o seu sorrisinho desdenhoso assustaram-no, se não tivesse medo da polícia, do escândalo, tinha-lhe dado bengaladas. Agarrou no chapéu:

— Isto não há-de ficar assim! Isto não há-de ficar assim! — Eu voltarei.

— A senhora não recebe...

— Vai para o inferno, e a ladra da tua ama. — Mas à porta, detendo-se, devorado duma curiosidade: — ouve lá Mélanie, dou-te duas libras, dize-me quem aqui esteve. — E tirou da algibeira as duas libras. — Toma.

Ela estendeu a mão logo, fê-las resvalar no bolso do avental, bateu-lhe em cima para as fazer tilintar, e baixando a voz:

— Ai, não era segredo. Era o sr. Vítor.

— Grande pulha!

E desceu as escadas, trémulo de raiva. Às cinco horas voltou. Mélanie disse que a senhora estava, mas não recebia: e fechou a porta: Dâmaso, frenético, repicou a campainha com desespero: Mélanie veio dizer, com um ar irritado, que a senhora dizia que se ele continuasse a fazer barulho, mandava chamar um polícia...

— Ladra, berrou Dâmaso, quando Mélanie fechou violentamente a porta.

Expulso! Ameaçado com a polícia! E tinha gasto com ela mais de 12 contos de réis! E na véspera tinha-lhe ainda dado uma inscrição de três contos! E mobilara-lhe a casa! Oh, que ladra!

Arfava, em suores, pelo Largo do Quintela fora: o seu cerebrozinho estava numa ebulição frenética: planeava difamá-la pelos jornais! Arran-

---

169. No original: *ouvir*.

jar quem desse uma sova de pau no Vítor. Sentia por ambos um ódio feroz, vil, complexo, — em que entravam as desesperações da paixão traída, a cólera do amor próprio humilhado, a raiva do capitalista espoliado. A ladra! E não haveria leis? Era impossível que não houvesse[170] leis! Passou o dia, parte da noite, passeando no seu quarto, rogando pragas, expelindo obscenidades, dando punhadas nas mesas. Quis-lhe escrever uma carta, mas não achou uma palavra. Não ousava contar a sua derrota: receava os sorrisos irónicos, as consolações humilhantes. Que vergonha! Fora enganado, ludibriado, escarnecido: tinha feito dele um saco de dinheiro: tirada a massa, tinha atirado o saco para a roupa suja. Ele, Dâmaso! Um sono profundo sucedeu àquele desespero grotesco — e no dia seguinte correu a casa do seu advogado, o Torres.

O velho rábula escutou o caso, e sorvendo a pitada:

— Não há nada a fazer. Para que se mete o amigo com francesas? É chuchar no dedo. Lamento, lamento... A mim aconteceu-me pior! Muito pior! — E contou longamente o caso dos seus amores com uma amazona, do antigo circo do Salitre, uma fera! — Lamento! Lamento! Dâmaso subiu o Chiado a tremer de raiva: o que se riria quando se soubesse!

E doze contos perdidos, estragados; só a mim, só a mim, isto! A sua vaidade então sugeriu-lhe uma explicação: talvez fossem ciúmes! Talvez alguém o tivesse intrigado, contando a Genoveva que ele tinha outra amante! Foi logo escrever-lhe uma carta — em que dizia que não podia explicar aquele rompimento senão por alguma intriga, que lhe jurava que lhe fora fiel, que "nunca, nunca..." e acrescentava uma acumulação de provas de fidelidade, citando as horas a que [a] ia ver, falando na sua honra, desdobrando, numa letra convulsa, uma prolongação de inépcias. O galego tinha ordem de esperar pela resposta: e ficou num banco da Casa Havaneza fumando nervosamente um charuto.

O Carvalhosa, que entrou, aproximou-se dele: — Então como vai a tua mulher?

— Bem, disse Dâmaso fazendo-se vermelho.

— Continua a lua de mel?

— Pudera! E tomou um ar satisfeito.

O galego entrou, curvado, com o seu saco ao ombro, uma carta na mão. Dâmaso devorou[-a] — era a sua: a que ele escrevera e tinha nas costas a lápis: — "a sua epístola fez-me rir— [a] ponto de ficar doente. Não, meu caro senhor, ninguém se deu ao trabalho de o intrigar: sou eu que fiz o firme propósito de não me secar com a sua pessoa: e peço que não me perturbe nem com as suas cartas, nem com as suas missivas!"

170. No original: *houveram.*

— É a bem amada que te reclama, disse Carvalhosa, que comprava charutos ao balcão.

— É para ir lá logo, balbuciou Dâmaso.

— Refastela-te, Romeu! soltou o outro, saindo, com um ar pomposo.

Dâmaso veio para a porta respirar: via tudo como numa névoa, e o ruído da rua chegava-lhe como um zumbido distante. Procurou avidamente, com a ideia, uma vingança: não lhe importava que fosse vil: lembrava-se de lhe mandar pegar fogo à casa, de a matricular na polícia: vinham-lhe recordações de vinganças, feitas outrora, em tempos mais violentos, por amantes despeitados: armar uma emboscada, metê-la numa carruagem com uma mordaça, e fazê-la violentar por lacaios ou por fadistas; — mas no fim de todas estas combinações, vinha-lhe o receio da polícia, dalgum perigo pessoal, de bengaladas possíveis. E a sua covardia recuava diante da vingança.

De repente estremeceu. Vítor acabava de entrar na Casa Havaneza: ao ver Dâmaso, hesitou, fez-se pálido, mas, com uma resolução repentina, fez um movimento, disse-lhe familiarmente:

— Olá!

— Não falo a canalhas! bradou Dâmaso, com uma voz aflita, agitando a cabeça, pondo-se em bicos de pés, não falo a canalhas!

Vítor ergueu a bengala. — Dâmaso instintivamente agachou-se: mas um sujeito corpulento, que acendia o cigarro, precipitou-se, segurou Vítor, disse:

— Então, meus senhores. Prudência! Por quem são! Escutem, eu tenho experiência...

Vítor, pálido, sacudiu os braços, fechou os punhos, e olhando Dâmaso colericamente, disse, com desprezo:

— Eu lhe mandarei dois amigos, seu covarde — e saiu muito nervoso.

Dâmaso ficou lívido: os caixeiros olhavam-no pasmados: um sujeito de lunetas de oiro que passava a língua sobre uma estampilha aproximou-se, com um olhar esgazeado: e o homem corpulento disse, com um tom profundo, meneando a cabeça:

— É uma pendência de honra...

— É um canalha! Imagina que me bate! Está enganado. Venha para cá. Racho-lhe os ossos!

— Então, então!

Dâmaso soprava, e tinha os olhos vermelhos: mesmo não se conteve e duas lágrimas rolavam-lhe pelo nariz: fez-se muito pálido, oscilou.

— Um copo de água, disse o sujeito corpulento. Um dos caixeiros correu com um copo de água. Fizeram-no beber.

— Que diabo, homem! Ânimo!

— Obrigado, obrigado. — disse Dâmaso. — E vindo-lhe uma reacção: — Eu não lhe tenho medo. Pilhou-me de surpresa. O canalha!

223

Um amigo, aí está o que são os amigos, que eu quantas vezes lhe emprestei dinheiro. Mas hei-de-lhe rachar os ossos..

Ouvindo aquela voz excitada, pessoas, que passavam, paravam a olhar: havia uma modista com um embrulho, um sargento aspirante: vendo aqueles rostos desconhecidos, pasmados, Dâmaso envergonhouse, chamou um trem; o cocheiro bateu. A gente dispersou-se — rindo.

— Questão de mulheres, disse o sujeito robusto. O que lambia a estampilha disse, com uma vozinha fina, e com o olhar aceso, de desejo:

— Temos duelo, hein?

O sujeito robusto encolheu desdenhosamente os ombros:

— Duelos! em Lisboa! Uma pulhice. Comédia, é tudo uma comédia...

— Graças à civilização, graças à civilização, disse o outro, abrindo uma boca enorme, e passando a língua noutra estampilha, pondo-se em bicos de pés.

O sujeito robusto fez sobre a civilização uma observação obscena, — e afastou-se, fazendo girar a bengala.

Capítulo 26

A primeira preocupação de Vítor foi procurar padrinhos: agradava-lhe a ideia do duelo com Dâmaso: era como uma desforra das humilhações miúdas e mesquinhas que tinha sofrido: ganhava uma auréola de bravura, que seduziria mais Genoveva; se houvesse alguma coisa de menos delicado em ter suplantado Dâmaso, e aproveitado as vantagens que ele tinha feito a Genoveva, tudo isso se dissipava no ruído do duelo, como uma nódoa sob o forte resplendor dum foco de luz. E depois era uma lição àquela besta!

Mas quem poderiam ser os seus padrinhos? Serrão não era sério: Carvalhosa era muito teatral... tentou Meirinho: encontrou-o no quarto em *robe de chambre,* arranjando as unhas. À primeira palavra de Vítor, recusou, fez-se pálido, e exclamou:

— Mas eu sou o velho amigo do Dâmaso! Sou íntimo amigo do Dâmaso!

Fitou Vítor com olhos espantados — e indo fechar rapidamente a porta do quarto:

— Não seria possível arranjar-se esse negócio? — E como Vítor abanava a cabeça: — Vejamos, vejamos! que diabo! É necessário prudência. É um escândalo, é um desgosto para seu tio! Pobre Dâmaso! Quer o meu amigo que eu me encarregue de arranjar tudo? Acredite, tenho esperiência, tenho experiência!

Mas Vítor parecia inabalável.

— Mas meu Vítor, o amigo não quer o sangue do pobre Dâmaso!

— Quero uma satisfação: dois amigos que lá vão, e uma carta dele a pedir perdão — ou batermo-nos.

Tanta ferocidade espantava Meirinho. Olhava Vítor quase com terror.

— Safa! Safa! disse esfregando as mãos, conchegando-as no *robe de chambre.*

E quando Vítor ia a sair:

— O amigo desculpe, eu não posso, não posso! Sou amigo íntimo de Dâmaso há anos. Conhecia-lhe a mãe. Santa senhora. Pessoa da minha devoção! Que desgraça, um duelo!

Vítor, à porta do hotel, lembrou-se de João da Maia. Caramba, esse é que era o homem! Foi logo ao Hotel Central: eram quatro horas — e encontrou[-o] na cama, fumando, com uma limonada à cabeceira, um

225

romance caído no chão, — conversando com um rapaz, de forma hercúlea, com o cabelo rapado à escovinha, uma fisionomia bondosa e mesmo ingénua. Apresentou-o a Vítor como o primo Gonçalo Cabral.

Vivia ordinariamente na província, era morgado, formado em direito: vinha passar sempre alguns meses de Inverno à Capital, que achava corrupta como uma Babilónia e atraente como um paraíso. Tinha porém uma timidez imperdível porque achava as lisboetas muito finas, supunha-as desfrutadoras: e na rua, nos teatros, ou nas salas, tinha um modo desconfiado e reservado, preparando-se sempre para esmagar com os seus grossos punhos de aldeão quem se atrevesse *a fazer-lhe uma partida*. Muito esmoler, muito honrado — tinha dentro dum peito de gigante um coração de rapariga. E tinha um fraco — o desejo ambicioso de ser conhecido em Lisboa — e o apetite secreto de levar para a província uma espanhola, — que ele julgava a mais alta expressão de luxo libertino, e da beleza humana.

Vítor hesitou ao princípio em contar o seu caso mas João da Maia, disse-lhe:

— O Gonçalo é como se fosse eu mesmo!

E apenas Vítor fez o seu pedido, João atirou o cigarro, tocou violentamente a campainha, sentou-se na cama exclamando:

— Pronto amigo, pronto!

E preparando-se para se vestir — declarou-se encantado. Aquilo caía do céu: não tinha nada que fazer e estava mortalmente secado!

— E quem é o outro padrinho?

Era justamente o que Vítor não tinha.

— O Gonçalo! exclamou João da Maia. Vai vestir uma sobrecasaca preta Gonçalo. Marcha! E o excelente gigante partiu como uma bala — encantado da ideia que o seu nome apareceria em jornais — sob uma acta do desafio.

Vítor e João da Maia — combinaram [que] o que se devia era arrancar ao Dâmaso uma satisfação escrita que o *achatasse:* senão pedir-lhe a escolha de dois padrinhos, e baterem-se à espada, na Cruz Quebrada, ao outro dia de manhã, ao primeiro sangue. E Vítor viria às seis horas ao hotel, para saber a resposta da "besta do Dâmaso".

— O amigo joga à espada? perguntou João da Maia quando Vítor ia a sair.

— Alguma coisa, pouco.

— É o que basta. Pode-se dizer ao Dâmaso, que a joga como o Petit. *Addio!*

Vítor saiu, e pôs-se a caminhar devagar ao comprido do Aterro. Ia-se bater! Aquilo dava-lhe como um impulso de virilidade, e uma dilatação de orgulho: depois batia-se por ela! E àquela ideia julgou-se muito

226

nobre, quase heróico. Mesmo já saboreava a emoção que lhe daria aparecendo-lhe, com o braço ao peito, pálido, muito interessante. Mas lembraram-lhe então casos que lera — em que num duelo, pessoas que nunca jogaram a espada, ou dispararam uma pistola, eram mortas, por um acaso fatal. E via-se estendido sobre a erva, e fios de sangue correndo. Aquilo fez-lhe bater o coração: veio-lhe como uma certeza súbita de que a vida era um bem delicioso, olhou o céu, que lhe pareceu encantador, e a cidade, a que a luz dava a alegria suave dos tons de Inverno. Uma nuvem, que se avermelhava para os lados do mar, fez-lhe de novo pensar no sangue, em lábios roxos de feridas. Teria por acaso medo? E, àquela ideia, sentiu todo o sangue fugir-lhe do coração — mas para se reconfortar entrou na Taverna Inglesa, e bebeu dois cálices de Xerez. O calor do vinho reanimou-o e saiu, desejando encontrar-se já no campo, em mangas de camisa, brandindo a espada, com uma fúria de leão. E depois os jornais falariam, vir-lhe-ia uma celebridade de valente, as mulheres olhá-lo-iam, os homens temê-lo-iam: e agora quase tinha receio que Dâmaso não aceitasse. E, todavia, invejava vagamente as pessoas tranquilas que passavam, que não [iam] decerto a bater-se em duelo, ao outro dia de madrugada.

Àquela hora, João da Maia e Gonçalo Cabral chegavam, numa carruagem da Companhia, à porta de Dâmaso: João julgava a carruagem da Companhia necessária para o "efeito moral". E introduzidos numa sala de *reps* verde, sentaram-se com solenidade. Dâmaso não tardou a aparecer, pálido, com os olhos vermelhos e o ar espantado.

Mas apenas João da Maia, com uma voz um pouco pomposa, tinha explicado "o fim daquela desagradável visita", Dâmaso, erguendo-se, com os beiços muito brancos:

— Então o Vítor manda-me desafiar? Ora essa! Então os senhores pensam que eu me vou bater? Que grande pouca vergonha!

João da Maia, conservando-se sentado, observou friamente:

— Meu caro senhor, essas palavras constituem uma ofensa para o meu amigo, e uma ofensa para nós.

— Ó João! Ó João! — E a voz de Dâmaso tinha uma profunda lamentação. — Eu não o quero ofender homem, nem a este senhor. Longe de mim. Desculpe. V. Ex.ª desculpe também... Mas é que é um atrev[imento][171]; pois os senhores não sabem? Eu fui quem o apresentei em casa daquela desavergonhada, fui sempre para ele um amigo íntimo, convidava-o a jantar, trouxe-o no meu *coupé*, e era Vítor isto, Vítor aquilo, tudo o que ele quisesse. E prega-me uma destas! A mim! Uma pessoa conhecida na sociedade, que todo o mundo estima! Tira-me a mulher, e manda-me desafiar...

171. Leitura provável.

227

Passeava, com gestos desordenados, os olhos lacrimosos, um fluxo labial inesgotável.

— Mas perdão: disse João da Maia, não nos afastemos da questão. O sr. Dâmaso chamou ou não canalha ao nosso amigo?

— E chamo! bradou o outro furioso. É um canalha! E uma mulher que me custou os olhos da cara. E a ele quantas vezes lhe emprestei dinheiro! Quantas vezes!

E cruzava os braços, no meio da sala, pondo-se em bicos de pés.

— Perdão, acudiu João da Maia, divertidíssimo — mas essa é uma nova fase da questão: existem, entre os senhores, questões de dinheiro. Deve-lhe ele dinheiro?

Dâmaso hesitou, corou, murmurou:

— Não, pagou sempre.

— Bem, então é uma insinuação injuriosa. E advirto-o que é para nós uma ofensa...

Dâmaso gritou aflito:

— Ó rapazes, dou a minha palavra de honra. Ó rapazes, juro-vos! — Punha ansiosamente a mão no peito.Você não tem melhor amigo que eu, João! E este senhor! Respeito-o. Mas que diabo. Ponham-se no meu lugar.

João da Maia passou devagar o seu lenço sobre os lábios, e deixando cair sentenciosamente as palavras:

— Está o sr. Dâmaso resolvido a dar-me uma explicação categórica?

— Mas de quê? Que fiz eu? Que diabo fiz eu? E ele não levantou a bengala para mim? Até um sujeito de bigode que estava na Casa Havaneza o segurou...

— Mas então bata-se! — disse violentamente Gonçalo, que aquela verbosidade grotesca enfastiava.

Dâmaso abriu olhos aterrados. E com uma resolução violenta:

— Não me bato, não me bato! Não me faltava mais nada! Para quê, para me dar ao desfrute! E duelos então em Lisboa, que é logo uma chacota! Mas eu não quero perder as minhas relações. E tenho família: que havia de dizer minha tia? Não me faltava mais nada. Eu não tenho medo. Estou pronto, que venha para cá...

Os dois amigos ergueram-se.

— Bem. Recusando-se a dar explicações e a bater-se, teremos de fazer essa mesma declaração. O nosso amigo fará o que julgar conveniente. — E João da Maia teimando outra vez: — Mas, amigo Dâmaso, previno-o de que Vítor está resolvido então a desfeiteá-lo publicamente...

— A desfeitear-me! — E, muito pálido, Dâmaso olhava-os, com um aspecto imbecil. — Isto só a mim! Isto só a mim! — e levava as mãos à cabeça. E Jesus! Mas que hei-de eu fazer, que hei-de eu fazer? Os senhores são meus amigos, você é meu amigo, João, que hei-de fazer?

— Mas estamos a dizer-lho, escreva uma explicação categórica!

— Escrevo tudo! Se se trata de escrever...

— Bem, redija-a: e nós veremos: mas se quer consultar alguns amigos...

— Não, acudiu Dâmaso, que diabo. Eu, [o] que eu quero é que isto fique entre nós. Eu que quero é evitar o escândalo. Isto só a mim, isto só a mim!

Foi ele mesmo buscar papel, tinta: enganou-se na porta, voltou atrás: olhava com os olhos esgazeados: — e sentando-se à mesa, com a pena, que lhe tremia nas mãos, fitava o papel, com um ar petrificado.

— Eu não tenho cabeça. Ó amigo João da Maia, escreva você.

João cofiou o bigode, deu alguns passos pela casa, reflectiu, e apoiando-se à mesa, com uma voz doce:

— Amigo Dâmaso, o caso é difícil: porque enfim — se chamou canalha ao Vítor — ou tem de lhe pedir claramente perdão... — E esperou, fitando-o.

Dâmaso coçava desoladamente a cabeça.

— Pedir-lhe perdão! E com uma voz melancólica...

— Não lhe parece que é mostrar medo?

João teve um sorriso ambíguo.

— Pode também dar uma explicação, mas qual?

— Sim, qual?

E Dâmaso olhava um e outro, altemadamente, com ânsia.

— A mim lembra-me, disse João, dizer que estava embriagado. Que te parece Gonçalo?

— Sim, que estava embriagado...

Dâmaso disse:

— Pois sim. Posso dizer que estava embriagado. — Mas isto não se publica.

— Ah, perdão, em todos os jornais.

Dâmaso deu um pulo:

— Mas então os senhores querem que todo o mundo se ria de mim? Então esse malvado quer-me desacreditar...

— Resta-lhe bater-se, — disse João encolhendo os ombros. — Como ofendidos, escolhemos as armas — a espada: os seus padrinhos marcarão...

Mas Dâmaso ergueu os braços ao céu, e exclamou: — O que isto tudo é, é uma grande canalhice!

João da Maia zangou-se: tomou o chapéu e com severidade:

— Bem: esperamos os seus padrinhos. Devo dizer-lhe — que essas palavras constituem uma ofensa para nós, e que depois do duelo com Vítor teremos a honra de lhe pedir explicações...

E iam a sair. Mas Dâmaso agarrou-lhes os braços: tinha as lágrimas nos olhos:

229

— Ó rapazes, ó rapazes! Por quem são. Eu não os quis ofender. Peço perdão. E Jesus! Oh, meu Deus! Pelas Cinco Chagas de Cristo! Você conhece-me João, sabe que eu sou incapaz... Estou por tudo. Escreva, eu assinarei.

Deixou-se cai no sofá e chorou. João escreveu tranqüilamente: consultou baixo com Gonçalo: ajuntou algumas palavras — e leu o papel a Damaso.

— Convém-lhe?

— Que lhe hei-de eu fazer? Para evitar os falatórios...

Sentou-se: e assinou.

E ao acompanhá-los à porta — disse-lhes, com a voz, em que havia lágrimas, ainda:

— E chamei eu àquele homem meu amigo íntimo! Obrigado, rapazes. Obrigado.

Capítulo 27

No dia seguinte Vítor e Genoveva almoçavam, ao meio-dia. Vestida com um largo roupão de seda azul escuro, o cabelo ainda um pouco seco do calor do travesseiro, e desmanchado das voluptuosidades da noite, estava caído na nuca: o seu pescoço branco e firme movia-se livremente: havia alguma [coisa] de sublime e doce espalhado em toda a sua pessoa: uma vaga lassidão abandonada dava aos seus movimentos uma graça lânguida: e a paixão feliz punha no seu olhar um enternecimento húmido, e mesmo dava ao esplendor da sua carnação alguma coisa de suave e de fresco. — Do seu corpo saía um aroma doce, — e Vítor olhava-a com um êxtase humilde. Falavam pouco: às vezes, por cima da mesa, apertavam-se a mão: as mangas do seu roupão largo deixavam ver os braços, que Vítor, conversando, cobria de beijos, com os olhos banhados num fluxo voluptuoso.

— Sentes-te bem? Estás feliz? disse ele. Ela suspirou, e inclinando um pouco a cabeça:

— Tanto, que tenho medo!

Mélanie entrou: trouxe o jornal que Vítor mandara comprar, e ele, desdobrando-o logo, percorreu[-o] rapidamente com os olhos, e, com uma sensação de orgulho, disse a Genoveva.

— Ouve isto. É a declaração de Dâmaso:

"Ilm.º e Exm.º Sr. Vítor da Silva: Encarregados por V. Ex.ª de pedir ao Sr. Dâmaso a explicação duma palavra, que V. Ex.ª julgou ofensiva, dirigimo-nos a casa de S. Ex.ª, que imediatamente e espontaneamente, num sentimento de conciliação, nos deu a seguinte declaração:

Illm.º e Exm.º Sr. Vítor da Silva: Tendo-se V. Ex.ª julgado ofendido com uma palavra descortês que dirigi a V. Ex.a na Casa Havaneza, tenho o maior prazer em declarar que ela não continha nenhuma intenção insultante e que não tive consciência do termo que empreguei, porque nessa ocasião me achava inteiramente embriagado. Renovo a V. Ex.ª os protestos da minha mais alta consideração, e espero me continue a amizade com que até[aqui] me tenho sempre honrado.

Dâmaso de V.

Em vista de tão categórica explicação julgamos terminada a nossa missão, e somos

De V. Ex.ª, etc.
D. João da Maia
Gonçalo Cabral."

Genoveva atirou para o lado o jornal com nojo.

— E há-de haver ainda quem aperte a mão a este homem? disse ela com orgulho.

— O Dâmaso? disse Vítor. Estimadíssimo na sociedade. Um dos seus ornamentos: *o nosso Dâmaso!*

Genoveva veio sentar-se nos joelhos de Vítor:

— E querias-te bater? E se fosses ferido? Se me ferissem esta linda cabeça que é minha?

Ele teve um movimento de orgulho valoroso.

— Pouh! Se me batesse, cortava-lhe uma orelha e estava tudo acabado.

Ela deixara-se escorregar até ao chão, ficou de joelhos diante dele, tomou-lhe as mãos: beijou-lhas:

— Meu Vítor! Meu amor! Sou tão feliz que desejo morrer... E com os olhos afogados numa ternura extática — estendeu devagarinho os beiços para ele, com a mansidão lasciva duma escrava namorada.

— Vamos ver as obras, disse ele daí a um momento.

— Ah, vamos ver as obras!

As obras eram agora uma das distracções de Genoveva: queria transformar uma das janelas da sala em dois balcões envidraçados: — para ter flores num recanto[172], pássaros noutro. Há dias que trabalhavam carpinteiros: tinham tirado as grades das varandas. Entraram na sala, juntos, de braço dado.

— Então tio Tomás, isso caminha? perguntou Vítor. O velho carpinteiro tirou o chapéu; — disse:

— Saiba V. Ex.a que sim: em duas semanas está pronto. Vítor aproximou-se: debruçou-se mesmo sobre a pedra da varanda, para a rua, em baixo: mas Genoveva reteve-o [pelo] braço:

— Querido: agora sem a varanda, dá vertigens, tem cuidado:

— Era um saltozinho bonito, disse o velho carpinteiro rindo.

172. Leitura provável.

Capítulo 28

Daí a dias, Vítor da Silva encontrou, no Rossio, Camilo Serrão: parecia ter perdido a sua animação habitual: tinha o ar estremunhado e melancólico — e, sem transição, começou a queixar-se, com uma fisionomia contraída, deitando olhares irados para os lados — como se estivesse descontente da cidade, dos habitantes, do céu, da luz, e do Universo. Os negócios iam mal. Tinha tido turras com a gente do Variedades, e não se fazia um vintém. A culpa era do Constitucionalismo e da lei dos Morgadios: extintas as grandes famílias, tinham acabado as colecções ilustres: os agiotas, que tinham sucedido aos fidalgos, só compravam litografias: o único freguês era o Estado... Mas o Estado era estúpido. A sua esperança era uma revolução. Mas devia vir amanhã — porque se tardasse uma semana via-se sem pão em casa.

Vítor escandalizou-se:

— Que tolice, a tua bolsa...

— Não, não. O que me fazia conta era pensarmos outra vez no retrato dessa senhora estrangeira...

Vítor prometeu falar logo a Madame de Molineux: tinha a certeza, afirmou, que ela o desejava imenso.

Deram algumas voltas no Rossio. Camilo, que as dificuldades da vida azedavam, insultou a cidade, "dum aspecto tão ignobilmente burguês e chato", as fisionomias inexpressivas do português moderno, a fachada idiota do D. Maria, a vergonhosa vela de estearina, que tinha por pavio o imortal dador da Carta, — e, consolado com estas pilhérias, declarou que ia estudar o retrato: tinha uma ideia: pintá-la vestida de preto, sobre o fundo brilhante duma cortina de damasco amarela.

— Que efeito: porque enfim, que diabo, trata-se de chamar a atenção dos burgueses! Como? Por meio do estardalhaço das cores berrantes! Ao amarelo, pois!

Genoveva com efeito consentiu com alegria: o retrato seria para Vítor, que o poria no seu quarto, tendo constantemente por baixo flores, como na decoração votiva dum altar. Mas não poderia o artista fazer o retrato, ali mesmo, na sala dela? Era tão secante ir a um *atelier,* todas as semanas. E era num quarto andar! Mas Camilo, a esta proposta, fez um trejeito ambíguo. E a luz? A questão era a luz! Disse então que os artistas recebiam, não procuravam: a arte era como a religião — esperava os fiéis, não vinha ter com eles. O *atelier* é um Templo: citou mais uma vez Francisco I apanhando os pincéis de Ticiano — e declarou que *não!* Que só trabalhava no seu *atelier*. E para estudar a luz, para conhecer Genoveva e combinarem a *toilette,* Vítor levou-o uma manhã à Rua das Flores.

— Como vai a tua mulher, perguntou-lhe ele ao subir a escada?

Camilo encolheu os ombros:

— Deu-lhe para estar melancólica e suspirar! Permite-se suspirar! Creio que tem saudades da broa da aldeia, e das cavaqueiras da fonte. Com efeito — a criatura esmorece no quarto andar. Falta-lhe a verdura, o campo, o gado: está como uma vaca metida numa sala. Como todos os animais que vivem de instintos, definha longe do seu meio.

Vítor não respondeu, pensava nas admiráveis formas do animal, e no seu vestido de chita amarelo.

Camilo pareceu admirar muito Genoveva. Teve mesmo um momento acanhado, e com o seu chapéu desabado na mão, os pés cruzados debaixo da cadeira, tinha uma atitude constrangida de plebeu deslumbrado. Mas Genoveva, com muita bondade, falou-lhe do seu génio, das suas obras, citou alguns pintores ilustres que conhecera, Carolus Duran, Bonnat, Regnault, falou de exposições, teve mesmo uma frase sobre o claro-escuro — e Camilo, como um peixe que sente de novo a água, recuperava a disposição de movimentos e a facilidade do discurso.

E daí a pouco, de pé, com as abas do paletó deitadas para trás, os cabelos em confusão — falava, com a sua abundância pitoresca. Começou por censurar a cor do estofo e das guarnições da sala: aquele fundo cor de chocolate e amarelo não convinha à sua beleza[173]: uma loira, alta, e de perfil aquilino, com majestade nas formas, devia estar cercada duma decoração severa: uma combinação, sóbria e rica, de carvalho escuro, e de veludo cor de cereja: um ou dois quadros de mestres espanhóis enegrecidos do tempo, onde destaca no fundo tenebroso um lampejo de face lívida e mística dum santo: — e grandes divãs. Genoveva aprovou muito: achava talvez melhor aquela ideia para um quarto de cama: devia dar ao seu amor um carácter religioso e mais profundo e um laivo mistico [de] voluptuosidade.

Serrão olhou-a com espanto:

— Tinha perfeitamente razão: era uma ideia digna duma velha italiana do século XVI. Positivamente, como a vou pintar é vestida de veludo preto, estendida num divã, ao modo veneziano, com o estilo do Ticiano!

Combinaram então a *toilette.* Serrão quis ver alguns dos seus vestidos: Mélanie transportou, pouco a pouco, o guarda-roupa para a sala:

---

173. No original: *beleza dela.*

estendia os vestidos sobre as cadeiras, Serrão dava um feitio artístico às pregas: e aquela exposição de sedas e de veludos, de *faille,* punha na sala um ar de rico armazém de modista: estendeu nas cadeiras, com as mangas caídas como braços mortos, os corpetes chatos e flácidos, mostrando os enchumaçados e os espartilhados: alargava, sobre o tapete, a riqueza das caudas e pregas fartas: as *failles* claras mostravam a rica frescura das sedas alegres: os veludos desdobravam-se com o peso cerimonioso de pregas doces e ricas: as rendas punham a sua suave filigrana sobre cores sombrias: e Serrão, concentrado, com a mão no queixo, os beiços estendidos, passeava entre os vestidos, amarrotando aqui uma seda, ordenando além a queda dum veludo; estudando os tons, as espirais da luz, no rebordo das pregas, as sombras aninhadas nas dobras fundas, a pouca cor dos planos lisos: — um vestido de veludo azul escuro — sobretudo, atraia-o: ora plantando-se diante dele com um ar profundo, ora demorando de repente em Genoveva um olhar estudioso. Combinava, com as meditações dum filósofo, e o cerimonial dum sacerdote: — como diabo a havia de atirar para a tela.

— Positivamente, de azul, sobre um veludo magenta escuro! — E a sua carnação, os seus cabelos loiros, destacando nestes tons severos, comendo a luz, monopolizando o olhar, e recebendo das tonalidades gerais do fundo [...][174] — e os seus gestos tinham a largueza de quem brocha uma tela — com um velamento, um adoçamento geral que vem entremear certas securas fortes dos planos duros...

— Percebeste, disse Vítor rindo a Genoveva.

— Há-de ser um soberbo trabalho, resumiu Camilo.

E no seu entusiasmo queria que começassem no dia seguinte. Mas Genoveva devia fazer uma visita prometida à alemã do barão. Quando, então? — E combinaram que Vítor iria dizer a Camilo o dia exacto.

— E eu no entanto disponho os fundos no *atelier. All right.*

---

174. Faltam palavras.

Capítulo 29

Daí a três dias, com efeito, Vítor subia as escadas de Camilo Serrão, para o avisar, que daí a dois dias, quinta-feira, Genoveva viria dar a sua primeira *pose.*

Ao entrar no *atelier,* viu logo que Camilo tinha feito preparativos: o chão estava lavado, os painéis e os gessos espanejados: sobre um pequeno estrado, coberto dum velho tapete verde, estava uma cadeira de coiro, com pregos amarelos, e por trás, suspenso, como num gabinete de fotógrafo, um reposteiro de velho veludo cor de magenta escuro: no cavalete havia uma tela nova: e sobre a mesa um ramo de flores, um prato de maçãs, e uma espécie de jarro de vidro, cheio de colares. Vítor riu, alegremente: na disposição daqueles acessórios reconheceu o desejo de Camilo em imitar no seu *atelier* a decoração conhecida do *atlier* de Rubens, popularizada pela gravura, onde se vêem frutos acastelados em taças de prata, cristais da Boémia, vasos transbordando de flores, e a riqueza das altas existências aristocráticas. Mas a porta abriu-se, — e a formosa Joana entrou. Apenas avistou Vítor, uma onda de sangue cobriu a sua face pálida. Cumprimentou, e disse que — Camilo tinha saído, e que só voltava à noite...

Àquela certeza de que Camilo não voltava, Vítor sem saber porquê sentiu uma perturbação, uma vaga satisfação. Joana tinha o seu terrível vestido de chita amarelo: mas Vítor observou que tinha os cabelos mais bem arranjados, uns punhos de renda.

— Eu vinha dizer-lhe — que viríamos além de amanhã à uma hora, não se esquece, não?

— Além de amanhã à uma hora, repetiu ela. Conservara-se de pé, com a ponta dos dedos apoiados à mesa: Vítor via-a um pouco de perfil, e o seu olhar não se podia desprender da beleza dos ombros, da maravilhosa linha do seio, e do pescoço forte como mármore, e branco como leite. Mas o que o perturbava era aquele vestido de chita, que parecia colado ao corpo, que revelava todas as curvas, todas as reentrâncias, que era mais irritante que a nudez, e tinha, com a sua cor amarela, um ar estranho e picante.

Procurava uma palavra — e disse por fim — olhando em redor:

— Aquele mandrião não tem feito nada de novo.

Ela encolheu os ombros.

Era simplesmente ignorância — mas Vítor julgava ver um desprezo, inteligente, pelas fantasias contraditórias de Camilo.

— E como vai o seu pequerrucho?

— Bem, muito obrigado — respondeu.

Não se arredava de ao pé da mesa, mas os seus olhos fixavam-se por vezes em Vítor, com uma franqueza dum animal espontâneo. Aquilo perturbava-o: sentia alguma coisa de nervoso, de langoroso, que o amolecia. Levantou-se, foi olhar uma cabeça de mendigo, pintura suja e medíocre, que tinha um rótulo por baixo — com este dístico extraordinário: *Fatalidades sociais!*

— É bonita esta cabeça!

Ela aproximou-se, olhou, disse:

— Ah!

— O Camilo nunca fez o seu retrato?

— Não senhor.

E sentou-se no divã: o vestido colava-se-lhe ao corpo, de modo que parecia que não tinha camisa: havia, nas suas pregas coladas, toda a revelação duma nudez maravilhosa. Vítor disse:

— É pena!

Mas ela então ergueu-se: aproximou-se da janela, voltou[-se], — e estavam agora, no sofá, um junto do outro. Vítor parecia sentir, como vindo dela, um calor tépido, como duma fogueira distante: via-lhe o seio arfar, e a redondeza magnífica dos braços nas mangas apertadas dava-lhe um desejo absurdo de lhe tocar, como para lhe sentir a elasticidade.

Repetiu:

— E pena!

— Acha? disse ela.

— A sua voz era tão cálida que Vítor voltou-se com um ligeiro estremeção. Os olhos de Joana estavam como afogados num fluido, e todo o seu corpo se adiantava, numa atitude de oferta, e de passividade.

— Por um movimento instintivo, pôs-lhe a mão no ombro: ela cerrou os olhos, e inclinando a cabeça para trás, soltou um gemidozinho suave.

Capítulo 30

Vítor descia daí a meia hora as escadas perfeitamente contrariado. Que tolice! Fora evidentemente uma canalhice — porque, enfim, Camilo era seu amigo. Depois, não tinha por aquela bela lavradeira nem amor, nem capricho: fora o vestido de chita amarelo! Fora a explosão bestial dum movimento sanguíneo. — Além disso, as últimas palavras dela — "queria viver consigo" — eram inteiramente insuportáveis! Viver com ela um animal belo, mas estúpido, passivo, uma fêmea! Estava agora vendo como faria para não se encontrar com ela, quando acompanhasse Genoveva: felizmente, ela nunca vinha ao *atelier,* quando Camilo trabalhava: e, além disso, mesmo que visse Genoveva, mesmo que tivesse ciúmes, era tão passiva, tão nula, que não havia a recear nem recriminações, nem cenas! Não era também possível que Genoveva soubesse. — O mal não era grande. Ele fora estúpido — e sentia-se descontente, apenas, de não poder pensar, sem um estremecimento, na magnífica beleza de Joana, na sua maneira calada mas profunda de sentir o amor.

E Camilo? Camilo desprezava-a: aconselharia a Genoveva de lhe dar, em lugar de 40, 60 libras. E parecendo-lhe que estas vinte libras sanavam a traição, contente de si e da vida, correu a ver Genoveva! Positivamente, dava no goto às mulheres.

Camilo foi pontual daí a dois dias: o prato de maçãs estava ainda sobre a mesa, com o jarro de colares: e com um casaco de veludo cheio de nódoas, uma espécie de gorro escarlate, Camilo, muito animado, disse a Genoveva:

— Vamos fazer uma grande obra de arte: e digo vamos, porque o modelo é o colaborador do artista.

E imediatamente fê-la sentar na cadeira do estrado. Apesar de ser em Maio estava um dia frio. O dia estava escuro, com uma sensação de chuvas próximas: Genoveva tinha um longo paletó de fazenda escura, debruado de peles, um regalo muito grande: em torno do seu pescoço, a gola de peles fazia aparecer o seu rosto mais branco e mais delicado, dando alguma coisa de suave e de friorento: e um chapéu de veludo castanho escuro, com a aba levantada adiante, sob a qual desabrochava uma rosa de chá. E comprimindo uma vontade de rir, um pouco encolhida, porque o *atelier* era frio — parecia adorável.

Camilo teve a ideia de a pintar assim, de chapéu, — sobre o fundo amarelo. Meditou, esboçou alguns sinais na tela — mas de repente:

— Com mil diabos, não! Deveria[175] [ser] de vestido azul, com algumas pérolas no cabelo. Estas *toilettes* de passeio são indignas duma obra de arte...

Neste minuto, Joana entrou no *atelier.* Ao ver Vítor ao pé de Genoveva, abriu os seus grandes olhos negros, fez-se vermelha, e imediatamente pálida — e ficara, de pé, imóvel, com um vago tremor nas mãos quando Camilo, reparando nela:

— Que é? Que tens? Estou a trabalhar, adeus.

Ela baixou um pouco a cabeça, desapareceu.

Quando soube que era a *sua bem-amada,* Genoveva deu-lhe os parabéns: era uma magnífica beleza: e olhava de lado para Vítor, que foi encostar-se à janela a esconder a vermelhidão das faces.

Neste primeiro dia, Camilo dispôs as massas, — e trabalhando dissertou muito sobre a Arte. Estava ultimamente com vontade de se dedicar à pintura religiosa: porque, enfim, de onde provinha a decadência da sociedade moderna? — da falta de espiritualismo: e o que havia de mais próprio para levantar as almas do seu abaixamento e distraí-las do seu prosaísmo — que a pintura dos grandes tipos e dos grandes caracteres dos Santos e dos Mártires? Mas sentia que lhe faltava a fé. Para pintar S. Sebastião, é acreditar nele! ora acredito eu [em] S. Sebastião? — Para fazer pintura santa — era necessário ser um santo. E invejava então, disse, a existência recolhida dos velhos pintores ascéticos da raça de Fra Bartolomeu, e de Fra Angélico, que na paz seráfica dos claustros, possuídos do amor divino, tinham a visão nítida do céu, e sabiam pintar uma alma — como hoje se sabe pintar uma árvore...

Mas, recuando, examinou a sua tela — e enfureceu-se. Não havia nada mais ridículo, nem mais prejudicial, do que estar a pintar o Moderno preocupado do Antigo. Assim, instintivamente, [começou] a pôr no traço a secura da pintura ascética.

— Que diabo! Falemos da Renascença, dos Bórgias, dos prelados lascivos, das galas católicas, de feitos artísticos! E falou muito tempo dos artistas da Renascença — até que Genoveva se declarou cansada.

E Camilo, todo preocupado dos artistas da Renascença, e das suas maneiras régias, ofereceu a Genoveva maçãs e Colares — como Ticiano poderia ter oferecido as granadas de Tivoli, com vinho de *Lacrima-Christi.*

Genoveva, ao voltar para casa na carruagem — fez muitas perguntas a Vítor sobre aquela bela criatura entrevista. Se ele a conhecia? De onde era ? Se a tinha visto muito?

---

175. Leitura provável.

Vítor respondeu com um vago embaraço, fazendo-se distraído. Se ele ia muito a casa de Camilo? Se ela tinha filhos?

— Para que são tantas perguntas? Disse ele rindo.

— Hum! não gosto dessas relações.

— Tens agora ciúmes daquela fêmea?

— Há homens que gostam de fêmeas...

— Mas eu, com os meus gostos de artista, a minha delicadeza de sentimentos...

Genoveva teve um sorrisinho.

— Que estranho vestido de chita amarelo disse ela. — Mas é bem feita.

— Hum! fez Vítor.

— Hum, quê?

— Não acho muito.

Genoveva calou-se, olhando-o de lado com um olhar faiscante.

— É bem secante ter de subir aqueles quatro andares, disse ela.

Capítulo 31

Dâmaso, ao princípio, tinha tido uma ideia vaga de que aquela explicação impressa não era talvez muito honrosa para ele: fora sobretudo ao vê-la impressa, "em letra redonda", que se sentira vexado: nesse mesmo dia veio vê-lo um parente dele, o sr. Casimiro Valadares: era um sujeito sério, de sobrancelhas cerradas, de quem se dizia: o Valadares não é para graças. Tinha tido havia quinze anos um desafio com um emigrado espanhol, em que fora ferido nos dedos, ligeiramente, e desde então considerava-se e era considerado um entendido em questões de ponto de honra, e um mestraço nessa história toda de pendências entre cavaleiros. E apenas entrou no quarto de Dâmaso atirou o *Diário Popular* para cima da mesa e disse:

— Isto é a vergonha das vergonhas!

Dâmaso fez-se escarlate — e abandonando o fluxo labial desordenado, declarou que queria evitar um escândalo, que realmente a verdade é que estava "tocado", que o Vítor era o seu amigo íntimo, que era indecente bater-se por causa duma prostituta, — que não era medo, que estava pronto a bater-se com tudo, à faca, peito a peito, se fosse necessário.

— Palavriado, palavriado, — disse o outro. O que é, é isto: é que os padrinhos do Silva obrigaram-te, simplesmente, a uma vergonha: e a minha opinião é que tu devias-te bater com o João da Maia, e com o tal sr. Gonçalo: Gonçalo de quê? Gonçalo qualquer. Gonçalo Cabral! — Devias já mandar-lhe os teus padrinhos. — Se tu te tivesses dirigido a mim, as coisas correriam doutro modo: era o Vítor que havia de dar a satisfação. Assim, é indecente. — É a minha opinião.

Dâmaso protestou — que eles se tinham mostrado seus amigos, que o tinham tirado duma alhada, — que além disso contava quebrar a cara ao Vítor — que, de homem para homem, era homem para ele. — E abria-se numa verbosidade transbordante, quando o Valadares o deteve com estas palavras secas:

— Eu se fosse a ti, por decência, ia por uns meses para o estrangeiro.

Dâmaso ficou aterrado. Porque aquilo desacreditava-o.

— Declaraste-te simplesmente covarde e bêbedo — é a minha opinião.

Dâmaso então prodigalizou as queixas contra João da Maia. Ele não tinha experiência: fora o João que lhe dissera: fiara-se nele: além disso, jurara-lhe que não se publicava...

241

— Desafia o João! é a minha opinião. Queres que eu lá vá? Mas Dâmaso recusou-se, com violência: para camisa de onze varas, já bastava! Estava farto de complicações. Havia duas noites que não dormia.

E o Valadares saiu, dizendo-lhe com tédio:

— Homem, devias trazer uma roca à cinta — é a minha opinião.

Dâmaso começou a pensar se realmente lhe fariam má cara na sociedade. Durante alguns dias saiu, um pouco retirado no fundo do *coupé*, não foi ao teatro: depois arriscou-se, uma noite, ao Grémio, passando rapidamente nas salas: recebeu dois olás seu Dâmaso, muito amigáveis. Animado, mostrou-se pela tarde na Casa Havaneza: recolheu, como sempre, os apertos de mão, que mereciam os seus contos de réis de renda. Foi a S. Carlos; na visita que fez aos camarotes, todas as senhoras tiveram, sem diferença, os mesmos sorrisinhos, as mesmas amabilidades: ou ninguém tinha lido, ou achavam natural — foi a sua reflexão. Achou o Valadares caturra e espadachim. — E uma noite no Grémio, ele mesmo falou violentamente, numa roda, de Madame de Molineux e de Vítor: — Enquanto a ele, o desavergonhado do Silva estava vivendo simplesmente à custa da bêbeda: de resto, estava farto dela, declarou: ele mesmo lhe tinha dito, dias antes, que procurasse outro, ele tinha melhor: de resto, a criatura não lhe custara nem um vintém: e depois tudo era postiço, tudo eram chumaços, despida não valia nada... — E a besta do Vítor acaba por casar com ela: o que ela quer apanhar é os 80 contos do Timóteo. — Foi também a opinião geral — cada homem acreditando sempre na sua vaidade — que todos os outros são amados por interesse.

Capítulo 32

Por esse tempo publicava-se em Lisboa um pequeno jornal intitulado *A Corneta do Diabo*. O redactor e o jornal pareciam-se fisicamente: havia na fisionomia do homem e no papel da gazeta — o mesmo tom ordinário e baixo: o estilo dos parágrafos tinha a irregularidade miserável dos hábitos do escritor: e havia no tipo de impressão como o carácter do homem, eram ambos *safados*.

O fim do jornal — era simplesmente a aquisição para o seu redactor — de alguns mil réis que lhe pagassem — os litros de Colares, alguma patada no valete e nas damas, e a tarifa das prostitutas: para tudo o mais o dinheiro era-lhe desnecessário: tinha o calote: — o meio de obter este rendimento era simples: ora extorquir uma soma ao infeliz pela ameaça duma publicação infamante: — ora receber dinheiro de covardes pela impressão dalguma calúnia: o difamador trazia a calúnia e a espórtula: o redactor virgulava a calúnia e guardava a espórtula. Quando lhe davam bengaladas, sacudia-se como um cão molhado, e, em lugar dum litro, para se restaurar, bebia dois: quando lhe perdoavam ou desprezavam, alteava o peito, metia os dedos pela grenha e exclamava, na batota ou no bordel: teve medo! Que viesse para cá! Esta profissão era exercida no terceiro andar duma travessa do Bairro Alto — mobilado duma cama e duma banca: na cama, imunda, o redactor cozia o vinho, ou suava os suores duma tísica no segundo grau: em cima [da] banca *compunha* — e havia artigos: mas, depois, expectorava e havia escarros: — e vivia triste, entre todas aquelas nódoas, tremendo de medo da polícia.

Uma manhã, Vítor recebeu, pelo correio, um número da *Corneta do Diabo,* onde — na secção denominada *Cornetadas,* um parágrafo estava marcado com um traço de tinta: Vítor, furioso, leu: "Ora viva sô Vítor! então deixou-se o escritório do ilustre dr. C? Já não se necessita de explorar a viúva e o órfão? — Esta pergunta era feita no Chiado a um certo Vítor, ao Vítor bonito: — E um Pai Paulino, que passava nessa ocasião e que tem olho, ouviu a seguinte cornetada: é que o sô Vítor achou emprego mais bem remunerado, e em lugar de explorar a viúva, explora a *estrangeira*. E o que fará a certa Dulcineia dum certo mercador de panos? — Pois sô Vítor, se assim é, dizemos nós, cautelinha: que o Diabo cá tem a sua corneta preparada para cornetear por esse mundo a fama das suas conquistas — *rendosas!.* Ora viva sô Vítor!"

243

Vítor acabou de ler este parágrafo com lágrimas de raiva. A sua primeira ideia foi sair e chicotear o Dâmaso: que não duvidava que fora ele o difamador. Reconhecia o estilo do Alípio — a vingança de Dâmaso — mas bater-lhe, fazer um escândalo, não era criar em torno do facto uma publicidade terrível? O parágrafo d' *A Corneta do Diabo*[176], que poucas pessoas teriam lido, seria então universalmente conhecido. Muitos diriam: que infâmia! Mas outros diriam: tocou-lhe na ferida: — porque a calúnia — é como as nódoas de certos óleos: quando se dissipa a mancha, fica a marca. — Felizmente, Genoveva não teria lido — ou rira. Mas o tio Timóteo? Tremia que lhe tivessem mandado o jornal. — E foi com o coração acanhado que desceu para a sala de jantar. — Dobrado, em cima do aparador, estava *A Corneta do Diabo*.

O tio Timóteo, sentado na sua poltrona, esperava o jantar, com o *Times* caído sobre o joelho. Vítor, num relance, compreendeu que devia ser o primeiro a falar, por uma indiferença procuraria atenuar a importância.

— Ah; também lhe mandaram esta infamiazinha?...

O tio Timóteo fez um gesto afirmativo. Aquele silêncio desarranjou um pouco a atitude de Vítor, e disse, afectando rir-se:

— É o Dâmaso, furioso...

O tio Timóteo dobrava cuidadosamente o *Times*. E Vítor, já embaraçado, passeando em roda da mesa, começou a dizer:

— Eu bem [me] importa... Quem se importa com o que diz a *Corneta do Diabo*... Felizmente todos me conhecem...

O tio Timóteo ergueu-se, fitou Vítor. Tinha o ar preocupado: bateu as pálpebras, como embaraçado: e catarrou com a garganta, e disse:

— Dize à Clorinda que traga o jantar.

Sentou-se, desdobrando o seu guardanapo — e falou das probabilidades da guerra no Oriente: o *Times* trazia um artigo teso. — Mas a Inglaterra ultimamente tinha uma política egoísta, de capuchinho, covarde. Covarde! Dizia-o a todo o mundo. Dizia-o na cara de Lord Beaconsfield, e à Rainha. Covarde!...

Vítor, encantado em ver que as preocupações do tio Timóteo estavam tão longe, no Danúbio, e nos Dardanelos, animou-o, levou[o] ainda para mais longe, para a América, para a Índia — deitando, de vez em quando, na conversação, algumas frases vagas, como achas numa fogueira para a não deixar apagar: mostrava-se irritado contra os Turcos: disse mesmo: tenho pensado muito nisto, — como para se mostrar interessado pelas ideias gerais — e, positivamente, a Turquia é um cadáver.

— Mas o que é a Rússia? — E o tio Timóteo atacava a Rússia, o Czar, a divisão da Pôlónia, o exílio da Sibéria, e a escravidão dos traba-

---

176. No original: *do Ilustre Diabo*.

244

lhadores. — Traduziu mesmo um artigo do *Times* a Vítor, deu algumas punhadas na mesa. Falou longamente sobre a ideia.

— Ou não leu a *Corneta,* ou já lhe esqueceu — pensava Vítor.

E, depois do café, ia a levantar-se quando o tio Timóteo, enchendo o cachimbo, disse com uma voz vagarosa, grave:

— Pois eu li, a infamiazinha...

Vítor tornara-se a sentar, corado.

— Li, — continuou o tio Timóteo com seriedade — é uma infâmia — porque não creio que uma pessoa da minha família viva à custa duma mulher...

Ó tio Timóteo!... acudiu Vítor, com um largo gesto duma consciência escandalizada...

— Não creio, está claro. Mas não me faz muito feliz ver que te estás a arruinar por ela.

— A arruinar?! disse impetuosamente Vítor.

— Senta-te: fala tranquilamente, escuta-me tranquilamente. A arruinar. Não de dinheiro, está claro, que o não tens... — E, acendendo o cachimbo, puxava as baforadas tranquilamente, conchegando o tabaco com o dedo: — Vítor, nervoso, devorava-o com os olhos. — Não o tens! Mas um homem não é só feito de dinheiro[177]; há certas coisas que se podem arruinar: arruína-se a saúde, a reputação, a inteligência, o carácter, a profissão...

— Mas então... começou Vítor.

— Chut! — E o tio Timóteo, cerrando as pálpebras, estendeu a mão.

— Meu amigo, eu chamo arruinar-se, um homem abandonar as suas relações, a sua carreira, os seus deveres, o seu escritório, as suas ambições, os seus planos e passar a viver nas saias duma mulher, como um sigisbéu.

— Ó tio Timóteo; mas deixe-me...

— Tem paciência. Eu sou de opinião, e disse-o muitas vezes, que um homem deve ter uma amante: quem aos vinte anos não é casado nem tem uma amante — tem falta de têmpera.

Tinha falado tranquilamente, mas de repente amando-se, dando uma punhada na mesa:

— Mas, com um milhão de diabos, uma coisa é ter uma amante e ir vê-la de vez em quando, ou todos os dias, umas horas, ou todas as noites com prazer de ambos — e outra coisa é mandar tudo ao diabo, parentes, casa, profissão, carreira — e de dia, de noite, a todas as horas, estar colado à criatura, como um carrapato! É indecente.

— Mas eu...

---

177. No original: *de dinheiro só.*

245

— Mas tu almoças lá, passas lá a manhã, fazes às vezes a honra de vir jantar aqui à pressa, voltas para lá, ficas lá à noite — passeias com ela, vais ao teatro com ela; — não tens outra ideia, nem outra ocupação, nem outro fim de vida! — Ora eu digo que isto é bajoulice, — e que um homem que tem os seus membros todos, e o seu cerebrozinho dentro do casco, — deve realmente fazer alguma coisa de melhor que viver entre as saias duma mulher! Disse. Isto não é ralhar. Eu não sou um tio de ralhos. Pobre de mim. É dizer-te a verdade. Consulta a tua consciência.

— Ora se te achas inteiramente inepto para outra qualquer coisa — que não seja refrescar os ardores dessa senhora, então fazes. bem: mas se[178] sentes vontade, inteligência, e força nesse braço — então emprega-a noutra coisa! — Com franqueza tenho ou não razão?

— Tem toda a razão, tio Timóteo — balbuciou Vítor escarlate.

— Bem. Então ponto na cena íntima...

Ergueu-se, e foi sentar-se na poltrona, com o *Times*. Vítor ficou imóvel na sua cadeira, com o rosto abrasado, torcendo nervosamente o bigode — e quebrando a cinza do cigarro na borda do pires.

178. No original: *se te sentes vontade.*

Capítulo 33

Vítor contou a Genoveva a cena com o tio Timóteo.
— Ora manda o velho ao diabo! exclamou ela!
E deitando-lhe os braços ao pescoço com um modo arrependido:
— Perdoa falar assim do nosso titi. — Eu até gosto dele. Mas que quer ele que tu faças! Um homem como tu não nasceu para vegetar num escritório de advogado... E de resto que nos importa? A tua obrigação, a tua ocupação, a tua profissão, é amar-me. Dize — não é verdade? Dize-me.

Os seus olhos tinham uma paixão tão profunda, havia uma palidez tão doce na sua face, o seu corpo pesava-lhe nos braços, num abandono tão amoroso — que Vítor, pálido, murmurou:
— Sim. É.
— Manda os autos ao diabo! — [disse ela] com um risinho, um gesto impertinente de quem arremessa um cartapácio tedioso.

Mas, no dia seguinte, ao almoço, falou com mais seriedade: que não queria de modo nenhum que o tio Timóteo começasse a embirrar com ela, e supor que ela estava pervertendo o *menino:* que era melhor fazer-lhe a vontade: podia ir todas as manhãs ao escritório, do meio [-dia] às três: mais doces, depois, pareciam as horas, à volta: um homem realmente devia ter uma ocupação: e a de advogado parecia-lhe bonita; falar numa audiência, defender causas políticas ou crimes de amor. A toga havia de lhe ficar bem. E quando ele falasse queria ir ouvi-lo.
— Arranja a defender um assassino, para eu ver.

Mostrou-se nos outros dias muito entusiasmada da profissão de advogado: que orgulho salvar um homem que treme, palpita de terror, salvá-lo da forca, do degredo! Depois a advocacia era a sala de entrada da política: podia ser deputado: seria um orador; e que orgulho para ela, vê-lo em sessões tumultuosas, falando do alto da tribuna, fulminar um ministério atónito e encolhido! E Vítor começou "a achar-lhe razão": desde que ela a estimava, a vida de advogado já lhe não parecia tão burguesa, tão monótona: começava mesmo a compreender-lhe certa poesia oculta. Começou a ir ao escritório: mas como os elementos romanescos da advocacia não lhe apareceram logo, e apenas via os tédios habituais, como não encontrou imediatamente um assassino a salvar, ou um crime de amor a defender, bem depressa lhe veio uma fadiga maior do papel selado e das frequentações dos clientes: começava a bocejar, a

247

dar-lhe uma sonolência triste, agarrava o chapéu, corria à Rua das Flores: encontrava-a vestindo-se, ou lendo, e fumando cigarrilhas *Laferme*: ela começava pela censura: era mal feito deixar o escritório! — devia trabalhar, mas ele jurava-lhe que a lembrança dela não o deixava, que não podia estar um momento sem a ver — e ela, toda feliz, dava-lhe-se num beijo.

— Tens razão!

Um dia mesmo disse-lhe:

— Deixa lá o escritório. Tenho outro plano. E, interrogada, respondeu com risinhos, beijos, toda a sorte de reticências e [...][179].

Achava-se desordenadamente apaixonada por um rapaz pobre: e ela pobre também: ter outro amante, nunca: parecia-lhe coisa mais fácil viver numa trapeira, ou coser para fora, ou pedir pelas esquinas. O plano de Genoveva era este: as suas dívidas estavam pagas, tinha um capital de 20 contos, a 6 por cento: as suas jóias, a sua carruagem em Paris e as suas mobílias vendidas — davam quatro ou cinco contos de réis: — Era um rendimento de 1 e quinhentos: era possível viverem dois com isto em Lisboa? Em França, poderiam ter nos arredores de Paris, nas margens do Sena, — uma casinha, um chalé bonito, com 12 metros de relva, quatro velhas árvores; tudo forrado de cores claras, com trepadeiras nos muros; iriam a Paris no ónibus, — fariam a vida deliciosa e barata dos estudantes namorados. Tinha escrito mesmo para Paris, ordenando a venda de tudo: — para não "roer" o capital, em Lisboa fazia economias: tinha mesmo despedido a carruagem da Companhia. Uma noite, depois de jantar, estavam na sala: Vítor estendido no sofá fumava: ela tocava ao piano a partitura da *Petite Mariée,* e, aqui e além, cantava alguns dos finos, delicados, *couplets.* Vítor sentia-se numa hora deliciosa: aquela. música punha-lhe nos nervos alguma coisa de amoroso e de petulante: via o seu perfil fino, tocado de luz, e a brancura do seu colo, onde a claridade das velas punha brancuras de camélia viva — bebendo o seu conhaque, aos goles, sentia-se feliz, e a vida, como numa combinação de coxins, por toda a parte lhe oferecia um conforto doce.

— Sabes que despedi a carruagem da Companhia! disse ela de repente.

E quando Vítor perguntou porquê:

— Porque não sou rica meu filho, preciso fazer economias.

Vítor fez-se vermelho: sentia que era por ele que ela abdicava [d]o seu luxo: e desesperava-se de não lho poder continuar. E Genoveva, [vendo-o] estendido no sofá, um pouco na sombra, começou a fumar repousadamente um *Laferme, Phersali, très fort. —* E acrescentou:

179. Palavra ilegível.

248

— É necessária a economia, para realizar o meu *plano.*

Vítor veio sentar-se ao pé dela: e acariciando-lhe a mão, devagarinho, quis saber o plano: não falava senão no *plano:* Que era? Queria-se proclamar rainha da Ibéria?

Ela esteve um momento calada, soprando o fumo branco do cigarro, ergueu-se, foi bater no teclado alguns compassos, e, voltando-se bruscamente, veio ajoelhar diante dele, — e disse-lhe:

— *Voilà!* Nós vamo-nos embora.

E vendo-o muito surpreendido, disse-lhe a sua idéia de deixarem Lisboa, irem instalar-se ao pé de Paris, num delicioso chalé; viverem como pobres, como dois estudantes, e com o egoísmo de noivos.

— E o pobre tio Timóteo? perguntou Vítor.

Genoveva ergueu-se, devagar, fitando-o, batendo ligeiramente as pálpebras.

— Como, o tio Timóteo?

— O tio Timóteo. — E Vítor, passeando pela casa, começou a dizer-lhe que realmente não podia deixar o tio Timóteo: devia-lhe tudo, tinha-o educado, a sua fortuna seria para ele: o pobre homem não tinha outra família, tinha a ele só: estava velho, coitado, e achava uma ingratidão abandoná-lo.

— Pois não o abandones, diverte-te com ele, dorme com ele, exclamou Genoveva.

Vítor achou naquele arrebatamento uma crueldade egoísta: mas receoso de a desgostar, vendo naquela cólera uma prova de amor, disse, com uma voz quase lamentosa:

— Mas meu amor...

Ela cruzou violentamente os braços.

— Pois eu estou pronta a fazer por ti todos os sacrifícios, a abandonar a minha casa, os meus hábitos, as minhas relações, enterrar-me, como uma merceeira retirada, num horrível chalé, no campo, todo o ano, e tu não me podes sacrificar nem o tio Timóteo! — Teve uma pausa, e os seus olhos devoravam-no: Vítor, sentado, com os cotovelos nos joelhos, fitava o chão, com a cabeça baixa, como dobrado, sob a pressão daquela verbosidade dominante.

— Se fosse uma senhora, continuava ela, se fosse tua mãe, tua irmã, que dependesse de ti, compreendo: se fosse um velho inválido, o pobre, vá! Mas um homem na força da idade, com fortuna, que tu vês todos os dias meia hora quando muito... Em que lhe é necessária a tua companhia? Que perde com a tua partida?

Aquelas razões, sobretudo o calor da sua voz, a influência da sua beleza convenciam-no. E foi com um vago acento de renunciamento, de adoração, que disse:

249

— Mas não podíamos nós fazer isso mesmo em Lisboa?

Genoveva encolheu os ombros;

Era lá possível! Lisboa era tão monótona, tão, tão enfastiadora, tão lúgubre: — que a única maneira de viver é a compensação do luxo: um grande chefe de cozinha, uma criadagem imensa, uma decoração de interior sumptuosa, jantares ricos, uma cocheira completa, etc., etc. A vida pobre só em Paris é possível, disse ela.

Vítor reconhecia, vagamente, a verdade daquela opinião: vinham-lhe mesmo perspectivas tentadoras duma existência feliz: Paris, um chalé com ela, visitas aos museus, e vendas célebres, um fundo de camarote num teatro alegre, os jantarzinhos nos restaurantes, uma existência boémia e amorosa, mas calava-se, torcendo o bigode, soprando o fumo do charuto.

— Mas responde, dize alguma coisa, exclamou ela.

Ele suspirou, e franzindo a testa, como no esforço duma resolução difícil:

— Minha querida, é que eu não tenho dinheiro para ir para Paris.

Ela ia falar — mas ele, detendo-a:

— Bem sei, tens tu, é o que vais dizer: mas realmente, Genoveva, eu não posso viver à tua custa!...

Houve um ligeiro silêncio: Genoveva passeava pela sala, arrastando, sobre o tapete, um rumor de sedas.

— Não sabia que eras tão orgulhoso, disse ela, sem o olhar, mexendo nos lírios sobre a jardineira.

Ele aproximou-se dela, passou-lhe o braço pelo ombro:

— Não é orgulho. É uma questão de decência. Não, realmente, achas bonito que eu viva à tua custa?...

Ela ergueu para ele os seus belos olhos luminosos:

— Mas não se vê todos os dias que quando um homem pobre casa com uma mulher rica — de facto vive à custa dela?

— Ah, bem, isso é quando se é casado.

Calaram-se. A mesma ideia decerto os agitava. Genoveva veio sentar-se ao piano, e, voltando, com impaciência as folhas da partitura, bateu alguns compassos, cantou:

Le roussignol chantait
S[i] tendrement...

E voltando-se, bruscamente, para ele:

— Mas isso não é sério, não é verdade?

Vítor aproximou-se do piano:

— É sério, Genoveva. Não, realmente não posso. Que se diria? Todo o mundo sabe que eu vivo duma mesada que me dá ó tio Timóteo. Como podia eu ir para Paris. Era uma vergonha... A minha dignidade...

— Ora deixa-me com a tua dignidade! — exclamou impacientemente. E erguendo-se — boa-noite!

— Genoveva!

— O quê! Boa-noite! — desde o momento em que a tua *dignidade* te não permite amar-me, fazer um sacrifício por mim, dedicares-te, acompanhar-me, viver para mim — adeus! Um bom aperto de mão, e está tudo acabado. Boa-noite! E estendeu-lhe a mão.

Vítor olhou-a, muito pálido.

— Pensas que não falo sério, disse ela. Conheces-me bem mal.

E saiu da sala, rapidamente. Vítor ouviu chamar por Mélanie: — e a porta do quarto dela fechou-se violentamente. Vítor [ficou] muito embaraçado: a ideia de romper com ela nem sequer lhe acudiu: mas podia realmente aceitar aquela posição subalterna, ir para Paris, levado por uma mulher — que lhe pagaria o bilhete do caminho de ferro, o jantar na *gare,* os livros que ele necessitasse, e mesmo o cigarro que quisesse fumar? Não era natural que o tio Timóteo lhe continuasse a mesada, se ele partisse com Genoveva: e mesmo quando, por uma generosidade sentimental, lha mantivesse, que eram 10 libras em Paris? — Se ao menos pudesse fazer dívidas! Mas quem confiava nele? E se ela um dia lhe passasse aquela paixão, ou lhe viesse o capricho por outro: poderia continuar a viver à custa da mulher que o traía? E que faria em Paris, se se separasse dela, e da sua bolsa? Teria de voltar a Portugal! E o que encontraria? o descrédito, ninguém de bem lhe estenderia a mão: seria para sempre e para todos o Vítor, o que era mantido pela do Dâmaso.

E cada razão[180] caía sobre a sua resolução, fixando-a mais como uma martelada sobre um prego.

Uma coisa o consolava: é que Genoveva o amava, e que, passado o primeiro despeito do pedido recusado, se resignaria a viver em Lisboa, ou adiaria, indefinidamente, a sua partida: e depois, veria!... Bebeu outro cálice de conhaque e dirigiu-se ao quarto dela: — a porta estava fechada por dentro, bateu, chamou, *Genoveva!*

Mas Mélanie correu logo do corredor com o paletó dele e o chapéu, e disse com o ar embaraçado:

— A senhora diz que está incomodada, que amanhã lhe escreveria.

E estendia-lhe o paletó.

— Que brincadeira é esta? exclamou ele.

— A senhora está muito zangada — fechou-se por dentro, deitou-se. — E oferecia-lhe o chapéu.

Vítor correu à porta, bateu com força, dizendo:

— Genoveva, estás doida?

180. Leitura provável.

O silêncio, impassível, irritou-o: deu um encontrão à porta que abalou a fechadura.

Mélanie, pálida, queria afastá-lo: ele não conhecia a senhora! Era mulher para fazer um escândalo! Era melhor voltar amanhã. Pelo amor de Deus! Estava tão desesperado:

— Genoveva, gritou Vítor, sacudindo furiosamente a porta.

Não esperou muito, a porta abriu-se de repente e[181] quase recuou: diante dele estava Genoveva: tinha agora uma larga saia vestida: e a camisinha de seda, decotada, entreaberta, descobria o colo, os braços, o seio: e os seus cabelos loiros, deitados para trás, davam à sua beleza um ar desconhecido e voluptuoso: as velas ardiam sobre o toucador e o leito desfeito tentava, prodigiosamente. Vítor precipitou-se para ela: mas Genoveva que conservava a mão sobre a chave disse com a voz vibrante:

— Juro-te que não entras aqui, sem me dizeres que vens comigo! — E fitava[-o], penetrada dum olhar ardente e trespassado, com a voz baixa, onde rugiam todos os desejos da paixão.

— Vens?

— Juro-te que vou, disse ele.

Ela teve como um suspiro de orgulho, e Vítor caiu loucamente nos seus braços.

---

181. No original: *e ele quase recuou.*

Capítulo 34

A o outro dia a partida para Paris era uma resolução fixa. Deviam partir em Setembro: iriam por terra: demorar-se-iam em Madrid quinze dias: parariam talvez nos Pirenéus — e Genoveva ria, duma alegria vibrante e nervosa, com a ideia dos prazeres daquela viagem sentimental. Vítor não estava menos encantado: os beijos de Genoveva, e os seus braços, tinham-lhe dissipado o resto do carácter e da vontade. Sentia-se sem resistência ao pé dela, como uma cera mole: ela tinha palavras que o entonteciam, e que [o] faziam ser vil, e certos beijos levavam-lhe a alma numa delícia tão ardente, que, se ela quisesse[182], seria um ladrão. O amor egoísta e cioso de Genoveva extinguia nele — tudo o que não servia a satisfazê-lo, ou a servi-lo: estrangulava-lhe a vontade, a dignidade, o amor do trabalho, a consideração do futuro: conservara-lhe, apenas, duas forças: o desejo, e, uma habilidade, a versificação: amava-a, e fazia poesia lírica. E daquelas horas apenas resta[va] temperamento e uma retórica.

A ideia da viagem correspondia ao seus desejos mais íntimos: sempre tivera o sonho clássico dos sentimentais: viajar com uma mulher amada: e via-o enfim realizado! Como pensar mesmo em resistir? De resto, a preocupação do dinheiro era pouca: se se amavam, o que era dela era dele. O amor santificava tudo, e sendo de natureza divina, porque não teria os mesmos efeitos que o casamento, que é apenas de natureza administrativa? E, além disso, se a sua consciência não se escandalizava — que lhe importava a opinião? O que é a opinião? E o julgamento dos Dâmasos, e dos Meirinhos, dos Carvalhosas? E depois ele era um homem de poesia, e de ideal, não é verdade? Portanto as leis burguesas da moral trivial não eram feitas para ele! — E enquanto ao tio Timóteo... — Esta ideia embaraçava-o: não se atrevia a dizer-lhe que ia partir com Genoveva: respeitava-o: temia-o: e como era de temperamento amorável, a sua longa convivência com aquele velho simpático tornara-lho querido. Que faria? O seu temperamento efeminado sugeriu-lhe, logo, uma ideia feminina: fazer as suas malas em segredo, safar-se, e deixar-lhe uma carta.

E aplanadas as dificuldades abandonou-se ao encanto, à esperança daquela grande aventura romanesca: mandou fazer camisas, um fato de

---

182. No original: *que ela se quisesse.*

veludo para estar em casa, sapatos de verniz, e uma casaca nova: — porque entrava nas existências em que a casaca é necessária como o uniforme ao soldado.

No entanto, às vezes, notava em Genoveva a abstracção duma preocupação: encontrava-a [com] os seus olhos fitos nele, como a estudá-lo, ou como se estivesse para lhe dizer alguma coisa grave. Outras vezes via-a triste: certas palavras dela surpreendiam-no: e pareciam revelar o receio de ver findar aqueles amores. Inquietou-se, interrogou-a.

— Não estás contente? Não achas bastante que eu vá contigo?

— Ainda não é bastante... — respondeu ela um dia.

Que desejava ela então? Mas quando lhe perguntava, Genoveva punha no seu sorriso reticências amáveis, dizia:

— Em Paris te direi.

Um dia, Vítor teve uma ideia súbita. Estaria ela grávida? Ajoelhou-se aos pés dela, perguntou-lhe ao ouvido.

Ela riu muito:

— Não, não! Que tolice. — E depois dum momento suspirou: — Ah, se assim fosse!

Pensava no casamento. Pensava nisso, desde o dia que o começara a amar: mas agora, que conhecia a sua natureza fraca, amante, dominável — a possibilidade aumentava-lhe o desejo. Tinha encontrado enfim a *paixão, a grande paixão,* por que suspirara toda a vida, e que se mantivera sempre longe dela, como um pássaro maravilhoso passando num céu distante.

E agora que a tinha enfim, queria empregar todos os meios para a não deixar nem diminuir, nem fugir. Vítor correspondera a todos os seus desejos: era formoso como um anjo, segundo ela, e adorava-o: era bastante dominável e maleável para se conservar sempre numa atitude obediente: era bastante inteligente, e bastante elegante, para lhe satisfazer o orgulho: e depois devia herdar 80 contos do tio Timóteo. Onde encontraria outro assim, sobretudo agora, que a mocidade ia passando, e já havia na sua pele uma leve ameaça de rugas próximas? Se o não prendesse, por alguma coisa de mais forte — que a voluptuosidade, e o amor, quem sabe se ele lhe escaparia, passado um ano, dois anos? E se não lhe arrancasse um consentimento agora — que o dominava pela vaidade, pela concupiscência, pelo luxo, pela beleza: — seria tarde depois! Com a fortuna dela e dele viveriam felizes em Paris. — Mas não queria falar-lhe em casamento — sem que essa ideia tivesse aparecido por si mesma no espírito dele: era necessário que ele mesmo o tivesse secretamente desejado: que à primeira palavra dele, ela se lhe atirasse aos braços num consentimento entusiasmado. Começou, para isso, a fazer tudo o que poderia fazer-lhe nascer essa ideia, desenvolver-lha, tornar-lha cara. Foi

254

muito hábil, — disfarçando [183] sob as solicitudes do amor, as combinações da ambição.

Um sábado à noite, disse-lhe de repente:

— Queres-me acompanhar amanhã à missa? De manhã cedo — não te quero comprometer, às 7 horas?... Vem. Para dar felicidade ao nosso amor...

Vítor foi e achou-a adorável, toda vestida de preto, dobrada sobre o seu livro de missa, na atitude recolhida duma devoção elegante.

Várias vezes depois, nessa semana, lhe falou da igreja, de religião, de arrependimento: mas apressava-se a dizer que era o amor que lhe dava aquela moralidade: ele não imaginava o que ela se achava arrependida dos seus erros passados: o seu martírio era que tinha pertencido a outros homens: mas fora o seu corpo: a sua alma, o seu coração era[m] virge[ns], só dele: tinha-lhe dito: és o esposo do meu coração: nesse és tu o primeiro homem.

Estes refinamentos eloquentes exaltavam Vítor. Depois tinha outros cuidados com ele: quem lhe engomava a roupa? Andava sempre tão mal engomado. Pudera, pobre querido, não tinha uma mulher para tratar das suas coisas. Ele veria em Paris como ela tomaria cuidado de tudo. Começou a bordar-lhe lenços.

Mudava as suas maneiras, as suas *toilettes,* as suas expressões. Afectava certos propósitos de castidade, e de alta moralidade: um dia que ele trauteava a sua canção favorita:

Chaque femme a son dada
Sa marotte et ses toquades.

Ela pediu-lhe que não cantasse essa infâmia: "lembra-me tanta vergonha passada", ajuntou com um ar triste.

Vestia-se com mais sobriedade, fazendo dominar as cores severas. Ele lamentava que ela já não usasse certos vestidos que a faziam tão excitante, tão cativante:

— São *toilettes* de cocote: eu sou agora uma senhora casada. O *chic* para mim acabou...

Antes de se deitar mesmo, persignava-se.

E ao fim de duas semanas, Vítor, um dia que a via costurar à janela, vestida de escuro, com o seu perfil doce destacando na luz, pôs-se a pensar:

— Que adorável mulher! Que esposa! Que pena que eu a tivesse conhecido tão tarde.

183. No original: *e disfarçando.*

No meio daquelas preocupações tinha desleixado um pouco o retrato, e uma manhã Vítor recebeu uma carta de Camilo Serrão que dizia: "Reclamo o meu modelo — que tem faltado a duas sessões consecutivas. O que significa isto? Mudou de ideia? Seria simplesmente atroz: eu contava com este retrato para me *lançar* — e não quererão que eu tenha enfim debaixo da mão — a glória, a fortuna, e uma obra notável — e tudo isto me desaparece como bolinhas de sabão. Madame de Molineux será responsável, perante a arte, e perante Deus (se essa hipótese fosse aceitável), dum artista inutilizado. Trá-la, menino, e que ela se deixe imortalizar pelos pincéis

do teu de[d.º]
Camilo."

Genoveva achou a pilhéria sobre Deus de mau gosto — mas Vítor convenceu-a que seria um desapontamento para o pobre Camilo: quem sabia se aquele retrato não seria o começo de uma fortuna?

— Embirro com a mulher...

— Ora! disse Vítor, encolhendo os ombros, e sentindo que corava um pouco. — Vais lá hoje às duas horas, sim? Dize que sim.

— Porque tu queres, meu querido maridinho, disse-lhe ela com um olhar terno e humilde.

E Vítor saiu para ir prevenir o Camilo: encontrou a porta aberta: era hora e meia. Ao entrar no *atelier*, em lugar de Camilo viu Joana, que cosia, sentada à janela. — Ergueu-se, muito vermelha, disse que Camilo voltava às duas horas; ficaram um pouco embaraçados e enfim Vítor, por delicadeza, tomou-lhe a mão, e, olhando em redor, pousou-lhe friamente um beijo nos lábios. Mas ela passou-lhe os braços pelo pescoço, deixou-lhe cair a cabeça no ombro, e Vítor sentiu-a soluçar baixo:

— Olha que pode vir gente, disse, querendo desembaraçar-se...

— Que me importa? disse ela, entre as lágrimas.

— Importa-me a mim! — exclamou ele. Mas arrependeu-se daquela brutalidade: tantas lágrimas lisonjeavam-lhe o orgulho: e a beleza de Joana deixava-lhe, contra sua vontade, um enfraquecimento, e como um renascimento do desejo.

Desprendeu-se devagar, disse-lhe com ternura:

— Então não sejas doida, sossega...

— É a sua amante, aquela mulher? perguntou ela, com os braços caídos, longas lágrimas rolando-lhe pela face.

— Bem sabe que é...

Ela deixou-se cair no divã, e os seus longos soluços, espaçados, agitavam o seu magnífico seio. Vítor estava desesperado: se Camilo chegasse, e a visse lavada em lágrimas! Que vergonha! Que horror! Num momento de covardia, agarrou o chapéu.

Mas ela prendeu-lhe os braços com força, tirou-lhe o chapéu, e com uma suplicação na voz:

— Um instantinho mais... Eu já não choro. — E limpava as lágrimas à pressa, dominava os soluços. — E ficou no divã, com os olhos fitos no chão, numa desesperação muda; Vítor sentou-se ao pé dela, dizendo-lhe:

— É necessário ter juízo...

Mas uma onda de desejo invadiu-a, e, com um soluço, abraçou-se a Vítor colando os seus lábios sobre o rosto dele, os lábios, os olhos. Ele sentia-se enfraquecer, — mas um ruído fino de sedas ciciou no corredor. — Teve apenas tempo para a repelir, e viu à porta, muito pálida, Genoveva.

Ergueu-se logo, corado, com as mãos trémulas.

Genoveva entrou devagar no *atelier*, olhando ela e ele, com um olhar seco, febril, os lábios brancos:

— A senhora, perguntou ela, sabe que este homem é o meu amante?

Joana, muito pálida, não respondeu.

Genoveva dardejou sobre eles dois olhares cruéis, como estocadas:

— Pois se o torna a esquecer, eu lho lembrarei doutro modo. — E voltando-se para Vítor, imperiosamente: Vamos? Vem!

Vítor seguiu-a, calado. Um *coupé* de praça esperava à porta. E, até à Rua das Flores, não disseram uma palavra, não se olharam. Vítor pagou o cocheiro, e subiu a escada atrás de Genoveva. Apenas entraram na sala, ela desapertou nervosamente o chapéu, arremessou[-o] sobre uma cadeira, foi-se olhar a um espelho e voltando-se bruscamente para Vítor, pálida como cera:

— Bem, que quer mais?

— Escuta Genoveva...

— O quê? Sacrifiquei tudo por si, tudo — riqueza, divertimentos, prazeres, luxo, tudo: Engana-me com uma criada de servir, uma cozinheira, um estafermo, que quer mais?

Vítor, aflito, quase com as lágrimas nos olhos, tomou-lhe as mãos, procurando abraçá-la, exclamava:

— Mas escuta-me pelo amor de Deus, ouve!

E contou-lhe precipitadamente que conhecera aquele ser antes dela: que nunca a namorara, nem a tentara: que fora ela! que uma ocasião estava no *atelier*, só com ele, e fora uma loucura, um movimento do sangue. E fora só uma vez.

— Mente!

— Juro-te por alma de minha mãe — disse ele impetuosamente.

Houve um silêncio.

Ela oscilava tristemente a cabeça:

— Não. Vítor, escuta: amo-te como... como se pode amar neste mundo. Adoro-te, eu sei: Estou decidida a dar-te a minha vida inteira,

257

a ser a tua escrava, a tua esposa, a tua concubina, o que tu quiseres, meu amor [...].

Aquelas palavras davam a Vítor uma exaltação delirante: murmurou:

— Oh, Genoveva, Genoveva!

— Mas a confiança está perdida, disse ela tristemente. Nunca mais posso confiar em ti... E batendo com as mãos... Oh, meu Deus, meu Deus! — Duas lágrimas caíam-lhe pela face, caiu no sofá soluçando.

Ele atirou-se-lhe aos pés, — e louco, disse-lhe:

— Mas pede-me o que quiseres, uma prova do meu amor. Também eu te quero dar a minha vida, toda...

— Oh, disse ela soluçando: — Vou-me embora, vou partir, vou para o inferno! Oh, meu Deus, meu Deus...

— Se tu partes, mato-te. — Tinha-se erguido: naquele momento a paixão tornava-o sincero: via a sua vida perdida, sentindo aquele amor dominador.

Ela caminhou para ele: os seus olhos magnetizavam-no: nunca lhe parecera tão bela: as lágrimas davam-lhe como uma pureza ao rosto: achou-a nobre, digna, perfeita: repetia:

— Dize o que queres que eu faça para te mostrar que te adoro, e que me perdoas.

Ela passou-lhe devagar as mãos nos ombros, e com a voz baixa, ansiosa:

— Casa comigo.

Vítor fez-se pálido, recuou um pouco.

Genoveva fitou-o — teve um sorriso duma tristeza infinita, murmurou:

— Não queres?.. — E levou as mãos ao coração, cerrando os olhos como para desmaiar.

Ele precipitou-se: abraçou-a:

— Quero! exclamou. Quero! Caso contigo Genoveva. Ouve-me.

Ela prendeu-lhe o pescoço nos braços:

— Casas comigo?

— Juro-te, pelo que há de mais sagrado. Numa semana, aqui, em Paris, onde quiseres...

Toda essa tarde foi deliciosa: fizeram planos. Casavam em Lisboa: casavam sem ruído, de manhã cedo, ela vestida de preto, ele de sobrecasaca, à inglesa. Nessa mesma noite partiriam para a sua viagem de noivado. Deixaria todos os móveis, e ele escreveria a Dâmaso, para que viesse tomar conta deles... este traço de generosidade encantava Vítor:

— És uma mulher de bem...

— Tu verás — disse ela com um sorriso que prometia felicidades sem fim.

Vítor não cessava de a admirar, de a beijar. Parecia que alguma coisa de doce, de digno, de nobre se espalhava subtilmente na sua fisionomia:

258

os seus olhos velavam-se num enternecimento suave: o seu sorriso tinha bondade: e havia nos seus gestos, nas suas atitudes como uma moleza duma felicidade serena.

Que vida passariam em França, escondidos num ninho delicioso! Nos primeiros tempos era melhor não venderem a mobília: evitavam a despesa dum hotel: a casa estava arrendada até Dezembro: mas não teriam carruagem: um bom fiacre de praça, não é verdade? — E Genoveva estava radiosa: tinha agora como um refluimento de meninice: — como se lhe tivesse vindo uma virgindade súbita: corava quando ele a fitava: ajoelhava-se aos seus pés, com o renunciamento tímido duma pomba cansada: não se fartava de dizer, *o meu maridinho:* — e mesmo quando entraram no quarto, e Vítor a prendeu nos braços, teve as cenas, a resistência assustada duma virgem medrosa.

Capítulo 35

Daí a dias representava-se em S. Carlos *Roberto, o Diabo:*[184] e as monjas, de saias muito tufadas, e cabelos soltos, bailavam no claustro de St.ª Rosália, quando Dâmaso, com o seu aspecto de satisfação, entrou nas cadeiras. — Arremessou a claque para um assento vazio, limpou o binóculo, e examinou os camarotes: numa frisa, a D. Joana Coutinho, que estava só, fez-lhe logo um sorriso muito rendido e um ligeiro sinal: Dâmaso apressou-se a ir ter com ela. Estava com o Lacerda, um sujeito de cabelo grisalho, e ar doente, que se conservava atrás, embrulhado num paletó, expectorando, e comendo rebuçados de avenca.

D. Joana Coutinho, imediatamente, — lhe perguntou:

— Então sabe a grande novidade? A Genoveva casa-se!

— Com o Vítor?

— Com o Vítor!

Dâmaso fez-se vermelho, e afectou uma risada grossa. Mas fixando-a com a sua face balofa, de olhinhos pequenos:

— Está a brincar!

E D. Joana Coutinho contou que estivera em casa dela, toda a tarde, que já tratavam dos papéis, que iam partir para França...

— Uma desgraça, murmurou entre dois acessos de tosse o Lacerda.

— Que grande animal, exclamou o Dâmaso. — E esfregou as mãos demonstrando uma satisfação ruidosa. Ele logo vira! A criatura queria apanhar os 80 contos do tio Timóteo. Mas o velho é fino, muito brioso, e era capaz de o deserdar...

— E ele saberia, o velho? perguntou.

D. Joana Coutinho ignorava. Mas em definitivo estimava o casamento: era um acto de moralidade, e que todos os bons cristãos deviam aprovar. De resto se ela tinha erros, e quem os não tinha? o casamento lavava tudo... Era uma felicidade para ela. Também a pobre criatura estava contente como um cuco:

— Que ela, aqui para nós, não o merece. Nenhuns modos, nenhuns...

— Uma desavergonhada, disse o Dâmaso.

— E nenhuma delicadeza de alma, acrescentou D. Joana.

---

184. No original: *Roberto do Diabo* (refere-se à ópera *Roberto, o Diabo*, de Meyerbeer).

O Lacerda tossiu, escarrou, e perguntou.

— E tem algum dinheiro, ela?

Dâmaso ia dizer: o que eu lhe dei, — mas reteve-se: queria continuar a passar por *amante do coração:* somente como D. Joana podia ter recebido confidências de Genoveva, achou prudente não responder, e afectou preocupar-se com a dança.

— Que tal correu a saída da sepultura?

— Hoje, bem, disse D. Joana Coutinho: mas o grande, o espanhol, é que esteve para cair.

Dâmaso esteve um momento a torcer o buço — e levantando-se, despediu-se: acendeu um charuto no corredor — e saiu do teatro.

Capítulo 36

Vítor não se atrevera a falar no retrato: foi Genoveva que, logo no dia seguinte, lhe leu uma carta que escrevera a Camilo Serrão — dizendo que ia partir para França e lamentava ter de interromper o trabalho: que esperava que ele conservasse os esboços feitos, para quando ela voltasse — e remetia dentro do sobrescrito 20 libras em notas.

— É uma consolação, 20 libras, acrescentou colando o envelope.

Vítor, que conhecia a natureza desinteressada de Camilo, pensou que a oferta do dinheiro só lhe aumentaria a irritação que lhe ia causar a interrupção do trabalho: mas não fez objecções, para não parecer mostrar interesse.

Com efeito, ao outro dia, vestia-se em casa antes [de] jantar (ia nessa noite ao teatro com Genoveva), quando Camilo Serrão lhe apareceu no quarto; trazia um aspecto enfastiado, e parecia mais desmazelado e mais desgrenhado. Começou por tirar do fundo da algibeira do paletó as notas de Genoveva, pô-las em cima da cómoda dizendo:

— Entrega à tua senhora: o que eu fiz não vale vinte libras: agrade-ço-lhe; mas... enfim, quando ela voltar falaremos.

Vítor, que corara, ainda quis falar da despesa da tela, [das] tintas,... mas Camilo interrompeu-o, com um gesto de muita decisão — e, atirando-se para uma poltrona, começou a falar da vida artística; chegara à conclusão de que devia mudar de carreira: em Portugal só havia mercado — para a pequenina arte das pinturinhas de gênero — e ainda assim um mercado estreito, ou para cenografia, ou para as ilustrações de novelas às cadernetas: todos esses meios os achava uma prostituição do talento: queria conservar o seu, casto — e estava resolvido a ir para o Brasil.

— Fazer o quê?

Tinha lá uma irmã, casada com um sujeito rico — que por um caso quase grotesco era amador de pintura; era talvez o único caso seme-lhante em toda a América do Sul. Este amador oferecia-lhe casa e mesa [...][185] — apresentá-lo a alguns directores de teatro, a alguns coleccionadores idiotas. — Podia fazer uma fortuna, ou pela cenografia, ou obtendo do governo brasileiro ir em comissão copiar quadros ilus-

---

185. Frase incompleta.

tres a Itália: apenas tivesse feito uma pequena fortuna, 20 ou 30 contos, e diz que é fácil, voltaria a Portugal, abria um *atelier,* formava discípulos, e passaria uma existência digna, cercado de obras de arte, e vivendo na pura preocupação do ideal. Senão, que diabo, estourava por lá. Ao menos tinha visto a natureza do Brasil — que era um estudo — das grandes Forças Vegetais.

Vítor, que se penteava cuidadosamente, tossiu, e com uma voz indiferente:

— E tencionas ir só?

— Só. A Joana está-se tornando insuportável: passa os dias muda como uma estátua, e lúgubre como um mausoléu. O pequeno berra, anda na dentição. É impossível trabalhar. Deixo-os com algum dinheiro, e mando-lhes de lá uma mesada. A criatura parece até receber esta combinação com alegria. Mando-a para Ílhavo. — E recomeço a vida.

Tinha falado com uma certa melancolia, enterrado na velha poltrona, a cabeça descaída sobre o peito. E Vítor dava muito cuidadosamente o nó na sua gravata branca. — A maneira indiferente e desprendida por que Camilo falava da «criatura» diminuía um certo remorso que o oprimia: disse mesmo com uma certa desenvoltura:

— Aquela não era a mulher que te convinha.

— Não. Estou agora noutra ideia. A companheira do artista, a mulher do artista — deve ser uma artista: ter todas as inteligências, todas as compreensões, um gosto fino... Mas o melhor talvez é viver só. Poderoso e solitário, como o Moisés de Alfred de Vigny.

Enrolou devagar um cigarro, — e vendo Vítor vestir a casaca:

— Vais a algum baile?

— Vou ao teatro...

E Camilo, imediatamente, começou o elogio de Madame de Molineux: tinha reconhecido nela um tipo supremo de beleza moderna, uma grande acumulação de civilização, e o verdadeiro génio das grandes prostitutas históricas.

Vítor, àquela qualificação da que ia ser sua mulher, corou, como a uma bofetada.

No entanto, continuava Camilo, estes tempos mesquinhos e constitucionais não permitiam o desenvolvimento desses grandes tipos de voluptuosidade dramática. Antigamente, no século XVI sobretudo, uma cortesã era um grande centro de vida intelectual, artística e política: em torno do seu leito, onde estava como sobre um altar, Rainha da Graça e Deusa da Beleza, agitavam-se todas as altas ideias, ou as grandes poesias do tempo: os poetas faziam-lhe poemas, os Ticianos imortalizavam-nas em quadros: as suas palavras decidiam as discussões dos filósofos: na sua alcova tramavam-se as conspirações e declaravam-se as guerras:

263

eram os príncipes que lhes chegavam as suas chinelas: enquanto se vestiam davam audiência a cardeais, que as interrogavam sobre os dogmas dos Concílios: os grandes cinzeladores, os grandes joalheiros inventavam para elas os refinamentos mais subtis da arte: os papas beijavam o seu pezinho branco: inspiravam a ordenança às galés, inspiravam vitórias, e eram as musas do culto pagão. — E acrescentou:

— Hoje, hoje tratam de explorar algum merceeiro com temperamento, apaixonam-se por um caixeiro, e terminam por casar com algum pulha — que vai atrás do dinheiro que os outros lhes deram, ou que fica deslumbrado a primeira vez que vê camisinhas com rendas de Malines. Tempos estúpidos...

Vítor estava agora pálido: aproximara-se da janela, olhava para fora, para ocultar a sua perturbação: cada uma daquelas palavras, lhe caía nos ouvidos, com o desdém dum insulto: quase receou que Camilo estivesse informado — e se vingasse da sua aventura com Joana, pelas palavras de desprezo sobre o seu casamento com Genoveva. — Mas Camilo falava, com tranquilidade, como desencantado, criticamente. O que pensaria ele se soubesse? Aquilo era como um fragmento da opinião dos homens honrados... Deu alguns passos pelo quarto, olhou-se [ao] espelho, e metendo a mão no bolso, com a cabeça, como observando os sapatos de verniz:

— A paixão justifica tudo...

— Pelo menos, disse Camilo, põe nos actos desta vida uma cor de fatalidade, que os torna interessantes...

Espreguiçou-se, bocejou — e passando a mão pelo rosto — ia erguer-se quando a porta se abriu, e o tio Timóteo apareceu.

— Pensei que estavas só, disse logo a Vítor. — Lá te espero em baixo. — E fechou a porta — e sentiram no corredor, o ruído da sua perna de pau.

Camilo tomou logo o chapéu.

— Mas tu não partes por ora, disse-lhe Vítor. — E, decerto, ainda mudas de ideia.

— Não. Estou farto desta choldra. E estou com vontade de ver o mar; as florestas, os grandes rios. No fim de tudo, menino, — a paisagem é a parte mais nobre da arte! O homem moderno vive longe da natureza, pela necessidade da profissão: uma arte que lhe reduz a natureza, que lha torna portátil, que lha introduz na sala de jantar, na alcova, interpretada, escolhida, — faz ao homem o maior serviço — pô-lo em comunicação permanente com a natureza. — E a natureza é tudo: calma, consola, eleva, repousa, e vivifica. Adeus!

Vítor ainda ficou um momento no quarto, preocupado: que lhe quereria o tio Timóteo? Nunca viera ao seu quarto, mesmo quando ele estivera doente. E o coração batia-lhe um pouco, ao descer a escada.

Encontrou-o no escritório, com a fisionomia carregada, os olhos vermelhos, e um ar preocupado e carregado: estava sentado junto à janela, e apenas Vítor entrou, ergueu-se, e dirigiu-se à mesa: o som seco da sua perna de pau tinha uma solenidade soturna: e Vítor, um pouco envergonhado da sua casaca, e da sua gravata branca, na presença daquele velho desolado, perguntou, com uma voz pouco firme, "se queria alguma coisa".

Timóteo remexia alguns papéis sobre a mesa e disse:

— Eu não dou importância a cartas anónimas. Mas, em todo o caso, desejo saber se isto é verdade, lê. — E deu-lhe um sobrescrito.

Vítor percebeu num relance — que se tratava de Genoveva, do seu casamento ou da sua partida para Paris: e, no primeiro movimento, assustado do seu carácter tímido, resolveu — negar. Abriu a carta, com as mãos um pouco trémulas, e leu:

"Exm.º Sr. Uma pessoa que respeita muito o carácter de V. Ex.a previne-o — de que se trama uma pouca-vergonha, que não pode deixar de desonrar, para sempre, o seu nome e da sua família. Seu sobrinho Vítor está para casar com uma certa aventureira, que se intitula Madame de Molineux, que é nem mais nem menos que uma meretriz, e com quem seu sobrinho tem vivido estes últimos tempos. Procure obstar a este escândalo enquanto é tempo: quem me avisa meu amigo é".

— É do maroto do Dâmaso! disse Vítor. É para se vingar!

Timóteo olhou muito fixamente para ele: as rugas da sua face pareciam mais profundas: tinha uma certa palidez fatigada na sua pele dura: e os beiços estavam brancos. Vítor compreendeu toda a aflição que causava aquela notícia ao tio Timóteo. Repetiu mais baixo, muito embaraçado:

— É do Dâmaso.

— Seja do Dâmaso, ou seja de quem for, o que quero saber é se é verdade. — E erguendo a mão, com uma solenidade na voz que Vítor nunca lhe conhecera: — mas dize-me a verdade: se eu visse que me tinhas mentido... — Suspendeu-se, teve um gesto enérgico do punho fechado. — Como homem de bem, dize a verdade!

Vítor estava pálido como cera; com os olhos no chão. — Compreendeu que a mentira o aviltaria: e, confiado na amizade do tio Timóteo, — disse, com uma voz um pouco sumida:

— É verdade.

— Queres casar com essa criatura?

Vítor não respondeu: de pé, junto da mesa, abria e fechava maquinalmente um livro.

— Responde, homem. — E os olhos de Timóteo chamejavam.

— Pois bem, tio Timóteo, quer que lhe diga a verdade? Dei a minha palavra!

— Idiota! exclamou o velho. Os seus beiços tremiam de cólera. Deu dois passos pelo quarto, arrastando fortemente a bengala no chão — e parando bruscamente:

— Então queres casar com uma desavergonhada, que está mais batida que um baralho de cartas, que dorme com um homem por um par de libras, que o que quer é os contos de réis que eu tenho?...

— Tio Timóteo, — disse Vítor, lívido, com uma indignação ambígua e assustada.

— O quê? Queres-me negar que ela não veio do estrangeiro, com um Gomes, não viveu com o Dâmaso todo o Inverno, não foi lá por fora uma aventureira, a tanto por noite? Queres-me dizer que é uma pessoa de bem, uma mulher honesta, uma virgem?

Vítor fez um esforço, balbuciou:

— Teve erros...

— Como erros? gritou o tio Timóteo. — Ser uma meretriz de profissão é *ter erros?*

Vítor arremessou violentamente o livro sobre a mesa, — e com uma voz — trémula, mais de sofrimento que de cólera:

— Se foi para a insultar que... — Prendeu-se-lhe a voz, voltou as costas, dirigiu-se [...][186].

— Escute-me, bradou o tio Timóteo, com uma voz terrível[187], e uma pancada de bengala no soalho.Tenho-o educado, tenho-o vestido, tenho-o calçado, tenho cuidado de si, tenho sido o seu pai — cabe-me o direito de lhe falar quando o vejo a cometer uma infâmia...

Vítor parou, e, com a cabeça baixa, tornou a aproximar-se do canto da mesa: sentia como uma perturbação de todo o seu ser inteiro, que não lhe deixava achar uma palavra, uma resposta: o cérebro pesava-lhe: e sentia um arrefecimento do sangue.

— Feche essa porta — bradou o tio Timóteo. — E cruzando os braços: — E agora diga-me o que espera que seja a sua posição, logo que case com essa criatura? — E sem esperar a resposta: — Eu lhe direi — a posição dum pulha! Dum pulha, repito! Que outro nome tem um homem — que passeia, de braço dado pela rua, com uma mulher, — a quem todo o mundo conhece as pernas e o resto? As mesmas saias que ela traz foi outro que lhas deu! O jantar que você come em casa dela é pago com o dinheiro que outro lhe deixou pela manhã em cima da mesa...

Uma onda de sangue cobriu Vítor até à raiz dos cabelos. Por um momento o olhar faiscou-lhe, fixo em Timóteo: e com a voz estrangulada:

---

186. Frase incompleta.
187. No original: *com uma voz tão terrível.*

266

— Eu não admito isso. Se não fosse meu tio e um velho!?... Não tem direito de me insultar... Pode-me expulsar de sua casa... que escuso da sua expulsão, eu mesmo saio!

— Saia! bradou Timóteo. E com os beiços trémulos, ajuntou: — Vilão!

Vítor saiu, atirando a porta; subiu a seu quarto, e, no ímpeto da cólera, decidiu-se a sair de casa naquele momento; arrastou de baixo da cama uma velha mala, e começou a atirar para dentro roupa: estava numa exaltação violenta de cólera e de despeito: odiava o tio Timóteo: achava-o ingrato, duro, tirânico: certas palavras dele, todavia, cortavam-lhe a consciência; tremia da verdade que descobria nelas: mas a sua paixão falava mais alto; — e todo o seu cérebro estava tomado duma tempestade contraditória.

A porta abriu-se, o tio Timóteo apareceu: estava extremamente pálido, e sem se adiantar, amparado à bengala, olhou um momento para Vítor — que ficara surpreendido, vagamente envergonhado, com um fraque de pano nas mãos, e um par de calças nos braços.

— Então, disse Timóteo, realmente tu estás doido por essa mulher, meu pobre rapaz.

Aquelas palavras, ditas com um tom tranquilo, quase amigo, comoveram Vítor; sentiu as lágrimas subirem-lhe aos olhos: o[s] mesmo[s] sacrifícios que estava fazendo por Genoveva exaltavam o seu amor por ela; e foi com uma voz sentida, cheia duma paixão quase desesperada, que disse:

— Estou, juro-lhe que estou — vamos para Paris, ninguém nos conhece lá, ninguém ouve falar de nós. É a única maneira de eu ser feliz.

Timóteo entrou, e, sentando-se aos pés do leito, esteve um momento calado.

— Mas tens a certeza que [ela] te sacrificaria tudo, como tu?

— Tenho! disse Vítor com exaltação.

Timóteo encolheu os ombros, com desdém.

— Meu amigo, se eu amanhã lhe oferecesse quatro ou cinco contos de réis — para te deixar, e partir para o estrangeiro, — podes estar certo que a criatura aceitava...

— Pelo amor de Deus! exclamou Vítor. Timóteo olhou-o com o ar compassivo de quem escuta as alucinações dum doido.

— Escuta, eu não duvido que essa mulher goste de ti: és novo, és agradável, etc. Tudo isso é muito bom. Mas além da tua cara, e dos teus 22 anos, o que faz sempre uma certa impressão às mulheres — acredita que o que ela gosta é dos 80 contos, que dizem que eu tenho, e que te deixo. Acredita-me que é isto: naturalmente, dás-lhe muito prazer, e achate uma perfeição, — mas agrada-lhe muito que acompanhes os teus lindos olhos com 80 contos de inscrições... Quero bem acreditar que por ti deixou o Dâmaso, que lhe dava naturalmente um dinheirão, porque é um asno: mas tu casas! Tu casas! E é [o] que essas mulheres querem. Encontrar um rapaz novo que lhe[s] agrade, duma boa família, rico, ou pouco ou

267

menos, que está pronto a dar-lhe o seu nome, e como isto não se encontra todos os dias, — faz tudo para te armar o laço: e o que tu tomas por paixão é simplesmente cálculo. Mas ainda mesmo, quando ela esteja apaixonada por ti, e pronta a aceitar-te pobre, — é, porventura, o destino dum homem de bem — abandonar tudo, desonrar os seus parentes e a sua família, aviltar-se para sempre, e casar com uma prostituta? E para quê? Para passar toda a vida em casal!

Vítor — e na voz do tio Timóteo havia como uma solenidade carinhosa — se queres ir viajar, a Espanha, a Itália, sabes que te dou os meios. Diverte-te, — esquece-la. Antes de partir, dá-lhe um bonito presente, — estou pronto a dá-lo, — porta-te como um *gentleman* e verás como ela se consola! — Lembra-te duma coisa — é que, casando, desonras-te a ti e a mim. Ora como eu não quero viver desonrado, não te direi que faço saltar os miolos, não, mas fecho-me no meu buraco, e até estourar não torno [a ver] alma viva... E, de resto, espero que Deus, ou o Destino, o Diabo, o que quer que seja que haja lá em cima — não me hão-de deixar muito tempo nesta choldra este mundo. Basta de sermão. O dinheiro que quiseres está às tuas ordens; não nos zanguemos, dá-me um bom abraço — e a criatura que a leve o diabo. Vai, que dizes?

Vítor mordeu o beiço, para conter as lágrimas.

— Então? — insistiu o velho.

Vítor balbuciou:

— Eu, neste momento, não sei, tio Timóteo, verei... Mas, assim de repente.

Timóteo ergueu-se: e disse com tristeza:

— As boas resoluções devem ser tomadas imediatamente, meu amigo. Se a tornas a ver, se há cenas de lágrimas, tudo se transtorna. Queres tu uma coisa? Deixa[s]-me falar com ela?

Vítor olhou o tio Timóteo, passou a mão pelos cabelos:

— Mas não para lhe ser desagradável.

— Para lhe dizer a verdade: que se tu teimas em casar com ela — eu vendo o que tenho, vou viver para fora, para Inglaterra, para o Diabo, e as gavetas[188] eu as deixo aos pobres... E tu verás como a criatura arrefece.

— E se ela não se importa, se ela provar o seu desinteresse? — exclamou Vítor — se ela desistisse do casamento, se ela quisesse ir viver comigo?

Timóteo reflectiu:

— Se quiser ser só a tua amante, não me oponho: eu te darei o dinheiro para pagar. E arruinamo-nos ambos com ela — arruinamo-nos ambos...

E ia sair, — mas voltando-se:

— E desfaz a mala, não sejas idiota.

188. Leitura provável.

Capítulo 37

Meu tio vem amanhã falar-te! — foram as primeiras palavras de Vítor — quando nessa noite entrou em casa de Genoveva. E contou-lhe a sua questão com o tio Timóteo, — com atenuações, para a não ofender.

— Vem amanhã? disse ela. É a cena da *Dama das Camélias*. Ele verá! Vou-lhe aparecer com uma *toilette* de inocente.

— Ah, tu ris, tu ris, mas...

Ela veio pôr-lhe as mãos sobre os ombros, e vendo o seu rosto ainda preocupado, e carregado:

— Mas quê?.. Se por minha causa tu não queres zangar-te com teu tio... — Afastou-se, fez-lhe uma profunda cortesia: — Eu desapareço.

Ele tomou-lhe as mãos:

— Para que és tu cruel, bem sabes...

Genoveva oscilava tristemente com a cabeça:

— Sei que hesitas. Não digas que não. Leio-te nos olhos. Pois bem, estás perfeitamente livre: — não quero que depois, se teu tio romper contigo, que te voltes contra mim. Pensa bem: eu não quero que me pertenças, por um momento de exaltação ou de fantasia: quero que venhas· para mim, espontaneamente, reflectidamente — de modo que, suceda o que suceder, tu não me possas acusar de [te] ter arrastado, e dizer que fiz a tua desgraça...

Ele tapou-lhe a boca com a mão:

— Genoveva! Doida! Meu tio pode fazer o que quiser, sou teu para sempre, para sempre...

A porta abriu-se, Mélanie anunciou que estava o jantar na mesa.

— E não te importa teu tio, nem as suas ameaças, nem as suas maldições?

— Não! disse ele muito exaltado.

— E és o meu maridinho querido, o meu maridinho da minha alma?

— Os seus belos olhos pretos reluziam duma paixão sincera.

— Sou, murmurou Vítor, beijando-a no pescoço.

— Então, deixa o titi comigo, e vamos jantar!...

Era sempre aquela uma hora que tinha seduções extraordinárias para Vítor: jantavam a uma mesa pequena, onde dois globos *Carcel* derramavam uma luz doce e elegante: o jantar era sempre excelente:

Genoveva fazia sempre uma *toilette:* a luz punha no seu rosto, no pescoço, na abertura do decote, tons doces, cobria dum tom suave a beleza da carnação: nada era mais lindo que vê-la sentada, as rendas da sua manga, meia curta, estendendo o braço sobre a mesa, aonde reluziam grossos braceletes ingleses: tinha sempre no corpete uma bela flor: Mélanie servia sem ruído, sobre o tapete, com o seu boné, o avental branco, resplandecente de frescura. Genoveva conversava muito, ria, fazia planos: às vezes, por cima da mesa, numa abundância de sentimento, apertavam-se ardentemente as mãos: e aquele meio elegante, confortável, quente, amoroso, enchia Vítor duma deleitação suave, a que o vinho de Borgonha dava um bem-estar pesado e lânguido.

E era sempre com uma satisfação deliciosa, que na sala, quando Mélanie trazia o café, acendia o seu cigarro, estendido no sofá, ouvindo Genoveva tocar um momento, ou, a espaços, soltar, numa melodia de Gounod ou de Schubert, a sua voz cálida e penetrante.

Nessa noite deviam ir ao Circo Price. A carruagem esperava em baixo. Genoveva veio sentar-se nos joelhos de Vítor e lançando-lhe os braços em torno do pescoço disse-lhe baixo:

— É tão bom viver contigo! É tão doce!

Um suspiro de ternura dilatou-lhe o peito, murmurou junto ao rosto dele:

— Se te perdesse morria!...

— E eu, disse ele muito baixo. E o coração batia-lhe fortemente.

— Vamos, disse ela, erguendo-se, e puxando [-lhe] pelos braços, vamos meu cavaleiro, de pé, e ponha o seu paletó. Estou bonita hoje? E diante dele, com um magnífico vestido vermelho e preto, — mostrava-se, abrindo um pouco os braços, a cabeça estendida para ele, numa atitude de provocação elegante, e de humildade lasciva.

— Estás deliciosa! — disse ele, querendo-a prender nos braços.

Ela fugiu-lhe, rindo.

— Não, não! — E correu ao quarto, pôr o seu chapéu, dar uma olhadela ao espelho, pôr um pouco de pó-de-arroz...

— Vítor bebeu mais um cálice de conhaque, pensando que não havia tios Timóteos que lhe fizessem deixar aquela mulher.

Capítulo 38

Havia pouca gente no Circo, quando eles entraram no camarote: — as cadeiras estavam quase vazias: apenas, aqui, além, alguns sujeitos, meio deitados, com o chapéu sobre os olhos, fumavam soturnamente; duas espanholas vestidas de verde abanavam-se com frenesi: marujos ingleses riam, bêbedos, boxavam-se no alto do anfiteatro da geral: e ao som da charanga, um cavalo branco galopava, dum movimento monótono e dormente, sustentando um homem esguio, duma musculatura melancólica e pobre, que fazia jogos malabares.

Depois dum momento, Genoveva bocejou, declarou que se aborrecia: — mas ficou logo satisfeita, vendo, noutro camarote, a Madame Gordon[189], a amante do velho barão[190], com uma pessoa de idade, vestida de preto como uma viúva, e lúgubre: cumprimentaram-se muito, — e Madame de Molineux fez sinal à alemã, que viesse vê-la ao seu camarote. A alemã não tardou: — declarou-se também muito aborrecida: não estava ninguém conhecido, era uma seca. De resto a companhia era péssima.

Agora, sobre um cavalo escuro, uma volteadora tomava atitudes graciosas: era magra, e o seu cabelo era todo frisado num *chignon* de aspecto repugnante, donde saíam, sobre as costas, caracóis, penteados com folhas de hera, e espigas prateadas: um decote baixo mostrava as clavículas: as posições clássicas que tomava sobre o largo selim faziam-lhe sair, nas pernas, músculos de ginasta: por vezes, a música parava, ela sentava-se, com um movimento afectado, batia as saias, e derramava em redor um sorriso que mostrava maus dentes: imediatamente um rapaz, de chapéu, rompera pateando com desespero, outro aplaudiu, ela agradecia, e os marinheiros ingleses gritavam *hurrah!*: o palhaço, então, dirigindo-se a ela, atirava-lhe beijos, contorcia-se, nas atitudes deslocadas duma paixão grotesca: o homem do pingalim repelia-a — ela caía estatelada no chão — no anfiteatro ria-se: a música recomeçava, e ela, erguendo-se sobre o selim, recomeçava piruetas sobre um pé só. O gás derramava uma luz crua de taverna: os pratos da charanga faziam um *tchan-tchan* monótono: pessoas percorriam, bocejando, o programa: e as patas do cavalo atiravam para as cadeiras pedaços de terra seca.

189. No original: *Gordoff.*
190. No original: *só como.*

271

Genoveva declarou — que estava impossível, o melhor era irem para casa. — Podiam fazer uma partida de dominó ou de loto. A alemã não podia: o barão prometera vir buscá-la ao Circo. — Oh, estas longas noites de Lisboa, suspirou Genoveva. Um *deslocado,* vestido de preto, alto, e tomando atitudes satânicas — enfastiou-a tanto, que se ergueu, disse a Vítor: — Vamos embora filho. Está-me a fazer mal aos nervos esta seca.

E deixaram a alemã, — que durante toda a noite perseguiu com o binóculo uma das espanholas de verde, — rapariguinha bonita, com dois olhos dormentes e afogados num fluido lânguido.

Ao saírem, — encontraram-se com Dâmaso que entrava: Genoveva fez uma ligeira inclinação de cabeça — e Dâmaso, fazendo-se escarlate, voltou o rosto, com uma afectação de desdém. Ouviram-no mesmo chacotear com um sujeito gordo com quem vinha.

A noite estava adorável: havia um ar tépido de Verão, uma serenidade suave: a lua cheia reluzia como prata: e as ruas tinham o tom melancólico que dá o contraste da sombra e do luar. Genoveva quis ir a pé: — e foram andando devagar, ao comprido do passeio: as lojas ainda derramavam a sua luz escassa: gente passeava: aqui, além, uma mulher, com um véu, aproximava-se, pedindo lugubremente esmola: as altas fachadas, cobertas de luar, tinham um aspecto abandonado.

No Largo do Loreto, ao descerem para casa, Genoveva parou: ao fim da Rua do Alecrim o rio reluzia sobre uma grande mancha trémula de luar.

— Se fôssemos. dar um passeio no rio?

Desceram ao Cais do Sodré: dois barqueiros que fumavam, sentados num monte de pedregulhos, afirmaram que tinham um barco que era um regalo.

— E baratinho, meu amo, duas croazitas. Sou o Manoto — disse um velho com satisfação. — *Speak english.*

— Está frio, disse Vítor.

O Manoto protestava. — Frio? A noite estava um beijinho.

E daí a pouco, sentados no barco, afastavam-se ao compasso dos remos, na água imóvel;

— Que linda noite! disse Vítor.

A cidade elevava[-se], com as fachadas batidas de luar, e as vidraças por vezes resplandeciam como velhas lâminas de prata: os bicos de gás esmoreciam sob a abundância do luar pálido. E havia no silêncio daquelas habitações, mudas e brancas, como a tranquilidade duma contemplação extática. — A lua cheia brilhava, dum modo silencioso e sereno: um rasto faiscante corria, tremeluzia, sobre a água, como um esmalte, ou filigrana flutuante: todo o resto da água tinha um vago tom[191], azul-

---

191. No original: *ora azul claro.*

claro, que, fora, para o largo, tomava um tom mais espelhado, duma beleza tranquila. Uma névoa luminosa esbatia os montes na outra banda. E os costados dos navios, as mastreações, tinham como um ar esbatido, e ligeiro.

O silêncio do céu fazia-os ir calados: os remos batiam compassados, nos toletes de ferro, e sons de água, cortada e chapinhada, seguiam docemente o barco. Iam muito chegados, olhavam a lua, e Genoveva, erguendo a voz, cantarolou docemente o *Lago* de Lamartine: *Um soir, t'en souviens tu? Nous voguions em silence.*

Vítor tinha muitas vezes passeado no rio antes, visto o luar, e a tranquilidade da água clara: mas como se o seu amor tivesse dado à natureza uma expressão mais alta, nunca — as noites de luar, o Tejo, lhe tinham parecido tão belos. Tinha passado o braço em roda da cinta de Genoveva: o contacto do seu paletó de seda grossa dava-lhe uma sensação de elegância amorosa: acudiam-lhe frases de romance, e versos de Alfred de Musset. A luz, bailando[192] no rosto dela, dava-lhe uma expressão doce, duma suavidade poética: as suas mãos, mexendo nas pregas do vestido, faziam reluzir as pedras dos anéis e a sua voz fresca, e baixa, cantando, dava a Vítor, como um adormecimento de êxtase. — Ela encostou a cabeça, ligeiramente, sobre o ombro dele, e Vítor sentia o desejo de ir assim, eternamente, na suavidade maravilhosa[193] daquela languidez poética. — Ela calou-se por fim, e, muito unidos, esqueciam-se numa contemplação vaga.

— A que horas vem teu tio, amanhã? disse ela de repente.

— Hein? fez Vítor como acordando dum sonho delicioso. — E encolhendo os ombros: — Que venha quando quiser, que diga o que quiser, não é verdade? Perde o tempo, não é verdade?

Ela esteve um momento calada: — e com a voz leve, de quem sonha alto:

— Pois não há nada neste mundo que me faça separar de ti. Nada. Enquanto tu me quiseres, sou a tua amante, a tua esposa, a tua escrava, o que tu quiseres... em toda a parte e sempre.

— E eu? Que pode ele fazer? Não me deixa nada? Romper comigo? Que me importa? Trabalharei, se for necessário — contanto que te tenha a ti, para me consolar, para me abraçar, para me dar coragem...

E apertou-a, num sentimento profundo de paixão.

— Hás-de-me ter sempre a mim, meu amor, respondeu ela muito baixo.

A certeza daquela paixão deu-lhe uma alegria profunda. Mas Genoveva disse, sorrindo:

— O mais que pode fazer é amaldiçoar-nos, como no teatro.

— Deus nos abençoará, disse Vítor, quase sério.

---

192. No original: *bailando-lhe no rosto dela.*
193. Leitura provável.

—Amen, respondeu, rindo.

Mas como a noite arrefecia, foram remando para o cais. Davam II horas, quando subiam a Rua das Flores. Genoveva apoiava-se muito ao braço de Vítor, estava um pouco cansada parando, respirando alto, e olhava as altas janelas do terceiro andar, aonde havia luz.

Como nós moramos alto! É uma verdadeira aventura para a perna de pau do tio Timóteo.

Capítulo 39

Aquela visita preocupava-a muito: que lhe quereria o tio Timóteo? Certamente embaraçar o seu casamento. Como? Com ameaças, com súplicas? Com promessas?

— Que te parece? tinha ela perguntado a Mélanie para quem não tinha segredos — e acrescentou: em todo o caso a maior ordem na sala, flores nos vasos, e põe o teu vestido de seda preto, um avental fresco. Pela manhã, enquanto Vítor se banhava e se vestia, deitava as cartas: mas não obtivera outro relance sobre o futuro do que prosperidades, dinheiros, e uma carta através do mar. Depois foi ela mesmo ver se a sala tinha um ar bastante respeitável e bastante burguês — e completou a decoração, como ela disse, com alguns acessórios de honestidade: abriu sobre o piano o *Stabat Mater* de Rossini. Pôs numa cadeira um regalo, e ao pé um livro de missa, — como se tivesse ido de manhã à igreja: atirou negligentemente para cima da mesa o recibo duma subscrição mensal de quartinho, para as escolas de crianças pobres:

— Não tens por lá um esfregão novo, por abainhar? perguntou a Mélanie. Trá-lo.

E pôs o esfregão na sua cesta de costura, em lugar do bordado — para revelar preocupações úteis e não vagares elegantes.

Deu, com habilidade de artista, poses rígidas às bambinelas — e olhando satisfeita em roda:

— É o templo da virtude! murmurou.

E daí a pouco apareceu a Vítor — que esperava na sala de jantar lendo o jornal — com um vestido de caxemira preto, com o corpete de seda muito sóbrio, uma gravata de renda cor de palha, e uns botões de rosa na casa do corpete: tinha um penteado muito simples, com uma toucazinha de renda à inglesa: e havia nas suas maneiras, no seu perfil, na reserva das suas atitudes, um ar de regularidade doméstica — e de seriedade maternal.

— Não estou uma mulherzinha de bem?

— É-lo sempre — disse Vítor encantado.

No entanto estavam ambos nervosos: um toque de campainha deulhes um sobressalto, e olharam-se, com palpitações. Era apenas a mulher da fruta.

— Talvez nem venha hoje, disse Vítor.

A chávena de chá tremia um pouco nas mãos de Genoveva. Quis rir, escarnecer a sua própria excitação:

— Não é o papão, não me há-de comer...

Quando vieram para a sala, Vítor notou a disposição inteligente, o ar de tranquilidade e de ordem.

— É um dia de batalha, disse Vítor.

Genoveva pareceu ter uma ideia, foi ao piano procurar um livro de melodias de Schubert, e preludiou a canção conhecida: *Salve, salve última manhã da minha vida.* E como Vítor a olhasse surpreendido, do tom quase supersticioso com que ela soltara as palavras melancólicas:

— É de bom agoiro. — E contou-lhe que um amigo dela, um rapaz francês, lhe dissera que no ano da guerra, quando os Prussianos cercaram Paris, no Inverno terrível, os rapazes, militares do forte do Monte Valeriano, costumavam reunir-se numa das casamatas aonde tinham instalado um piano, e antes de romper o sol, e do primeiro tiro do dia, cantavam em coro, como uma oração protectora, a melodia de Schubert. Para alguns podia bem ser a última manhã, não é verdade? Pois bem, disse ela. — Nenhum homem, nenhum, foi ferido. E daí lhe ficara a superstição do canto, nas vésperas dalgum facto decisivo, dalguns dos combates da vida, aquela melodia protectora. — *Et voilà!*

E continuou cantando:

Salve, última manhã
Da minha vida, salve.

Vítor foi encostar-se à janela: o dia estava cheio de sol, já um pouco quente: um azul vivo de primavera meridional resplandecia; e como havia. alguma poeira, a carroça da água da Câmara ia subindo devagar a calçada do Alecrim: as altas casas da Rua das Flores punham na rua uma sombra discreta, e faziam ali um recanto de cidade recolhida e silenciosa. Debruçado para a rua, sentia as notas melancólicas da canção passarem, altas, no ar quente: e davam-lhe uma sensação de vaga opressão sentimental.

Ao meio-dia, tomou o chapéu, — e disse a Genoveva:

— Vou para o Chiado ver se passa a carruagem do tio Timóteo, ponho-me a esperar que ele saia — e venho logo saber as novidades. E ia a sair, — mas por um impulso estranho, quase melancólico, voltou, apertou-a contra o peito, beijaram-se profundamente, e ele saiu comovido — jurando que houvesse o que houvesse seria dela, para sempre.

276

Capítulo 40

Era uma hora, quando a velha parelha do tio Timóteo parou à porta do prédio. Genoveva, no corredor, ouvia, com o coração a bater-lhe, os sons secos da perna de pau que subia devagar.

— Abre logo, Mélanie, murmurou Genoveva. — E correu para o quarto.

Quando o tio Timóteo entrou na sala, percorreu com os olhos, a mobilia, os quadros, o cesto de costura — e ficou um pouco embaraçado, vendo entrar Genoveva, com uma atitude de muito respeito, e de muita dignidade.

— É ao tio de Vítor, creio, que tenho a honra... começou, curvando-se profundamente e repetindo, por instinto, a frase da *Dama das Camélias,* quando recebia o pai de Armando. Sentou-se com muita nobreza no sofá, murmurando:

— A que devo...

— Antes de tudo, disse o tio Timóteo, muito respeitosamente, eu devo-lhe apenas as minhas desculpas por um momento de mau humor, que tive aqui há meses, quando tive, pela primeira vez, a ocasião, a honra...

Embaraçava-se um pouco: o olhar de Genoveva muito atento, o seu sorriso benévolo, o ar de humildade filial, perturbavam-no: e fitava-a, sentindo, vagamente, que conhecia aquela fisionomia, e que já vira aquele olhar. Ela, então, com um gesto duma bondade doce:

— Pelo amor de Deus: a culpa foi toda minha. Eu adoro as crianças, e acredite que chorei, de vergonha, de remorso, de ter feito cair o pobre anjinho... Mas todos temos os nossos maus dias: os nossos *blue devils.* Eu nesse tempo não era feliz — e, mordendo um pouco o beicinho, desceu as suas grandes pestanas pretas, por um movimento duma vergonha melancólica.

Mas ergueu-as logo, e o seu olhar prendeu-se ao tio Timóteo, com uma insistência ansiosa: ela também lhe parecia que aquela figura, aquela voz não lhe eram estranhas: quando o vira, onde?

Os seus olhos encontraram-se com os dele, e por um momento penetraram-se, como numa interrogação desesperada: mas o tio Timóteo, ou para cortar o silêncio, ou por não achar a recordação exacta — disse:

— Eu, todos os que me conhecem sabem, sou um homem brusco, que atira para fora tudo o que pensa: nisso, apesar de magistrado, sou militar: — sou franco.

277

Ela curvou lisongeiramente a cabeça:

— É a primeira qualidade num homem, para mim, a franqueza. Depois da coragem, já se sabe.

Aquele aprumo agradou muito a Timóteo: a beleza de Genoveva, o tom velado da sua voz, a sua atitude casta e atenta, começava a exercer na sua irritabilidade uma acção dissolvente. E ainda desconfiado, resolvido a não se deixar *embarrilar,* disse um pouco bruscamente:

— É por ser franco que vou direito ao que me traz aqui. Decerto sabe o que é.

Ela teve um gesto muito doce, [um] risinho de dúvida, de hesitação:

— Naturalmente, vem-me falar de Vítor.

— Venho falar-lhe de Vítor.

Houve uma pausa, e Genoveva detalhava as palavras com uma gravidade digna:

— Vítor tem falado tantas vezes do tio Timóteo, como ele lhe chama, e sempre com tanto afecto, com tanto entusiasmo, que eu sinto-me pronta a escutá-lo com dedicação, — e sublinhou a palavra. Sei que ele que lhe deve tudo, que o estremece...

— Sim, interrompeu Timóteo, a não ser um monstro, o rapaz deve ter-me amizade.

— Adora-o! disse ela, com força, com um movimento no sofá, que a aproximou de Timóteo.

— Ah, sereia! pensou ele, — e depois de esfregar o joelho, reflectidamente:

— Portanto não deve estranhar que eu venha aqui defender os interesses dele...

Pareceu muito surpreendida ao ouvir falar de interesses.

— Sim, porque enfim — e teve como um movimento de todo o corpo, que indicava uma decisão — que ganha ele com estas relações?... Genoveva torcia entre os dedos as rendas do lenço, e baixando os olhos:

— O que se ganha em ter relações com a pessoa que se ama, — e com um sorriso adorável, a felicidade, creio eu...

Timóteo encarou-a e disse, com a voz mais alta:

— Minha rica senhora, eu não sou um desses velhos tios de comédia, burguês, que se aterra quando um rapaz tem uma amante. Aos vinte anos, aos trinta, todos os homens têm amantes: é tão necessário como tomar banho. Vou mais longe: digo que é uma felicidade quando a amante é bonita, inteligente, prendada, senhoril, com uma bonita casa (e olhou em redor), conversação (e saudou-a), e *toilettes...* Perfeitamente. Eu seria o primeiro a aplaudir Vítor — se esta ligação não lhe trouxesse transtornos graves.

Genoveva acudiu:

Mas engana-se decerto: eu não exijo nada dele, não o perturbo nos seus afazeres, não sou egoísta: quero que ele me venha ver...

— E que case consigo, disse secamente o tio Timóteo.

Genoveva fez-se escarlate: decerto, uma cólera invadiu-a; mas, dominando-se, disse:

— Entendemos que seria mais cristão, e mais puro, legitimar as nossas relações...

Timóteo olhou-a atónito: não sabia se devia rir da afectação, se escandalizar-se da hipocrisia: conteve uma praga, que lhe veio aos lábios — e, pensando que a fúria a perturbaria, — disse, tranquilamente, fitando-a, com o sobrolho franzido:

— Mas sabe que se [se] der esse casamento, eu não deixo real a esse rapaz...

Ela curvou-se.

— Será um desgosto para Vítor — porque será prova que lhe retira a sua estima, mas não influi em nada a sua decisão: é novo, inteligente, pode trabalhar, tenho alguma coisa...

— Que outros lhe deram! exclamou, com voz seca [e] um movimento de ombros terrível.

Genoveva fez-se pálida: os beiços tremiam-lhe. Por um movimento rápido, levou o lenço aos olhos — e quando o retirou, disse, com a cabeça curvada:

— Por maior que seja o seu horror pela minha vida passada, não é maior que o meu. É para o esquecer, para o lavar, que procuro uma afeição pura, nobre. De resto não creio que seja generoso da sua parte humilhar-me...

Timóteo pensou: É danada!

Curvou-se, murmurou: *perdão;* e acrescentou:

Eu vejo que estou a falar com uma pessoa muito inteligente — e então deixe-me, com os diabos, chegar à questão... Acha que seja[194] amar um homem, obrigá-lo a um casamento tão... tão equívoco? Qual será o destino deste pobre rapaz? Corar constantemente da sua mulher: não poder obter para ela o respeito necessário: há-de encontrar muitos outros que saibam sobre a sua pessoa tanto como ele mesmo. Deixe-me falar-lhe com franqueza. Sou um velho, conhecemos ambos o mundo: todas as reservas seriam ridículas. Nunca, de modo nenhum, a pode levar à sociedade: todas as carreiras, todas as ambições lhe estão fechadas. Se tiverem filhos — os seus filhos terão um nome terrível. Estão arriscados a que a todo o momento um insolente lhes diga na cara o que foi sua mãe.

---

194. Falta uma palavra.

Ela teve um gesto ansioso, que vinha da paixão: — Viveremos tão escondidos, tão retirados. Timóteo teve um riso:

— Isso é romance! Vive-se retirado um ano, dois anos! Mas não se pode viver toda a vida, num chalé, a olhar para a lua, a dar beijinhos pelos cantos... Mas a senhora mesmo, pensa a senhora que poderá habituar-se a essa reclusão! a essa vida de convento? Os hábitos duma vida não se mudam como pares de luvas. Agora decerto está sob a ilusão que lhe dá a paixão — mas depois! Poderá resignar-se a viver pobremente, sem carruagem, sem festas, sem ceias, nem aventuras?...

— Mas perdão, disse ela! Que ideia é essa? Toda a minha vida vivi sem festas, e sem aventuras. Os meus erros provieram — e baixou a voz, da necessidade. Acredite, da necessidade. Eu sou uma burguesa, sempre o fui... de família burguesa, com hábitos burgueses... E vendo o espanto de Timóteo, julgando perceber nele um começo de abandono, de simpatia, teve a ideia de jogar a última carta, aproximou-se dele, quase à beira do sofá, com as mãos erguidas, e exclamou:

— Escute. Vou-lhe contar toda a minha vida, tenho essa confiança em si: vejo em si um homem de bem, um homem de coração, de inteligência, que me compreenderá... Nunca revelei estas coisas. Vítor não sabe nada. Julga-me, como todo o mundo, uma senhora da Ilha da Madeira, que fugiu com um inglês, e que, em Paris, — depois — se fez... — o que eles dizem, cocote!

E teve um riso amargo. — Uma aragem mais forte entrou, — e maquinalmente, Timóteo, que estava do lado da porta, fez o movimento de se retirar da corrente de ar. — Genoveva viu, e correu a fechar a janela: e correndo o fecho reviu, num relance, os vagos detalhes da história que ia contar. — Quando se voltou, Timóteo estava de pé: o andar dela tinha-o ferido, e uma vaga recordação condensava-se no espírito: os seus olhos devoravam-na.

— E então de onde é? perguntou, quase com dificuldade.

— Casei em Portugal. — Hesitou: — Mas, como se a confissão lhe rompesse, irresistivelmente, com um acento de vergonha: — Fugi a meu marido.

— De onde é, donde? perguntou Timóteo; respirava com aflição, e a bengala tremia-lhe na mão extraordinariamente.

— Sou da Guarda, — disse ela.

Timóteo estacou imóvel, com os olhos dilatados murmurou duas vezes: Santo nome de Deus! Santo nome de Deus!

— O que é, fez ela lívida.

— Seu marido? Quem era?

Ela respondeu ansiosamente, com as mãos sobre o peito toda inclinada para ele.

— Porquê? Meu marido? Chamava-se Pedro da Ega.

280

— Oh, maldita! Maldita! Maldita! bradou Timóteo. E os seus braços erguidos tinham um tremor, o olhar alucinado, e com uma voz estrangulada, medonha:

— Mas esse homem é Vítor da Ega! É seu filho! Eu sou Timóteo da Ega.

Ela levou as mãos à cabeça, com um gesto medonho: os olhos saíam-lhe das órbitas, a boca aberta queria gritar; começou a torcer as mãos: a sua trança soltou-se: levou os dedos convulsivamente ao colar, a mola desprendeu-se; e dando passos vagos pela sala, com sons roucos e terríveis, os braços altos, batendo o ar, — foi cair sobre o tapete, com os braços abertos.

Timóteo berrou, *olá! olá!* — Mélanie correu: precipitou-se, com gritos, sobre Genoveva; foi abrir a janela; começou a desapertá-la. — E Timóteo, alucinado, encostando-se às paredes, desceu as escadas, atirou-se para a carruagem; o cocheiro ao voltar-se ficou pasmado de lhe ver as lágrimas a rolarem pelos olhos.

Capítulo 41

Vítor, depois de ter visto o tio Timóteo entrar para casa de Genoveva, desceu a Rua do Alecrim, foi dar uma volta no Aterro. Estava muito nervoso, muito agitado. Encontrou o Carvalhosa, que lhe perguntou por Genoveva.

Ia bem, obrigado. E como já tinha passado quase uma hora, pensou que seria tempo de voltar, e veio subindo com ele a Rua do Alecrim. Carvalhosa falou de política, de literatura; que lhe parecia o livro de poesias da besta do Roma? Nem ideal, nem imagens: uma banalidade pretensiosa. Vítor respondia com monossílabos, sorrisos vagos. Deu esmola a todos os pobres que encontrou — *para trazer a felicidade.* — Ao chegar ao Largo do Quintela, não viu a carruagem: bem, tinha-se ido, o tio.

— A literatura está num marasmo, disse o Carvalhosa.

— Está o diabo, está: — repetiu Vítor, com os olhos fitos na janela de Genoveva. — E disse bruscamente adeus ao Carvalhosa: mas pensando que teria sido seco — chamou e pediu-lhe que viesse jantar com Genoveva.

— Quando?

—Amanhã?

— Às seis?

— Às sete.

E correu a casa: subiu as escadas, a quatro. Achou a porta aberta, — entrou. Mas veio-lhe a ideia que talvez Timóteo ainda estivesse, e a carruagem devesse voltar.

Foi em bicos de pés até à sala, entreabriu o resposteiro: viu Genoveva sentada numa cadeira, os braços caídos, o rosto pendido, sobre o peito.

— Genoveva! disse baixo. — Notou então que estava toda esguedelhada, com o colete aberto, lívida, velha. Entrou bruscamente. Ela ergueu o rosto, viu[-o], ergueu-se num pulo, e ficou com os braços estendidos, estendidos para ele, os dedos muito abertos.

— Que é Genoveva? gritou aflito, correndo para ela. Ela viu-o e recuou, com os olhos dilatados, o corpo inteiriçado, um esgar na boca, medonha, — e os seus braços faziam ansiosamente sinal que não! não! Respirava tragicamente, com um aahn ansioso, de agonia. E os olhos terríveis, pasmados, como mortos, saídos das órbitas, fixavam-se nele, com uma persistência pavorosa.

Vítor ficou petrificado: num suor frio, balbuciou:

— Genoveva, meu amor, que é? — E deu um passo.

Mas ela, possuída dum terror alucinado, recuou, — e de repente, encolhida, procurou, com os olhos ferozmente esgazeados, uma porta, um canto, uma saída.

— Ai meu Deus, que endoideceu! — exclamou ele com uma voz chorosa e dilacerada: — Ouve Genoveva, sou eu!

E ia para ela — mas ela, abrindo a boca com uma ânsia terrível, soltou num baque súbito um grito:

— Maldito! Maldito!

E, olhando, num relance, correu à janela, e, lançando o corpo sobre o peitoril, atirou-se, com um grito estridente.

Vítor sentiu ainda o seu corpo fazer, na rua, como um som baço e mole dum fardo de roupa.

Capítulo 42

Quando as pessoas que conduziam o cadáver de Genoveva entraram na sala, entre os clamores de Mélanie encontraram Vítor estendido no chão: tinha batido com a cabeça na esquina duma cómoda, e da testa lívida corria um fio de sangue, que ia fazer uma poça escura no tapete.

Capítulo 43

Os jornais falaram durante alguns dias no *Suicídio da Ruas das Flores*. A polícia fez algumas investigações preguiçosas, — e o caso, considerado daí em [diante] como suicídio, lentamente esqueceu. Dâmaso, ao princípio, esteve segundo disse aos amigos *embatucado*. Esteve em casa alguns [dias]. Mas não tardou em reaparecer, gordinho e risonho, e dizia com importância:

— Eu sempre lho profetizei. Era doida, havia de acabar mal.

Durante esse tempo, Vítor jazia com uma febre cerebral. Durante 25 noites, Timóteo e Clorinda não se deitaram: — e no dia em que Vítor pôde dar o seu primeiro passeio em volta do quarto, apoiado — à enfermeira, e comeu a sua primeira asa de galinha — o tio Timóteo abraçou-se a ele a chorar.

— Mas porque foi, porque foi? disse Vítor, soluçando.

O tio Timóteo disse, simplesmente:

— Não sei. Estava-me contando a sua vida passada, e, de repente, desmaiou. Só Deus o sabe. — Só Deus o deve saber.

Estava agora mais envelhecido: passava os dias ao pé da poltrona, onde Vítor ia ganhando as forças, — a fumar cachimbos consecutivos, calado, com o olhar fito no chão, o seu fiel Dick deitado aos pés.

Um dia, Vítor disse de repente, depois dum grande silêncio:

— Como eu estava para casar com essa senhora, acha que devo deitar luto quando sair?

Timóteo ergueu-se violentamente, deu alguns passos pelo quarto, foi rufar nos vidros da janela, e voltando-se, pálido, disse:

— Sim. Um fumo no chapéu.

Mas Vítor tomou o luto dos viúvos. Quis viajar. Partiu. Demorou-se em Madrid e em Paris, [e] como localizasse a casa de Genoveva — todos os dias, todas as noites, por lá passava, demorando-se a olhar o quarto, a varanda, e procurava achar naquele lugar, onde ela vivera, alguma coisa da sua vida passada: a pessoa que a alugara e comprara a mobília passava uma vida jovial: às três horas da manhã, às vezes, havia sons de piano... o criado dum café vizinho disse-lhe que morava lá uma chamada d'Arcy, e vendo que era um estrangeiro aconselhou-lha: era bonita, e custava apenas 4 libras.

Um dia, ao dobrar a Praça da Bolsa, deu de repente com Mélanie. Abraçaram-se longamente. Mélanie, com o dinheiro que Timóteo lhe dera, comprara uma pequena confeitaria no bairro da Villete. Prosperava: e Vítor ia muitas vezes visitá-la: era no Inverno: e sentados ambos sobre o tapete, ao pé do fogo, tomavam café, à luz vaga que dava a lenha na chaminezinha, na saleta escura: fora, a chuva, ou caía silenciosamente a neve: e falavam dela longamente — até que Vítor, com os olhos fitos no lume, ficava calado, perdido numa saudade infinita, com os olhos cheios de lágrimas. Mas às II horas tinha de sair — porque o amante de Mélanie, que era claque num teatro, entrava à meia-noite.

Voltou. Encontrou o tio Timóteo mais silencioso, mais velho. E daí a duas semanas o tio Timóteo adoeceu com uma pleuresia. Teve uma morte tranquila e grave. Como Clorinda falava de sacramento, disse com uma voz fraca:

— Não. Nada de padres. Não me amargurem este último momento. É o melhor da vida. Deixou a Vítor no seu testamento 70 contos.

Passados dois meses, Vítor voltava do Cemitério dos Prazeres, onde fora ver a sepultura de Genoveva, — e a do tio Timóteo, — quando ao passar a pé, numa rua, sentiu uma rapariguita correr atrás dele:

— Meu senhor, meu senhor!

— Que é?

— É a senhora, a grande, que diz que venha. Diz que venha. É no segundo andar. Surpreendido, seguiu a rapariga: e num pobre segundo andar encontrou Joana, que se lhe atirou aos braços, e contou a sua história. Depois da partida de Serrão para o Brasil, recebera no primeiro paquete algum dinheiro: mas havia seis meses que não recebia nada: tinha tudo no prego: já não trazia o vestido de chita amarelo, mas, um pouco abatida pela melancolia, a sua beleza ganhara delicadeza.

Vítor pôs-lhe casa, e viveu em concubinagem com ela, educando — o filho de Serrão. Dizem que vai casar com ela. Dedica-se, já mais consolado, a trabalhos literários. E há tempos publicava no *Almanaque das Senhoras* esta poesia, imitada dum poema de Richepin:

A GENOVEVA

Tão profundamente amada
Tu foste que a minha vida
Da tua lembrança querida
Para sempre está perfumada.

Tive outros amores talvez
Mas sem fé e sem coragem

Quarto parecia de estalagem
Onde se dorme uma vez.

Nos olhos mais cativantes
É ainda a ti que te vejo
E as asas do meu desejo
Vão para ti como dantes.

Nas planícies de Jericó
Assim o Rei Mago ia
Em cada estrela que via
Seguindo uma estrela só.

E na posse mais demente
Do corpo mais desejado
Basta voltar-me para o lado
Para te ver a ti presente.

D. Joana Coutinho, que leu estes versos, e os admirou, perguntava-lhe um dia, na casa do sr. Seixas, onde Vítor recitava às vezes:

— E sua mulher não tem ciúmes?

Vítor sorriu, não respondeu. Mas corou um pouco. Joana, sua mulher, não sabia ler.

A presente edição de A TRAGÉDIA DA RUA DAS FLORES de Eça de Queiroz é o volume número 49 da coleção Rosa dos Ventos. Impressa na Sografe Editora e Gráfica Ltda., à rua Alcobaça, 745 - Belo Horizonte, para Editora Itatiaia Ltda, a Rua São Geraldo, 67 - Belo Horizonte - MG. No catálogo geral leva o número 01145/5B. ISBN 978-85-319-0779-1.